Tim Tharp

Perfekt ist jetzt

Nach wilden Jahren als Tramper übte *Tim Tharp* diverse Jobs aus, bis er seinen Uni-Abschluss machte. Inzwischen ist er Dozent und hat mehrere Bücher geschrieben, die mit zahlreichen Preisen ausgezeichnet wurden. Er lebt in Oklahoma City.

›Perfekt ist jetzt‹ wurde unter dem Titel ›The Spectacular Now‹ mit Shailene Woodley und Miles Teller verfilmt und ist auf DVD erhältlich.

Tim Tharp

PERFEKT IST JETZT

Roman

Aus dem amerikanischen Englisch von
Jessika Komina und Sandra Knuffinke

dtv

Ausführliche Informationen über unsere Autoren und Bücher
www.dtv.de

MIX
Papier aus verantwortungsvollen Quellen
FSC® C019821

Ungekürzte Ausgabe
2016 dtv Verlagsgesellschaft mbH & Co. KG, München

Titel der amerikanischen Originalausgabe: ›The Spectacular Now‹,
2008 erschienen bei Alfred A. Knopf, einem Imprint von
Random House Children's Books, New York

Lektorat: Sabine Franz
Umschlagbilder: © 2013 TSN Ventures, LLC
Satz: Fotosatz Amann, Memmingen
Druck und Bindung: Druckerei C.H.Beck, Nördlingen
Gedruckt auf säurefreiem, chlorfrei gebleichtem Papier
Printed in Germany · ISBN 978-3-423-71689-5

1

Also, es ist jetzt kurz vor zehn Uhr morgens und ich bin schon so richtig schön angeheitert. Theoretisch hätte ich jetzt Algebra, aber tatsächlich bin ich auf dem Weg zu meiner herrlich dicken Freundin Cassidy. Sie macht heute blau, um zum Friseur zu gehen, und braucht jemanden, der sie hinfährt, weil ihre Eltern ihren Autoschlüssel einkassiert haben. Was nicht einer gewissen Ironie entbehrt, wenn man bedenkt, dass das eine Strafe sein soll, weil sie schon letzte Woche mit mir zusammen die Schule geschwänzt hat.

Na ja, jedenfalls liegt dieser wunderbare Februarmorgen vor mir, und ich denke mir: Wer braucht schon Algebra? Ist doch egal, dass ich eigentlich versuchen sollte, vor meinem Abschluss im Mai noch schnell 'ne bessere Note rauszuschlagen. Ich bin sowieso keiner von diesen Typen, deren Unipläne schon seit dem Kindergarten in Stein gemeißelt sind. Ich weiß noch nicht mal, wann wo Bewerbungsschluss ist. Außerdem hat meine Bildung auch bei meinen Eltern nicht gerade oberste Priorität. Die haben nach ihrer Scheidung aufgehört, sich um meine Zukunft zu kümmern, und das war irgendwann damals im Präkambrium. So wie ich das sehe, nimmt mich das örtliche College so oder so. Und wer sagt überhaupt, dass ich unbedingt aufs College gehen muss? Wozu denn?

Hier bin ich doch von Schönheit umgeben. Das ist nichts, was man in einem Schulbuch findet oder in einer Gleichung. Ich meine, guckt euch nur mal an, wie die Sonne scheint –

warm, aber nicht zu grell. Man hat gar nicht das Gefühl, dass Winter ist. Das war im Januar und Dezember auch schon so. Es ist wirklich irre – wir hatten den ganzen Winter über höchstens eine Woche, die man als kalt bezeichnen kann. Ehrlich, das mit dem Klimawandel ist keine Lüge. Denkt nur mal an den letzten Sommer. Da hat die Sonne uns gebraten wie die Weihnachtsgänse. Hat einem fast die Haare vom Kopf gesengt, so heiß war sie. Wie Cassidy so schön sagt – Klimaerwärmung ist nichts für Leichtgewichte.

Aber das Licht dieser Februarsonne jetzt ist absolut *klar*, versteht ihr, und es lässt den Himmel und die Äste und die Backsteine der Häuser so blitzsauber aussehen, dass allein sie anzusehen schon so ist, als würde man reinen Sauerstoff atmen. Die Farben strömen einem in die Lunge, ins Blut. Man *wird* regelrecht zur Farbe.

Ich trinke meinen Whisky nicht so gern pur, also halte ich an einem Supermarkt, um einen großen Becher 7UP mitzunehmen, und da steht dieser kleine Junge draußen am Münztelefon. Ein richtiges, echtes Kind, wahrscheinlich gerade mal sechs Jahre alt, in Kapuzenpullover und Jeans und mit wuschelig abstehenden Haaren. Keiner von diesen gestylten Jungs, die man heutzutage immer sieht, mit ihren Markenklamotten und Fernsehhaarschnitten, wie Miniaturmachos. Die hätten natürlich trotzdem keine Ahnung, was sie mit einem Mädchen anstellen sollten, selbst wenn es ihnen in einer Schachtel mit Bedienungsanleitung präsentiert würde wie ein Monopoly-Spiel, aber das Gehabe beherrschen sie schon total.

Der Junge ist mir gleich sympathisch, also spreche ich ihn an: »Hey, Kurzer, solltest du nicht eigentlich in der Schule sein oder so?«, und er entgegnet: »Kannst du mir einen Dollar leihen?«

Ich sage: »Wofür brauchst denn du einen Dollar, kleiner Mann?«

Und er sagt: »Ich will mir einen Schokoriegel zum Frühstück kaufen.«

Damit hat er mich. Ein Schokoriegel zum Frühstück? Mir geht das Herz auf. Ich lade den Jungen auf einen Frühstücksburrito ein, und er sagt Ja, unter der Bedingung, dass er hinterher auch den Schokoriegel kriegt. Als wir wieder aus dem Laden kommen, sehe ich mich um und versuche einzuschätzen, mit welchem Verkehr sich der Kleine unterwegs wird rumschlagen müssen. Wir wohnen südlich von Oklahoma City – genau genommen ist es schon die nächste Stadt, aber mit diesen ganzen Vororten, die ineinander übergehen, kann man unmöglich sagen, wo der eine aufhört und der nächste anfängt. Jedenfalls fährt hier einiges an Autos rum.

»Hör mal«, sage ich, während er sich mit Ei bekleckert. »Das ist hier 'ne ziemlich gefährliche Kreuzung. Wie wär's, wenn ich dich fahre, wohin auch immer du willst, damit dich nicht einer von diesen Riesensattelschleppern erwischt und plattmacht wie ein Eichhörnchen?«

Er mustert mich argwöhnisch, genauso wie es ein echtes Eichhörnchen tun würde, bevor es abhaut und in sein Nest hoppelt. Aber ich bin ein ziemlich vertrauenerweckender Typ. Ich laufe selbst nie besonders geschniegelt rum; heute trage ich ziemlich alte Jeans, ausgelatschte Sneakers und ein grünes Longsleeve, auf dem vorne *Olé!* steht. Meine braunen Haare sind zu kurz, als dass ich sie großartig kämmen müsste, und zwischen den Schneidezähnen habe ich eine kleine Lücke, die mir, das hat man mir zumindest gesagt, ein freundliches, gutherziges Aussehen verleiht. Was ich damit sagen will, ist: Ich bin alles andere als Furcht einflößend.

Also gibt sich der Junge einen Ruck und klettert auf den Beifahrersitz meines Mitsubishi Lancer. Den habe ich jetzt seit ungefähr einem Jahr. Er ist silberfarben mit schwarzer Innenausstattung, nicht brandneu, aber auf seine schlichte Art macht er trotzdem einiges her.

»Ich bin übrigens Sutter Keely«, stelle ich mich vor. »Und wie heißt du?«

»Walter«, antwortet er, den Mund voller Burrito.

Walter. Nicht schlecht. Ich habe noch nie ein Kind namens Walter kennengelernt. Kommt mir eher vor wie ein Altmännername, aber auch die müssen ja irgendwann mal klein angefangen haben.

»Okay, Walter«, sage ich, »als Erstes kannst du dir merken, dass du eigentlich nie zu Fremden ins Auto steigen solltest.«

»Ich weiß«, sagt er, »das hat uns Mrs Peckinpaugh schon alles in der Schule erklärt.«

»Gut«, sage ich. »Daran solltest du in Zukunft denken.«

Worauf er entgegnet: »Ja, aber woran erkennt man denn einen Fremden?«

Ich könnte mich wegschmeißen. *Woran erkennt man einen Fremden?* Typisch Kind. Er versteht nicht, dass Leute allein deswegen gefährlich sein könnten, weil man sie noch nie gesehen hat. Wahrscheinlich hat er alle möglichen düsteren Vorstellungen davon, was einen Fremden ausmacht – schwarzer Schlapphut und langer Regenmantel, Narbe im Gesicht, lange, spitze Fingernägel, Haifischzähne. Aber wenn man mal drüber nachdenkt: Mit sechs Jahren kennt man eben noch nicht so viele Leute. Und wie anstrengend wäre es, wenn man ständig neunundneunzig Prozent der Bevölkerung misstrauen müsste?

Ich fange an, ihm die Sache mit den Fremden genauer auseinanderzusetzen, aber seine Aufmerksamkeitsspanne ist nicht die längste, und er lässt sich davon ablenken, dass ich Whisky in meinen großen Becher 7UP kippe.

»Was ist das?«, fragt er.

Ich erkläre ihm, dass es sich um Seagram's V.O. handelt, und als Nächstes fragt er, warum ich den in meine Limo schütte.

Ich sehe ihn an und in seinen großen, runden Augen liegt aufrichtiges Interesse. Er will es wirklich wissen. Soll ich ihn etwa anlügen?

Also antworte ich: »Na ja, ich mag ihn halt. Schmeckt so samtig, ein bisschen rauchig. Früher habe ich mehr auf Bourbon gestanden – Jim Beam oder Jack Daniel's –, aber wenn man sich schön gemächlich einen anduseln will und das den ganzen Tag halten soll, sind die doch ein bisschen zu stark. Und zumindest meiner Meinung nach riechen die Leute es auch leichter. Ich hab's auch mal mit Southern Comfort versucht, aber der ist mir zu süß. Nein, mittlerweile geht mir nichts mehr über kanadische Whiskys. Allerdings bin ich auch dafür bekannt, dass ich einen hervorragenden Martini mixe.«

»Was ist ein Martini?«, erwidert er, und mir wird klar, dass es Zeit wird, die Fragerunde zu beenden, bevor ich noch den ganzen Morgen damit verbringe, einen Nachwuchs-Barkeeper aus dem Kleinen zu machen. Klar, er ist ein lieber Junge, aber meine Freundin wartet auf mich und die ist nicht die Geduldigste.

»Hör mal«, sage ich darum, »ich muss langsam los, also, wo willst du hin?«

Er steckt sich den letzten Bissen seines Burritos in den Mund, schluckt und antwortet dann: »Nach Florida.«

Wie viele Meilen es bis dahin sind, kann ich zwar aus dem Kopf nicht sagen, aber wir sind hier in Oklahoma, was bedeutet, dass Florida mindestens fünf Bundesstaaten weit entfernt ist. Das erkläre ich ihm, und er sagt, ich solle ihn einfach am Stadtrand rauslassen und den Rest des Wegs würde er laufen. Er meint es ernst.

»Ich will ausreißen«, sagt er.

Dieser Junge wird ja immer unterhaltsamer. Will sich nach Florida absetzen! Ich trinke einen Schluck von meinem Whisky-7UP und sehe es vor mir, so wie er es sich vorstellen muss – eine riesige orangefarbene Sonne, die im blausten Meer versinkt, das man sich nur vorstellen kann, flankiert von Palmen, die sich vor der ganzen Pracht verneigen.

»Tja, Walter. Darf ich so unverfroren sein zu fragen, warum du weglaufen willst?«

Er starrt auf das Armaturenbrett. »Weil meine Mom gemacht hat, dass mein Dad wegzieht, und jetzt ist er in Florida.«

Ich sage: »Ach, du Scheiße. Ich weiß genau, was du durchmachst, Kurzer. Bei mir war's ganz genauso, als ich noch kleiner war.«

»Und was hast du da gemacht?«

»Na ja, ich war stinksauer. Meine Mom wollte mir nicht mal sagen, wo mein Dad hingezogen ist. Ausgerissen bin ich zwar nicht, aber ungefähr zu der Zeit habe ich den Baum im Garten in Brand gesteckt. Ich weiß gar nicht so richtig, warum. Sah aber ziemlich genial aus.«

Das stößt auf Begeisterung. »Ehrlich, du hast einen ganzen Baum angezündet?«

»Komm bloß nicht auf dumme Ideen«, ermahne ich ihn. »Mit so was kann man sich ganz schön tief in die … Hühnerkacke reiten. Du willst doch keinen Ärger mit der Feuerwehr, oder?«

»Nein, will ich nicht.«

»Also, was das Ausreißen angeht – ich kann's ja nachvollziehen. Du würdest deinen Dad wiedersehen und bestimmt jede

Menge Abenteuer erleben und so. Im Meer schwimmen. Aber um ganz ehrlich zu sein, ich würde dir davon abraten. Florida ist einfach zu weit zum Laufen. Und du findest auch nicht an jeder Ecke einen Supermarkt. Wie willst du denn an was zu essen kommen?«

»Ich könnte jagen.«

»Stimmt, das könntest du. Hast du denn ein Gewehr?«

»Nein.«

»Ein Messer oder eine Angel vielleicht?«

»Ich habe einen Baseballschläger, aber der ist zu Hause.«

»Da siehst du's. Du bist nicht gut vorbereitet. Vermutlich sollten wir erst mal zu dir fahren und deinen Schläger holen.«

»Aber meine Mom ist zu Hause. Und sie denkt, ich wäre in der Schule.«

»Keine Angst, ich rede mal mit ihr. Erkläre ihr die Situation.«

»Im Ernst?«

»Na klar.«

2

Ich hätte schon vor fünf Minuten bei meiner Freundin sein müssen, aber diesmal habe ich ja einen guten Grund fürs Zuspätkommen. Wie könnte Cassidy – die Menschenfreundlichkeit in Person – es mir übel nehmen, dass ich diesem Jungen unter die Arme greife? Ich betätige mich hier quasi als Sozialarbeiter. Vielleicht kriege ich Walters Mom ja sogar dazu, dass sie Cassidy gegenüber ein gutes Wort für mich einlegt.

Dummerweise kann sich Walter nicht so richtig erinnern, wo er wohnt. Schließlich hat er noch nie vom Supermarkt nach Hause laufen müssen. Er weiß nur, dass an seiner Straßenecke ein gruseliger schwarzer Van ohne Reifen in einer Einfahrt steht, also fahre ich die ganze Gegend auf der Suche nach diesem Van ab.

Dafür dass er erst sechs ist, kann man mit Walter ganz nett quatschen. Er hat die Theorie, dass Wolverine von den *X-Men* in Wahrheit sein Müllmann ist. Außerdem erzählt er von einem großen, rothaarigen Jungen aus seiner Schule, der Clayton heißt und dessen Hobby es lange Zeit war, den anderen Kindern auf die Füße zu treten. Eines Tages wurde ihm das Kreischen der Jüngeren anscheinend zu langweilig und er ist zur Abwechslung mal der Lehrerin auf den Fuß gestapft. Als Walter Clayton das letzte Mal gesehen hat, zog Mrs Peckinpaugh ihn gerade am Handgelenk durch den Flur – er rutschte auf den Pobacken wie ein Hund, der sich den Hintern am Boden abwischen will.

»Oh Mann«, sage ich. »Schule kann ganz schön seltsam sein.

Aber ich sag dir was, seltsam ist gut. Du musst alles Seltsame willkommen heißen, Kleiner. Entgehen kannst du ihm sowieso nicht.«

Um meinen Standpunkt zu verdeutlichen, erzähle ich ihm die Geschichte von Jeremy Holtz und dem Feuerlöscher. In der Grundschule war ich ganz gut mit Jeremy befreundet. Er war echt in Ordnung, hatte immer einen witzigen Spruch parat. Aber in der Mittelstufe, ungefähr seit sein Bruder im Irak gestorben war, fing er an, mit Leuten rumzuhängen, die den berühmten schlechten Einfluss auf ihn ausübten. Nicht dass ich selbst das nicht auch hin und wieder machen würde, aber so bin ich eben, ich hänge einfach mit jedem rum.

Jeremy jedenfalls hat sich ziemlich verändert. Er bekam Akne und fing an, die Lehrer zu schikanieren. Eines Tages, nachdem er in Geschichte künstlich und übertrieben laut gegähnt hatte, kommentierte Mr Cross das mit der Bemerkung, dass er damit lediglich seine schlechte Erziehung demonstriere. Das war zu viel für Jeremy. Ohne ein Wort marschierte er aus der Klasse. Eine Minute später kam er mit einem Feuerlöscher zurück und sprühte damit in alle Richtungen, so lässig wie nur was. Er war eine wandelnde Schneekanone. Die letzte Reihe bekam die volle Breitseite ab, genau wie die meisten am Fenster. Mr Cross versuchte, sich auf Jeremy zu stürzen, aber der verpasste ihm nur auch eine ordentliche Packung, als wollte er sagen: »Bitte sehr, Mr Cross, da haben Sie Ihre verschissene schlechte Erziehung.«

»Mich hat der gute Jeremy allerdings verschont«, sage ich zu Walter. »Und weißt du auch, warum?«

Er schüttelt den Kopf.

»Weil ich alles Seltsame willkommen heiße.«

Ich weiß nicht, wie viele Straßen ich schon rauf- und runtergefahren bin, aber da ist er endlich – der gruselige schwarze Van ohne Reifen. Nicht dass das hier eine schlechte Gegend wäre oder so. Man kommt eben bloß auf dieser Seite der Stadt nicht besonders weit, ohne dabei einer aufgebockten Schrottkarre in irgendeiner Einfahrt zu begegnen. Walter wohnt in einem völlig akzeptablen kleinen Vorortbungalow mit einem völlig akzeptablen Ford Explorer davor.

Ich muss ihn ziemlich lange bitten, bis er mit mir zur Tür kommt, und dann sieht er ängstlich zu, wie ich klingele. Wir müssen eine ganze Weile warten, aber schließlich macht seine Mom auf, mit einem Gesichtsausdruck, als erwarte sie, dass ich ihr einen Staubsauger andrehen oder sie zum Mormonentum bekehren will. Eins muss ich ihr allerdings lassen – sie ist ziemlich scharf. Und so jung, dass sie fast noch nicht mal unter die Kategorie »scharfe Mom« fällt.

Als sie Walter sieht, macht sie die Fliegengittertür auf und legt sofort mit der Junger-Mann-wieso-bist-du-nicht-in-der-Schule-Predigt los. Er sieht aus, als würde er jeden Moment anfangen zu heulen, also trete ich vor und sage: »Entschuldigen Sie, Ma'am, aber Walter ist ziemlich niedergeschlagen. Ich habe ihn vor dem Supermarkt aufgelesen, und er hat mir erzählt, er wäre auf dem Weg nach Florida.«

Da fällt mir auf, wie sie meinen Riesenbecher 7UP anstarrt. »Moment mal«, sagt sie und mustert mich mit zusammengekniffenen Augen. »Ist da etwa Alkohol drin?«

Ich sehe runter auf das 7UP, als wäre es so was wie mein Komplize, der mich verpfiffen hat. »Ähm, nein. Da ist kein Alkohol drin.«

»Und ob.« Sie lässt die Fliegengittertür hinter sich zuschwingen und baut sich vor mir auf. »Das rieche ich doch in Ihrem

Atem. Sie haben getrunken und meinen Sohn trotzdem im Auto mitgenommen.«

»Darum geht's hier doch gar nicht.« Ich weiche zurück. »Wollen wir uns nicht lieber wieder auf Walter konzentrieren?«

»Was fällt Ihnen ein, betrunken hier aufzutauchen und mir erzählen zu wollen, wie ich mit meinem Sohn umzugehen habe? Walter, geh ins Haus.«

Er sieht verzweifelt zu mir hoch.

»Walter, los jetzt!«

Und ich sage: »Hey, Sie brauchen ihn doch nicht anzuschreien«, und sie sagt: »Ich betrachte es als meine Bürgerpflicht, die Polizei zu rufen.«

Am liebsten würde ich zurückmotzen, dass sie lieber mal ihre *Mutter*pflicht ernster nehmen solle, denn dann müsste ihr Sohn nicht versuchen, nach Florida abzuhauen. Doch ich beherrsche mich. Seit dem Vorfall mit dem brennenden Baum hatte ich nichts mehr mit der Polizei zu tun, und ich habe nicht vor, eine biestige, scharfe, fünfundzwanzigjährige Mutter etwas daran ändern zu lassen.

Stattdessen sage ich nur: »Ach was, so spät ist das schon?«, und werfe einen Blick auf mein Handgelenk, obwohl ich gar keine Armbanduhr trage. »Na, so was! Ich komme noch zu spät zur Bibelschule.«

Sie bleibt stehen und beobachtet mich den ganzen Weg zum Auto, bereit, sich mein Nummernschild einzuprägen, sollte ich irgendwelche krummen Dinger versuchen. Aber ich kann Walter nicht im Stich lassen. So bin ich nun mal.

»Ihr Sohn ist traurig«, sage ich, während ich die Fahrertür aufmache. »Er vermisst seinen Dad.«

Sie macht einen Schritt von der Veranda und setzt ein paar noch finsterere Stirnfalten auf.

Ich steige ein und starte den Motor, doch ich kann nicht wegfahren, ohne noch mal das Fenster runterzulassen und ihr einen letzten Rat zu geben: »Hey, an Ihrer Stelle würde ich den Baum in Ihrem Garten im Auge behalten, wenn Walter in der Nähe ist.«

3

Okay, inzwischen ist es amtlich: Ich bin viel zu spät dran, um Cassidy abzuholen. So spät, dass es mich zu einem miesen Freund macht. Wahrscheinlich empfängt sie mich wieder mit diesem verkniffenen Gesichtsausdruck, als wäre ich ein verwöhntes Kleinkind. Aber damit kann ich leben, ich bin keiner von diesen Typen, die sich von ihrer Freundin unterbuttern lassen. Klar kann sie einem ganz schön gemeine Sprüche um die Ohren hauen, wenn sie wütend ist, aber das ist schon in Ordnung. Ich liebe Herausforderungen. Es ist, wie einer Salve rasiermesserscharfer Kung-Fu-Wurfsterne auszuweichen. Und außerdem ist sie es wert.

Cassidy ist die beste Freundin, die man sich nur vorstellen kann. Ich bin jetzt schon zwei Monate länger mit ihr zusammen als mit irgendeinem Mädchen zuvor. Sie ist klug und witzig und originell, und sie kann ein Bier schneller runterkippen als die meisten Jungs, die ich kenne. Und noch dazu ist sie wunderschön. Ich meine, ernsthaft sexationell. Allein diese Farben: Die Frau ist komplett HD. Blonde Haare wie eine Skandinavierin, Augen so blau wie Fjorde und eine Haut wie Vanilleeis oder Blütenblätter oder Zuckerguss – oder eben wie nichts anderes, einfach nur wie ihre Haut. So toll, dass einem davon die Haare wehtun. Okay, sie glaubt an Astrologie, aber das ist mir egal. Ist halt so ein Mädchending. Ich stelle mir gern vor, dass in ihrem Inneren lauter Sternbilder und Schicksale durcheinanderwirbeln.

Doch was Cassidy wirklich zu etwas Besonderem macht, ist, wie herrlich *dick* sie ist. Und glaubt mir, dieses Wort hat bei mir absolut nichts Negatives. Neben ihr wirkt jedes Zeitschriftenmodel wie ein vertrocknetes Skelett. Sie hat die perfekten Proportionen. Als hätte jemand Marilyn Monroes Kurven aufs Dreifache aufgepumpt. Wenn meine Finger über Cassidys Körper wandern, fühle ich mich wie Admiral Byrd oder Coronado. Als würde ich unbekanntes Terrain entdecken.

Aber sie macht nicht auf. Zu Hause ist sie auf jeden Fall, ich kann ihre Musik hören – laut und wütend. Nur weil ich eine halbe Stunde oder so zu spät bin, lässt sie mich jetzt hier auf der Fußmatte schmoren und klingeln wie einen Blöden. Nach vielleicht drei Minuten gehe ich zurück zum Auto, um meine Whiskyflasche zu holen, und nehme sie mit in den Garten. Ich setze mich an den Terrassentisch, fülle meinen Drink auf und plane den nächsten Schritt. Das große 7UP schmeckt jetzt ein bisschen scharf, doch nach einem anständigen Schluck davon kommt mir eine Idee. Ihr Zimmerfenster oben im ersten Stock steht einen Spaltbreit offen, weil sie da immer mit ihren Zigaretten sitzt und den Rauch nach draußen pustet. Sie ist zwar clever, aber nicht so clever wie ich.

Eins kann ich euch sagen, die Kletterpartie zu ihrem Fenster hoch ist nicht ohne. Ich habe es zwar schon einmal geschafft, aber dabei wäre ich auch fast in den Tod gestürzt, mit nichts am Leib als einer Badehose. Zum Glück habe ich jede Menge Whisky, um meinen Gleichgewichtssinn zu stärken.

Also, auf den Baum zu steigen – eine Magnolie mit niedrig hängenden Ästen –, stellt erst mal kein Problem dar, aber ganz bis zur Spitze zu kommen, einen riesigen 7UP-Becher zwischen den Zähnen, das ist schon was anderes. Echte Akrobatik. Und am Schluss muss ich noch über diesen einen magersüchtigen Ast kriechen, bis er sich durch mein Gewicht über das Dach biegt. Kurz fürchte ich, ich könnte jeden Moment eine Bauchlandung auf dem Grill machen.

Selbst als ich es endlich aufs Dach geschafft habe, bin ich immer noch nicht in Sicherheit. Dieses Dach ist nämlich unverschämt steil. Ich würde den Steigungswinkel ja gern benennen, aber ich habe in Geometrie nicht so wirklich aufgepasst. Zum Glück haben meine Schuhe Gummisohlen, also krabbele ich ohne größere Katastrophen wie eine Spinne zum Fenster. Aber manchmal weiß ich offenbar nicht, wann es genug ist. Ich muss einfach immer versuchen, ob ich nicht noch ein kleines bisschen weiter gehen kann.

Ich nehme den Becher aus meinen zusammengebissenen Zähnen, um einen schönen, großen Schluck auf meinen Triumph zu trinken, und es kommt, wie es kommen muss: Ich lasse ihn fallen und er rollt über die grauen Dachschindeln nach unten und verteilt überall Whisky und 7UP.

Natürlich versuche ich unwillkürlich, ihn mir zu schnappen, was wiederum dazu führt, dass ich meinen Halt am Fenstersims verliere. Im nächsten Moment rutsche ich auch schon mit dem Kopf voran das Dach runter, will mich noch irgendwo festklammern, doch es gibt leider nichts, woran man sich festklammern könnte. Das Einzige, was mich davor bewahrt, dem 7UP über die Dachkante zu folgen, ist die Regenrinne. Ich könnte also beruhigt sein, wenn diese Regenrinne nicht ganz offensichtlich ziemlich marode wäre. Kaum dass ich erleichtert aufatmen will, fängt sie auch schon an zu ächzen. Und zu ächzen. Bis sich das Ächzen in ein Quietschen verwandelt, die Rinne sich aus ihrer Verankerung löst und mich nun nichts mehr vor einem Sturzflug über die Dachkante bewahrt.

Mein Untergang steht unmittelbar bevor. Vor meinem geistigen Auge flackert das Bild eines Sargs auf. Ein roter wäre nett. Oder ein karierter. Vielleicht einer, der mit Knautschsamt ausgeschlagen ist. Aber dann, im letzten Moment, geschieht das Unglaubliche – ich kann mich gerade noch an der Regenrinne festhalten und daran mehr oder weniger elegant auf die Terrasse schwingen. Okay, ich lande trotzdem mit voller Wucht auf dem Steißbein und beiße mir noch dazu auf die Zunge. Als ich aufsehe, fällt mein Blick auf Cassidy, die, Augen und Mund entsetzt aufgerissen, hinter der Terrassentür steht.

Allerdings ist sie nicht entsetzt aus Sorge um mein Wohlbefinden. Die Schiebetür gleitet schwungvoll auf, und dann steht sie vor mir und stemmt die Hände in die Hüften, im Gesicht den vertrauten Du-bist-ja-so-ein-Idiot-Ausdruck, und ich sage: »Hey, das war ein Unfall.«

»Bist du bescheuert?«, kreischt sie schrill. »Das ist nicht witzig, Sutter. Ich fass es nicht. Guck dir mal die Regenrinne an.«

»Hast du nicht wenigstens ein kleines bisschen Angst, dass ich mir die Wirbelsäule zertrümmert habe oder so?«

»Schön wär's.« Sie späht zum Dach rauf. »Und was soll ich jetzt meinen Eltern erzählen?«

»Dasselbe wie immer – dass du keine Ahnung hast, was da passiert ist. Auf die Art können sie dich im Kreuzverhör nicht überführen.«

»Du hast auch 'ne Antwort auf alles, was? Und was wird das jetzt bitte?«

»Ich hebe die Regenrinne auf. Wonach sieht's denn aus?«

»Lass sie liegen. Vielleicht denken meine Eltern ja, der Wind hätte sie runtergerissen.«

Ich lasse die Regenrinne wieder fallen und hebe stattdessen meinen leeren Becher auf.

»Lass mich raten«, sagt sie. »Da war Whisky drin.«

»Und ein bisschen 7UP.«

»War ja klar«, erwidert sie und mustert die Whiskyflasche auf dem Terrassentisch. »Aber ganz im Ernst, ist halb elf vormittags nicht ein bisschen früh, um schon wieder betrunken zu sein, selbst für dich?«

»Hey, ich bin nicht betrunken. Brauchte nur 'ne kleine Stärkung. Außerdem hab ich gestern Abend überhaupt keinen Tropfen angerührt, also würde ich eigentlich eher sagen, ich hinke hinterher. Hast du das mal aus dem Blickwinkel betrachtet?«

»Dir ist schon klar, dass ich jetzt deinetwegen den Friseurtermin verpasst habe, ja?« Sie geht zurück ins Haus.

Ich schnappe mir die Flasche und haste ihr nach. »Ich weiß sowieso nicht, warum du dahin willst. Deine Haare sind viel zu schön, um sie abzuschneiden. Ich find's toll, wie sie dir beim Gehen über den Rücken schwingen. Und ich find's toll, wie sie auf mich runterhängen, wenn du oben liegst.«

»Tja, es geht aber nicht immer darum, was du toll findest, Sutter. Ich will eben mal was anderes. Und dafür brauche ich deine Zustimmung nicht.« Sie setzt sich auf einen Hocker an der Theke, die die Küche vom Wohnzimmer trennt. Ihre Arme sind verschränkt und sie will mich nicht ansehen. »Die beim Friseur sind nicht begeistert, wenn man nicht zu seinem Termin kommt, klar? Dadurch verlieren sie Geld. Aber das interessiert dich natürlich nicht. Du denkst nie an irgendjemand anders außer dir selbst.«

Das ist es – mein Stichwort für die Walter-Geschichte. Als ich damit fertig bin, habe ich uns beiden Drinks gemixt und ihre Arme sind nicht mehr verschränkt. Langsam wird sie weich, doch sie ist immer noch nicht bereit, mir ganz zu verzeihen, also stelle ich ihr Glas auf die Theke, anstatt es ihr zu reichen. Ich will ihr keine Gelegenheit bieten, mich zurückzuweisen.

»Okay«, sagt sie schließlich. »Anscheinend hast du da ausnahmsweise wirklich mal was Nettes getan. Trotzdem hättest du anrufen und Bescheid sagen können, dass du später kommst.«

»Hey, das hätte ich ja auch gemacht, aber ich habe mein Handy verloren.«

»Schon wieder? Das ist jetzt das dritte Mal innerhalb eines Jahres.«

»Die Dinger verlegt man aber auch so leicht. Und außerdem, findest du es nicht ziemlich *1984*-mäßig, mit einem Gerät in der Tasche rumzulaufen, über das dich andere Leute jederzeit orten können? Wir sollten eine Rebellion gegen die Übermacht der Mobiltelefone anführen. Du kannst Trotzki sein und ich bin Che Guevara.«

»Das ist mal wieder so typisch«, sagt sie. »Immer versuchst du, dich mit Witzen aus der Affäre zu ziehen. Hast du dich eigentlich jemals hingesetzt und darüber nachgedacht, was es bedeutet, eine Beziehung zu führen? Verstehst du überhaupt, wie wichtig es ist, Vertrauen und eine feste Bindung aufzubauen?«

Und schon geht's wieder los. Dieselbe Leier wie immer. Ich bin mir sogar sicher, dass sie mit allem recht hat, was sie sagt. Es ist bestimmt wohldurchdacht und gehaltvoll und was nicht sonst noch alles, wofür man in einem Schulaufsatz eine gute Note einheimst. Doch ich kann mich nun mal einfach nicht auf so was konzentrieren, wenn sie neben mir sitzt und so aussieht, wie sie eben aussieht.

Ihre Farben fangen langsam an, in mich einzusickern, sie fressen sich durch meine Haut, setzen mein Blut unter Strom, schlagen Funken in meinem Bauch. Ich nehme einen großen Schluck Whisky, aber ich kann nicht verhindern, dass ich einen Ständer bekomme. Und ich erwähne das nur, weil ich nämlich so eine Theorie habe, dass der Ständer Grund Nummer eins für jeglichen Sexismus im Lauf der Geschichte ist. Ich meine, es ist einfach absolut unmöglich, sich ganz von den Gedanken eines Mädchens durchdringen zu lassen, egal, wie tiefsinnig und wahr sie auch sein mögen, wenn man gerade einen Steifen bekommt.

Nur darum halten Männer Frauen für niedliche, verkuschelte Hohlköpfchen. Dabei sind gar nicht die Frauen das Problem. Der Typ sitzt da mit seinem Gehirn, das sich längst in Haferbrei verwandelt hat, starrt die Frau an und hat keine Ahnung, was sie ihm gerade erzählt, also nimmt er an, dass es irgendwas Niedliches sein muss. Sie könnte ihm erklären, was genau es mit der Quantenphysik auf sich hat, und er würde immer noch nichts weiter hören als putziges Babygebrabbel.

Das weiß ich, weil es mir selbst schon oft genug passiert ist, und in diesem Moment passiert es wieder. Während sie mir ihren Einseraufsatz über Beziehungen vorträgt, will ich nichts anderes, als mich vorbeugen und ihren Hals küssen und ihr dann den Pullover ausziehen, mit den Lippen über ihre Brüste bis zu ihrem Bauch wandern und dabei kleine rote Flecken auf ihrer weißen Haut erblühen lassen wie Rosen im Schnee.

»Wenn du das hinkriegen würdest«, schließt sie, »glaube ich, dass das mit uns noch was werden könnte. Wir könnten so eine gute Beziehung führen. Aber das war's jetzt, Sutter. Ich sag es dir nicht noch mal. Also, meinst du, du kannst das?«

Oh, oh. Ich habe ein Problem. Woher soll ich wissen, ob ich

das kann? Was, wenn sie gerade von mir verlangt hat, ein Cocktailkleid und High Heels anzuziehen? Da dies allerdings nicht der geeignete Zeitpunkt ist, ihr meine Theorie über Sexismus und den Ständer darzulegen, sage ich nur: »Du weißt doch, Cassidy, ich würde alles für dich tun.«

Ihre Augen werden schmal. »Ich weiß nur, dass du das gern behauptest.«

»Hey, bin ich nicht gerade erst für dich aufs Dach geklettert? Ich reiße mir echt den Arsch für dich auf. Hör zu, für dich mache ich Kopfstand und kippe dabei den Rest von meinem Whisky runter.«

»Nicht nötig.« Sie lacht und trinkt einen Schluck von ihrem Drink, und da weiß ich, dass ich sie um den Finger gewickelt habe. Ich gehe ins Wohnzimmer, stelle mein Glas auf dem Teppich ab, nehme mit den Beinen Schwung und mache einen Kopfstand gegen die Rückwand des Sofas. Ein bisschen schwindelig wird mir zwar dabei, aber ich schaffe es dennoch, das Glas lässig zu kippen und in einem einzigen umgekehrten Zug den Whisky auszutrinken. Leider kann ich den Kopfstand dabei nicht halten und breche zusammen wie ein Hochhaus, das gesprengt wird, um Platz für ein schickeres Gebäude zu machen.

Immerhin lacht Cassidy nun wirklich und das ist ein wunderbarer Anblick. Ich sehe sie mit meinem berühmten Blick an – große braune Augen, eine Braue hochgezogen –, und sie nippt an ihrem Drink und sagt: »Du bist echt ein Idiot, aber zumindest bist du *mein* Idiot.«

»Und du bist eine fantastische Frau.« Ich klaue ihr das Glas, nehme einen Schluck und stelle es dann auf der Theke ab. Sie spreizt die Beine so, dass ich mich dazwischenstellen und ihr das Haar aus dem Gesicht streichen kann. Meine Finger gleiten über ihre Schultern. »Deine Augen sind wie ein blaues Universum, in das ich mich fallen lassen kann. Ganz ohne Fallschirm. Den brauche ich nicht, weil ich nämlich niemals auf dem Boden aufpralle.«

Sie krallt ihre Finger in mein T-Shirt und zieht mich dichter an sich. Versteht ihr, das ist die Kehrseite der Medaille. So was bricht Mädchen das Genick. Der Junge wird weich in der Birne und fängt an, ihr irgendwelchen Blödsinn zu erzählen, und sie will ihn nur noch umsorgen. Schließlich ist er ihr knuddeliger Dummkopf, der ohne sie nichts auf die Reihe kriegt. Sie schmilzt dahin und schon ist die Sache gelaufen.

Im Bett lässt sich Cassidy am besten mit dem Wort *triumphal* beschreiben. Wenn Sex eine olympische Sportart wäre, würde sie auf jeden Fall eine Goldmedaille gewinnen. Sie würde auf dem höchsten Podest stehen, die Hand auf dem Herzen, und gerührt zu den Klängen der Nationalhymne vor sich hin schluchzen. Und danach säße sie bei Bob Costas im Fernsehstudio und müsste Fragen über ihre Technik beantworten.

Ich weiß, was für ein Glück ich habe. Ich weiß, so mit ihr zusammen sein zu dürfen, ist, als wäre man ein Teil des tiefsten Inneren des Kosmos. Doch aus irgendeinem Grund fühle ich, wie sich ganz hinten in meiner Brust ein dunkler Spalt auftut. Es ist nur ein Haarriss, aber definitiv nichts, von dem man will, dass es sich vergrößert. Vielleicht liegt es an dem Ultimatum, das sie mir eben gestellt hat. *Das war's jetzt,* hat sie gesagt. *Ich sage es dir nicht noch mal.* Nur, was genau will sie von mir?

Aber es ist Quatsch, mir jetzt darüber Sorgen zu machen. Ich liege hier in den frischen, sauberen, mit Schmetterlingen bedruckten Laken meiner herrlich dicken Freundin. Auf dem

Nachttisch steht mein extrastarker Whisky. Das Leben ist spektakulär. Vergiss die dunklen Gedanken. Trink einen Schluck und warte, dass die Zeit sie wegspült, wohin auch immer die Zeit solche Sachen spült.

4

Okay, ja, vielleicht trinke ich wirklich ein kleines bisschen mehr als nur ein kleines bisschen zu viel, aber kommt bloß nicht auf die Idee, ich wäre Alkoholiker. Das ist keine Sucht. Es ist bloß ein Hobby, eine schöne, altmodische Art, sich zu amüsieren. Einmal habe ich genau das zu dieser spießigen Bibelkreis-Heiligen Jennifer Jorgenson aus der Schule gesagt, und sie meinte nur: »Ich muss keinen Alkohol trinken, um mich zu amüsieren.« Worauf ich erwidert habe: »Ich muss auch nicht Achterbahn fahren, um mich zu amüsieren, aber ich tu's trotzdem.«

Das ist das größte Problem mit diesen Antidrogen- und Antialkohol-Kampagnen, mit denen sie einen schon in der Grundschule zuballern. Keiner gibt auch nur im Entferntesten zu, dass diese Sachen Spaß machen, und damit ist jegliche Glaubwürdigkeit zum Teufel. Jedes Schulkind – mit Ausnahme der Jennifer Jorgensons dieser Welt – erkennt sofort, dass das Ganze ein größerer Schwindel ist als eine Pfarrersfrau mit Silikonmöpsen.

Ich habe ein paar dieser Internetfragebogen ausgefüllt, die einem verraten sollen, ob man Alkoholiker ist: *Fangen Sie manchmal schon morgens an zu trinken, um gut in den Tag zu starten? Ärgern Sie sich über Menschen, die Ihren Alkoholkonsum kritisieren? Trinken Sie hin und wieder allein?* Ihr wisst schon.

Erstens: Klar trinke ich manchmal morgens was, aber nicht,

weil ich nicht anders *kann*. Es ist einfach eine nette Abwechslung. Ich feiere den neuen Tag, und wenn selbst das schon nicht mehr erlaubt ist, dann kann man sich auch gleich hinlegen, die Arme auf der Brust kreuzen und das Muster auf dem Sargdeckel bewundern.

Zweitens: Wer bitte reagiert nicht genervt, wenn an ihm rumgenörgelt wird? Manchmal braucht deine Mutter bloß zu riechen, dass du ein einziges Bier getrunken hast, und schon fangen sie und dein dämlicher Stiefvater mit ihrem Guter-Bulle-Böser-Bulle-Kreuzverhör an, nur dass es dabei keinen guten Bullen gibt. Soll ich das auch noch genießen oder was?

Und drittens: Was ist am Alleinetrinken eigentlich so schlimm? Es ist ja nicht so, als wäre ich irgend so ein menschliches Wrack, das hinter dem Busbahnhof heimlich billiges Rasierwasser säuft. Sagen wir mal, man hat Hausarrest und sitzt in seinem Zimmer vor dem Fernseher oder spielt Computer – da bewahren einen doch ein paar Drinks einfach nur vor dem Budenkoller. Oder vielleicht müssen alle deine Freunde unter der Woche früh zu Hause sein, dann gehst du eben heim, setzt dich mit deinem iPod aufs Fensterbrett und trinkst vor dem Schlafengehen noch drei, vier Bier. Was ist daran so verwerflich?

Das Wichtigste ist die Haltung, mit der man trinkt. Wenn einer so drauf ist: *Weh mir, ich Armer, meine Freundin hat Schluss gemacht und Gott hat mich auch verlassen*, und dabei 'ne Pulle Old Grand Dad runterkippt, bis sich sein Nacken in Gummi verwandelt und er das Kinn nicht mehr von der Brust hochkriegt, dann, ja dann würde ich sagen, das ist ein Alkoholiker.

Aber so bin ich nicht. Ich trinke nicht, um irgendwas zu vergessen oder zu verbergen oder davor wegzulaufen. Wovor sollte ich auch weglaufen?

Nein, mir geht's beim Trinken immer um Kreativität, darum, meinen Horizont zu erweitern. Im Ernst, ich bilde mich weiter. Wenn ich trinke, ist es, als hätte die Welt plötzlich eine zusätzliche Dimension. Ich verstehe meine Freunde auf einer tieferen Ebene. Musik durchströmt mich und öffnet mich von innen. Wörter und Ideen, von denen ich nicht mal wusste, dass ich sie kenne, fliegen aus mir heraus wie exotische Vögel. Wenn ich fernsehe, denke ich mir selber Dialoge aus, und sie sind besser als alles, was den Textern eingefallen ist. Ich bin mitfühlend und witzig. Ich schwelle an mit Gottes Schönheit und Humor.

Die Wahrheit ist: Ich bin Gottes persönlicher Betrunkener.

Falls euch das nichts sagt, das ist ein Song von Jimmy Buffett – *God's Own Drunk*. Darin geht's um einen Typen, der sich dermaßen die Kante gibt, dass er sich in die ganze Welt verliebt. Er fühlt sich in Harmonie mit der Natur. Nichts macht ihm Angst, nicht mal die gefährlichsten Sachen wie zum Beispiel ein riesiger, Whisky-Brennblasen klauender Kodiakbär.

Mein Vater – mein richtiger Vater, nicht Geech, der dämliche neue Mann meiner Mutter – hat total auf Jimmy Buffett gestanden. Er hat ihn GELIEBT. *Margaritaville, Livingston Saturday Night, Defying Gravity, The Wino and I Know, Why Don't We Get Drunk and Screw*: Die hat mein Dad alle rauf und runter gehört. Ich bekomme immer noch gute Laune, wenn irgendwo eins von diesen Liedern läuft.

Tatsächlich habe ich auch zusammen mit meinem Vater das erste Mal Alkohol getrunken. Das war vor der Scheidung, also kann ich nicht älter als sechs gewesen sein. Wir waren bei einem Verbandsliga-Baseballspiel im alten Stadion am Jahrmarktsplatz, damals, bevor sie das neue in Bricktown gebaut haben. Mein Dad und ich und zwei seiner Kumpels, Larry und

Don. An die beiden kann ich mich noch genau erinnern. Sie waren lustig. Kräftige, rowdyhafte Typen.

Mein Dad war auch ein kräftiger Typ, er hat Häuser gebaut. Und er war gut aussehend, wie George Clooney, nur mit der gleichen Lücke zwischen den Schneidezähnen wie ich. Obwohl ich noch so klein war, habe ich mich in Gesellschaft dieser Männer immer wie ein richtiger Kerl gefühlt. Sie haben die Schiedsrichter aufgezogen, die gegnerische Mannschaft ausgebuht und die Spieler von Oklahoma City »unsere Jungs« genannt. Und jeder von ihnen hatte ein großes, kühles Bier in der Hand.

Oh Mann, wie gerne ich einen Schluck von diesem Bier haben wollte. Ich wollte trinken und mich auf den Sitz stellen und so laut schreien, wie meine Lungen es hergaben. Egal was, Hauptsache, meine Stimme verschmolz mit denen der Männer. Irgendwann war ich meinem Dad lange genug auf die Nerven gegangen und er ließ mich probieren. »Nur ein ganz kleines Schlückchen«, mahnte er, und Larry und Don warfen den Kopf in den Nacken und lachten. Aber ich zeigte es ihnen und kippte den halben Becher runter, bevor Dad ihn mir entreißen konnte.

Da lachten sie alle noch mehr, und Don sagte: »Du bist echt ein knallharter Typ, Sutter. Ja, das bist du.«

Und Dad stimmte ein: »Und ob er das ist, verdammt. Mein knallharter Junge.« Er drückte meine Schulter und ich schmiegte mich an ihn. Richtig betrunken fühlte ich mich nicht, aber auf jeden Fall war mir warm. Ich liebte dieses Stadion und jeden einzelnen Menschen darin, und ich liebte das gute alte Oklahoma City in der Ferne, mit seinen hohen Gebäuden, die in der Dämmerung so sanft und gemütlich aussahen. Erst während des siebten Innings musste ich mich übergeben.

Ich war aber wirklich keine männliche Drew Barrymore, ich

hab mich nicht durch die Grundschule gesoffen und auf der Discotoilette Koks geschnupft, bevor mir auch nur Schamhaare gewachsen waren. Bis zur siebten Klasse habe ich kaum was getrunken und auch ab da auf keinen Fall täglich.

Mein bester Freund Ricky Mehlinger und ich hatten diesen Lebensmittelladen-Trick. Ich stopfte mir eine zusammengefaltete Papiertüte vorne in die Hose und schlenderte total lässig in den Gang mit dem Bier – sie verkaufen da nur dieses lächerlich schwache 3,2-prozentige –, und wenn niemand hinsah, zog ich die Tüte hervor und ließ einen Sechserpack darin verschwinden. Dann setzte ich mein unschuldigstes Huckleberry-Finn-Gesicht auf und marschierte aus der Tür, während Ricky gerade an der Kasse brav eine Packung Feigenplätzchen bezahlte.

Wir haben daraus einen richtigen Sport gemacht. Das ging etwa einen Monat lang. Wir klauten ein Sixpack, das wir unten im Entwässerungskanal tranken, und dann ließen wir uns vom Dobermann jagen. Der Dobermann, Herrscher über drei Gärten, war der größte, hässlichste und gemeinste Hund der Welt. Eines Tages – wir hatten gerade unser Bier ausgetrunken und schauten in der Gegend herum – saß er wie ein bösartiger Wasserspeier auf der Ecke der Ziegelmauer und starrte zu uns runter. Einen Sekundenbruchteil bevor er sprang, rannten wir los. Er setzte uns nach und schnappte nach unseren Fersen. Ich habe seine Zähne wirklich an meinem Schuh gespürt, bevor ich mich gerade noch über einen Lattenzaun retten konnte. Es war ein Heidenspaß.

Danach spazierten wir jedes Mal, wenn wir mit unserem Sechserpack fertig waren, an seinem Reich vorbei, und unweigerlich tauchte er wie aus dem Nichts auf, sabbernd und mit wildem Blick. Eines Tages wettete ich mit Ricky um fünf Dollar, dass er es nicht schaffen würde, ganz durch den Dobermann-

Garten zu rennen und das schmiedeeiserne Tor hinter dem Swimmingpool zu berühren. Er exte sein Bier und sagte: »Die Wette gilt, Mann.«

Es war zum Totlachen. Ricky schaffte es etwa halb durch den Garten, bevor der Dobermann um die Hausecke geprescht kam. Ricky machte ein Kevin-allein-zu-Haus-Gesicht und raste los Richtung Pool, während der Hund hinter ihm in die Luft happte. Er versuchte, sich über das Tor zu schwingen, blieb jedoch ziemlich unglücklich an den schwarzen, schmiedeeisernen Spitzen hängen. Und da kapierte ich es. Der Dobermann bellte zwar die ganze Zeit wie ein Verrückter und schnappte nach Rickys Füßen, aber er biss nie zu. Er hätte Ricky locker das ganze Bein abkauen können, aber am Ende wollte er doch nur dasselbe wie wir – ein bisschen Spaß, sonst nichts.

Danach war der Zauber irgendwie verflogen. Wir wussten, dass der alte Dobermann nicht wirklich böse war, und er wusste, dass wir es wussten. Wir tranken unser Bier immer noch unten im Entwässerungskanal, aber jetzt setzte er sich zu uns und ließ sich den Kopf streicheln. Es war September – unsere Hundstage. Unsere Eltern wussten nicht, wo wir uns rumtrieben, und es war ihnen auch egal. Es war spektakulär.

5

Ich habe Ricky in der vierten Klasse kennengelernt und seitdem sind wir dicke Freunde. Er ist Deutschiate: Die Familie seines Vaters ist irgendwann mal aus Deutschland eingewandert, und seine Mom kommt aus Malaysia – aus Kuala Lumpur, glaube ich, um genau zu sein. Sie trafen sich, als Carl in der Navy war. Aber es ist nicht so, wie ihr euch das jetzt vielleicht vorstellt – großer, strenger deutscher Kerl, der seine demütige, kleine asiatische Frau herumkommandiert. Tatsächlich ist Rickys Dad, genau wie Ricky selbst, ein schmächtiges Männlein und kommt irgendwie ziemlich schwul rüber. Und damit sage ich nichts, was Ricky nicht schon mal selbst gesagt hat.

Seine Mom ist auch total winzig – ich meine, sie kann keine eins fünfzig groß sein –, aber sie ist alles andere als demütig. Sie hat eine schrille, näselnde Stimme wie ein verstimmtes Banjo, und man kann nicht zu ihnen rübergehen, ohne zuhören zu müssen, wie sie den armen, kleinen Carl wegen irgendwas total Unwichtigem fertigmacht, wie zum Beispiel, dass er beim Zähneputzen das Wasser hat laufen lassen. Wenn sie erst mal richtig in Fahrt ist, versteht man kein Wort von dem, was sie sagt.

Ricky sieht viel mehr wie ein Asiate aus als wie ein Deutscher, und die Mädels sind alle hin und weg von ihm, weil er ja *so* niedlich ist. Doch er hat es irgendwie geschafft, sich einzureden, dass keine von ihnen ihn zum Freund haben wollen würde. Okay, sie können manchmal schon ziemlich herablassend sein, wie damals zum Beispiel, als Kayla Putnam meinte, sie würde ihn am liebsten in ihre Handtasche packen und immer mit sich rumtragen. Aber ganz im Ernst, Ricky ist ein super Typ.

Erstens ist er einer der lustigsten Menschen, die man sich vorstellen kann. Und clever ist er auch noch. Vielleicht erkennt man das nicht unbedingt an seinen Noten, doch das liegt nur daran, dass er sich keine Mühe gibt. Wenn er ernsthaft anfangen würde zu büffeln, hätte er einen glatten Einserdurchschnitt. Ich lerne jeden Tag ein neues Wort aus dem Internet, nur um mit seinem Vokabular mithalten zu können.

Ich erinnere ihn ständig daran, was er alles draufhat, aber meint ihr, er würde mal das Selbstbewusstsein aufbringen, ein Mädchen anzusprechen? Nö. Immer hat er eine Ausrede parat – entweder ist sie zu groß oder zu eingebildet oder sie ist eine Rassistin. Na gut, das mit der Rassistin kann ich ja verstehen, aber ab irgendeinem Punkt muss man sich doch mal sagen, hey, das hier ist bloß die Highschool. Ich brauche nichts weiter als ein Mädchen, das mit mir ausgeht, eine Übungsfreundin quasi.

Wenn man sich also Rickys Erfahrung auf diesem Gebiet vor Augen führt, ist es schon ziemlich ironisch, dass ausgerechnet er jetzt anfängt, mir Ratschläge bezüglich Cassidy zu geben.

»Mann«, sagt er, »du darfst das nicht versauen. Im Ernst, es kann doch nicht so schwer sein, pünktlich bei deiner Freundin aufzuschlagen und sie zum Friseur zu fahren.«

»Hey, daran kann ich jetzt auch nichts mehr ändern. Der Schnee von gestern ist in den Brunnen gefallen. Mir macht viel mehr Sorgen, dass ich nicht gehört habe, was sie ab jetzt von mir verlangt, wenn ich die Beziehung retten will.«

»Du hast also überhaupt nicht aufgepasst?«

»Ich hatte andere Sachen im Kopf.«

Ricky runzelt die Stirn. »Alter, wenn ich du wäre, würde ich an ihren Lippen hängen.« Er meint es todernst. Manchmal beschleicht mich der Verdacht, dass er ein kleines bisschen in Cassidy verknallt ist.

»Man kann nicht die ganze Zeit an ihren Lippen hängen«, sage ich. »Da passiert immer noch so viel anderes Zeugs drumrum. Ich kriege gerade mal die grobe Richtung mit.«

Ricky macht sich ein neues Bier auf. Es ist Freitagabend und wir hängen auf einem Parkplatz in der Twelfth Street auf der Motorhaube meines Autos ab. »Wenn ich eine Freundin hätte, dann wäre das wie in der Kirche, wenn sie redet. Sie wäre der Pontifex und ich total pontifiziert.«

»Du bist ja high.«

»Nein, im Ernst, Mann. Ich bin der beste Zuhörer auf der ganzen Welt.«

Da könnte er recht haben. Er hat sich auf jeden Fall schon massig Schwachsinn von mir angehört. »Und warum fragst du dann nicht mal Alisa Norman, ob sie mit dir ausgeht? Du magst sie doch, oder nicht?«

Er sieht einem vorbeifahrenden Mustang nach, einem von diesen wirklich coolen alten Fließheckmodellen von vor dreißig Jahren. »Klar, die ist echt in Ordnung, aber doch schon praktisch mit Denver Quigley verlobt.«

»Na und? Frag sie trotzdem. Mädchen sind Meisterinnen der fließenden Übergänge. Die machen nicht einfach so mit einem Typen Schluss und sitzen dann rum und warten drauf, dass jemand sie anspricht. Die behalten ihren Freund so lange, bis sie wissen, dass ein anderer an ihnen interessiert ist. Und dann erst kriegt der alte einen Arschtritt und der neue wird mit Küssen überhäuft. Ich sag's dir.«

»Na klar. Hast du dir Quigley mal richtig angeguckt? Der Kerl ist ein echter Höhlenmensch. Wenn ich auch nur ein Wort zu Alisa sage, schlägt der mich zu Brei. Die müssten mich mit dem Spachtel ins Krankenhaus schaffen.«

»Ausreden, nichts als Ausreden.« Ich trinke einen Schluck Bier und schicke direkt einen kleinen Schuss V.O. hinterher. »Aber weißt du was? Davon hab ich genug. Das war's. Heute Abend ist es so weit. Wir suchen dir eine Freundin.«

»Vergiss es.«

»Nein, im Ernst. Meinst du, du kannst ewig bei Cassidy und mir das fünfte Rad am Wagen spielen? Das wird langsam albern. Los, steig ins Auto.«

»Warum? Was soll das bringen?«

»Uns zu den Mädchen, natürlich. Sie sind überall.« Ich gestikuliere in Richtung Twelfth Street. »Es ist Freitagabend, Mann. Da wimmelt es nur von Mädchen auf der Straße. Jedes zweite Auto ist voll von ihnen. Große, kleine, dünne, dicke, Mädels mit großen Titten, Mädels mit Minititten, Blondinen, Brünette, Rothaarige, welche mit breiten Ärschen und welche mit so winzigen Ärschen, dass sie auf deine Handfläche passen. Und weißt du, was die alle wollen? Die wollen einen Mann, Mann. Das wollen die. Und jetzt steig ins Auto.«

»Titten und Ärsche? Du bist ein echter Romantiker, Sutter.«

So sarkastisch er sich auch gibt, er steigt ins Auto. Er weiß, der gute alte Sutter hat nur sein Wohl im Sinn.

Und ich bin übrigens wirklich ein Romantiker. Ich bin verliebt in das weibliche Geschlecht. Es ist eine Schande, dass man sich nur eine davon aussuchen darf, aber da die Regeln nun mal so sind, bin ich sehr dankbar für diejenige, die ich habe, und meinem besten Kumpel wünsche ich nichts dringender, als dass er genau dasselbe bekommt.

6

Auf der Twelfth ist heute ganz schön was los. Ich habe nicht übertrieben – die Mädchen sind in Scharen unterwegs. Aber ich bin wählerisch. Hier geht es immerhin um eine Freundin für Ricky, den Typen, mit dem ich in der fünften Klasse Gerechtigkeitsliga gespielt habe. Damals hat er voll hinter mir gestanden und jetzt stehe ich hinter ihm.

»Du hast aber nicht vor, mich zu blamieren, oder?«, fragt er.

»Wann habe ich das je getan?«

»Soll ich dir das wirklich auflisten?« Er zieht einen Joint aus der Tasche und schnippt sein Feuerzeug an.

»Alter, was soll das denn werden?« Ich hab nichts gegen Gras – meiner Meinung nach ist es bloß nicht unbedingt das soziale Schmiermittel, für das es gehalten wird.

»Du musst ja nicht mitrauchen, wenn du nicht willst«, erwidert er und inhaliert lange.

»Halt dich bloß ein bisschen zurück, okay? Nicht dass ich ein Auto voller Mädchen ködere und du dann total breit bist und in irgendeinen komischen Kosmos abdriftest oder was weiß ich.«

Er bläst eine Rauchwolke in die Luft. »Keine Sorge. Ich werde sehr unterhaltsam sein.«

»Das bezweifle ich auch nicht. Ich bin mir nur nicht sicher, wie viele Mädchen sich über die Kommerzialisierung von Gott unterhalten wollen oder was auch immer das noch mal war, womit du mich letzten Samstag zugeschwallt hast.«

»Es ging um die Frage, was passieren würde, falls irgendwer

entdecken sollte, dass Gott tatsächlich, also körperlich, existiert. Es gäbe wahrscheinlich einen Riesenkampf um die Patentrechte. Ein Gerangel, ob man Gott über Kabel oder Satellit empfängt. Und dann erst das ganze Marketing. Es würde bestimmt Werbung laufen wie: ›Rufen Sie noch heute an und sichern Sie sich Ihren direkten Draht zu Gott für nur 19,95 Dollar im Monat. Oder bestellen Sie gleich das Vater-Sohn-und-Heiliger-Geist-Vorteilspaket für nur 24,95 Dollar!‹«

Ich muss lachen. »Und wenn man die Rechnung nicht bezahlt, drehen sie einem den Gott ab.«

»Siehst du«, sagt Ricky. »Das ist ja wohl ziemlich unterhaltsam.«

Da hat er zugegebenermaßen recht. »Aber nur weil du und ich es unterhaltsam finden, springt die Damenwelt noch lange nicht darauf an.«

»Ist mir auch klar. Hältst du mich für einen kompletten Idioten oder was?«

Uns bleibt keine Zeit, diese Frage näher zu erörtern. Plötzlich hält ein Riesen-SUV voller Mädchen neben uns. Ich kenne keins davon, aber eine Blondine auf dem Rücksitz fährt das Fenster runter, zeigt uns ihre Titten und lacht sich kaputt.

»Alter, hast du das gesehen?«, fragt Ricky.

»Klar. Daumen hoch, sag ich da nur.«

»Na, dann lass sie nicht entkommen! Fahr hinterher.«

»Ganz ruhig, Mann. Die sind doch noch nicht mal von hier.«

»Und?«

»Und darum könnten wir ihnen die ganze Nacht folgen, ohne dass sie rechts ranfahren würden. Du weißt ja wohl, warum so ein Mädchen uns seine Titten zeigt, oder? Weil sie auf die Vorstellung abgeht, dass Jungs sich ihretwegen einen von der Palme schütteln. Egal, du brauchst sowieso jemand Natürlicheren.«

»Die war doch ganz natürlich.«

»Sie hatte eine Guck-mich-an-Frisur.«

»Auf die Frisur hab ich nun echt nicht geachtet.«

Ricky ist ein bisschen stinkig, weil ich den Mädchen nicht folge, aber das ist nur Show. Ich kenne ihn. Er will ihnen nur hinterher, weil er genau weiß, dass das zu nichts führt – nur so tun, als ob, ohne eine echte Chance auf ein Date oder auch einen Korb. Aber damit lasse ich ihn nicht davonkommen, diesmal nicht.

Wir fahren zwei-, dreimal erfolglos die Twelfth rauf und runter, bis ich ein Paar Scheinwerfer im Rückspiegel aufleuchten sehe: Tara Thompsons kleiner goldfarbener Camry. An der Ampel steckt sie den Kopf aus dem Fenster und ruft mir zu, ich solle mal auf dem Parkplatz vor dem Conoco halten. Das sieht vielversprechend aus. Ich kenne Tara ganz gut – wir haben zusammen Englisch –, sie selbst ist zwar nicht so ganz die Richtige für Ricky, dafür aber ihre Freundin Bethany Marks umso mehr.

Tara und Bethany hängen mehr oder weniger ständig zusammen. Sie sind Mittelmaßmädchen – nicht superscharf oder megabeliebt, doch immer noch weit entfernt vom Außenseitertum. Sie spielen Softball. Tara hat blond gefärbte Haare und ist ein bisschen stämmig, aber auf keineswegs unattraktive Weise. Bethany ist brünett und drahtiger, mit sexationell langen Beinen und einem etwas unproportional kurzen Oberkörper. Nette Titten. Ihr einziger Nachteil ist ihre immer leicht fettig glänzende Nase. Aber ihr Verhältnis zu Tara erinnert mich an das zwischen mir und Ricky. Tara ist die Kontaktfreudigere von beiden, während Bethany eher still ist. Sie fällt den Jungs nicht so auf, doch sie hat ein schönes Lachen, und dafür, dass sie Sportlerinnen sind, kann man mit Tara und ihr sogar ganz gut Party machen.

Ich halte neben der Fahrerseite des Autos und lasse mein Fenster runter.

»Sutter«, sagt Tara, »genau auf dich hab ich gewartet. Hast du eine Ahnung, wo wir ein bisschen Bier herkriegen?«

»Bier? Seid ihr Mädels nicht im Training?«

»Wir haben was zu feiern. Meine Mom hat endlich meinen Stiefvater rausgeschmissen.« Beide lachen.

Ich sage ihnen, sie sollen den Wagen parken, dann würde ich mal sehen, was ich für sie tun könne.

»Wenn ich die Damen bitten dürfte, mir in mein Büro zu folgen.« Ich führe sie zum Kofferraum meines Autos und öffne ihn, um ihnen den Bierschatz darin zu zeigen. Ricky und ich haben den ganzen Kofferraum mit Plastikplane ausgelegt, Eis darauf verteilt, eine Reihe Bier nach der anderen aufgestapelt und am Ende noch mal Eis draufgepackt.

»Ihr seid echt die Besten«, staunt Tara.

»Wir wollten gerade los und ein bisschen in Bricktown rumfahren«, sage ich, was wir zwar nicht wirklich vorhatten, aber jetzt genauso gut auch tun können. »Warum kommt ihr nicht einfach mit?«

Bethany wendet ein: »Eigentlich sind wir auf dem Weg zu Michelle.«

Also erwidere ich: »Schade. Ich feiere gern mit, wenn jemandes Stiefvater rausgeschmissen wird – *meine* Mom hat das nämlich noch nicht auf die Reihe gekriegt.«

Mehr muss Tara nicht hören. »Na, dann steh da nicht so rum. Mach mir ein Bier auf.«

Ich gebe ihr eins und muss mir nicht mal einen Trick einfallen lassen, wie ich Bethany und Ricky zusammen auf die Rückbank manövrieren kann. Tara hält direkt auf den Beifahrersitz zu, sodass Bethany und Ricky gar nichts anderes übrig bleibt, als hinten einzusteigen. Ihr denkt jetzt sicher, dass Cassidy bestimmt ein Problem mit dieser Sitzordnung hätte, aber sie ist heute mit einer Freundin im Kino, und außerdem geht's hier ja sowieso nur darum, Ricky und Bethany zu verkuppeln.

»Volle Kraft voraus«, sage ich, als ich den Motor anlasse. »Alle Mann auf ex!«

7

Bricktown ist das Vergnügungsviertel von Oklahoma City. Der Name kommt von all den Gebäuden aus Backstein dort. Früher waren das wohl mal alles Lagerhallen oder so. Jetzt befinden sich darin Bars und Restaurants, Konzertsäle, Cafés, ein Multiplexkino, ein Baseballstadion und eine Arena. Man kann auch mit dem Boot auf einem Kanal rumfahren, der sich zwischen zwei langen Häuserreihen hindurchzieht wie ein Fluss durch den Grund einer Schlucht. Eigentlich nicht sonderlich spannend, aber Mädchen finden es romantisch. Jetzt muss ich nur noch einen Weg finden, Ricky und Bethany in ein Boot zu setzen, während ich Tara woandershin locke.

Ich achte darauf, dass die Mädels während der Fahrt gut mit Bier versorgt sind, und kreuze dann ein paarmal vor den Bars und Restaurants auf und ab. Anfangs ist Ricky ziemlich still. Er ist einer von diesen Menschen, die zunächst etwas schüchtern wirken, aber wenn man ihn erst mal besser kennengelernt hat, ist er zum Totlachen. Er kann killermäßig gut Leute nachmachen – Filmstars, Lehrer, Schulkameraden. Sobald ich ihn mal dazu gebracht habe, flippen die Mädchen regelmäßig aus. Gerade liefert er eine perfekte Imitation von Denver Quigley ab, und Bethany kichert so heftig, dass ich fürchte, ihr fällt jeden Moment das Gesicht ab.

»Kommt, wir fahren Bötchen«, sage ich, als wäre mir das gerade spontan in den Sinn gekommen. So was lassen sich die Mädchen nicht zweimal sagen; sie sind Feuer und Flamme.

Nachdem ich eine Million Meilen vom Kanal entfernt endlich einen Parkplatz gefunden habe, marschieren wir rüber, lästern über die Leute, die uns begegnen, und lachen uns einfach den ganzen Weg die Straße runter kaputt. Als wir an der Anlegestelle ankommen, sage ich Ricky, er soll zwei Tickets kaufen, eins für sich selbst und eins für Bethany, und als ich selbst am Kassenhäuschen stehe, sage ich: »Oh. Ich hab mein Portemonnaie im Auto liegen lassen.«

Dieser dämliche Ricky will mir Geld leihen, doch ich wehre ab: »Nein, Mann. Fahrt ihr zwei ruhig schon mal. Mir gefällt's nicht, dass mein Portemonnaie auf einem dunklen Parkplatz im Auto rumliegt. Wir treffen uns in einer halben Stunde wieder hier.«

Er wirft mir einen misstrauischen Blick zu, aber es ist schon zu spät. Das Boot ist bereit zum Ablegen. Bethany will, dass Tara mitkommt, aber ich packe Tara beim Arm und sage: »Auf keinen Fall. Ich laufe den ganzen Weg doch nicht alleine zurück.«

Wir winken ihnen hinterher, als das Boot losfährt, und die beiden sehen gut zusammen aus, obwohl sie fast zehn Zentimeter größer ist als er. Als sie weg sind, will ich Tara ein Eis ausgeben. Sie sagt: »Ich dachte, du hast dein Portemonnaie vergessen«, und ich sage: »Ich hab gerade gemerkt, dass ich es doch in der anderen Jackentasche hatte.«

Grinsend sieht sie mich an. »Du bist ein Aas.«

»Ich bin kein Aas, sondern Amor. Die zwei würden doch ein süßes Paar abgeben, oder nicht?«

»Ja«, stimmt sie zu. »Würden sie.«

Auf dem Weg zur Eisdiele überlegen wir es uns anders und entscheiden uns stattdessen für eine Bar. Nachdem man uns jedoch in vier Läden nicht reingelassen hat, erkläre ich, dass uns wohl nichts anderes übrig bleibt, als zurück zum Auto zu gehen, uns ein paar Bier einzupacken und sie drüben im Botanischen Garten zu trinken.

»Sollte man denn da im Dunkeln hingehen?«, fragt Tara.

»Hey«, sage ich. »Ich bin doch bei dir.«

Ich schmeiße vier Dosen Bier in eine Plastiktüte und dann ziehen wir los zum Botanischen Garten. Es ist herrliches Wetter, warm genug für eine dünne Jacke. Die Lichter der Stadt scheinen auf uns herab, und das Gewicht des Biers in meiner Hand stimmt mich sehr zufrieden, wie ein üppiges Versprechen.

Das Einzige, womit man an einem solchen Abend hier unten rechnen muss, ist, einem Schnorrer zu begegnen, was uns natürlich prompt passiert. Tara klammert sich an meinen Arm und bleibt ein Stückchen hinter mir stehen, aber der Typ hat absolut nichts Furchterregendes an sich. Er trägt eine ausgebleichte Baseballkappe, dazu Klamotten aus der Altkleidersammlung, die dringend mal gewaschen werden müssten, und sein Gesicht sieht aus, als wäre es aus dem Leder eines alten Baseballhandschuhs gemacht.

Ich gebe ihm einen Fünfer, und er ist irre dankbar, lupft die Kappe und sieht mich an, als wäre ich ein junger Lord oder so was. Nachdem er davongehumpelt ist, sagt Tara, dass ich ihm kein Geld hätte geben sollen. »Der zieht doch nur los und kauft sich Schnaps.«

»Na, ist doch prima.«

»Da hättest du ihm ja gleich ein Bier geben können.«

»Bist du verrückt? Wir haben sowieso jeder nur zwei. Der soll sich schön selber was kaufen.«

Im Botanischen Garten gibt es mehrere Spazierwege, die sich zwischen allen möglichen Bäumen und Pflanzen hindurchwinden und kleine Bäche und Teiche kreuzen. Am einen Ende kann man die Crystal Bridge sehen, die nicht bloß eine Brücke ist, sondern auch ein großes zylinderförmiges Gewächshaus mit allerlei exotischen Pflanzen. Da gibt es sogar eins von diesen riesigen stinkenden Dingern, die nur alle drei Jahre oder so blühen und müffeln wie eine verwesende Leiche. Tatsächlich war ich nach Einbruch der Dunkelheit selbst noch nie hier, aber bei Mädchen ist es immer am besten, wenn man so tut, als wäre man in so ziemlich allem ein alter Hase – nicht um sie zu beeindrucken, sondern nur, damit sie sich sicher fühlen.

Also schlendern wir durch den Garten, trinken Bier und unterhalten uns, und sie fängt an, von ihrer Mom und ihrem Stiefvater Kerwin zu erzählen.

»Kerwin?«, wiederhole ich. »Der heißt wirklich Kerwin?«

Und sie sagt: »Ja, nicht zu fassen, oder?«

Zuerst klingt die Geschichte ganz lustig. Kerwin scheint ein echtes Original zu sein, ein ziemlicher Gammler, der sich nur zweimal die Woche rasiert, in Unterhose vor dem Fernseher hockt und Kochsendungen guckt, sich die Socken irgendwo im Haus auszieht und einfach in die ungefähre Richtung des Schlafzimmers wirft, und furzt, wenn ihre Freundinnen zu Besuch sind. Angeblich hat er sogar schon mal beim Kacken ein Fertiggericht gegessen.

»Ich weiß auch nicht«, sage ich. »Irgendwie ist er mir sympathisch.«

»Das würde sich schnell ändern, wenn du mit ihm zusammenleben müsstest.« Sie trinkt einen Schluck.

»Mein Stiefvater ist ein verdammter Roboter.«

»Kerwin war zuerst gar nicht so übel. Früher mochte ich ihn ganz gern. Als sie geheiratet haben, war ich neun, da fand ich ihn noch lustig. Meine Mom, er, meine kleine Schwester und ich lagen manchmal zusammen im Bett, und er hat uns Geschichten erzählt und gesagt: ›Steckt mal die Köpfe unter die Decke, ich will in die Luft spucken.‹ Und wenn wir das dann gemacht haben, hat er gefurzt. Mom fand es total eklig, aber meine Schwester und ich haben uns totgekichert, als wäre das der größte Witz auf der ganzen Welt. Ich schätze, als ich klein war, fand ich ihn ziemlich toll. Abgesehen von der Furzerei hat er meine Mom auch zum Lachen gebracht. Wir waren echt glücklich.«

Direkt neben der Crystal Bridge ist ein kleines Amphitheater mit Blick auf eine Bühne in der Mitte des Sees. Wir steigen ein paar Sitzreihen tiefer und hocken uns mit unseren Bierdosen hin. »Und was ist dann passiert?«, will ich wissen. »Ein Furz zu viel?«

Sie lacht. »Mehr als nur einer.« Sie hält inne und sieht hinunter auf die leere Bühne. »Aber das eigentlich Schlimme waren die Schmerztabletten.«

»Schmerztabletten? Was, so was wie Vicodin?«

»Noch heftiger. Oxycontin.«

»Oh Mann, das ist echt hartes Zeug.«

»Was du nicht sagst. Anfangs war es nur Lortab. Er hatte einen Autounfall, und danach tat ihm der Nacken so weh, dass es ihn fast in den Wahnsinn getrieben hat. Und mittlerweile hat er einen Strumpf voll Oxycontin in einer Schublade versteckt – als würden meine Mom und ich das nicht mitkriegen. Es geht gar nicht mehr um die Schmerzen.«

»Ach, ich weiß nicht«, sage ich. »Es gibt mehr Arten von Schmerz als nur körperlichen.«

»Kann sein. Aber er hat einfach null Selbstbeherrschung. Er isst zu viel, er trinkt zu viel, er furzt zu viel. Er nimmt zu viel Oxycontin, und dann stolpert er durchs Haus, brabbelt irgendwelches unverständliches Zeug vor sich hin und versucht, einen zu umarmen und zu küssen.«

»Wie, meinst du richtig küssen, so mit Zunge und allem?«

Sie verzieht angewidert das Gesicht. »Igitt, nein. Mehr so, als wäre ich immer noch neun und er könnte mich auf die Wange küssen und mit mir raufen wie früher.«

»Vielleicht hat er dich wirklich lieb.«

»Ach was. Er ist ein totaler Versager. Hat keinen Job länger als ein paar Tage. Pennt auf der Badezimmerschwelle ein. Als meine Mom Geburtstag hatte, ist er aufgestanden, um Frühstück für sie zu machen, und hat dabei fast das Haus abgefackelt. Das war so ziemlich der Gipfel.«

»Schade.«

»Nichts hält ewig«, sagt sie, und ihre Stimme bricht ein wenig. »Auch, wenn man das gern glauben möchte. Man denkt, das ist jetzt was, was bleibt, aber es rutscht einem immer durch die Finger.« Offenbar ist sie doch nicht so glücklich über diese Trennung, wie sie anfangs vorgegeben hat. Sie will es vielleicht nicht zugeben, aber ich merke, dass ihr der alte Furzer doch ein bisschen ans Herz gewachsen ist.

»Und darum will ich auch nie heiraten«, sagt sie. »Was soll das bringen?«

Eine dicke Träne rollt aus ihrem Augenwinkel. Ich hätte eigentlich nicht gedacht, dass sie genug getrunken hat, um im Heul-Stadium anzukommen, aber vielleicht braucht man nicht so viel, wenn man emotional von Anfang an schon ein bisschen runter ist.

Ich würde sie gern trösten. Ich will sagen: »Klar gibt es Sachen, die ewig halten. Irgendwann lernst du einen netten Typen kennen – einen, der nicht so viel furzt –, und den heiratest du dann und bleibst für immer mit ihm zusammen«, doch an dieses Märchen glaube ich ja selbst nicht.

Also sage ich: »Du hast recht. Es gibt wirklich nichts, was

ewig hält. Nichts bleibt. Rein gar nichts. Aber das ist in Ordnung. Eigentlich ist das sogar was Gutes. Das ist wie mit den alten Leuten. Die müssen sterben, damit wieder Platz für Babys entsteht. Man will ja schließlich auch nicht, dass die Welt von Omas und Opas überschwemmt wird, oder? Stell dir nur mal vor, wie zäh der Verkehr wäre – diese ganzen uralten Fahrer mit ihren riesigen schwarzen Sonnenbrillen, die mit drei Meilen pro Stunde in ihren zwanzig Jahre alten Buick LeSabres rumkurven, bis sie aus Versehen aufs Gas statt auf die Bremse treten und in irgendeinem Apothekenschaufenster landen.«

Darüber muss sie lachen, aber es hat einen traurigen Unterton.

»Im Ernst«, sage ich, »du willst gar nicht, dass irgendwas ewig hält. Guck dir mal meine Eltern an. Wenn die immer noch verheiratet wären, dann wäre mein Dad – mein echter Dad – immer noch in diesem Zweizimmer-Schuhkarton gefangen, in dem wir gewohnt haben. Er würde sich jeden Tag dabei totschwitzen, wie er irgendwelche Häuser zusammennagelt. Stattdessen ist er jetzt irre erfolgreich. Siehst du das Chase Building da drüben, das höchste Gebäude von allen?«

Sie nickt und trinkt einen Schluck.

»Mein Dad hat sein Büro direkt unter dem Dach. Siehst du das eine Fenster mit dem Licht, dort in der Mitte? Das ist er, legt mal wieder 'ne Nachtschicht ein.«

»Wow«, sagt sie. »Besuchst du ihn manchmal da oben?«

»Na klar, andauernd. Von da kann man bis nach Norman gucken.«

»Sollen wir mal hingehen?«

»Nein, geht nicht. Er hat zu viel zu tun. Wenn ich ihn sehen will, muss ich immer einen Termin machen.«

»Was macht er denn?«

»Er ist Banker. Schließt einen Riesendeal nach dem anderen ab.«

Wir sitzen beide da und starren zu dem hell erleuchteten Fenster ganz oben im höchsten Gebäude von Oklahoma City rauf. Der Abend wird kälter und irgendwas da draußen in der Dunkelheit gibt einen Laut von sich.

Tara klammert sich an meinen Arm. »Was war das?«

»Nichts«, beruhige ich sie. Aber aus irgendeinem Grund fühle ich mich jetzt so angreifbar, als würde uns tatsächlich etwas Böses auflauern, eine Horde sabbernder Zombie-Schnorrer oder vielleicht noch etwas Schlimmeres, etwas, für das ich noch nicht mal einen Namen habe.

»Vielleicht sollten wir jetzt zurückgehen«, sagt sie.

»Ja, wird wohl langsam Zeit.«

8

Wir sind ein bisschen spät dran, aber als wir am Kanal ankommen, ist Ricky kein bisschen sauer. Er und Bethany sitzen Schulter an Schulter auf einer Bank mit Blick aufs Wasser, grinsend wie zwei Grundschüler beim Puppentheater, und unsere Rückkehr könnte ihnen kaum egaler sein.

Auf der Heimfahrt redet Bethany mehr, als ich es je bei ihr erlebt habe. Sie ist richtig aufgekratzt und kriegt sich gar nicht mehr ein darüber, wie Ricky spontan seinen eigenen Begleitkommentar zu ihrer Bootstour erfunden hat, wie bei einer Disneyland-Attraktion, und Geschichten über die Leute, an denen sie vorbeigekommen sind. Angeblich musste sie so heftig lachen, dass sie dachte, sie müsse sich übergeben. Na ja, so was machen Ricky und ich eigentlich ständig – und ein paar von den Sachen, die er Bethany erzählt hat, hat er bei mir geklaut –, aber das ist schon okay. Mein Plan funktioniert perfekt. Sutterman hat es mal wieder geschafft. Ich bin so stolz auf mich, dass mir das Scheinwerferpaar, das uns die Twelfth runter folgt, erst gar nicht auffällt.

Als wir bei Taras Auto ankommen, wirken Ricky und Bethany schon wie ein Pärchen. Natürlich ist Ricky nicht der Typ dafür, sie sich einfach zu schnappen und ihr noch auf dem Parkplatz einen dicken, feuchten Schmatzer aufzudrücken. Aber er vergeigt es auch nicht. »Hat Spaß gemacht«, sagt er, »lass uns das mal wiederholen.«

»Das fände ich toll«, erwidert sie strahlend.

»Nächsten Freitag wäre doch zum Beispiel ganz hervorragend«, füge ich hinzu. Ein bisschen Hilfe braucht der gute Junge eben trotzdem noch.

»Freitag ist super«, sagt sie. »Na ja, den Rest besprechen wir dann in der Schule, würde ich sagen.«

»Ach was, er ruft dich dieses Wochenende an«, sage ich, und diesmal pennt er nicht.

»Ja, klar, ich ruf dich an.«

Sie schenkt ihm ein süßes, kleines, schüchternes Lächeln und sagt: »Okay, gut.« Dann steigt sie in Taras Camry.

Ungefähr fünfzehn Meter hinter uns wartet ein Auto mit laufendem Motor, dasselbe, das hinter uns die Twelfth Street runtergefahren ist, aber ich achte immer noch nicht groß darauf. Stattdessen nehme ich Tara freundschaftlich in den Arm und wünsche ihr alles Gute für sie und ihre Mutter. Und zack, drückt sie mich plötzlich so kräftig wie eine Tube Zahnpasta und schmiegt die Wange an meine Brust.

»Ich bin echt froh, dass wir uns heute Abend begegnet sind«, sagt sie. »Danke für das Bier und dafür, dass du dir meine dämlichen Probleme angehört hast, und für den guten Rat und so.«

Ich tätschele ihr den Kopf und sage: »Kein Problem.«

Hinter mir knallt eine Autotür zu. Ich drehe mich um und wer steht da? Cassidy. Das hinter uns war die ganze Zeit der Wagen ihrer Freundin Kendra.

»Hi, Sutter«, sagt Cassidy, und es klingt echt nicht freundlich.

»Hey«, sage ich und mache mich von Tara los. »Cassidy. Wie war's im Kino? Hattet ihr Spaß?«

Sie steht mit verschränkten Armen da. »Offensichtlich nicht so viel wie ihr.«

»Ähm, ja. Wir haben den Mädels bloß mit ein bisschen Bier

ausgeholfen.« Ich kann ihr schlecht vom meinem Plan erzählen, Ricky und Bethany zu verkuppeln, während Bethany direkt hinter mir im Auto sitzt.

Cassidy straft mich mit DEM BLICK. »Mhmm, schon klar. Ich hab genau gesehen, wie ihr da gerade rumgemacht habt.«

»Nein, ehrlich nicht. Taras Mom hat ihren Stiefvater rausgeschmissen und das wollten sie feiern und …«

Cassidy hebt die Hand, um mich zum Schweigen zu bringen. »Ich will es gar nicht hören. Da bitte ich dich um eine einzige einfache Sache – nur darum, dass du Rücksicht auf meine Gefühle nimmst, wenn du irgendwas tust. Dass du ausnahmsweise mal nicht zuerst an dich denkst. Das war alles, worum ich dich gebeten habe, das und mehr nicht. Aber du hast es noch nicht mal versucht.«

Aha. *Das* wollte sie also von mir.

»Klar versuche ich das«, erwidere ich. »Ich gebe mir total Mühe.« Tatsächlich bin ich mir gar nicht so sicher, dass das überhaupt möglich ist, aber jetzt, da ich endlich weiß, was sie will, werde ich es auf jeden Fall probieren.

Doch sie schluckt es nicht. »Es ist zu spät, Sutter.« Sie reißt die Autotür auf. »Du bist ein hoffnungsloser Fall.«

»Nein, bin ich nicht«, sage ich. »Ehrlich nicht.«

Aber sie steigt einfach zurück ins Auto, knallt die Tür zu und fährt das Fenster hoch.

»Was hat die denn für ein Problem?«, fragt Tara hinter mir.

»Hohe Erwartungen«, antworte ich. »Unangebracht hohe Erwartungen.«

9

Mein Job ist ganz okay. Ihr wisst, was das heißt, oder? Das heißt, es ist ein Job, den man nur manchmal hasst und nicht immer. Ich falte Hemden bei einem Herrenausstatter namens Mr Leon's drüben auf der Eastern Avenue. Na ja, das Hemdenfalten ist eigentlich nur Beschäftigungstherapie. In Wirklichkeit bin ich Verkäufer, aber die Kunden kommen nur ziemlich spärlich reingetröpfelt. Wer will schon zu Mr Leon's, wenn er auch ins Einkaufszentrum gehen kann? Letzten Sommer hatten wir insgesamt fünf Läden im Stadtgebiet, jetzt sind gerade mal noch zwei davon übrig. Es ist nur noch eine Frage der Zeit, bis Mr Leon's komplett verschwunden ist. Tot und begraben. Wie der indianische Tacoladen, der früher nebenan war.

Aber die fehlenden Kunden sind nicht das, was ich an dem Job so hasse. Die Wahrheit ist, dass es mir vor dem Klingeln der Türglocke regelrecht graut. Genau, wir haben noch eine von diesen Türglocken. Ins Mr Leon's kommen zwei Sorten von Kunden – alte Knacker, die nach Sachen suchen, die seit zehn Jahren nicht mehr modern sind, und junge, einundzwanzig-, zweiundzwanzigjährige Typen, die irgendwo im Verkauf arbeiten. Schrägerweise sind es die jungen, bei denen mir am meisten die Muffe geht.

Ich habe mal eine Doku über einen Eingeborenenstamm im südamerikanischen Regenwald gesehen und die waren so was von cool. Sie hatten nichts an außer diesen winzigen Lendenschurzen, die untenrum gerade mal das Nötigste bedeckten –

die Frauen eingeschlossen –, und sind im Wald rumgelaufen, völlig frei und wild, und haben Körbe geflochten, Tukane mit Blasrohren erlegt und auch sonst alle möglichen genialen Sachen gemacht. Dann schlich sich auch bei ihnen langsam die Zivilisation ein, und zack, auf einmal hatten sie labbrige T-Shirts und Polyesterhemden mit Siebzigerjahre-Kragen an und sahen aus wie die letzten Alkis. Das konnte einem echt das Herz brechen.

Na ja, und daran erinnern mich diese jungen Typen irgendwie. Versteht ihr, gerade waren das noch Teenager, völlig frei und wild, die coole Tricks auf ihren Fahrrädern draufhatten, die auf ihren Skateboards den Bürgersteig runtergebrettert sind und sich von Felsklippen in den Lake Tenkiller gestürzt haben. Und jetzt kommen sie in ihren Verkäuferklamotten zu Mr Leon's, dabei sind ihre Körper noch nicht mal erwachsen genug, dass ihnen die Sachen von hier passen – die Hosensäume werfen über ihren klobigen Schuhen Falten und ihre Hemdkragen stehen hinten am Hals eine Handbreit ab. Sie haben Gel in den Haaren und haufenweise Pickel um Nase und Mund, weil sie so gestresst sind von ihrem ersten *richtigen* Job und dem Druck, ihre Rechnungen selbst bezahlen zu müssen.

Und wisst ihr, was? Das ist sogar noch herzzerreißender als bei den Regenwaldtypen, weil ich genau weiß, dass das die Welt ist, die da draußen auch auf mich wartet. Ich muss ja jetzt schon Stoffhosen, steife Hemden und Krawatten tragen, nur um bei Mr Leon's zu arbeiten. Die echte Welt walzt so unaufhaltsam auf mich zu wie ein Bulldozer auf den Regenwald.

Im Verkaufen bin ich aber ganz gut. Wenn ich wollte, könnte ich neun von zehn dieser jungen Typen dazu bringen, mir einen dieser pastellfarbenen Freizeitanzüge aus den Siebzigern abzunehmen. »Die sind jetzt wieder in«, würde ich ihnen einreden. »Darin sehen Sie aus wie Burt Reynolds. Fehlt nur noch der Schnurrbart.«

Aber das will ich nicht. Ich will meine Tage nicht damit verschwenden, Leuten mit Zeug auf den Keks zu gehen, das sie gar nicht brauchen. Wenn ich was finden würde, an das ich glaube – irgendein radikales neues Produkt, das die Ozonschicht rettet oder so –, dann wäre ich ein Wahnsinnsverkäufer.

Doch momentan habe ich eben nur Mr Leon's. Den Job hat mir mein Stiefvater Geech besorgt. Ich wollte eigentlich am liebsten in der Klapse arbeiten, aber an so was ist schwer ranzukommen, und Geech war so stolz auf seine tollen Beziehungen in der Geschäftswelt, dass er mir sowieso nicht zugehört hat. »Ich bin schon im Verkauf, seit ich vierzehn war«, prahlt er immer. »Und ich war nicht mal fünfunddreißig, da hatte ich mir schon meine eigene Installationsbedarfsfirma aufgebaut.«

Installationsbedarf. Na, herzlichen Glückwunsch.

Immerhin verdiene ich mit dem Hemdenfalten genug, um mein Auto abzubezahlen, und für die Partykasse bleibt auch noch was übrig. Und so übel ist der Job ja nun auch wieder nicht. Immer positiv denken, das ist meine Devise.

Der Filialleiter zum Beispiel, Bob Lewis, ist ein super Typ. Ehrlich, ich bin ein totaler Fan von ihm. Der Mann hat noch Träume. Er redet immer davon, wie reich er mal sein wird. Je nachdem, welcher Tag gerade ist, will er entweder Motivationstrainer für Babys werden oder ein Drehbuch über Weltraumdinosaurier schreiben oder eine Diät entwickeln, die hauptsächlich aus Walnusseis und Fischstäbchen besteht.

Er hat alle möglichen Ideen für Themenrestaurants, zum Beispiel mit den Spezialitäten verschiedener Bundesstaaten – Alaska-Al, Wisconsin-Willy, Idaho-Ida. Schätze mal, bei Idaho-

Ida gäbe es nichts als Kartoffeln. Mein Lieblingsrestaurant ist aber der Minigolfladen. Da gäbe es an jedem Loch ein anderes Gericht zu probieren und der Preis hinge vom jeweiligen Punktestand ab. Am achtzehnten Loch wären die Gäste vermutlich pappsatt.

Ich kriege nie genug von seinen Geschichten und dränge ihn ständig, mir mehr zu erzählen. Obwohl ich genau weiß, dass er niemals irgendwas davon in die Tat umsetzen wird. Und wisst ihr auch, warum? Weil es ihm eigentlich egal ist, ob er mal reich wird. Er träumt einfach gern. Was ihm wirklich am Herzen liegt, ist seine Familie – seine pummelige kleine Frau und seine pummeligen kleinen Kinder. Dafür engagiert er sich und setzt seine ganze Energie ein.

Im herkömmlichen Sinn würde man seine Frau wohl eher nicht als attraktiv bezeichnen, aber trotzdem ist sie wunderschön. Es ist toll, wenn sie ihn im Laden besucht – sie strahlt, er strahlt, und ich bin mir sicher, ich strahle genauso, und das nur, weil ich die beiden so sehe. Mit seinen Kindern, Kelsey und Jake, ist es dasselbe. Sie sind fünf und sieben Jahre alt und lieben nichts mehr, als wenn ihr Dad sie hochhebt und durch die Luft wirbelt. Er nennt Kelsey »Böhnchen« und Jake »Knolle«. Jedes Mal, wenn sie wieder gehen, frage ich Bob: »Bob, kannst du mich nicht adoptieren?«

Und weil Bob folglich der beste Ehemann und Familienvater der Welt ist, hoffe ich, dass er vielleicht einen guten Rat in Bezug auf mein Cassidy-Fiasko hat. Es ist später Nachmittag und seit zwei Stunden hat sich kein Kunde mehr blicken lassen, also sitzen wir mit unserer Getränkeautomatenlimo da und quatschen. Bob trägt wie immer ein gestärktes blaues Hemd, das um diese Tageszeit mit exquisiten Schweißflecken verziert ist. Er sieht aus, als wäre er irgendwann mal ziemlich athletisch gewesen – damals, bevor seine Frau ihn mit panierten Steaks gefüttert hat.

Natürlich habe ich mein 7UP mit einem Schuss Whisky verfeinert, aber davon weiß Bob nichts. Früher hat es ihm nichts ausgemacht, wenn ich meine Limo ab und an ein bisschen gepimpt habe, solange es kurz vor Feierabend war. Aber ich schätze, irgendeiner unserer Uralt-Kunden hat mal was gerochen und sich beschwert. Jetzt mache ich es nur noch heimlich, um Bob nicht in eine unangenehme Lage zu bringen.

»So richtig viel dagegen unternehmen kann ich wohl nicht«, bringe ich meinen Cassidy-Bericht zu Ende. »Sie hat sich entschieden – *c'est la vie,* was?«

»Gib doch nicht so einfach auf«, entgegnet er.

»Warum denn nicht? Da draußen laufen noch so viele Mädchen rum. Ich hab schon ein Auge auf Whitney Stowe geworfen. Hellbraune Haare, blaue Augen, lange Beine wie aus Porzellan. Sie ist 'ne ziemliche Eiskönigin, die Diva der Theatertruppe, aber das bedeutet ja nur, dass niemand sonst sie je anspricht – die sind viel zu eingeschüchtert. Aber ich nicht. Ich peile ein neues Ziel an und schaue nicht zurück.«

Bob schüttelt den Kopf. »Das sagst du doch nur so. Ich wette hundert Dollar, dass du das nicht ernst meinst. Gib's zu, du willst Cassidy zurück. Sie ist was Besonderes. Um ehrlich zu sein, dachte ich immer, sie würde es endlich mal schaffen, dich aus deinem Leerlauf zu holen.«

»Was soll das denn heißen? Ich bin nicht im Leerlauf. Ich fahre im fünften Gang.«

»Wenn du meinst. Hast du wenigstens versucht, mit ihr zu reden?«

»Klar, ich hab ihr alles erklärt. Das heißt, sie ist nicht ans Telefon gegangen, aber ich hab ihr noch am selben Abend eine lange Nachricht auf dem AB hinterlassen – echt total detailliert – und dann hab ich ihr auch noch eine Mail geschrieben. Und nichts zurückgekriegt. Null. *Nada.* In der Schule latscht sie einfach an mir vorbei, als wäre ich der Unsichtbare höchstpersönlich oder so.«

»Und bist du ihr nachgegangen?«

»Nee, ich bin doch nicht ihr Schoßhündchen.«

»Hast du dich entschuldigt?«

»Nicht so richtig. Ich hab ihr einfach erklärt, dass ich bloß Ricky einen Gefallen tun wollte – was, nebenbei bemerkt, auch hervorragend geklappt hat, am Freitag hat er nämlich ein Date mit Bethany. So wie ich das sehe, gibt es da echt nichts zu entschuldigen. Es war nur ein Missverständnis.«

Bob signalisiert mir seine Bedenken mit einem Handwedeln. »Spielt keine Rolle. Sich zu entschuldigen, schadet nie – selbst wenn eigentlich sie diejenige ist, die was angestellt hat, was dir nicht passt. Also los, entschuldige dich. Solche Opfer muss man bringen. Dadurch weiß sie, dass du sie liebst.«

»Von mir aus«, sage ich. »Aber dann kann sie mich auch gleich an der Leine rumführen.«

»So darfst du das nicht sehen. Mach dir nicht die ganze Zeit Sorgen, wer in eurer Beziehung mehr Macht hat. Wenn sie deinetwegen glücklich ist, dann ist das die größte Macht, die du haben kannst.«

»Hmm«, sage ich. »So hab ich das noch nie betrachtet.«

Bob hat da wirklich ein paar schlaue Ansichten. Wie erfolgreich er als Baby-Motivationstrainer wäre, kann ich nicht sagen, aber im Bereich liebeskranke Teenager liegt er jedenfalls ganz weit vorn.

»Ich würde dir raten«, fährt er fort, »heute Abend mal bei ihr vorbeizugehen. Ruf nicht mehr an und schreib ihr auch keine

SMS mehr. Und auch keine E-Mails. Geh einfach hin und rede mit ihr. Welche Blumen mag sie am liebsten?«

»Keine Ahnung.«

Er schenkt mir ein »Tztztz«-Kopfschütteln. »Dann nimm Rosen. Sag ihr, es war falsch, was du getan hast. Aber fang ja nicht an, ihr hoch und heilig zu versprechen, dass du es nie wieder machst oder so. Stattdessen erklär ihr lieber, dass du darüber nachgedacht hast, wie sie sich *gefühlt* haben muss, als sie gesehen hat, wie du das andere Mädchen umarmt hast. Damit bringst du sie dazu, über ihre Gefühle zu reden. Und dann musst du gut zuhören. Zeig ihr, wie viel Rücksicht du auf sie nimmst. Das war es ja auch, was sie von Anfang an wollte.«

»Verdammt, Bob«, sage ich. »Das ist gut. Das ist wirklich gut. Damit kannst du bei Oprah auftreten, kein Scherz.«

»Ich habe schon mal darüber nachgedacht, ein Buch über solche Themen zu schreiben«, sagt er. »Aber da muss ich vielleicht erst mal einen Doktor in Psychologie machen.«

10

Der gute alte Bob. Für einen Typen, dem die Haare aus den Ohren wachsen, kennt er sich ganz schön gut mit Frauen aus. Schade, dass ich ihn nicht einfach mitnehmen und für mich den Cyrano de Bergerac spielen lassen kann.

Genau das ist nämlich das Problem dabei, Cassidys Regel zu befolgen. Es ist ja nicht so, als wollte ich keine Rücksicht auf ihre Gefühle nehmen, ich habe bloß einfach nicht den geringsten Schimmer, was in einem Mädchen vorgeht, sobald es meine Freundin wird. In ganz normalen Mädels lese ich wie in einer offenen Bedienungsanleitung für Toaster, aber sobald ich was mit ihnen anfange, ist es, als würden sie mir das Heftchen vor der Nase zuklappen. Und das war's dann mit dem Toast.

Nehmen wir zum Beispiel die Freundin, die ich vor Cassidy hatte, Kimberly Kerns. Anfangs, im Flirtstadium, als wir einander gerade erst kennengelernt hatten, hat sie mich für den witzigsten Typen auf der ganzen Welt gehalten. Ich habe immer so eine Gangsta-Rapper-Verarsche zum Besten gegeben, die sie toll fand:

Ich bin der krasseste Typ der Stadt
Der immer die heißesten Bräute hat
Ich bin der Spaßdetektor
Der BH-Inspektor
Ich mein's echt ernst, Leute

Ich mach heute fette Beute
Ich bin der Sexgenerator
Der Meisterkopulator
Männlich und robust
Ich bin der Sultan der Lust
Yeah, der Sultan der Lust
Yeah, der Sultan der Lust

Da hat sie immer gelacht, bis sie Bauchkrämpfe bekam. Aber nachdem wir dann ein paar Monate zusammen waren, konnte ich kaum einen Satz über die Lippen bringen, ohne dass sie mir vorgeworfen hat, ich wäre eklig oder kindisch oder sonst was. Früher meinte sie immer, ich wäre echt einzigartig, und dann, ganz plötzlich, hat sie andauernd versucht, mich in ihre Vorstellung von einem Traumtypen zu verwandeln. Warum kannst du nicht mal über was Ernstes reden? Warum kannst du nicht mal ein schöneres Hemd anziehen? Warum musst du immer mit deinen Kumpels feiern gehen? Sie wollte sogar, dass ich mir die Haare ein bisschen länger wachsen und mir Strähnchen machen lasse. Ist das zu fassen? Ich und Strähnchen, verdammt noch mal!

Vor Kimberly war ich mit Lisa Crespo zusammen und davor mit Angela Diaz und davor mit Shawnie Brown und davor – das war noch in der Junior-Highschool – mit Morgan McDonald und Mandy Stansberry und Caitlin Casey. Alles selbstbewusste Mädels, die wussten, was sie wollten, aber irgendwie habe ich sie immer enttäuscht, und zwar aus einem dieser beiden Gründe:

Entweder weil ihre Freundinnen völlig unverständlicherweise zu dem Schluss gekommen sind, nicht sonderlich begeistert von mir zu sein.

Oder – und das ist noch verwirrender – weil sie von mir

erwartet haben, dass ich irgendeinen Gang einlege, den mein Liebesmobil einfach nicht draufhat.

Als Lisa mit mir Schluss gemacht hat, meinte sie, sie hätte nie das Gefühl gehabt, wir würden eine *richtige* Beziehung führen.

»Was redest du denn da für einen Quatsch?«, habe ich entgegnet. »Wir unternehmen so gut wie jeden Samstagabend was zusammen. Erwartest du, dass ich dir einen Heiratsantrag mache, oder was? Wir sind gerade mal sechzehn.«

»Ich sage ja überhaupt nicht, dass wir heiraten sollen«, meinte sie dann, total im Schmollmodus.

»Was denn dann?«

Woraufhin sie die Arme verschränkte. »Wenn du das nicht weißt, kann ich es dir auch nicht sagen.«

Oh Mann. Und dabei war es am Anfang so lustig mit ihr.

Wenn ich jetzt an meine Exfreundinnen denke, dann ist das, als würde ich durchs Fenster auf ein Blumenbeet gucken. Alles sieht wunderschön aus, aber man darf nichts anfassen.

Ich bin nicht verbittert oder so. Ich bereue gar nichts. Allerdings frage ich mich, was zum Teufel in ihren Köpfen vorgegangen ist und in ihren Herzen, damals, als wir uns eigentlich immer näher hätten kommen sollen. Warum wollten sie plötzlich einen anderen Sutter als den, den sie anfangs hatten? Warum bin ich jetzt mit jeder Einzelnen von ihnen befreundet, und es ist immer total nett, wenn wir uns über den Weg laufen? Warum mögen Mädchen mich so gern, lieben mich aber nie?

Das sind so die Gedanken, die mir nach der Arbeit auf der Fahrt zu Cassidy durch den Kopf gehen. Ich habe ernsthaft vor, mich genau so zu entschuldigen, wie Bob es mir geraten hat, und obwohl ich mir sicher bin, dass er damit jede Frau verzaubert, habe ich ziemliche Zweifel, dass ich es genauso gut hinkriege. Ich rede mir sogar schon ein, dass es in Ordnung ist, wenn es nicht klappt – nichts hält ewig. Außerdem gibt es ja immer noch Whitney Stowe mit den langen Beinen, den Star der Theater-AG. Klar kommt sie ziemlich eingebildet rüber, aber die lockere ich schon auf. Darin bin ich gut, zumindest am Anfang einer Beziehung.

Unterwegs halte ich an meinem Lieblingsschnapsladen an, um mich für die Aufgabe, die mir bevorsteht, zu stärken. Der Kerl hinter der Theke mag vielleicht aussehen wie der erste Hell's Angel unter der Sonne, aber er ist mein Kumpel. Fragt mich nie nach meinem Ausweis und sagt, ich erinnere ihn an seinen Sohn, mit dem er schon ewig keinen Kontakt mehr hat. Und trotzdem, je näher ich Cassidys Haus komme, desto mehr Schmetterlinge flattern in meinem Bauch rum, sogar nach zwei Schlucken purem Whisky.

Als ich in ihre Straße einbiege, ist es kurz nach halb neun, und ich habe immer noch meine Mr-Leon's-Klamotten an. Ich habe das Gefühl, mit einer Krawatte bin ich ihren Eltern ein kleines bisschen sympathischer. Wahrscheinlich täuscht ihnen das vor, ich hätte ein Ziel im Leben, und überzeugt sie vielleicht jetzt davon, mich reinzulassen – nur für den Fall, dass Cassidy ihnen den Auftrag gegeben hat, mich abzuwimmeln.

Ihre Mom kommt an die Tür, zum Glück. Ich kann besser mit Müttern als mit Vätern. Das gilt allerdings nur für anderer Leute Mütter, nicht für meine eigene.

Sie wirkt überrascht, mich zu sehen, also hat Cassidy ihr offenbar schon erzählt, dass sie mir den Laufpass gegeben hat. Was dem Ganzen gleich eine viel offiziellere Note gibt, aber ich sage trotzdem: »Hi, Mrs Roy, wie geht's Ihnen?« Total lässig, als wäre gar nichts passiert und ich nur da, um Cassidy zu besuchen, genau wie die letzten sechs Monate.

Sie setzt ein künstliches Lächeln auf und antwortet: »Danke, gut, Sutter. Mit dir habe ich gar nicht gerechnet.«

»Nicht? Na, macht nichts, ich bin auch nur vorbeigekommen, um ein bisschen mit Cassidy zu quatschen. Vielleicht können wir ja irgendwo eine Cola trinken gehen.«

»Tut mir leid, Cassidy ist nicht zu Hause.« Kein Wort über die Trennung.

Dabei bin ich mir sicher, dass sie eigentlich sagen will: »Weißt du was, Krawatten-Boy? Cassidy ist in ihrem Zimmer, aber sie will dich nie wiedersehen, bis in alle Ewigkeit, also wie wär's, wenn du und deine dämliche Mr-Leon's-Hose jetzt die Biege machen?« Typisch Eltern. So was würden die nie sagen, auch wenn jeder genau weiß, dass sie es denken.

Aber dieses Spielchen hab ich auch drauf. »Ach, komisch.« Ich werfe einen Blick über die Schulter auf die Einfahrt. »Ihr Auto ist doch hier. Vielleicht ist sie ja schon wieder zurück und Sie haben es nur nicht mitbekommen?«

»Nein, ich weiß genau, dass sie noch unterwegs ist. Kendra hat sie abgeholt.« Sofort presst sie die Lippen aufeinander. Offenbar war sie nicht befugt, diese streng geheime Information preiszugeben, aber jetzt ist es zu spät. Also sage ich nur: »Okay, dann richten Sie ihr doch bitte aus, dass ich hier war. Bis dann. Ich muss sowieso in ein paar Minuten zu Hause sein.«

Aber Mrs Roy – wenn sie so klug ist, wie ich denke – muss klar sein, dass ich jetzt überallhin fahren werde, nur nicht nach Hause.

11

Kendras Auto steht nicht vor ihrem Haus, aber ich klingele trotzdem an der Tür. Ihre Mom ist hilfsbereiter und erzählt mir, dass die Mädchen drüben bei Morgan McDonald sind, wo das Treffen der sportlichen Christen stattfindet. Das mit Morgan und mir in der Junior-Highschool ist schon so lange her, dass es mir vorkommt, als wären wir nie mehr als Freunde gewesen. Das Eigenartige ist nur, dass Cassidy sich niemals mit einer Horde religiöser Sportskanonen treffen würde. Sie ist keins von beidem. Normalerweise hat sie für derlei Volk nichts als Verachtung übrig.

Derlei. Tolles Wort.

Als ich in Morgans Wohngegend im Nordteil der Stadt ankomme, habe ich noch einige Schlucke Whisky mehr intus und die Schmetterlinge in meinem Bauch sind verschwunden. Stattdessen fühlt es sich eher an wie ein paar rostige Schrauben, die in einer Blechdose rumklappern.

Ihr müsstet mal sehen, wie viele Autos nur wegen dieser Sportlerchristengeschichte den ganzen Block zuparken. Man könnte fast meinen, die verteilen da Du-kommst-aus-der-Hölle-frei-Gutscheine. Aber kommt jetzt bloß nicht auf die Idee, dass das eine brave, anständige Veranstaltung mit Vanillewaffeln und Milch ist. Man muss noch nicht mal sonderlich athletisch sein, um kommen zu dürfen. Nein. Neunundneunzig Prozent der Leute, die bei diesen Treffen auftauchen, sind da, um jemanden abzuschleppen. Was auch der Grund für die rappelnden

Schrauben in meinem Bauch ist. Auf wen hat Cassidy es abgesehen?

Ich parke am Ende der Autoreihe und mache mich auf zu Morgans Haus, während ich darüber nachdenke, was ich sagen soll, wenn ich Cassidy sehe. Als Aufhänger brauche ich was Leichtes, Witziges, Originelles, wie zum Beispiel: »Du hier? Das ist ja 'ne Überraschung. Hast du eine Fahrgemeinschaft mit Jesus gegründet oder nimmt der wieder den Esel?« Dann, wenn ich sie erst mal zum Lächeln gebracht habe, kann ich mit meiner Entschuldigung einsteigen. »Ich hab's verbockt«, werde ich sagen. »Ich habe nicht nachgedacht. Du kennst mich ja, denken war noch nie meine Stärke. Im Fach Beziehungen bin ich eine Null. Ich brauche halt ein bisschen Extranachhilfe für Sonderschüler. Bei dir.«

Vor mir sehe ich die Umrisse eines Pärchens, das sich vor dem Licht einer Straßenlaterne abhebt. Der Größe des Jungen nach zu schließen, ist das Marcus West, der Basketballbulle, aber das Mädchen schmiegt sich so dicht an ihn, dass ich nicht mehr erkennen kann als ihre einigermaßen kurzen Haare. Na, so was, sage ich zu mir, Marcus hat eine Neue. Das heißt, La-Shonda Williams ist also wieder zu haben. Die mochte ich schon immer. Aber so schnell die Idee in meinem Kopf aufgetaucht ist, so schnell verdränge ich sie auch wieder. Ich bin nicht auf der Suche nach einer neuen Freundin.

Dann, als ich näher komme, dreht sich Marcus so, dass er sich an eins der Autos lehnen kann, er zieht das Mädchen mit und beugt sich runter, um sie ausgiebig zu küssen. Aus dieser Perspektive kann ich die Silhouette ihres Hinterns perfekt erkennen, und es besteht kein Zweifel mehr, wem er gehört. Das ist Cassidys dicker, herrlicher, wunderschöner Po. Die Schrauben in meinem Bauch verwandeln sich in verrostete Hämmer.

Die meisten Jungs würden wohl einen Blick auf Marcus Wests Statur werfen und auf dem Absatz kehrtmachen, aber zu denen gehöre ich nicht. »Tja«, sage ich und bleibe etwa zehn Meter entfernt stehen. »Sieht aus, als hätte der Heilige Geist bei euch beiden ganze Arbeit geleistet.«

Cassidy fährt herum. »Was machst du denn hier?«

»Hey, du warst beim Friseur.«

Ihre Hand zuckt für eine Sekunde hoch zu ihren Haaren. »Ich fand, es war mal Zeit für was anderes.«

Ich nicke und reibe mir das Kinn, als wäre ich der Stilexperte schlechthin. »Ist verdammt noch mal atemberaubend.«

Jetzt macht Marcus einen Schritt auf mich zu. »Sag mal, Sutter, bist du besoffen oder was?«

Ich lächele, so breit ich kann. »Drücken wir's mal so aus: Wenn *besoffen* gleich A ist und *was* gleich B, dann lautet die Antwort definitiv nicht B.«

Er zieht die Stirn kraus, allerdings nicht wütend, sondern überraschenderweise mitfühlend. »Hör mal, Mann, ich weiß, dir geht's gerade nicht besonders. Wie wär's, wenn ich dich einfach nach Hause fahre?«

»Und siehe! Marcus West sprach zu den Geringsten.« Ich gebe mir wirklich Mühe, nicht zu lallen.

Cassidy stöhnt: »Ach Mensch, Sutter.«

Aber ich hebe einen Finger – ich bin noch nicht fertig. »Und sein Segen kam wie ein Fluch über all die, die da frevelten. Na ja, ich sag immer, leben und wiederauferstehen lassen.«

Marcus kommt zu mir und greift nach meinem Arm. »Komm schon, Mann, wir gehen mal rüber zu meinem Auto.«

Ich mache mich los. »Eure Heiligkeit, das ist nicht nötig. Ich bin ein aufgeschlossenes Individuum, das die Bedeutung des Wortes ›Arschtritt‹ durchaus zu erfassen vermag. Nun denn, ich wünsche euch eine gute Nacht.« Ich verbeuge mich, so tief ich kann, ohne das Gleichgewicht zu verlieren. »Und ich wünsche euch lebenslanges Eheglück, während ich, der ich nun wieder frei bin, mich auf die epische Suche nach meiner Seelenverwandten begeben werde.«

Als ich mich abwende, sagt Marcus: »Sutter, jetzt warte doch mal …«, aber Cassidy schneidet ihm das Wort ab. »Lass ihn. Der kann doch sowieso nur fahren, wenn er halb betrunken ist.«

»Die Firma dankt für Ihr Vertrauen«, rufe ich ihr zu, ohne mich umzudrehen. »Du bist eine sehr verständnisvolle Frau – wenn es nicht gerade um Liebe geht.« Und das wäre der perfekte Abgang gewesen, wenn ich nicht über einen Haufen Müllsäcke gestolpert wäre und mir meinen Drink über die Hose gekippt hätte.

12

Noch so ein spektakulärer Nachmittag. Das Wetter ist unglaublich. Das bedeutet zwar wahrscheinlich, dass der Sommer wieder brutal heiß wird, aber darüber mache ich mir jetzt noch keine Sorgen. Mit der Zukunft hatte ich nie viel am Hut. Ich bewundere Leute, die sich damit befassen, aber es war einfach nie mein Ding.

Ricky und ich sitzen auf der Motorhaube meines Autos, auf einem Parkplatz in der Stadtmitte, mit Blick auf den Fluss. Ich biete ihm einen Schluck aus meinem Flachmann an, doch er lehnt ab, mit der Begründung, es sei ihm noch zu früh. Zu früh? Es ist zwei Uhr nachmittags. Und noch dazu Freitag! Aber ich bin niemand, der jemanden zu irgendwas drängt, was er nicht will. Jeder nach seiner Fasson, sag ich immer.

Ich nehme einen kleinen Schluck und sage: »Guck mal, von hier kann man das Chase Building sehen. Ganz da oben in der Spitze …«

»Jaja, ich weiß. Da hat dein Dad sein Büro.«

»Ich frage mich, was er wohl heute wieder für Geschäfte abschließt.«

»Du weißt doch«, sagt Ricky, »dass ich heute Abend mitkommen würde, wenn ich könnte, oder?«

»Klar weiß ich das. Ist auch alles halb so wild. Allein halte ich es bloß nie lange aus bei meiner Schwester. Wenn ich ihren Mann und seine Kumpels sehe, kriege ich manchmal einfach das kalte Kotzen. Die sind so was von aufgeblasen. Jeden außer sich selbst halten die doch für Pöbel. Und dabei würde es mir noch nicht mal was ausmachen, zum Pöbel zu gehören. Mich nerven nur die Leute, die denken, das wäre was Schlimmes.«

»Ich kann Bethany nicht absagen. Sie hat schon alles geplant.«

»Ist doch in Ordnung.«

»Außerdem dachte ich, du wolltest Whitney Stowe fragen, ob sie mitkommt.«

»Hab ich ja.«

»Echt? Warum hast du mir das nicht erzählt?«

»Lief nicht sonderlich gut. Sie hat gesagt, dass sie nicht mit oberflächlichen Kerlen ausgeht, die bloß Party machen wollen.«

»Das hat sie gesagt?«

»Mhmm.«

»Die spinnt doch.«

»Ich weiß nicht.«

»Mann, du bist kein oberflächlicher Kerl, der bloß Party machen will. Wer so was über dich sagt, kennt dich kein bisschen und war auch ganz offensichtlich noch nie bei einem unserer nächtlichen Gespräche dabei.«

»Aber du weißt doch, wie Whitney ist – sie ist halt *Künstlerin*.«

»Ich versteh nicht, warum du nicht Tara fragst. Die würde gern mal mit dir ausgehen, das hat Bethany gesagt. Außerdem hab ich gesehen, wie sie dich auf der Rückfahrt aus Bricktown angeguckt hat.«

»Mann, ich kann nicht mit Tara ausgehen.«

»Klar kannst du das. Denk doch mal nach. Sie und Bethany sind beste Freundinnen. Wir könnten auf Doppeldates gehen, am See grillen – Burger, Drinks, ein bisschen kiffen. Das wäre doch der Hammer.«

»Davon bin ich überzeugt«, sage ich und habe die Szene auch schon vor Augen. »Aber es geht eben nicht. Ich kann nicht mit

Tara ausgehen. Niemals. Wenn ich das mache, denkt Cassidy nur, sie hätte recht gehabt. Sie würde sagen: ›Guckt euch dieses verlogene kleine Wiesel an. Erst versucht er mir zu verklickern, dass zwischen ihm und Tara nichts läuft, und jetzt sitzen sie unter den Weiß-Eichen und füttern einander mit Pommes.‹«

Darüber muss Ricky schmunzeln. »Weißt du«, sagt er, »ich kann's immer noch nicht fassen, dass sie sich sofort an Marcus West rangeschmissen hat. Ich meine, ich kapier's einfach nicht. Sie hat doch immer so über die Sporttypen hergezogen.«

»Ach, ich kapier's irgendwie schon.« Ich trinke noch einen Schluck aus dem Flachmann. »Du kennst doch Cassidy mit ihrem Fimmel für Greenpeace und UNICEF und Schwulenparaden und was nicht sonst noch alles. Und auf der anderen Seite Marcus, der quasi eine Ein-Mann-Heilsarmee ist. Irgendwo ist der doch immer am Start – mal serviert er Obdachlosen eine Thanksgiving-Mahlzeit, dann trainiert er mit Kindern für die Paralympics oder hilft Straftätern zurück ins Leben. Das muss man ihm lassen, man kann sich praktisch nicht über ihn lustig machen.«

»Stimmt«, sagt Ricky. »Und dazu kommt natürlich auch noch sein Riesending.«

»Was?«

»Du weißt schon, es heißt doch immer, Schwarze hätten riesige *Dinger*. Wie Elefantenrüssel.«

»Das ist doch Quatsch. An solche rassistischen Klischees glaub ich nicht.«

»Ich auch nicht«, sagt er. »Aber fällt schwer, es sich nicht auszumalen.«

Kopfschüttelnd sehe ich ihn an. »Na ja, zumindest jetzt, wo du es erwähnt hast.«

»Tut mir leid, Alter.«

Ich nehme einen anständigen Schluck aus dem Flachmann. »Tolle Vorstellung. Schlimm genug, dass ich zu meiner Schwester muss, und jetzt hab ich auch noch die ganze Zeit dieses Bild im Kopf.«

»Hier«, sagt Ricky und zieht einen fetten Joint aus der Jackentasche. »Nimm den mit. Ist ziemlich krasses Zeug. Das bringt dich durch den Abend.«

13

Ich muss von drei bis acht Uhr arbeiten und ausnahmsweise will ich überhaupt nicht weg. Am liebsten würde ich noch weit bis nach Ladenschluss bleiben. Ich könnte bis zehn Uhr Inventur machen oder sonst was, egal, was, Hauptsache, ich kann den Aufbruch zur Soiree meiner Schwester aufschieben. Leider nimmt mich Bob gegen sieben zur Seite und sagt mir, ich solle lieber schon mal gehen.

Ich sage: »Auf keinen Fall. Was, wenn plötzlich doch noch Kunden kommen? Dann stehst du ganz allein hier«, aber er sagt: »Hör mal, ich weiß, dass du was getrunken hast, und wir können es uns nicht leisten, dass sich wieder jemand bei der Zentrale beschwert, okay?«

Erst will ich das mit dem Trinken leugnen, doch Bob kann ich nicht anlügen, also verspreche ich ihm, mir den Mund auszuspülen und noch ein paar Kaugummis hinterherzuschieben. Aber er springt nicht darauf an.

»Die letzte Stunde komme ich auch alleine klar«, sagt er. »Geh einfach nach Hause und leg dich früh ins Bett. Ich mache dir überhaupt keinen Vorwurf, Sutter. Ich weiß, dass du ein anständiger Kerl bist. Und ich weiß auch, was für eine harte Woche du hattest, mit dieser ganzen Cassidy-Geschichte.«

»Ach«, erwidere ich, »die habe ich schon total vergessen. Glaub mir, das ist keine große Sache. Ich bin jetzt ein freier Mann. Hinter der nächsten Ecke wartet schon eine Neue.«

»Klar«, sagt er. »Wenn du meinst. Aber bei einem Herrenausstatter wirst du ihr bestimmt nicht begegnen. Also geh ruhig nach Hause. Ich schaffe das schon. Wir sehen uns morgen.«

Schön wär's, wenn ich nach Hause gehen könnte, aber Mom würde mir nur befehlen, meinen Hintern auf direktem Weg rüber zu Holly zu verfrachten. Nein, mir bleibt nichts anderes übrig, als mir noch schnell ein großes 7UP zu besorgen, eine Weile rumzukurven und dann den größtmöglichen Umweg zu Holly zu nehmen, damit ich wenigstens nicht zu lange allein mit ihrem Mann Kevin bin, während sie den Salat anrichtet oder was weiß ich. Ehrlich, ich bin normalerweise ein total positiver Typ – ich heiße alles Seltsame willkommen –, doch bei den beiden werde ich unweigerlich ein bisschen zynisch und heute vielleicht sogar noch ein bisschen mehr als sonst.

Holly und Kevin wohnen in einer piekfeinen Gegend nördlich der Innenstadt von Oklahoma City, in einer Straße voller riesengroßer alter Häuser für reiche Geschäftsleute. Nur fürs Protokoll, Kevin spricht seinen Namen nicht so aus, wie das ein normaler Mensch tun würde – er sagt *Kievin*. Er ist irgendein hohes Tier bei einer Energiefirma. Die beiden haben massenhaft Kohle, vor allem wenn man bedenkt, dass Holly erst fünfundzwanzig ist. Kevin ist fünfzehn Jahre älter und hat eine Exfrau, von der Holly sagt, man sollte sie auf ein Poster packen, das vor den Gefahren der Schönheitschirurgie warnt. Holly war eine kleine Verwaltungsangestellte in Kevins Firma, aber wie man sieht, hat sie sich ziemlich schnell hochgearbeitet.

Es würde mich nicht überraschen zu hören, dass meine Mom Kevin noch mehr liebt als Holly selbst. Tatsächlich musste Holly sogar behaupten, dass sie seine Eltern auch nicht zu dem heutigen Abendessen eingeladen hätten und deswegen könnten sie nun auch Mom und Geech nicht dazubitten. Und ich bin mir sicher, seinen Eltern hat er dasselbe erzählt, nur andersrum.

Warum sie dann unbedingt mich einladen mussten, kapiere ich immer noch nicht, aber Mom schien regelrecht neidisch zu sein.

Wenn man sie fragt, ist Kevin ein wahrer Goldjunge, der einfach nichts falsch machen kann. Vermutlich findet sie sogar, es sei ihr selbst zuzuschreiben, dass Holly so einen dicken Fisch an Land gezogen hat. Schließlich hat Mom es ihr ja mit Geech vorgemacht. Sie war früher seine Sekretärin, und ich schätze mal, die Vorstellung, in seinem großen, zweistöckigen Haus zu wohnen, wurde bei ihr zu einer so fixen Idee, dass Geech, bevor er wusste, wie ihm geschah, auch schon die Scheidung eingereicht hatte und Mom in seinem grünen Cadillac durch die Gegend kutschierte.

Aber im Vergleich zu einem so vornehmen Nordviertelbewohner mit Sechzigdollarhaarschnitt wie Kevin ist Geech trotz all seines Geldes eine ziemlich mickrige, kleine Sardine. Ihr solltet Mom mal in ihren glitzernden Goldsandalen am Pool der beiden sehen. Da kommt sie sich vor wie die Queen. Mittlerweile steckt sie noch nicht mal mehr ihren perfekt pedikürten großen Zeh in den Minipool, den Geech in unserem Garten hat bauen lassen.

Weil wir altersmäßig acht Jahre auseinanderliegen, war Hollys und mein Verhältnis nie besonders eng. Sie hat mir immer erzählt, sie wäre der Grund, warum unsere Eltern geheiratet hätten, und ich der Grund für die Scheidung. Sie meinte, wenn sie nur bei einem Kind geblieben wären, hätten sie sich nicht so viel über Geld streiten müssen. Pfft. Sie wollte mir nur heimzahlen, dass ich mich immer über ihre winzigen Walnüsschen von Brüsten lustig gemacht habe. Das war natürlich vor der Vergrößerung.

Worauf ich hinauswill, ist: Ich habe den Verdacht, dass sie

mich nicht ohne Hintergedanken eingeladen hat. In der Hinsicht ist sie genau wie Mom. Sie wollen immer, dass ich *Beziehungen* habe, versteht ihr? »Es kommt nur darauf an, wen man kennt«, erklärt Holly mir gern. Was genau dieses »es« ist, sagt sie nie, und ich frage auch nicht nach. Nun könnte man ihr ja zugutehalten, dass sie mir bloß ein bisschen zum Erfolg verhelfen will, aber meine Theorie ist vielmehr, dass sie mich zu einer Art Accessoire ihres Lebensstils machen will. Einen kleinen Superbruder, mit dem man vor seinen Superfreunden angeben kann.

Das einzige Auto vor ihrem Haus, das ich kenne, ist ein kleiner roter Sportflitzer. Der gehört Kevins Kumpel Jeff, dem Inhaber von Boomer Importwagen unten in Norman, etwa eine Meile von der Oklahoma University entfernt. Jetzt ist mir alles klar. Sie wollen, dass ich an Kevins Alma Mater studiere und mir das Ganze finanziere, indem ich rote Cabrios an geschiedene Männer mittleren Alters verkaufe, die sich plötzlich für Playboys halten.

Im Haus begrüßt mich meine Schwester mit Luftküsschen, wie sie es wahrscheinlich für standesgemäß hält, und führt mich ins Wohnzimmer, wo alle schon mit Drinks in den Händen sitzen. Mir bietet sie natürlich keinen Alkohol an, aber dafür habe ich ja mein 7UP mitgebracht.

Außer Jeff und seiner Frau sind noch fünf Leute da, die ich nicht kenne und deren Namen ich sofort wieder vergesse, nachdem meine Schwester sie mir vorgestellt hat. Mit Ausnahme dieses Mädchens – Jeffs Tochter, wie sich herausstellt –, das aussieht, als wäre es in meinem Alter, und die fantastischsten roten Haare hat, die man sich vorstellen kann. Sie heißt Hannah und ihre Zuckerplätzchenhaut fährt mir auf den ersten Blick wie ein Elektroschock ins Blut.

Plötzlich frage ich mich, ob Holly mir vielleicht mehr als nur einen Job verschaffen will.

Wenn Hannah nicht wäre, würde ich vermutlich allen nur kurz zuwinken und mir schnell einen Platz in irgendeiner Ecke suchen, aber in diesem Fall arbeite ich die ganze Reihe ab und schüttele Hände, bis ich bei ihrem Ende der Couch angelangt bin. Ihre Hand halte ich ein kleines bisschen länger fest als die der anderen.

»Wo bin ich bloß dein ganzes Leben lang gewesen?«, sage ich und schenke ihr mein unwiderstehliches Zahnlückengrinsen.

Sie antwortet nicht, sondern sieht nur schüchtern zu Boden und dann wieder auf, und ihre Augen sind so grün, dass es mich fast in Stücke reißt.

14

In einer solchen Situation muss man vor allem cool bleiben. Man kann sich nicht einfach neben das Mädchen auf die Couch quetschen und es vollsabbern. Also gehe ich mir als Erstes was von dem extravaganten Käse holen, den Holly auf einer Platte arrangiert hat, und setze mich auf einen Barhocker auf der anderen Seite des Raums. Vielleicht werfe ich Hannah ein, zwei flüchtige Blicke zu, aber insgesamt gebe ich vor, den Unterhaltungen der anderen interessiert zu lauschen.

Bei den Männern klingt das wie folgt: »Und, wie war das Golfen am Lake Tahoe?«

»Fantastisch!«

Und bei den Frauen etwa so: »Wart ihr schon in diesem neuen kleinen Antiquitätenladen an der Ecke Havenhurst und Hursthaven?«

»Nein, wie ist der?«

»Fantastisch!«

Ich nehme mir selbst an Ort und Stelle den Eid ab, niemals so eine Party zu geben, egal, wie alt ich werde. Sollen so etwa Freundschaften aussehen, sobald man mit dem College fertig ist? Ich begreife einfach nicht, wie man solche Menschen als seine Freunde bezeichnen kann, zumindest nicht, wenn man das Wort so definiert, wie ich damit aufgewachsen bin.

Ich schätze, es verändert sich schon einiges, wenn man erst mal da draußen in der Welt ist und nicht mehr jeden Tag dasselbe miteinander erlebt wie in der Schule, doch diese Leute hier haben überhaupt keine Insiderwitze oder alten Geschichten oder Theorien darüber, wie das Universum funktioniert oder sonst was. Es gibt einfach keine tiefere Verbindung. Sie scheinen einander kaum zu kennen.

Eine Weile versuche ich, Hannah per Gedankenübertragung zum Tisch mit dem Nobelkäse zu locken, damit ich ein Gespräch mit ihr anfangen kann, aber anscheinend habe ich für so was kein Talent – sie bleibt einfach weiter kerzengerade auf dem Sofa sitzen, die Hände im Schoß gefaltet und die Lippen zu einem höflichen Lächeln erstarrt. Ich bin eigentlich kein Typ, der sich schnell langweilt, doch so wie diese Party verläuft, mach ich mir ernsthaft Sorgen, demnächst seitwärts von meinem Barhocker zu kippen und mit einem klatschenden Geräusch auf dem Boden zu landen, wenn nicht bald irgendwas Amüsantes passiert. Dann fällt mir der Joint wieder ein, den Ricky mir heute Nachmittag zugesteckt hat. Der sollte der Veranstaltung hier wohl ein bisschen Würze verleihen.

Das Badezimmer im ersten Stock – das an Hollys und Kevins Schlafzimmer angrenzt – ist der perfekte Ort, um das Ding anzuzünden, aber was sehe ich, als ich da oben ankomme? Mitten auf dieser riesigen Kommode in ihrem Schlafzimmer steht eine Flasche dreißig Jahre alter Macallan. Dreißig Jahre! Typisch Kevin. So gern er die Leute auch mit seinem ganzen Markenkram beeindruckt, würde er sich hüten, bei einer popeligen kleinen Party wie dieser seinen Dreihundertdollarscotch anzubieten. Sein Boss ist ja noch nicht mal hier.

Ich bin zwar kein großer Fan schottischer Whiskys, aber mein großes 7UP schmeckt langsam ein bisschen dünn – und außerdem, wie oft kriegt man schon die Chance, sich einen Wahnsinnstropfen wie diesen hinter die Binde zu kippen? Ich habe mal einen Artikel über eine sechzig Jahre alte Flasche Macallan gelesen, die für achtunddreißigtausend Dollar verkauft wurde! Wen interessiert's, dass der hier noch nicht angebrochen wurde? Ich werd ja nicht gleich die halbe Flasche leersaufen.

Trotzdem würde ich sie lieber irgendwie aufmachen, ohne dass Kevin es merkt. Und das wird nicht einfach. Selbst wenn ich die Plastikversiegelung ganz vorsichtig aufschneide, bekomme ich sie hinterher nicht wieder zu. Ich betrachte sie aus jedem erdenklichen Winkel, knibbele ein bisschen mit dem Daumennagel daran herum und drehe sie auf dem Flaschenhals hin und her, aber es hilft nichts.

Seufzend entschließe ich mich, erst mal meinen Joint zu rauchen. Vielleicht bringt mich das Gras ja auf eine Idee. Ich öffne das Fenster und nach ein paar Zügen, schön tief und lang, fängt mein Bewusstsein an sich zu erweitern, und tatsächlich, da kommt mir ein Gedanke – ich könnte doch einfach den Flaschenhals gegen den Nachttisch schlagen, sodass er abbricht, und den mit Glassplittern versetzten Schnaps trinken. Und wenn ich dann kotzen muss, kommen perfekte kleine Minibarflaschen Macallan wieder raus!

Genau das ist der Grund, warum ich nicht so viel kiffe wie Ricky – meine Fantasie steht einfach viel zu sehr unter Strom, um mit mehr als ein, zwei Zügen klarzukommen.

Na ja, die Vorstellung ist jedenfalls zum Wegschmeißen, und ich kann das Kichern kaum noch unterdrücken, als ein weiteres Bild in meinem Kopf auftaucht – Kevin, der ins Zimmer gestapft kommt, und ich, der ihm mit der zerschlagenen Flasche droht wie in einer Kneipenprügelszene in einem alten Film. Da platzt es laut aus mir heraus, ich kann nicht anders.

Die Treppe knarzt. Da kommt jemand. Wahrscheinlich Kevin,

der sich Sorgen um seinen Dreihundertdollarscotch macht. Wie paranoid kann man eigentlich sein? Dem Bruder seiner eigenen Frau sollte man doch wohl vertrauen.

»Sutter?« Und ob das Kevin ist. »Hey, bist du da oben? Warum kommst du nicht runter und plauderst ein bisschen mit Hannah?«

Er kommt näher. In diesem Augenblick – ich meine, ich bin schließlich high und überhaupt – erscheint es mir absolut naheliegend, mich im Kleiderschrank zu verstecken, bis er wieder weg ist. Das würde ja wohl jeder machen, rede ich mir ein. Und während ich so zwischen all den Anzügen und Sportjacken stehe, sehe ich ihn durch den Spalt zwischen Schiebetür und Seitenwand nach mir suchen, als wäre ich ein Dieb, der jahrelang die Fassaden hochgeklettert ist und von dem er genau weiß, dass er wieder die alte Tour abzieht.

Sein Blick fällt auf die Kommode. Scheiße, denke ich, warum habe ich die Whiskyflasche nicht zurückgestellt, bevor ich mich versteckt habe?

»Sutter?«, ruft er und sieht sich um. Habe ich schon erwähnt, dass seine Haare aussehen wie ein Toupet? Es ist keins, aber es sieht total danach aus. Er geht Richtung Badezimmer. »Hast du meinen Macallan gesehen?«

Darüber muss ich nun doch den Kopf schütteln. Denkt der denn im Ernst, ich bin hier drin und plündere seine Scotch-Vorräte? Ich bin kurz davor, mich runterzuschleichen, aus der Tür zu schlüpfen und ihrem blöden Haus für immer den Rücken zu kehren.

Es gibt nur ein Problem – nämlich den Joint, den Ricky mir gegeben hat und der immer noch brennend zwischen meinen Fingern steckt. Und was passiert? Ich komme damit ein bisschen zu dicht an die Plastikhülle neben mir, unter der einer von Kevins Tausenddollaranzügen steckt, und das Ding geht prompt in

Flammen auf. Wie so ein Feuerball aus *Krieg der Welten*. Mir bleibt nichts übrig, als aus dem Schrank zu hechten und mich auf dem Teppich herumzurollen, für den Fall, dass ich einen Funken abgekriegt habe. So bringen sie einem das schließlich bei den Feuerübungen in der Grundschule bei.

Wenn ihr jetzt denkt, Kevin würde sich vielleicht Sorgen machen, dass ich brennen könnte, dann habt ihr keine Ahnung, wie der Typ drauf ist. Nein, er kümmert sich nur um seinen kostbaren Anzug und versucht, das Feuer mit einem Kissen auszuschlagen. Typisch Kevin, hat mehr Angst um einen Haufen zusammengenähten Stoff als um ein lebendiges menschliches Wesen.

Außerdem ist ja nur dieser eine Anzug wirklich hinüber. Die anderen riechen vielleicht ein bisschen kokelig, aber das ist nichts, was man nicht mit einem Besuch in der Reinigung wieder hinkriegen würde. Trotzdem flippt er total aus. Und als Holly reinkommt, schlägt sie sich natürlich auf seine Seite. So was Schlimmes habe ich selten gesehen – er verliert komplett die Beherrschung und sie heult sich die Augen aus, wie in einem billigen Fernsehfilm auf dem Frauenkanal. Die ganze Angelegenheit ist sogar noch unschöner als diese blöde Sache mit dem Kipplaster damals, wegen der meine Mom und Geech sich so angestellt haben – ich hatte eine kleine Spritztour mit ihrem Auto unternommen, aber noch keinen Führerschein.

»Sutter, warum machst du so was?«, blafft Holly mich an. »Wieso kannst du dich nicht einfach benehmen wie ein normaler Mensch? Wach doch endlich mal auf!«

So viel zu ihrer schicken Dinnerparty und ihrem scheißvornehmen Getue.

»Also echt«, sage ich, »ist euch mal in den Sinn gekommen, dass ich hier gerade beinahe abgefackelt wäre? Ich meine, ich wäre fast als Marshmallow bei einem maßgeschneiderten Lagerfeuer geendet.«

»Und wessen Schuld ist das?«, erwidert Holly, der schwarze Mascaratränen über die Wangen rinnen.

»Ist das meine Flasche Macallan da in deiner Hand?«, will Kevin wissen.

»Ja«, sage ich und reiche sie ihm. »Keine Angst, ich hab sie nicht aufgemacht. Hab sie mir nur angeguckt.«

Er und Holly fallen erneut über mich her, aber ich sage bloß: »Hey, tut mir leid. Mehr kann ich dazu nicht sagen. Es war ein Unfall. Wisst ihr, was, ich gehe am besten, dann müsst ihr eure Lungenkapazität nicht mehr darauf verschwenden, mich den Rest des Abends anzubrüllen.«

Und damit haue ich ab, während sie immer noch hinter mir herkeifen. Unten im Wohnzimmer recken alle die Hälse, um einen Blick auf mich zu erhaschen. Ich bleibe eine Sekunde stehen und sehe Hannah an, versuche, sie telepathisch dazu zu bewegen mitzukommen, aber sie starrt nur entsetzt zurück, als wäre ich ein Wolfsmensch oder Leatherface oder sonst wer.

»Gute Nacht, liebe Leute«, sage ich und salutiere schwungvoll in Hannahs Richtung. »Aufgrund unvorhergesehener Umstände wird es nun Zeit, dass ich mich verabschiede und mir die Hucke vollsaufe.«

15

»Warum liebt mich keiner?«, schreie ich aus dem Autofenster, während ich die Straße runterrase. »Ich hab ein schönes Auto. Ich hab 'nen großen Schwanz. Warum liebt mich keiner?«

Bevor ihr mich jetzt als ziemlich erbärmlich abstempelt, lasst mich kurz erklären, dass das sarkastisch gemeint ist. Tatsächlich zitiere ich hier nur diesen Typen, mit dem ich einen Sommer lang an der Laderampe von Geechs Installationsbedarfsfirma gearbeitet habe. Darrel hieß er. Wir sitzen also an der Rampe und schwitzen in der Sonne und Darrels Frau hat ihn gerade rausgeschmissen, und da sagt er genau das: »Warum liebt mich keiner? Ich hab ein schönes Auto. Ich hab 'nen großen Schwanz. Warum liebt mich keiner?« Und er meinte es total ernst. Es war herzzerreißend, aber trotzdem konnte ich mir das Lachen kaum verkneifen. Solltet ihr bei Gelegenheit auch mal ausprobieren, einfach laut rausschreien. Ist ein ziemlich gutes Gefühl.

Erst als ich nur noch ein paar Blocks davon entfernt bin, wird mir klar, dass mir das Chase Building direkt ins Gesicht starrt. In zwei Minuten könnte ich da sein, nur wozu? Stattdessen halte ich auf einem Parkplatz und glotze durch die Windschutzscheibe zu den dunklen Fenstern hoch.

Nach einem Schluck Whisky sage ich: »Na, was geht so, Dad? Machst du da oben gerade ein Vermögen? Hast du die Million schon geschafft? Zeigst du Mom so richtig, wie falsch sie lag? Damit sie dich nach all den Jahren anfleht, dass du zu ihr zurückkommst?«

Ich trinke noch einen Schluck. »Komm runter, Dad!«, brülle ich die Windschutzscheibe an. »Komm wieder runter auf die Erde, verdammt!«

Aber es hat keinen Zweck, mich damit aufzuhalten. Ist doch lächerlich, hier das große Flennen zu kriegen. Schließlich ist Freitag. Ich bin sagenhaft frei und wild und der ganze Abend liegt vor mir. Scheiß auf meine Schwester und Kevins gegrillten Anzug und Hannahs grüne Augen. Scheiß auf Cassidy und Mr Leon's und Algebra und morgen. Ich werde mir diese Nacht schnappen und sie knacken, das weiche Fruchtfleisch rauslöffeln und die Schale wegwerfen.

Unten in Bricktown stelle ich das Auto im Stadion-Parkhaus ab, dann schlendere ich mit dem Rest Whisky in meinem Flachmann den Gehweg rauf und runter und mache den Mädels schöne Augen. Ein Weilchen bleibe ich stehen und unterhalte mich mit dem Typen, der immer an der Ecke steht und auf dieser komischen chinesischen Gitarre rumklimpert. Ich versuche, sein Geschäft anzukurbeln, indem ich die Passanten auffordere, ein bisschen was in seinen Hut zu werfen, und ich habe auch ein paar ziemlich gute Sprüche drauf wie diese Ansager auf dem Jahrmarkt. Aber der Typ scheint nicht sonderlich angetan, also gehe ich weiter.

Ich versuch es in den Bars und werde bei einer nach der anderen abgewiesen, bis ich schließlich eine ohne Türsteher finde. Der Laden ist gerammelt voll mit jungen Businesstypen, also quetsche ich mich durch bis in den hinteren Bereich und überlege dann, wie ich weiter vorgehen soll. Es ist der Wahnsinn. Ich kann es gar nicht erwarten, endlich einundzwanzig zu werden. Dann treibe ich mich jeden Abend in irgendwelchen Bars rum.

An einem Tisch an der Wand sitzt eine Gruppe Mädchen,

vermutlich Studentinnen. Zwei Blondinen und drei Brünette, alle hübsch, aber auf unterschiedliche Arten, wie ein Sortiment von Keksen deiner Lieblingsmarke. Ja, Gott kümmert sich gut um mich, sage ich mir. Gott lässt mich nicht hängen.

Zuerst gucken mich die Mädchen misstrauisch an, aber ich grinse nur und lege direkt mit der Geschichte los, wie ich von Cassidys Dach gefallen bin. Sie lachen und laden mich ein, mich zu ihnen zu setzen. Wir tauschen Namen aus, und sie erzählen mir, dass sie alle an der OU studieren. Ich könnte natürlich lügen und behaupten, dass ich auch zur Uni gehe, aber mir ist ja nichts peinlich, und außerdem könnten sie kaum begeisterter sein, als sie herausfinden, dass ich noch zur Highschool gehe und trotzdem ganz alleine die Bars abklappere, nachdem meine Freundin mit mir Schluss gemacht hat.

Sie lassen mich von ihrem Bier mittrinken und kichern über meine Geschichten. Ihre Augen tanzen, sie schütteln ihr Haar. Ich bin in jede Einzelne von ihnen verliebt. Zwei geben mir gleichzeitig Küsse auf die Wangen und eine streicht mir durchs Haar. Eine Sekunde lang schwelge ich in dem Gedanken, dass ich mit ihnen zurück zum Wohnheim gehe und wir alle uns ausziehen und in einem runden Bett mit roten Seidenbezügen unseren Spaß haben. Wie in einem von diesen *Girls Gone Wild*-Videos, nur mit mir mittendrin.

Aber so weit kommt es natürlich nicht. Sie wollen noch in andere Bars und ich darf nicht mit. Eine nach der anderen umarmen sie mich zum Abschied. Sie kneifen mir in die Wangen und sogar in den Hintern, allerdings nur wie große Schwestern das bei kleinen Brüdern machen. So muss sich Ricky immer in Gesellschaft von Mädchen gefühlt haben, bevor ich ihn mit Bethany verkuppelt habe.

Doch auch für mich ist der Abend noch nicht gelaufen. Ich

wandere runter zum Kanal und dann weiter zum Kino, mal sehen, wer da so rumhängt. Aber dort ist auch nichts los, also mache ich mich auf den Weg zurück zum Parkhaus, kann mich allerdings nicht erinnern, auf welcher Ebene ich mein Auto abgestellt habe. Ist mir auch ziemlich egal – so treffe ich auf der Suche eben noch mehr Leute, und ich weiß ja genau, dass der Herrgott mich früher oder später hinführen wird, weil ich schließlich Gottes persönlicher Betrunkener bin. Das einzige Problem ist, dass mein Flachmann sich inzwischen ziemlich leicht anfühlt.

Und Tatsache, Gott hat mich nicht verlassen: Wie durch ein Wunder stehe ich plötzlich vor meinem Auto und nach nur fünfminütiger Fahrt Richtung Osten tauchen neben der Autobahn eine Reihe von Läden und Raststätten mit jeder Menge Leichtbier auf. Jetzt muss ich nur noch einen Schuppen finden, in dem sie sich nicht allzu sehr für Ausweise interessieren, oder alternativ jemanden, der reingeht und mir ein paar Dosen besorgt.

Vor der zweiten Raststätte steht ein Mädchen in einem mikroskopisch kurzen Jeansrock, das mich mustert und flirtwillig anlächelt. Sie ist ungefähr fünfundzwanzig, würde ich sagen, und eigentlich ganz hübsch bis auf ihre schlechten Zähne. Dann wird mir klar, dass sie eine methsüchtige Nutte ist.

Das stört mich nicht. Ich sehe auf niemanden herab, außer vielleicht auf Wichtigtuer, und selbst die können einem eigentlich leidtun, wenn man mal drüber nachdenkt. Wir quatschen ein bisschen, und es stellt sich raus, dass sie ziemlich witzig ist. Ihr Name ist Aqua – zumindest versucht sie, mir das weiszumachen –, und obwohl sie lieber eine »Privatparty« mit mir feiern würde, ist sie sich nicht zu schade dafür, sich zehn Dollar zu verdienen, indem sie reingeht und mir einen Zwölferpack besorgt.

»Komm doch mal wieder vorbei, Sutter«, sagt sie, als sie mir das Bier reicht. »Dann mach ich dir einen Sonderpreis.«

Ich drücke einen Kuss auf meine Fingerspitzen und berühre damit ihre Wange. »Sag Bescheid, wenn du mal ein richtiges Date willst, dann stehe ich sofort bei dir auf der Matte.«

Okay, vielleicht ist es schon ein bisschen spät, um jetzt noch mit einem Zwölferpack anzufangen, aber ich habe es ja nicht eilig, schon gar nicht, nach Hause zu kommen. Wetten, dass Holly Mom schon angerufen und ihr brühwarm erzählt hat, was für eine Scheiße ich gebaut habe? Doch darüber kann ich mir auch morgen noch Gedanken machen. Im Moment steht Neues-Sehen und Laute-Musik-Hören auf dem Plan.

Keine Ahnung, wie lange ich so rumgekurvt bin, die Fenster offen und den kühlen Wind in meinen Klamotten, aber mit einem Mal befinde ich mich in einer Gegend, die ich überhaupt nicht kenne. Zuerst sieht es hier gar nicht so übel aus, aber dann wird es immer schäbiger, und schließlich bin ich umringt von diesen windschiefen kleinen Häusern, die aussehen, als wären sie komplett aus Dachschindeln gebaut. Durchhängende Dächer, nackte Betonveranden, schorfige Bäume, Rasen voller kahler Flecken. Hier und da lehnen Dreiräder oder auch mal eine Art verblasstes Plastikpony mit Rädern in unkrautüberwucherten, blumenlosen Beeten. In diesen kümmerlichen Schuhschachteln wohnen Menschen – genau wie meine Familie und ich früher.

Das sind die Menschen, die ich verstehe. Das sind die Menschen, die ich liebe.

»Ihr seid wunderbar!«, schreie ich in den Wind. »Ihr seid heilig!«

Plötzlich will ich am liebsten den Bordstein hochfahren und über die nackten Rasenflächen brettern.

»Nieder mit dem König!«, brülle ich. »Nieder mit dem verdammten König!«

Das ist das Letzte, woran ich mich erinnere, bevor ich unter einem toten Baum aufwache und ein blondes, blauäugiges Mädchen sich über mich beugt.

16

Als ich mich bewege, zuckt sie erschrocken zurück. »Du lebst ja noch«, sagt sie. »Ich dachte, du wärst vielleicht tot.«

Ich sage: »Ich glaube nicht.« Aber ganz sicher sein kann ich mir im Moment über gar nichts. »Wo zum Teufel bin ich?«

»In einem Vorgarten«, sagt sie. »Kennst du jemanden, der hier wohnt?«

Ich richte mich auf und betrachte das Haus – ein hässliches kleines Ding aus rosa gestrichenen Ziegeln mit einer Klimaanlage im Fenster. »Nein, hier war ich noch nie.«

»Hattest du einen Unfall oder so?«

»Nicht dass ich wüsste. Wieso? Wo ist mein Auto?«

»Ist es eins von denen da?« Sie deutet zur Straße, wo auf unserer Seite zwei Autos am Gehweg stehen, und auf der gegenüberliegenden erkenne ich im Licht der Straßenlaterne einen schrottreifen weißen Pick-up. Bei Letzterem läuft noch der Motor, daher nehme ich an, dass das ihrer ist.

»Nein, ich habe einen Mitsubishi«, sage ich. »Oh Mann, ich muss eingepennt sein.« Ich sehe mich um, versuche, wieder einigermaßen zur Besinnung zu kommen. Über uns erhebt sich ein knorriger Baumstamm und durch seine Zweige kann man gerade so den Mond sehen. In dem Vorgarten steht ein klappriger Liegestuhl und ein Stückchen weiter sehe ich zwei Bierdosen im Gras. Ich erinnere mich vage daran, in dem Liegestuhl gesessen zu haben, aber wie ich dorthin gekommen bin, weiß ich nicht.

»Also«, sagt sie, »du weißt nicht, wo du dein Auto stehen gelassen hast?«

»Lass mich mal eine Sekunde nachdenken«, sage ich, aber mein Kopf ist gar nicht in der Verfassung dazu. »Nein, hat keinen Zweck. Ich weiß nicht, wo es ist. Vielleicht hab ich es ja auch zu Hause abgestellt und bin dann noch mal spazieren gegangen.«

Sie schüttelt den Kopf. »Nein, ich glaube nicht, dass du hier in der Gegend wohnst, Sutter.«

Jetzt bin ich echt überrascht. »Woher weißt du, wie ich heiße? Unterhalten wir uns schon länger?«

»Wir gehen auf dieselbe Schule«, antwortet sie und lässt es netterweise nicht so klingen, als wäre ich ein Idiot. Sie hat eine freundliche Stimme und freundliche Augen. Sie sieht mich an, als wäre ich ein Vogel mit einem gebrochenen Flügel, den sie gerade gefunden hat.

»Haben wir irgendwelche Fächer zusammen?«, frage ich.

»Dieses Jahr nicht. Aber in der Zehnten. Du erinnerst dich bestimmt nicht mehr an mich.«

Wie sich herausstellt, heißt sie Aimee Finecky, und sie hat vollkommen recht, ich erinnere mich nicht an sie, obwohl ich natürlich so tue, als ob. Sie sagt, es sei fünf Uhr morgens und sie sei deshalb so früh unterwegs, weil sie Zeitungen austrägt.

»Na ja, normalerweise machen meine Mom und ich das zusammen«, erklärt sie, »aber Mom und ihr Freund sind gestern Abend ins Indianerkasino in Shawnee gefahren, und ich schätze mal, es ist so spät geworden, dass sie lieber im Motel übernachtet haben. Das machen sie manchmal so.«

Die Zeitungen bringen mich auf eine Idee. Da sie ja sowieso ihre Runde fahren muss, könnte sie mich doch vielleicht mitnehmen. Mein Auto muss hier irgendwo in der Nähe sein. In meiner Verfassung bin ich sicher nicht allzu weit gekommen, bevor ich mich hinsetzen musste.

Sie ist begeistert von meiner Idee. Normalerweise fährt ihre Mom nämlich den Pick-up und sie schleudert die Zeitungen aus dem Fenster. Wenn ich mir die richtige Wurftechnik aneignete, würde ich bestimmt einen Eins-A-Zeitungsjungen abgeben, meint sie.

Hinten in der weißen Schrottkarre liegen drei Stapel Zeitungen, und das Fahrerhaus ist schon komplett voll mit zusammengerollten Exemplaren, frisch wie neue Maiskolben. »Wie groß ist denn dein Gebiet?«, frage ich, als wir losfahren.

»So ziemlich diese ganze Seite der Stadt«, sagt sie, und ich sage: »Wow, ich wusste ja gar nicht, dass Zeitungsaustragen so ein Riesengeschäft ist. Du musst ja haufenweise Geld verdienen.«

»Meine Mom schon. Ich kriege davon nur ein Taschengeld ab.«

»Klingt aber nicht gerade fair.«

»Nein?«

»Natürlich nicht. Wenn du die Hälfte der Arbeit erledigst, dann solltet ihr den Lohn auch fifty-fifty teilen. Vielleicht müsstest du sogar mehr kriegen, schließlich machst du das Ganze ja gerade allein, während sie das Geld im Indianerkasino auf den Kopf haut.«

»Das ist schon in Ordnung«, sagt sie. »Sie bezahlt schließlich auch die meisten unserer Rechnungen.«

»Die meisten?«

»Manchmal muss ich was dazugeben.«

»Na, das hat sie ja fein eingefädelt.«

Wir tuckern im Seniorentempo die Straße runter, weil sie mir sagen muss, welche Häuser alle eine Zeitung bekommen. Das mit dem Werfen habe ich allerdings gleich von Anfang an raus –

es ist eine seitliche Bewegung von der Brust aus, ein bisschen wie Frisbee spielen. Noch bevor wir das Ende des ersten Häuserblocks erreicht haben, schaffe ich es, die Zeitungen weit in die Vorgärten zu schleudern, fast bis auf die Veranden. Ich bin ein Naturtalent.

Mir ist immer noch ein bisschen schwummrig, aber so langsam werde ich wieder klarer im Kopf, was nicht unbedingt positiv ist. Nach und nach sickert durch, was Mom und Geech wohl dazu sagen werden, dass ich die ganze Nacht weg war. Es ist keine große Kunst, das vorherzusehen – bestimmt kommt mir Geech wieder mit seiner alten Drohung von wegen ab auf die Militärakademie und so weiter. Die hat er wahrscheinlich auf einem Chip aufgenommen und in seinem Roboterkopf installiert.

Mom dagegen jammert mir sicher vor, was die Nachbarn sagen, wenn sie mich um soundso viel Uhr morgens reingetorkelt kommen sehen. Mich würde nur mal interessieren, wieso ihr das so viel ausmacht. Sie kann die Nachbarn doch noch nicht mal leiden. Aber das spielt keine Rolle. Sie macht sich mehr Sorgen über das, was andere Leute denken könnten, als irgendwer sonst im Universum. Irgendwie bin ich ihr immer nur peinlich. Schätze, diese Eigenschaft hab ich wohl von Dad geerbt.

Dabei weiß ich nicht mal, warum ich überhaupt irgendwem irgendwas erklären sollte. Warum kann ich nicht machen, was ich will – was ich gerade tue? Es ist grandios, so früh am Morgen schon draußen zu sein, noch bevor die Sonne aufgeht. Man fühlt sich richtig *über*lebendig. Als wäre man in ein Geheimnis eingeweiht, das die langweiligen Leute, die noch schlafen, nicht kennen. Anders als die ist man hellwach und sich dessen bewusst, dass man genau jetzt, in diesem Moment, existiert, zwischen dem, was passiert ist, und dem, was passieren wird. Ich bin mir sicher, meinem Dad ist es mal genauso gegangen. Und Mom vielleicht sogar auch. Aber Geech? Roboter haben nun mal keine Ahnung, wie es sich anfühlt, wirklich lebendig zu sein, und das werden sie auch nie.

17

Nach drei Straßen gehen uns die zusammengerollten Zeitungen aus und mein Auto haben wir auch noch nicht gefunden. Aimee fährt rechts ran und holt einen der Stapel von hinten ins Fahrerhaus, damit wir eine neue Ladung zum Werfen vorbereiten können. Sie zeigt mir, wie sie die Zeitungen erst faltet, dann einrollt und schließlich mit einem Gummiband zusammenhält, aber ich habe keine Chance, mit ihr mitzuhalten, sobald sie einmal richtig loslegt. Sie hat magische Hände. Ich schwör's euch, das Mädel hat drei Rollen fertig, bevor ich auch nur eine schaffe.

»Wie viele von den Dingern hast du in deinem Leben schon gefaltet?«, frage ich, während sie ein weiteres Exemplar auf den Boden zu meinen Füßen wirft.

»Keine Ahnung.« Ihre Hände halten keine Sekunde still. »Kommt mir vor wie hundert Millionen.«

Ich frage sie, ob ihre Mom noch einen anderen Job hat, aber sie sagt, nein, nur das Zeitungsaustragen. Und der Freund ihrer Mom hat einen kaputten Rücken und kriegt Invalidenrente. Mit dem Geld kauft und verkauft er Sachen bei eBay – wenn er nicht gerade in Jogginghose vor dem Fernseher sitzt. Andere Leute hätten vielleicht verbittert geklungen, wenn sie so etwas erzählen, aber Aimee nicht. Ihre Stimme ist so sanft, als ginge es um jemanden mit einer tödlichen Krankheit.

Wir tauschen ein paar Geschichten über unsere Eltern aus. Ihre Mom ist, wie es sich anhört, ernsthaft spielsüchtig – die

Indianerkasinos, Lotto, Bingo, sie versucht alles, um schnell Geld zu machen. Nur dass sie so gut wie nie gewinnt. Sie hat ungefähr so viel Glück wie ein Gürteltier beim Überqueren einer sechsspurigen Autobahn. Trotzdem ist Aimee ihr deswegen nicht böse. Wenn ihre Mom das Geld für die Gasrechnung verzockt, dann ist das eben so. Wahrscheinlich ist sie der Meinung, das könnte jedem mal passieren.

Ich erzähle ihr das eine oder andere über Mom und Geech und meinen echten Dad mit seinem Büro ganz oben im Chase Building. Nichts zu Persönliches, obwohl ich das Gefühl habe, Aimee alles sagen zu können, ohne dass sie mich dafür verurteilt. Ihre Stimme würde immer noch genau so kühl und weich bleiben wie ein Kissen, auf das man nach einem harten Tag seinen Kopf betten kann.

Irgendwie ist sie sogar ganz süß, auf eine streberhafte Art. Ihr wisst schon – eine Brille, die ihr ständig die Nase runterrutscht, bleiche Haut von der vielen Stubenhockerei, den Mund immer leicht geöffnet wie ein typischer Nerd. Aber sie hat volle Lippen und niedliche blonde Augenbrauen und einen hübschen schlanken Hals. Ihr Haar ist nicht so strahlend skandinavisch golden wie Cassidys, mehr straßenköterblond und ein bisschen strähnig. Und fjordblaue Augen hat sie auch nicht – ihre sind blasser, eher Typ städtisches Hallenbad. Trotzdem, irgendwas hat sie an sich, das in mir den Wunsch weckt, ihr etwas Gutes zu tun. Nein, nicht, was ihr jetzt schon wieder denkt.

»Weißt du, was?«, sage ich. »Wenn wir irgendwann mein Auto finden, helfe ich dir trotzdem, die Zeitungen fertig auszutragen.«

»Das musst du nicht machen«, erwidert sie, doch ich kann ihr an den Augen ablesen, dass sie sich nichts Schöneres vorstellen kann.

»Das ist mir auch klar«, sage ich. »Ich will aber.«

Nachdem wir einen anständigen Haufen Zeitungen fertig haben, fahren wir weiter. Von meinem Auto ist immer noch nichts zu sehen, aber je weiter wir kommen, desto besser funktioniert unsere Zusammenarbeit. Ich fange an, sie Captain zu nennen und sie mich Special Agent Danger. Anstatt mir von ihr mit einem langweiligen »Hier« oder »Da drüben« sagen zu lassen, welches Haus eine Zeitung bekommt, bringe ich sie dazu, »Torpedo abfeuern, Special Agent Danger!« zu rufen. Nach einer Weile brausen wir die Straße nur knapp unterhalb der Geschwindigkeitsbegrenzung runter und ich verfehle keinen einzigen Vorgarten.

»Weißt du, was?«, sagt sie. »Ich glaube, heute hat mir die Arbeit zum ersten Mal richtig Spaß gemacht.«

»Wir zwei sind ein gutes Team.«

»Im Ernst?« Ein hoffnungsvoller Ausdruck stiehlt sich in ihre Augen.

»Aber hallo.«

Und da steht es plötzlich – mein Auto, mitten auf dem Rasen in einem Vorgarten. Und zwar von einem von Aimees Kunden.

»Oh Mann«, sage ich. »Ich glaub's nicht, dass ich den ganzen Weg von hier gelaufen bin. Das sind doch sicher anderthalb Meilen.«

»Was macht es denn da auf dem Rasen?«, fragt sie.

Für eine Sekunde schießt mir eine Vision von mir selbst durch den Kopf, wie ich aus voller Kehle schreiend durch die Vorgärten renne. »Ich weiß nicht«, sage ich. »Ich meine, ist ja eigentlich ein ziemlich sicherer Ort, um seinen Wagen stehen zu lassen, wenn man denn muss. Aber ich fahr ihn trotzdem mal lieber schnell weg, bevor die Leute hier aufwachen oder die Polizei vorbeikommt.«

Wie sich allerdings herausstellt, ist der Tank leer, was mich immerhin beruhigt. Wäre ja auch blöd gewesen, wenn ich nicht wenigstens einen guten Grund gehabt hätte, das Auto hier stehen zu lassen. Nur, so leicht, wie man es sich vorstellt, ist es leider nicht aus dem Vorgarten rauszukriegen. Aimee setzt sich hinters Lenkrad und ich schiebe von hinten. Das Problem ist, dass der Rasen ziemlich matschig ist, also muss ich all meine Kraft aufwenden. Als der Wagen schließlich anständig am Straßenrand parkt, bin ich kurz davor, aus den Latschen zu kippen.

»Na, dann geh ich mal Benzin holen, was?«, sage ich, als Aimee aus dem Auto steigt.

»Muss wohl sein«, entgegnet sie und wirft meinem Auto einen vorwurfsvollen Blick zu, als wäre es irgend so ein nerviger Typ, der uns unbedingt den Spaß verderben musste. »Ein paar Blocks weiter ist eine Tankstelle. Ich fahr dich hin.«

»Und was ist mit den restlichen Zeitungen?«

»Ist schon gut, das schaffe ich alleine. Du musst doch sicher nach Hause.«

Aber ich protestiere: »Auf keinen Fall, Captain. Ich habe versprochen, dir zu helfen, und was Special Agent Danger verspricht, das hält er auch. Roger?«

Das Licht in ihren Augen erstrahlt wieder, als hätte jemand einen Schalter umgelegt. »Ja.«

»Nein, du musst ›zehn-vier‹ sagen, damit ich weiß, dass du verstanden hast. Sag ›Zehn-vier, Special Agent Danger‹.«

Sie senkt den Blick und ihre blassen Wimpern verbergen ihre Augen. »Zehn-vier, Special Agent Danger«, sagt sie.

Die Zeitungsrunde dauert noch ungefähr eine Stunde und ich halte Aimee weitgehend bei Laune, aber nach einer Weile verlieren wir beide ein bisschen die Lust, hauptsächlich wohl, weil wir wissen, dass wir uns dem Ende nähern. Dann muss sie zurück in ihr leeres Haus und ich mich dem Zorn von Mom und Geech stellen.

Wir fahren an der Tankstelle vorbei, um einen Kanister Benzin zu holen, und ich kaufe uns beiden Donuts und Erdbeer-Guaven-Shakes. Nachdem wir mein Auto aufgetankt haben, bleiben wir noch einen Moment mitten auf der Straße stehen, und sie guckt so schüchtern, als wäre das gerade unser erstes Date gewesen und jetzt würde sich gleich entscheiden, ob ich sie küsse oder nicht.

»Weißt du was, Aimee Finecky?«, sage ich. »Das gestern war eine ziemlich beschissene Nacht, bis du mich gefunden hast.«

Es scheint, als wollte sie irgendwas erwidern, fände aber nicht die richtigen Worte dafür.

Also frage ich: »Wo gehst du montags Mittag essen?«

Und sie sagt: »In der Cafeteria.« Wie es sich für eine Streberin gehört, die was auf sich hält.

Also sage ich: »Oh Mann, das ist doch voll lahm.«

Und sie fragt: »Ja?«

Ich merke, dass sie Angst hat, was Dummes gesagt zu haben, darum beruhige ich sie: »Ich meine nicht, dass du dahin gehst. Nur das Essen da. Nein, ehrlich, wenn das Essen besser wäre, würde ich jeden Tag in der Cafeteria sitzen.«

»Montags gibt's Pizza«, sagt sie.

»Tatsache?«, frage ich, als wäre das das Tollste, was ich in diesem Jahr gehört habe. »Mit Pizza bist du bei mir immer an der richtigen Adresse. Hör mal, wie wär's, wenn wir uns vor der Südtür treffen und dann Pizza essen gehen und noch mal gemeinsam unsere größten Triumphe im Zeitungsaustragen durchleben?«

»Im Ernst?« Sie guckt mich an, als wollte ich sie bloß verarschen oder so was.

»Ich komme direkt nach Algebra hin.«

»Ich auch«, sagt sie. »Ich meine, nicht nach Algebra, sondern nach Geschichte. Nein, Französisch. Ich bin schon ganz durcheinander.«

Ich drücke ihre Hand. »Wünsch mir Glück fürs Nachhausekommen. Ich kann's brauchen.«

»Viel Glück«, sagt sie so ernst, dass ich kurz davor bin zu glauben, es könnte helfen.

18

Warum ich meinen Stiefvater Geech nenne? Ganz einfach. In Wirklichkeit heißt er Garth Easley, also hab ich natürlich erst mal Geasley zu ihm gesagt und dann »das Geast« und dann Geechy und jetzt nur noch Geech. Was perfekt ist, weil es genauso klingt, wie es sich anfühlt, wenn man seine Gesellschaft länger als fünfzehn Sekunden ertragen muss. Geeeeech. Wie *quiiiiiietsch,* Fingernägel auf einer Schiefertafel.

Ich war acht, da war er auf einmal da, und glaubt mir, ich war alles andere als glücklich, als wir unsere Sachen packten und bei ihm einzogen. Holly hingegen hielt es für das absolut Fantastischste, was ihr hätte passieren können. Es war, als würde Dad ihr kein bisschen fehlen. Sie war hauptsächlich glücklich über den Pool im Garten, weil sie nun endlich die coolen Typen aus der Highschool einladen konnte, die sie vorher nicht mit dem Arsch angeguckt hatten.

Mom hat sich verändert, seit sie Geech geheiratet hat. Sie hat angefangen, jede Menge Kohle für ihre Frisur und ihr Make-up auszugeben. Hat sich von ihren langen Haaren und den Jeans getrennt und stattdessen Klamotten gekauft, die direkt aus so einer Etepetete-Zeitschrift stammen könnten. Dabei glaube ich noch nicht mal, dass sie ihn besonders gern mag. Auf jeden Fall kriege ich nie mit, dass sie sich auf der Couch an ihn kuschelt oder ihm durch das, was von seinen Haaren noch übrig ist, streicht oder sich von hinten anschleicht und ihn an seinem knochigen Hintern packt oder mit ihm im Mondschein auf der Terrasse zu Jimmy-Buffett-Songs tanzt. Das ist alles Geschichte, seit sie Dad rausgeschmissen hat.

Aber gleich wird sie definitiv auf Geechs Seite sein. Sie werden sich wieder gegen mich verbünden. Zum Glück habe ich noch ein paar Bier aus dem Zwölferpack von letzter Nacht übrig. Die sind jetzt zwar ziemlich warm, aber das passt schon. Schließlich trinke ich sie ja nicht zur Erfrischung.

Als ich zu Hause ankomme, ist es schon seit einer ganzen Weile hell. Mann, ich habe echt einen höllisch langen Tag hinter mir oder eigentlich sogar zwei Tage. Wie auch immer. Zeit für eine schnelle Gurgel-Session mit dem Mundwasser, das ich im Handschuhfach aufbewahre.

Große Chancen, mich unbemerkt reinzuschleichen, habe ich nicht, doch ich lasse es auf einen Versuch ankommen. Verstohlen wie ein Einbrecher öffne und schließe ich die Tür fast geräuschlos und steige die Treppe hoch, ohne dass sie ein einziges Mal knarzt. Mein sicheres Zimmer ist ganz am Ende des langen Flurs, und ich schaffe es tatsächlich hinein und bin gerade dabei, mir die Schuhe auszuziehen, als die Tür auffliegt.

Zuerst hat Mom das Wort. »Wo bist du gewesen, Freundchen? Und versuch ja nicht, uns weiszumachen, du hättest bei einem Schulfreund übernachtet. Wir haben die halbe Nacht rumtelefoniert, wir haben sogar in jedem einzelnen Krankenhaus angerufen, das zwischen dem Haus deiner Schwester und unserem zu finden ist.«

Für eine Frau im rosa Schlafanzug sieht sie einem wütenden Pitbull wirklich erstaunlich ähnlich, aber ich bin ihr dankbar für die Warnung, denn das mit der Übernachtung bei Kumpels wäre genau die Ausrede gewesen, die ich ihnen vorgesetzt hätte. Schon okay. Etwas, was nicht ganz so weit von der Wahrheit entfernt ist, funktioniert wahrscheinlich sowieso besser.

»Ich bin rumgefahren«, sage ich. »Und irgendwann war's dann ziemlich spät und mein Tank war leer, darum …«

»Deine Schwester hat angerufen.« Mom macht eine Pause, damit diese schreckliche Information ihre volle Wirkung entfalten kann. Aber ich halte lieber die Klappe, bis ich rausgefunden habe, welche Verbrechen genau mir zur Last gelegt werden.

Sie sagt also: »Langsam weiß ich wirklich nicht mehr weiter, Sutter. Was soll ich denn mit einem Sohn machen, der versucht, seinem Schwager eine teure Flasche Schnaps zu stehlen, und dann fast das Haus seiner eigenen Schwester niederbrennt, wo sie doch so hart dafür gearbeitet hat?«

Hart gearbeitet? Wie kommt Mom denn auf so was? Es sei denn, sie bezeichnet eine Brustvergrößerung als harte Arbeit, denn das ist so ziemlich alles, was Holly tun musste, um sich Kevin zu angeln und in das große Haus zu ziehen. Natürlich ist jetzt nicht der richtige Zeitpunkt, das klarzustellen, also bleibt mir nur übrig zu betonen, dass ich nicht versucht habe, die Flasche zu stehlen.

Aber mir hört ja keiner zu. Jetzt ist erst mal Geech an der Reihe. »Ich kann dir sagen, was man am besten mit so einem Jungen macht – ab auf die Militärakademie.«

Na, da hat er seinen alten Spruch aber ganz schön flott hervorgekramt. Normalerweise machen wir uns erst mal ein paar Runden lang warm, bevor er damit anfängt.

»Er muss endlich begreifen, was Disziplin bedeutet«, sagt er. Er spricht in der dritten Person von mir, so als säße ich nicht direkt vor seiner Nase. »Er muss den Wert von anderer

Leute Eigentum zu schätzen lernen. Das bringen die Offiziere ihm da schon bei.«

»Seit wann interessieren sich denn Offiziere für die Wahrung persönlichen Eigentums?«, frage ich. »Ich dachte, denen geht es nur darum, jegliche Individualität zu vernichten.«

Daraufhin legt die pochende Vene auf seiner Stirn noch einen Gang zu. »Jetzt werd ja nicht unverschämt, junger Mann. Das lasse ich mir unter meinem eigenen Dach nicht bieten.« Er dreht sich zu Mom um. »Das werden sie ihm auf der Militärakademie auch einbläuen – Respekt vor Autoritätspersonen.«

Es ist gar nicht so leicht, in einem kurz gewachsenen, kahlköpfigen, rotgesichtigen Kerl mit Brille eine Autoritätsperson zu erkennen, aber das muss ich ja vielleicht nicht gerade jetzt anmerken. Es sind sowieso alles nur leere Drohungen – nichts als Imponiergehabe. Mom wird dieser Geschichte niemals zustimmen. Immerhin ist da draußen ein Krieg im Gange. Sie verfrachtet ihren einzigen Sohn mit Sicherheit nicht nach Bagdad.

Dachte ich zumindest.

»Ist das wirklich nötig, um dich unter Kontrolle zu bekommen, Sutter?«, fragt sie, wartet meine Antwort jedoch nicht ab. »Mittlerweile habe ich nämlich das Gefühl. Du könntest das Schuljahr in der Militärakademie drüben bei Tulsa beenden und dann direkt mit der Grundausbildung anfangen. Wollen wir doch mal sehen, wie dir eine Tour nach Übersee so schmeckt. Das dürfte dich wieder ein bisschen auf Spur bringen.«

Und es klingt, als meinte sie es wirklich ernst. Sie ist tatsächlich so angepisst, dass sie mich den irren Selbstmordattentätern überlassen würde. Na ja, so wie sie meinen eigenen

Vater abserviert hat, sollte mich das eigentlich nicht überraschen.

Aber wisst ihr, wer wirklich überrascht ist? Geech. So viel Unterstützung hat er von Mom nicht erwartet. »Ähm, tja«, sagt er. »Okay. Die Militärakademie. Das ist das Richtige für dich. Ich erkundige mich gleich Montagmorgen mal nach den Kosten.«

Und da weiß ich, dass nie was daraus werden wird. Sobald Geech davon anfängt, sich nach den Kosten für irgendwas erkundigen zu wollen, ist die Sache so gut wie gegessen. Trotz all seiner Installationsbedarfskohle ist er nämlich knauserig wie Dagobert Duck.

Fürs Erste jedoch bin ich meine Autoschlüssel los und werde zu Hausarrest auf unbestimmte Zeit verdonnert. Außerdem muss ich Kevin fünfzig Dollar im Monat geben, bis ich seinen Anzug abbezahlt habe. Was auf ungefähr zwei Jahre Knechtschaft hinausläuft. Okay, das mit dem Anzug kann ich ja noch verstehen, aber ich versuche auf jeden Fall zu argumentieren, dass sie mir die Autoschlüssel gar nicht wegnehmen dürfen, weil ich schließlich selbst für den Wagen bezahle.

Doch interessiert sie das? Nein. Sie kontern, dass die Versicherung über sie läuft. Ich muss also jemanden finden, der mich mit zur Schule nimmt – oder mit dem Bus fahren, uah! Immerhin gestehen sie mir zu, dass ich mit dem Auto zur Arbeit fahren darf. Und da die nachmittags anfängt und sie beide den ganzen Tag unterwegs sind, bedeutet das, dass sie mich die Schlüssel sowieso komplett behalten lassen müssen.

»Weißt du, Sutter«, sagt Mom. »Es wird eine Weile dauern, bis wir dir wieder vertrauen können.«

»Tut mir leid«, entgegne ich. »Ich hoffe, ich kann es wiedergutmachen.« Und es ist mir auch echt unangenehm, dass sie meine Freunde und die ganzen Krankenhäuser anrufen musste, aber ich kenne ja meine Mom. Vertrauen in mich steht so oder so nicht besonders weit oben auf ihrer Prioritätenliste. Ein Ausflug in den Schönheitssalon und schon hat sie alles wieder vergessen.

19

Okay, dann hatte ich eben einen miesen Tag. Aber davon lasse ich mich bestimmt nicht lange runterziehen. Ich denke einfach nicht mehr daran. Na ja, und mit Ricky zur Schule zu fahren, ist nun auch nicht gerade die schlimmste Strafe der Welt. Außerdem, wie streng kann dieser Hausarrest schon sein, wenn Mom und Geech sowieso nicht da sind? Natürlich behaupten sie, dass sie zur Kontrolle zwischendurch anrufen würden, aber das glaube ich erst, wenn es so weit ist.

»Hey, Feuerteufel«, begrüßt mich Ricky am Montagmorgen, als ich zu ihm ins Auto steige. »Na, in letzter Zeit noch ein paar Tausenddollaranzüge abgefackelt?«

»Sehr witzig, du Grashüpfer. Wenn du mir nicht diesen Joint angedreht hättest, wäre das alles nicht passiert.«

Er lacht. »Genau. Das war mein schurkischer Plan und du bist voll in die Falle getappt.«

Aber wie gesagt, eigentlich will ich gar nicht mehr daran denken, also wechsele ich das Thema und erkundige mich nach Rickys Date mit Bethany. Natürlich haben wir das alles schon am Telefon durchgekaut, doch ich nehme mal an, er hat nichts dagegen, es zu wiederholen.

»Mann«, stöhnt er. »Ich sag's dir – sie ist so was von die Richtige. Der Abend ist super gelaufen. Außer dass ich mir ein paar Dollar von ihr leihen musste, aber selbst das hat sie total cool weggesteckt. Wer hätte auch gedacht, dass Essengehen und Kino so teuer sind?«

»Ach, nur jeder, der vorher schon mal ein echtes Date hatte.«

Das lässt er einfach an sich abperlen. »Das Beste war, dass wir echt über alles reden konnten. Und nicht bloß so oberflächlichen Kram. Wir hatten eine ziemlich tiefgründige Unterhaltung über Religion.«

»Kann sie gut küssen?«

»Unglaublich.«

»Auch mit Zunge?«

»Alter, für diese Zunge gehört ihr eine Goldmedaille verliehen.«

Ich bin versucht, die Lorbeeren dafür einzufordern, dass ich ihn mit diesem Wunderweib verkuppelt habe, aber deswegen habe ich es ja nicht getan. Stattdessen spreche ich also das nächste Thema an – das heutige Mittagessen.

Er sagt nichts.

»Was ist los?«

»Hör mal, ich kann heute nicht mit dir essen. Ich bin mit Bethany verabredet.«

»Und da darf ich nicht mit?«

»Ist vielleicht ein bisschen früh in der Beziehung, um meinen Kumpel mitzuschleppen.«

»Kann sein«, sage ich, denke insgeheim jedoch daran, wie oft Cassidy und ich ihn an der Backe hatten.

»Außerdem, hast du nicht gesagt, dass du mit Wie-heißt-sie-noch-gleich essen wolltest? Dem Zeitungsmädchen?«

»Ach ja. Aimee. Die hatte ich ganz vergessen, danke fürs Erinnern, Mann. Ich will sie nicht versetzen. Sie ist zu – ich weiß auch nicht – naiv oder lieb oder so.«

Ricky wendet den Blick von der Straße und mustert mich kurz. »Du weißt hoffentlich, was du da tust, oder?«

»Was tu ich denn?«

»Du bist gerade verlassen worden. Nach allem, was du mir erzählt hast, klingt es nicht unbedingt so, als hättest du mit diesem Mädchen viel gemeinsam – du suchst nur eine Lückenbüßerin. Und ich kann mir nicht vorstellen, dass du ernsthaft was mit dieser Aimee anfangen würdest. Sie klingt wie das komplette Gegenteil von Cassidy.«

»Mann«, sage ich. »Da liegst du so was von falsch. Erstens ist sie nicht das komplette Gegenteil von Cassidy. Dann hätte sie ja wohl schwarze Haare und braune Augen. Und außerdem habe ich auch überhaupt kein Interesse dran, mit Aimee *was anzufangen*. Absolut nicht.«

»Und warum triffst du dich dann mit ihr zum Mittagessen?«

»Zur moralischen Unterstützung. Die kann sie nämlich echt gebrauchen. Sie lässt sich von ihrer Familie total unterbuttern, das erkenne ich in ihren Augen. Sie scheint zu denken, sie wäre nicht wichtig genug, um sich mal durchzusetzen.«

»Und was hast du jetzt vor? Willst du sie umstylen wie in so 'nem Film, in dem die Streberin plötzlich zur superscharfen Tussi wird?«

»Nein. Es geht gar nicht darum, dass sie zur superscharfen Tussi wird. Das würde eh nicht klappen. Für so was hat sie nicht die richtige Einstellung – diese positive Energie. Das sieht man schon an ihrem Gang, so krumm und entenfüßig. Eine echt scharfe Tussi steht und geht schon ganz anders – Schultern zurück, Titten raus und mit dem Arsch wackeln. Um scharf zu sein, muss sie selbst wissen, dass sie scharf ist.« Ich rede mich richtig in Fahrt. »Weißt du, es gibt da einen richtigen Trainingsprozess«, erkläre ich Ricky meine Theorie. »Zuerst reißen sich die anderen Mädchen ein Bein aus, nur um mit ihr befreundet zu sein. Dann rennen ihr die Jungs hinterher wie ferngesteuerte Welpen, und wenn sie dann zwölf ist oder so, wird ihr klar, dass selbst erwachsenen Männern jedes Mal fast die Augen aus dem Kopf fallen, wenn sie vorbeiläuft.« Ich ignoriere Rickys skeptischen Seitenblick und komme wieder zurück auf Aimee. »Ich sag's dir – du könntest Aimee die Brille wegnehmen, ihr eine anständige Frisur verpassen und sie in einen roten Minirock stecken, der gerade mal den Hintern bedeckt, und trotzdem würde sie noch mit hängenden Schultern und einem Ausdruck im Gesicht rumlaufen, als könnte ihr die Welt jederzeit eine reinhauen.«

»Und was willst du dann, ihre Seele retten?«

»Vielleicht. Man weiß ja nie.«

20

Viele Leute würden Algebra bei Mr Arch – auch bekannt als Mr Archloch – als das Langweiligste bezeichnen, was man sich nur vorstellen kann, aber ich habe da so eine Theorie, dass nur langweilige Leute ohne Fantasie sich langweilen. Klar, wenn ich Mr Archlochs monotonem Gefasel tatsächlich zuhören würde, müsste ich mich auch langweilen, doch das Risiko ist ziemlich gering.

Am liebsten lenke ich mich mit meinem Motojet ab. Das Motojet ist so eine Art schickes silbernes Geländemotorrad, nur dass es fliegen kann und mit coolen Maschinengewehren und Raketenwerfern ausgestattet ist. Wenn man ordentlich Tempo will, schaltet man einfach die Düsen ein und *Mrr-rööööööm!*, schon ist man weg.

Das ist wie ein Videospiel in meinem Kopf, und anstatt in Algebra zu sitzen, bin ich unterwegs und rette das Universum oder zumindest meine Highschool. Ich weiß nicht, wie oft ich schon Cassidy aus den Klauen von Terroristen, Gangstern und üblen Warlords befreit habe. Natürlich baue ich ab und an auch die spektakulärsten Unfälle, wenn das Motojet zum Beispiel vom Abendhimmel stürzt, dabei die Spitze eines Wasserturms mitnimmt und in den Scheinwerfer des Footballstadions kracht, während ich mit einer Reihe von Überschlägen vor der ganzen Schülerschaft lande.

Und wenn ich dann schließlich am Torpfosten liegen bleibe, dann solltet ihr mal sehen, wie die Mädchen angerannt kommen und sich die Augen ausheulen bei meinem Anblick: ein qualmender, zusammengesackter, Furcht einflößender Haufen. Sogar meine Mom ist dabei. »Keine Sorge«, sage ich, während sich der Staub rings um meinen zerschmetterten Körper langsam wieder legt. »Mir geht's gut. Alles *fabuloso*!«

Heute allerdings werden meine Motojet-Missionen immer wieder von Gedanken an Aimee unterbrochen. Ich fasse es nicht, dass ich unsere Verabredung zum Mittagessen beinahe vergessen hätte. Jetzt läuft statt einer Motojet-Verfolgungsjagd ein Film in meinem Kopf ab, in dem Aimee allein vor der Cafeteriatür steht, immer wieder auf die Uhr sieht und die Menge, die an ihr vorbeigeht, nach mir absucht.

Sutter, ermahne ich mich, du darfst dieses Mädchen nicht enttäuschen.

Endlich ist die Stunde vorbei. Ich schnappe mir meinen Rucksack und steuere auf die Tür zu, damit ich *pronto* zur Cafeteria komme und Aimee auch nicht eine Sekunde warten muss. Aber so einfach wird es mir nicht gemacht. Bevor ich fliehen kann, ruft mich Mr Archloch an sein Pult.

»Setzen Sie sich«, sagt er und deutet auf den Tisch direkt vor dem Pult. »Mr Keely, es scheint, als hätten Sie wieder mal Ihre Hausaufgaben nicht abgegeben.«

»Ich hatte ein schlechtes Wochenende«, antworte ich, und er sagt: »Hmm. Es scheint, als wäre das bei Ihnen oft der Fall.« Bei Mr Archloch *scheint* alles immer nur irgendwie zu sein. Es *ist* niemals einfach so, wie es ist.

Unglücklicherweise beschließt er, dass dies ein guter Zeitpunkt ist, mich – anstatt mich bloß anzuschreien oder so was – über den Inhalt der heutigen Stunde auszufragen. Es ist wohl unnötig zu erwähnen, dass das nicht sonderlich gut läuft, und so kommt er zu dem Schluss, dass es ihm scheint, als würde ich im Unterricht nicht aufmerksam genug zuhören. Ich werfe einen Blick auf die Uhr, in der Hoffnung, es trotzdem noch gleichzeitig mit Aimee zur Cafeteria zu schaffen.

Aber Mr Archloch ist noch nicht fertig. Jetzt erzählt er mir, dass er doch nur mein Bestes will und dass, wenn ich versage, eigentlich er versagt hat. Ihm scheint, dass ich, wenn ich hoffe, es auf dem College zu etwas zu bringen, zumindest grob erfassen müsste, was er mir in diesem Fach beibringen will.

Da bin ich ganz seiner Meinung. Ich will mich ja wirklich zusammenreißen, erkläre ich ihm. Ich habe wirklich vor, für den Rest des Schuljahrs zu pauken, was das Zeug hält. Ehrlich.

Man sollte doch meinen, dass das dem ollen Mr Archloch reichen würde, aber nein, jetzt stellt er mir auch noch eine Aufgabe, nur um zu sehen, wie schlecht ich bin. Und wie sich herausstellt, ist das ziemlich schlecht.

Er sieht mich über den Rand seiner Brille an. Ein Blick, der »Tztztz« zu sagen scheint, nur ohne die Soundeffekte. »Ich zeige Ihnen, wie es geht, Mr Keely«, sagt er. »Passen Sie gut auf.«

Und ich denke nur: *Arrrrrgh!* Ich kann es nicht fassen. Meine Vision von Aimee, wie sie allein an der Tür steht, wird zur Realität. Ich höre sie regelrecht sagen: »Ich hätte wissen müssen, dass er nicht kommt. So behandelt mich schließlich jeder.«

»Und so funktioniert es, Mr Keely«, schließt Mr Archloch. »Verstehen Sie es jetzt besser?«

»Ja, Sir«, antworte ich. »Auf jeden Fall. Viel besser.«

Als ich endlich aus der Klasse komme, bin ich schon fünfzehn Minuten zu spät, also jogge ich los. Ms Giraffenhalsowski, oder wie diese Geschichtslehrerin auch immer in Wirklichkeit heißt, steckt den Kopf aus ihrem Klassenzimmer, aber ich bin schon zu weit weg, als dass sie mich anschreien könnte. Ein paar Freunde – oder vielmehr Bekannte – rufen mir hinterher:

»Warum so eilig, Sutter?«, und: »Hey, brennt's oder gibt's irgendwo 'ne Party?« Doch ich habe keine Zeit, einen witzigen Spruch zu erwidern.

Als ich an der Cafeteria ankomme, traue ich meinen Augen nicht. Da steht Aimee ganz allein an der Tür. Sie hat gewartet. Sie hat tatsächlich gewartet. Was für eine treue Seele. Dieses Mädchen hat Vertrauen in Sutterman.

Etwas langsamer schlendere ich auf sie zu. »Hey, du bist ja noch da«, sage ich und schnappe nach Luft. »Tut mir leid, dass ich so spät komme.«

»Schon in Ordnung«, erwidert sie, und ich frage mich unwillkürlich, wie oft sie das schon zu Leuten gesagt hat, die sie auf irgendeine Weise haben hängen lassen.

»Nein«, sage ich. »In Ordnung ist das nicht. Aber ich konnte wirklich nichts dafür.«

21

Während wir reingehen, um uns unsere Pizza zu holen, erkläre ich ihr die Misere mit Mr Archloch. Wie sich herausstellt, hat sie ihn auch in Algebra gehabt, aber das war vor ungefähr tausend Jahren, denn jetzt ist sie im Matheleistungskurs.

»Du fandest Algebra wahrscheinlich pupseinfach«, sage ich.

Und sie sagt: »Na ja, irgendwie schon.« Ihre Stimme klingt so weich. Wenn sie etwas zu essen wäre, dann ein Marshmallow.

»Vielleicht kannst du mir ja Nachhilfe geben.«

»Okay«, sagt sie und hat dieses kleine Beinahelächeln auf den Lippen, als hielte sie es für möglich, dass ihr gerade was Gutes widerfahren ist, traute dem Ganzen aber noch nicht.

Natürlich ist die Cafeteria nicht gerade der Szene-Hotspot zum Mittagessen – ich gehe, wie gesagt, nie dahin –, also haben wir keine Schwierigkeiten, einen Tisch zu finden. Tatsächlich fühle ich mich wie in einem seltsamen Paralleluniversum voller Schüler, von denen ich nie wusste, dass sie überhaupt existieren.

Man könnte jetzt meinen, Aimee und ich hätten uns nicht viel zu sagen, aber hey, ich kann mich mit so ziemlich jedem unterhalten. Ich fange gleich mal an, etwas zu erzählen, nur um sie von der Last zu befreien, sich selbst was einfallen lassen zu müssen. Es ist eine meiner Lieblingsgeschichten, und sie handelt davon, wie Ricky und ich letzten Sommer eine Kanutour den Tuskogee River runter gemacht haben.

Wir waren nicht gerade die größten Kanu-Experten und haben auch mehr Energie aufs Rumblödeln als aufs Navigieren verwendet, also war es unvermeidlich, dass wir hin und wieder umgekippt sind. Einmal sind wir beide im Fluss gelandet, während um uns eine mehr oder weniger reißende Strömung tobte. Das Kanu fing an, flussabwärts zu trudeln, aber was machen Ricky und ich in diesem Moment? Wir halten beide direkt auf die Kühlbox zu. Rettet das Bier, koste es, was es wolle! Man muss eben Prioritäten setzen. Zum Glück wurde das Kanu ans Ufer getrieben und alles ging gut aus.

Aimee sieht mich staunend an. »Ihr seid ja verrückt«, sagt sie, aber man merkt, dass sie sich insgeheim wünscht, sie könnte hin und wieder auch mal ein bisschen verrückt sein.

»Das ist doch noch gar nichts«, sage ich. »Richtig irre wurde es erst, als wir von der Brücke gesprungen sind.«

»Ihr seid von einer Brücke gesprungen?«

»Aber hallo. Und das war nicht bloß so eine dämliche kleine Popelbrücke, sondern eine von diesen großen, eisernen mit diesen riesig hohen Trägern. Echt, das muss 'ne Meile bis runter zum Wasser gewesen sein. So hoch, dass man sich da oben vor Flugverkehr in Acht nehmen musste. Jedenfalls sind ein paar andere Typen runtergesprungen, darum dachten wir uns, was soll's? Man kann's ja mal versuchen. Da hatten wir schon ein paar Bier intus.«

Sie starrt mich mit aufgerissenen Augen an, verzückt wie alle zwölf Apostel Jesu in einem.

»Also sind wir losgeklettert.« Ich werfe einen Blick an die Decke, um anzudeuten, wie hoch wir klettern mussten. »Die Sache ist nur: Je höher man kommt, desto mehr fragt man sich, ob das Ganze wirklich so eine gute Idee war. Irgendwie sieht es viel steiler aus, wenn man oben auf dem Gerüst ist, als wenn man bloß unten steht und hochglotzt. Aber was bleibt einem dann noch anderes übrig? Wenn man einmal auf dem Weg ist, kann man ja schlecht wieder runtersteigen, ohne als komplettes Weichei dazustehen.«

Sie nickt verständnisvoll, obwohl ich mir nicht sicher bin, ob Mädchen das mit dem Weichei-Dilemma so richtig begreifen.

»Ich mache also den Spiderman, hocke mich ganz an die Spitze und genieße die sanfte Brise. Und ich muss echt sagen, der Ausblick ist gewaltig, solange man nicht direkt nach unten guckt, was ich natürlich prompt mache. Aber wie gesagt, es gibt kein Zurück. Also hole ich abgrundtief Luft«, ich mache ihr vor, *wie* tief, »und dann geht's abwärts.«

»Hast du einen Kopfsprung gemacht?«

»Machst du Witze? So verrückt bin ich auch wieder nicht. Nein, ich bin schön mit den Füßen voraus gehüpft. Und weißt du, was? Auf dem Weg nach unten habe ich entdeckt, wie wahnsinnig viel Zeit man zum Nachdenken hat, während man noch in der Luft ist. Da sause ich also nach unten, und plötzlich kommt mir dieser Gedanke – was, wenn gerade ein Kanu unter der Brücke dahergeschippert kommt? Ich würde direkt auf jemanden draufspringen und ihm den Hals brechen. Verstehst du, wenn ich mich damit nur selber um die Ecke gebracht hätte, wäre ich ja noch damit klargekommen, aber ich hätte es mir nie verziehen, wenn ich jemand anders mitgenommen hätte.«

»Das wäre schrecklich«, sagt sie.

Ich hebe den Blick wieder zur Decke. »Ich fliege also durch die Luft, gucke zwischen meinen Zehen hindurch nach unten, und es ist, als käme das Wasser direkt auf mich zugerast. Und dann, *wumms!*, treffe ich auf die Oberfläche.« Ich klatsche in die Hände und sie zuckt zusammen.

»Und eins«, sage ich, »kann ich gar nicht oft genug betonen. Wenn *Mann* aus großer Höhe in ein Gewässer springt, dann sollte *Mann* in jedem Fall darauf achten, die Beine beim Aufprall zusammenzuhalten. Ansonsten könnte das eine sehr schmerzhafte Angelegenheit werden. Ich spreche aus Erfahrung.«

Ihr Gesicht verzieht sich gequält. Sie ist das absolut beste Publikum, das man sich vorstellen kann.

»Außerdem hatte ich nicht bedacht, dass man, wenn man von einem sehr hoch gelegenen Punkt abspringt, auch sehr tief eintaucht. Sehr, sehr tiiiiief. Und ich hatte vergessen, vorher noch mal Luft zu holen. Ich bin also so unter Wasser, und es fühlt sich an, als wären mindestens zehn Minuten vergangen. Meine Augen quellen mir beinahe aus dem Kopf. Ich strample mit den Beinen und fuchtle mit den Armen, über mir nichts als eine graue Wasserdecke. Vor meinem geistigen Auge blitzt eine Schlagzeile auf – MINDERBEMITTELTER JUGENDLICHER SPRINGT VON TUSKOGEE-BRÜCKE IN DEN TOD. Und dann sehe ich sie plötzlich – eine blasse, helle Scheibe, die über dem Wasser aufschimmert –, und ich weiß, ich kann es schaffen. Mein Kopf bricht durch die Oberfläche und köstlicher Sauerstoff strömt in meine Lungen. Gerettet!«

Ich lehne mich in meinem Stuhl zurück. »Als ich wenig später am Ufer anlange, bin ich fast nüchtern, und da schießt auch schon Ricky wie ein Pfeil von der Brücke. Ich schreie noch: ›Halt die Beine zusammen‹, aber er hört mich nicht und *platsch*.« Ich klatsche wieder in die Hände und wieder zuckt sie zurück.

»Na ja, wie du siehst, haben wir beide überlebt und können von unseren Erlebnissen berichten, aber ob wir jemals Kinder haben werden …«

Auf Aimees Gesicht breitet sich das weltgrößte Lächeln aus. »Wow«, sagt sie. »Das ist das Unglaublichste, was ich je gehört habe.«

22

»So«, sage ich und nehme mir ein Stück Pizza. »Und du? Kennst du irgendwelche guten Geschichten?«

Sie denkt einen Augenblick lang nach. »Tja, ich weiß noch, wie wir in der Zehnten zusammen Englisch hatten und Mrs Camp einmal aus der Klasse gerufen wurde. Da hast du dich vorne hingestellt und einen ellenlangen Vortrag über die Symbolik in diesem alten Film *Dumm und Dümmer* gehalten. Die ganze Klasse hat auf dem Boden gelegen vor Lachen, aber Mrs Camp war nicht gerade begeistert, als sie wiederkam.«

»Ach ja, stimmt«, sage ich. »*Dumm und Dümmer* ist aber auch einer der größten Filme aller Zeiten.«

»Und dann hab ich dich mal gesehen, wie du auf der Motorhaube eines Autos gesurft bist, und als es den Bordstein hoch ist, bist du mit voller Wucht in eine Hecke geflogen. Ich dachte: Oh Gott, jetzt ist er tot! Doch du bist einfach aufgestanden und wieder aufs Auto geklettert. Erinnerst du dich daran?«

»Ja, vage.« Ist ja ganz schmeichelhaft, dass sie das alles noch weiß, aber ich wollte eigentlich nicht noch mehr Geschichten über mich hören.

»Was ist mit dir?«, frage ich. »Hast du keine Geschichten über dich?«

Sie zieht die Nase kraus. »Ich bin langweilig.«

»Nein, bist du gar nicht. Du bist wahrscheinlich der einzige Mensch hier, der jeden Tag schon um fünf Uhr früh durch die Gegend fährt. Also ich finde, das ist ziemlich aufregend.«

Sie lächelt. »Okay, ein paar einigermaßen interessante Sachen sind mir beim Zeitungsaustragen tatsächlich schon passiert. Einmal, da – ach, ich weiß nicht, ob ich dir das wirklich erzählen soll.«

»Du kannst mir alles erzählen.«

»Es ist ein bisschen eklig«, sagt sie. »Ich war damals zwölf.«

Ich muss den Kopf darüber schütteln, dass ihre Mutter sie schon als Kind versklavt hat.

»Zu der Zeit«, fährt sie fort, »hat meine große Schwester uns noch mit den Zeitungen geholfen, darum hat Mom mich immer mit meiner Tasche an einer Straßenecke abgesetzt und ich habe meine Häuser zu Fuß beliefert, während sie mit Ambith eine andere Gegend abgefahren ist. Erst als ich vierzehn war, hat sie mich manchmal ans Steuer gelassen. Ich bin also rumgelaufen und habe ein bisschen taggeträumt – oder morgengeträumt, wenn man so will –, und plötzlich kam so ein Mann hinter einer Hecke hervor, komplett nackt!«

»Großer Gott! Was hast du gemacht?«

»Ich hab meine Tasche fallen lassen und bin weggerannt. Bestimmt vier Blocks weiter, bis ich schließlich unseren Pick-up gesehen habe, und dann hab ich mich mitten auf die Straße gestellt und gewinkt, damit Mom mich mitnimmt.«

»Und, hat sie dem Typen die Polizei auf den Hals gehetzt?«

»Ähm, nein.« Sie sieht runter auf ihre labberige Pizza. »Ich musste zurückgehen und die Tasche holen und meine Runde zu Ende machen.«

Ich fasse es nicht. Was ist das denn für eine Mutter? »Da hattest du doch sicher ganz schön Angst, durch die Gegend zu laufen, während irgendwo so ein nackter Irrer im Gebüsch hockt.«

»Ziemlich«, sagt sie. »Ich hab mir die ganze Zeit eingebildet zu hören, wie er sich von hinten anschleicht. Später habe ich ihn dann tatsächlich hinter einem anderen Haus vorkommen sehen, aber da ist er in sein Auto gestiegen und weggefahren. Es war ein Lexus. Das war das Komischste an der Sache.«

»Beim nächsten Mal lass dich von deiner Mom bloß nicht zurückschicken.«

»Beim nächsten Mal? Meinst du denn, das passiert mir noch mal?«

»Hm, nein, vielleicht nicht genau so.«

Ich will ihr gerade ein paar meiner Theorien über die Verbreitung des Seltsamen im täglichen Leben erläutern, aber ein Mädchen, das ich meines Wissens noch nie gesehen habe, unterbricht mich, indem es an den Tisch gestürmt kommt und zu Aimee sagt: »Er ist also doch noch aufgetaucht, ja?«

Aimee zieht den Kopf ein, bis er fast ihre Schultern berührt. »Hi, Krystal.«

Ich stehe auf wie ein echter Gentleman und strecke die Hand aus. »Hallo, Sutter Keely. Schön, dich kennenzulernen.«

Sie ignoriert meine Hand. »Ich weiß, wer du bist.«

»Das ist Krystal Krittenbrink«, stellt Aimee sie vor.

Und Krystal fügt hinzu: »Wir sind seit der zweiten Klasse befreundet.« Irgendwie klingt es eingebildet, als wäre ich, verglichen mit dieser glorreichen Freundschaft, nichts als ein niederes Insekt. Ich kenne diesen Typ Mädchen – ihre Eltern haben sie ihr Leben lang verwöhnt und ihr weisgemacht, sie wäre das allerwunderbarste, süßeste Schnuckiputzihasi auf der ganzen Welt, und sie ist nie dahintergekommen, dass der Rest des Universums diese Einschätzung nicht unbedingt teilt.

Tatsächlich ist sie ein alles andere als hübsches, dafür aber moppeliges Mädchen. Während Cassidy mit ihren atemberaubenden Kurven pure Sinnlichkeit ausstrahlt, würde ich Krystal Krittenbrink eher als amorph bezeichnen – sie sieht aus wie der Blob. Ihr winzig kleines Gesicht sitzt genau in der Mitte ihres dicken roten Kopfs. Ihr Mund ist gerade mal so groß wie ein Zehncentstück. Aber ihr hervorstechendstes Attribut ist ihr stumpfbraunes Haar, das sie sich zu einer dieser komischen Palmen mitten auf dem Schädel hochgebunden hat. Man sieht ihr einfach an, dass sie jeden Morgen in den Spiegel guckt und diese Frisur für den Gipfel des guten Geschmacks hält.

Doch sie ist nun mal Aimees Freundin, also bitte ich sie, sich zu uns zu setzen, aber sie wendet sich nur Aimee zu und sagt: »Beeil dich. In fünf Minuten fängt die Versammlung an.«

»Oh, was ist das denn für eine Versammlung?«, versuche ich höflich, Interesse zu zeigen.

Krystal allerdings faucht nur: »Französisch-AG. Interessiert dich eh nicht.«

Aimee sagt: »Warum gehst du nicht schon mal vor, Krystal? Ist doch nicht schlimm, wenn ich ein paar Minuten später komme.«

»Bist du doof?«, erwidert Krystal. »Die ganze Versammlung geht doch sowieso höchstens zehn Minuten.«

Aimee wirkt ein bisschen verletzt, aber ich sehe ihr an, dass sie es gewohnt ist, von Krystal als doof bezeichnet zu werden.

»Wahrscheinlich hast du recht«, lenkt sie ein und dreht sich zu mir um. »Dann muss ich jetzt wohl los. Ich hatte die Versammlung ganz vergessen. Tut mir leid.«

»Aber du hast deine Pizza doch noch gar nicht aufgegessen.«

»Die kann sie mitnehmen«, sagt Krystal.

»Ja, stimmt.«

»Vergiss aber nicht unsere Abmachung mit der Algebra-Nachhilfe.«

Das Lächeln kehrt zurück auf Aimees Gesicht, aber Krystal schnaubt nur: »Was für eine Zeitverschwendung.«

Ich ignoriere sie und sehe Aimee mit festem Blick an. »Magst du mir deine Nummer geben?«

»Meine Nummer?«

»Ja, deine Telefonnummer.«

»Von zu Hause?«

»Oder von deinem Handy.« Sie scheint das Konzept nicht ganz zu verstehen. Vielleicht ist sie noch nie von einem Jungen nach ihrer Nummer gefragt worden.

»Ein Handy habe ich nicht. Also die von zu Hause, okay?« Sie fängt an, in ihrem Rucksack nach einem Stück Papier und einem Stift zu kramen, während Krystal ihr weiter auf die Pelle rückt und quengelt: »Komm schon, wir müssen los.«

Aimee kritzelt die Nummer schnell hin und gibt sie mir. Hinter die letzte Ziffer hat sie ein Smiley gemalt.

»Ich rufe dich an, dann können wir einen Termin ausmachen«, sage ich. »Wann bist du zu Hause?«

»Wer weiß?«, ruft Krystal, während sie Aimee praktisch von mir wegzerrt. »Meinst du, sie hat nichts Besseres zu tun, als rumzusitzen und auf deinen Anruf zu warten?«

23

Überraschenderweise ruft mich meine Mutter tatsächlich gegen zwei Uhr zu Hause an, um zu überprüfen, ob ich mich auch an die heiligen Regeln des Hausarrests halte. Sie macht total einen auf streng, mit »junger Mann« dies und »junger Mann« das. Ich weiß ja nicht, warum es die Ernsthaftigkeit einer Situation unterstreichen soll, wenn man jemanden »junger Mann« nennt, aber es scheint eine weitverbreitete Praxis unter Erwachsenen zu sein.

Ich muss gestehen, es sieht aus, als würde sie diesmal Ernst machen. Jetzt kommt sie mir schon wieder mit der Militärakademie. Ehrlich gesagt war es ja auch ziemlich beschissen von mir, Kevins Anzug in Brand zu stecken. Obwohl ich es natürlich nicht absichtlich gemacht habe.

Ricky liegt während des ganzen Gesprächs nur einen Meter weiter im Fernsehsessel. Als ich auflege, sagt er: »Alter, denken deine Eltern echt, dass du ihnen diesen Militärakademiequatsch abkaufst? Sind doch nur noch drei Monate bis zum Schulabschluss. Selbst wenn sie dich wirklich dahin verfrachten, was bringen schon drei Monate?«

»Wem sagst du das. Das Ganze ergibt überhaupt keinen Sinn. Ich denke mal, das ist einfach ihre Art, mir zu zeigen, wie scheiße sie mich gerade finden.« Ich schlendere zur Bar. Heute muss ich nicht arbeiten und es ist genau der richtige Zeitpunkt für einen anständigen Pitcher Martini.

»Ich sag dir eins«, verkündet Ricky. »Die würden ganz schön

schlucken, wenn du plötzlich beim richtigen Militär landest und die dich in den Irak schicken. Nachher zerfetzt es dich noch wie Jeremy Holtz' Bruder.«

»Weiß nicht. Sie lassen ja ganz gern die Patrioten raushängen. Wahrscheinlich könnte ihnen gar nichts Besseres passieren, als dass es mich da drüben zerfetzt. Damit würden die jahrelang überall hausieren gehen. Vielleicht würden sie sogar damit in die Zeitung kommen, wie sie so tun, als würden sie sich über meinem flaggengeschmückten Sarg die Augen aus dem Kopf heulen.«

Ricky sagt: »Ja, schon klar. Als wäre das echter Patriotismus! Solche Leute tun immer so, als wäre man der hinterletzte antiamerikanische, antimilitärische Verräter, nur weil man für den Frieden ist. Ich würde sagen, es ist doch viel patriotischer, wenn man dagegen ist, dass noch mehr Amerikaner sterben. Ich bin mein ganzes Leben von Soldaten umgeben gewesen – mein Dad, meine Onkel. Ich will noch nicht mal, dass sie die Stadt verlassen, wenn es keinen guten Grund dafür gibt. Dieser verschissene Krieg macht mich so wütend. Weißt du, was das Ganze ist?«

»Ein Morast?«

»Aber so was von morastig, Alter. Eine regelrechte Kloake. Mit Kackhaufen, groß wie Sitzsäcke. Halten die Politiker die Jugend von heute denn für nichts als billige Bombenmagneten für ihre Schein-Invasion? Mein Dad war bei der Marine, und ich hab lange mit dem Gedanken gespielt, selbst auch mal bei dem Verein mitzumischen, aber jetzt werd ich mich hüten. Das sind doch alles Vampire, Mann. Hoch ansteckende Atomvampire. Und ihr Anführer ist dieser uralte Blutsauger Generalissimus Hal E. Burton, der schmierigste unter den Energieriesen. Meinst du, ich mach mit bei einem Vampir-Atomkrieg? Vergiss es. Da melde ich mich lieber bei der Protestbewegung. Aber wo ist die? Es gibt keine. Sind denn alle so faul? Oder haben sie eine Gehirnwäsche verpasst bekommen?«

»Pass bloß auf«, warne ich. »So was sagst du besser nicht zu laut, du verdammter Hippie. Wahrscheinlich hat Generalissimus Hal sowieso schon überall in diesem Zimmer Wanzen versteckt. Und bevor wir kapieren, was los ist, hocken wir an den Boden gekettet in irgend so einer kubanischen Gefängniszelle, ohne einen Anwalt in Sicht.«

»Mann, das wäre echt witzig, wenn es nicht so nah an der Wahrheit wäre.«

Als der Pitcher endlich die richtige Martini-Mischung enthält, biete ich Ricky ein Glas an, aber der lehnt ab. »Ich muss auf meine schlanke Linie achten«, erklärt er sarkastisch.

Ich schwenke den Krug vor seiner Nase. »Ach, komm schon. Du willst es doch auch.«

»Nein, im Ernst, Mann. Ich wollte mal ein bisschen kürzertreten.«

»Schön, dann bleibt eben mehr für mich.« Ich setze mich und schalte den Fernseher ein.

»Das ist mein neuer guter Vorsatz«, sagt Ricky. »Unter der Woche wird nicht mehr Party gemacht.«

»Und was ist mit deinen Spezialzigaretten?«

»Davon rauche ich auch weniger.«

Ich mustere ihn einen Augenblick. »Jetzt hör sich das einer an«, sage ich. »Und das vom König des Krauts. Ein Date, ein paar Telefonate am Wochenende, Mittagessen am Montag und schon hat Bethany dich komplett auf links gekrempelt.«

»Das hat doch gar nichts damit zu tun, Mann. Ich hab eben genug davon. Es langweilt mich. Ich brauch mal was Neues.«

Ich halte mein Glas ins Licht. »Der perfekte Martini wird nie langweilig.«

»Ich mein's ernst«, sagt Ricky. »Das bringt's bei mir einfach nicht mehr, zumindest nicht nonstop. Als es noch neu war, da war es großartig. Alles ist großartig, wenn es neu ist. Wie bei kleinen Kindern. Für die ist alles ein einziges glitzerndes Wunder.«

»Oh Mann, ja.« Ich trinke einen großen Schluck Martini. »Die Kindheit war echt ein Wunderland.«

»Absolut«, stimmt Ricky zu. »Ich weiß noch, als ich vier war oder so, bin ich mal mit meinem Dad zur Bank gegangen. Und heute ist so ein Bankfoyer wahrscheinlich der langweiligste Ort der Welt, gleich nach dem Postamt, aber damals war es geradezu verzaubert. Sie hatten da so ein kleines Wasserbecken mit einem Springbrunnen in der Mitte. Ich traute meinen Augen kaum. Ein Wasserbecken – in einem Haus! Ich rufe also nach meinem Dad, damit er es sich anguckt, und er meint nur: ›Ja, das ist ein Springbrunnen.‹ Als wäre das gar nichts Besonderes.« Er schüttelt fassungslos den Kopf. »Aber dann sehe ich, dass da nicht nur Wasser ist, sondern auch noch Münzen drin liegen. Und ich sage: ›Guck mal, Dad, da ist Geld drin!‹ Und er antwortet: ›Ja, manchmal werfen Leute Münzen in Brunnen und wünschen sich dann was.‹ Die wünschen sich was? Mann! Das wird ja immer besser. Das ist ein *Zauberbrunnen.* Ich bin vor Ehrfurcht wie erstarrt. Doch mein Dad füllt einfach weiter seinen Einzahlungsschein aus und hat keinen Schimmer davon, wie absolut überwältigend die Welt ist.«

»Ja«, sage ich. »So was hatte ich auch mal mit meiner Mutter und einer toten Kuh, die an der Straße lag.«

»Und was kommt dann?«, fragt Ricky. »Man wird elf, zwölf und alles ist nur noch kalter Kaffee. Sie haben einem alle Wunder ausgetrieben, aber eigentlich will man das doch gar nicht. Man will ins Wunderland zurück. Man will, dass immer noch alles neu ist. Und wenn man was trinkt oder was raucht, ist es, als würde man genau das zurückkriegen.«

»Jaja, Wunder sind schon was Tolles«, stimme ich zu. »Soll das heißen, du willst jetzt doch was trinken?«

»Nein, Mann. Ich will sagen, dass sich das irgendwann auch abnutzt. Es hat eine eingebaute Schwachstelle wie alles andere auch. So funktioniert unser System nun mal. Es ist alles ein riesiger Betrug. Eine Sache veraltet, dann musst du die nächste kaufen, die dann auch wieder veraltet, dann wieder die nächste und immer so weiter. Unsere ganze Gesellschaft wird auf Suchtverhalten hin trainiert.«

»Ach, meinst du, Professor?« Wenn er so am Theoretisieren ist, stachele ich ihn gern immer weiter an.

»Na klar, Mann. Ich wette eine Million Dollar, dass irgendwer das Perpetuum mobile längst erfunden hat, aber die Atomvampire halten es unter Verschluss. Genauso wie Textilien, die nie verschleißen.«

Ich sage: »Ja, und ich wette, es gibt auch schon sich selbst auffüllende Kühlschränke und Hotdog-Bäume.«

»Du meinst das vielleicht als Witz«, sagt Ricky, »aber vermutlich hast du recht.«

»Mir wird's fehlen, wenn du aufhörst zu kiffen und dir solche Theorien nicht mehr einfallen.«

Er schnaubt nur. »Ich brauche kein Gras, damit mir Ideen kommen. Es passiert doch alles direkt vor unserer Nase. Guck dir bloß mal an, was bei MTV läuft.« Er deutet auf den Fernseher. Der Bildschirm ist voller durchtrainierter Collegemädels und -jungs in Badeklamotten, die zu irgendeinem grottigen Song rumzappeln.

»Die haben doch sogar schon unsere Körper in Produkte verwandelt, Mann. Bauchmuskeln, Brustmuskeln, Arschmuskeln. Man ist ja quasi gezwungen, immer wieder das neueste Sportgerät oder Diätbuch oder was auch immer zu kaufen. Oder man geht zum Beautydoc und lässt sich von ihm die Plauze straffziehen oder das Fett aus dem Hintern saugen.«

»Ja, Mann, das ist echt seltsam. Aber du musst es willkommen heißen«, sage ich.

Er protestiert: »Diesen Scheiß heiße ich ganz bestimmt nicht willkommen. Kapierst du denn nicht, was ich sagen will? Die verwandeln uns in Produkte, Alter. Dahinter stecken doch immer wieder dieselben Atomvampire. Die beauftragen ihre Lakaien, dich mit ihrer neuesten Popmausi-Schrägstrich-Stripperin oder ihrem trendigsten Videospiel oder Handy oder *Bäng-bäng-kabumm*-Film zu hypnotisieren. Und wenn du erst mal so weit bist, locken sie dich in ihren riesigen Megaelektropalast.«

»Ein Megaelektropalast? Cool.«

»Nein, gar nicht cool. Denn sobald sie dich in ihren Klauen haben, schicken sie dich durch ihren Entseelinator, und wenn du auf der anderen Seite wieder rauskommst, bist du nur noch ein Produkt.«

»Und wie heißt dieses Produkt?«

»*Leere*, Mann, so heißt das. Und dann verkaufen sie dich den Rest deines Lebens immer und immer wieder, bis sie dich am Ende ein letztes Mal verpacken und irgendwo verscharren.«

»Wow«, sage ich. »Bist du sicher, dass du heute nicht doch dem Gras zugesprochen hast?«

»Ich hab nicht einen Zug genommen.« Er schüttelt müde den Kopf. »Ich sag's dir, Mann. Ich brauche mal was anderes. Ich hab genug von den Atomvampiren. Ich will nicht zu ihrem Produkt werden. Ich will nicht das Sakrament bei ihrer Heiligen Dreifaltigkeit spielen. Du weißt doch, was ihre Heilige Dreifaltigkeit ist?«

»Bier, Wein und Whisky?«

Er winkt nur ab. »Nein, Mann, die Atomvampire verehren den Gott des Sexes, den Gott des Geldes und den Gott der Macht. Der Sexgott huldigt dem Geldgott und der Geldgott huldigt dem Machtgott. Und der Machtgott ist derjenige, der alles versaut. Die anderen allein wären ja noch in Ordnung, aber *der* Typ ist einfach ein Arsch. Er ist es auch, der die Lakaien ausschickt, um uns mit dem nächsten neuen Ding zu hypnotisieren. Aber das hat nichts mehr mit Wundern zu tun. Es ist nur ein Ersatz für das Wunderland. Totaler Scheiß. Ich sag ja gar nicht, dass ich mich nicht mehr amüsieren will. Ich will nur ausnahmsweise mal was finden, was bleibt.«

Ich warte kurz, um sicherzugehen, dass er fertig ist, und strecke dann die Hand mit dem Drink in die Luft. »Amen, Bruder Ricky! Das war eine Wahnsinnspredigt.«

»Hab ich recht oder nicht?«

»Absolut. Wir wollen doch alle was, was bleibt.« Ich erwähne nicht, dass es zu *wollen* etwas völlig anderes ist, als tatsächlich zu glauben, man könnte es erreichen.

»Na dann.« Er erhebt ein imaginäres Glas. »Gib mir noch ein Amen, Bruder Sutter!«

»Amen, Bruder Ricky, amen!«

»Halleluja, Bruder, halleluja!«

Wir lachen uns beide kaputt. Ich trinke einen schönen großen Schluck Martini und verkünde: »Ich sag dir was, ab morgen bin ich dabei – getrunken wird erst wieder am Wochenende. Und dann aber richtig!«

»Ich dachte, du hättest Hausarrest.«

»Das hat mich noch nie von irgendwas abgehalten. Falls du es vergessen haben solltest, mein Zimmer verfügt über ein Fenster.«

Er sagt es nicht direkt, aber irgendwann lässt er durchsickern, dass er am Freitag mit Bethany auf ein Konzert geht und am Samstag bei ihren Eltern zum Essen eingeladen ist.

Ich sage: »Essen bei den Eltern. Oh Mann, bei euch geht's ja schon richtig zur Sache.«

Er zuckt mit den Schultern. »Ich will halt mit ihr zusammen sein. Bei dir und Cassidy war's doch genauso.«

»Schon, aber ich hab nicht jedes Wochenende komplett nur mit ihr rumgehangen.«

»Warum fragst du nicht dein Zeitungsmädchen, ob sie Freitag oder Samstag was vorhat? Wolltest du sie nicht sowieso heute Nachmittag anrufen?«

»Hey, ich hab's dir doch gesagt – ich werd sie nicht um ein Date bitten. Ich wiederhole, ich bin nicht an Sex mit diesem Mädchen interessiert. Jetzt nicht und auch nicht in Zukunft. Ich werd es nicht im Auto mit ihr treiben, ich will mich nicht in einer Bar an ihr reiben. Wir werden's nicht auf einem Baum machen, wir lassen's nicht auf dem Klo krachen. Ich werd keine Nummer im Sessel mit ihr schieben. Hast du's dir jetzt hinter die Ohren geschrieben?«

»Ach ja, richtig, das hatte ich ganz vergessen. Du willst ja ihre Seele retten. Gebt mir ein Halleluja für Bruder Sutter und seinen Messiaskomplex.«

»Meinen was?«

»Messiaskomplex. Du meinst immer, du müsstest alle retten.«

»Nicht alle. Nur dieses eine Mädchen.«

»Halleluja, Bruder!«

24

Manchmal kann ich nicht schlafen. Es ist komisch – da liege ich, erschöpft, aber trotzdem hellwach und starre in die Dunkelheit, während mein Hirn mich mit allen möglichen Gedanken bombardiert wie mit toten Pelikanen. Heute Nacht zum Beispiel grübele ich über Geechs ausgelutschte Idee mit der Militärakademie nach und überlege, ob sie vielleicht doch gar nicht so furchtbar ist.

Vielleicht hätte ich mich dort mit vierzehn, fünfzehn anmelden und ein Jahr lang richtig abrackern sollen – ein Zehn-Meilen-Marsch pro Tag, danach noch ein Hindernislauf, bei dem ich mich mit einem Holzgewehr in den Armen unter einem Stacheldrahtzaun durchschiebe und so weiter –, um dann muskelbepackt, hochglanzpoliert, äußerlich und innerlich auf Vordermann gebracht heimzukehren. Wie sonst erhält man in dieser Gesellschaft denn die Gewissheit, dass man kein kleiner Junge mehr ist?

Ich hab in der Schule mal was über Initiationsriten von Eingeborenenstämmen gelesen. Bei einem davon setzen die Erwachsenen einen Jungen allein in der Wildnis aus, und er muss ganz allein, ohne Waffen und Werkzeuge, wieder zurückfinden. Er hat da draußen nur seine bloßen Hände, um Wurzeln zum Essen auszugraben und Feuer mit Steinen und Stöcken oder was auch immer zu machen. Echt jetzt, er könnte verhungern oder von einem Puma gefressen werden, aber das gehört alles zur Prüfung. Wenn er wiederkommt, ist er ein Mann. Und nicht nur das, er hat auch noch seinen geistigen Führer gefunden. Das nenne ich mal »alles Seltsame willkommen heißen«.

Aber heutzutage machen die Erwachsenen ja nichts, als einen allein zu Hause zu lassen mit einer Küche voller Chips und Limo. In deinem Zimmer warten der Fernseher, Videospiele und das Internet auf dich. Was glauben die denn, was das bringen soll? Außer einer Scheißegal-Haltung?

Heutzutage muss man sich seinen eigenen Initiationsritus ausdenken oder seinen eigenen Krieg führen, weil sich an die Kriege der Atomvampire nur ziemlich schwer glauben lässt. Wie Ricky schon sagte – jedes Mal, wenn sie einen davon aus dem Ärmel ziehen, wird es nur noch schlimmer.

Wenn ich so was zu entscheiden hätte, wäre alles ganz anders. Dann müsste man nicht auf die Militärakademie oder in die Wildnis oder in den Krieg ziehen, sondern zum Teeniecorps. Das wäre so was wie das Friedenscorps, nur eben für Teenager. Da würde man rumreisen und zum Beispiel Sandsäcke in Hurrikangebieten stapeln oder in abgeholzten Wäldern neue Bäume pflanzen oder Hinterwäldlern medizinische Versorgung bringen und so. Das macht man ein volles Jahr und dann, wenn man zurückkommt, erhält man das Recht zu wählen und Alkohol zu kaufen und alles Weitere. Man wäre erwachsen.

Ich bin mit fast allen Einzelheiten des Plans durch, als ich schließlich doch noch einschlafe.

Leider hat meine Begeisterung am nächsten Morgen schon merklich nachgelassen. Für mich wäre es sowieso schon zu spät. Wenn ich so ein Träumer wie Bob Lewis wäre, würde ich davon fantasieren, wie ich Politiker werde und das Teeniecorps für die nächste Generation einführe, aber wie ich immer sage: Ich bin mehr so der Jetzt-sofort-Typ. Und jetzt sofort habe ich erst mal an meinem eigenen Minihilfsplan zu arbeiten – ich will, dass Aimee mir Nachhilfe gibt.

Kapiert ihr? Indem ich mir von ihr helfen lasse, helfe ich auch ihr. Sie bekommt mehr Selbstbewusstsein und ich die Genugtuung, jemandem dazu verholfen zu haben, der so was nötiger hat als ein Popsternchen den Drogenentzug. Na ja, vielleicht verändere ich damit nicht unbedingt die Welt, aber was soll's? Wir beide können dabei jedenfalls nur gewinnen.

Das Problem ist bloß: Da ich offiziell unter Hausarrest stehe, muss ich Mom die Idee beim Frühstück schmackhaft machen. Normalerweise vermeidet sie es morgens, mit mir zu reden – außer hin und wieder einem »Hol's dir doch selbst« oder Ähnlichem –, aber als ich ihr die Geschichte vortrage, feuert sie eine Salve von Fragen auf mich ab, die sich wohl so anhören sollen, als versuchte sie, etwas über Aimees Charakter herauszufinden.

Ich weiß es jedoch besser. Was sie wirklich wissen will, ist, ob Aimee mich auf der sozialen Leiter eine Stufe höher bringen kann. Wenn das der Fall wäre, hätte Mom mit Sicherheit keine Einwände, dass ich sie besuche. Aber da Aimees Mutter bloß die Königin der Zeitungsrunde und des Indianerkasinos ist, hat meine Mom natürlich gleich den Verdacht, ich hätte irgendwelche Hintergedanken.

»Und woher weiß ich«, fängt sie an, »dass du dich nicht bloß aus deinem Hausarrest rauswinden willst?«

Ich sage: »Hey, wenn du mir nicht glaubst, warum rufst du sie dann nicht an und fragst sie selbst?«

Und sie sagt: »Weil sie sicher nur wieder eins von den dummen kleinen Dingern ist, mit denen du immer ausgehst, und sowieso alles runterbetet, was du ihr vorgekaut hast.«

»Glaub mir«, sage ich, »ich will nicht mit diesem Mädchen ausgehen.«

Warum denkt eigentlich jeder sofort, bei der Sache wäre Sex im Spiel?

Mom ist immer noch nicht überzeugt, also schlage ich vor, sie soll Mr Arch anrufen und ihn fragen, ob ich Nachhilfe brauche oder nicht.

Damit habe ich es geschafft. Sie würde ihn niemals anrufen. Ich weiß nur zu gut, dass sie nichts mit den Einzelheiten meiner Schulausbildung zu tun haben will, wenn es sich irgendwie vermeiden lässt. Sie muss in ihrer Kindheit irgendwas erlebt haben, was zu einer akuten Lehrerphobie geführt hat.

Also machen wir zwei einen Deal. Ich darf immer noch nicht mit dem Auto zur Schule fahren, dafür aber nachmittags zu Aimee. Und Geech prüft jeden Abend meinen Benzinstand, um sich zu vergewissern, dass ich nicht lustig durch die Gegend kutschiere. Als könnte ich nicht einfach kurz an der Tankstelle halten, wenn ich wollte. Mann, Mann.

25

Am Nachmittag fahre ich voller Tatendrang rüber zu Aimee, aber ich muss gestehen, dass dieses Mädchen eine echte Herausforderung darstellt. Wenn man danach geht, wie ihre Eltern und ihre beste Freundin sie behandeln, ist sie das vielleicht leichteste Opfer, das mir seit Kenny Hoyle untergekommen ist.

Armer, kleiner Kenny, der Junge war wie eine Figur aus dem Märchen. Früher hat er mit seinem Stiefvater und seinen drei Stiefbrüdern bei uns in der Straße gewohnt. Seine Mom hatte sich umgebracht. Die Stiefbrüder waren so riesige Schlägertypen. Während sie unterwegs waren und Straßenschilder verschandelten oder Sprühlack inhalierten oder was auch immer, putzte der dürre, kleine, achtjährige Kenny die Fenster, jätete Unkraut oder schob bei vierzig Grad im Schatten einen gigantischen Rasenmäher durch ihren steil ansteigenden Vorgarten. Nur dass leider nie eine gute Fee kam, die Kenny in einen steinreichen Prinzen verwandelte. Alles, was ich tun konnte, war, ab und zu rüberzugehen und ihm mit dem Rasen zu helfen, bevor er noch unter den Mäher geriet und als Portion Gehacktes hinten wieder ausgespuckt wurde.

Na ja, jedenfalls hatte ich mir Aimees Haus als echte Bruchbude vorgestellt, aber tatsächlich sieht es ganz ähnlich aus wie das, in dem wir in der Prä-Geech-Ära gewohnt haben – ein kleiner Backsteinwürfel mit grauem Dach, das mal neu gedeckt werden könnte, und einem etwas verlotterten, kahlen kleinen Garten ohne Bäume, Sträucher, Blumen oder so was. Zumindest gehörte zu unserem alten Zuhause damals noch eine verwilderte Hecke und ein ziemlich cooler Judasbaum zum Klettern, doch diese Hütte hier hat noch nicht mal ein Schnapsgläschen voll eigener Persönlichkeit.

Nach einem Schluck Whisky, gefolgt von etwas Mundspülung, steige ich auf die winzige Veranda und klopfe lässig an den Türrahmen. Drinnen erhebt sich eine nölige Stimme: »Aimee! Dein Schatz ist da!« Worauf Aimee erwidert: »Bitte, Shane, benimm dich, okay?«

Eine Sekunde später klickt das Schloss und die Tür geht auf.

»Sutter«, sagt sie und lächelt verhalten. »Da bist du ja.«

»Pünktlich auf die Minute.«

Irgendwie sieht sie heute anders aus. Es dauert einen Moment, aber dann erkenne ich, dass sie Lippenstift aufgelegt hat. Normalerweise schminkt sie sich gar nicht und eins kann ich euch sagen: Das hier ist keine Verbesserung.

Von innen ist das Haus ein absoluter Saustall – Klamottenberge auf den Lehnen des ausgeblichenen Sofas und Fernsehsessels, leere Fast-Food-Verpackungen auf dem Wohnzimmertisch, technisch völlig rückständige Videokassetten auf dem Boden. Und mittendrin liegt ihr kleiner Bruder, und seine Beine zucken jedes Mal, wenn er einen der glupschäugigen Aliens mit Säbelzahngebiss auf ihrer uralten Playstation in die Luft jagt.

»Ähm, das ist mein kleiner Bruder Shane«, stellt Aimee vor. »Er ist elf.«

»Hallo, Shane.«

Er würdigt mich keines Blickes. »Mom hat gesagt, du sollst eine große Flasche Dr Pepper kaufen gehen«, erklärt er, während seine Finger immer noch auf dem Joypad rumdrücken.

»Die hol ich später«, sagt sie, aber er beharrt: »Mach's lieber jetzt. Randy will sicher bald was trinken.«

»Kann er ja«, sagt sie. »Da ist noch ein Rest im Kühlschrank.«

»Ich sag nur weiter, was Mom gesagt hat.«

»Weißt du, was, Shane?« Ich trete neben das Sofa. »Wie wär's denn, wenn du die Flasche kaufen gehst? Der Laden ist doch nur die Straße runter.«

Shane prustet nur verächtlich.

Aimee stößt ein nervöses Lachen aus und schenkt mir einen entschuldigenden So-sind-Jungs-nun-mal-Blick.

Normalerweise würde ich dem Zwerg jetzt einen beißenden Spruch reindrücken – und glaubt mir, da fiele mir schon was ein –, aber davon hat Aimee ja auch nichts, also sage ich nur: »So benimmt man sich Gästen gegenüber aber nicht, kleiner Mann.«

Und er sagt: »Du bist ja bloß der Gast von meiner ollen Schwester, nicht meiner.«

Aimee wird knallrot bis an die Ohrenspitzen. Steht ihr gut, besser als der Lippenstift. »Lass uns in mein Zimmer gehen, da können wir lernen«, schlägt sie vor und gestikuliert Richtung Flur.

»Ladies first«, sage ich. Scheint immerhin so, als könnte sie's vertragen, zur Abwechslung mal höflich behandelt zu werden.

»Seid bloß leise da drin«, ruft Shane. »Randy will schlafen.«

Randy ist, wie sich herausstellt, der von Invalidenrente lebende Freund der Mutter.

»Keine Sorge«, sagt Aimee. »Einmal hat Shane einen Feuerwerksknaller im Bad gezündet und selbst davon ist Randy nicht aufgewacht.«

Nachdem ich durch den ganzen Schrott in Wohnzimmer und Flur gewatet bin, trifft mich fast der Schlag, als Aimee ihre Zimmertür aufmacht. Es ist wie der Moment im *Zauberer von Oz*, als Dorothy die Tür öffnet und zum ersten Mal Oz sieht, nur anstatt von Schwarz-Weiß zu Farbe zu wechseln, blicke ich hier aus einer totalen Müllkippe in eine fantastische, geradezu geometrische Ordnung.

Willkommen in Aimees Welt.

Die riesige Landkarte an der Wand ist so glatt, dass der Verdacht aufkommen könnte, Aimee hätte sie gebügelt, und dasselbe gilt für das große Poster der Milchstraße und die Bleistiftzeichnungen an den anderen Wänden. Der Schreibtisch sieht aus wie aus dem Trödelladen, und der Computer stammt wie der Videorekorder im Wohnzimmer noch aus dem zwanzigsten Jahrhundert, aber alles – ob Stifte, Blöcke oder Porzellankatzen – ist makellos arrangiert. Ihre Kommode ist genauso billig und aufgeräumt, doch was mir am meisten auffällt, sind die Bücher.

An einer Wand stehen zwei von diesen Plastikregalen zum Zusammenstecken und darin, fein säuberlich angeordnet, Reihe um Reihe von Taschenbüchern. Und obwohl ihr offensichtlich der Regalplatz ausgegangen ist und sie noch ungefähr hundert Bücher mehr an der Wand stapeln musste, sind diese Reihen genauso schnurgerade wie die anderen.

»Du liest wohl gern«, sage ich und bewundere die Bücherstapel.

»Das ist hauptsächlich Science-Fiction.« Sie betrachtet die Bücher geradezu liebevoll. »Ein paar Krimis sind auch dabei und dann hab ich noch ziemlich viele von den alten Klassikern wie *Sturmhöhe* und *Jane Eyre*.«

Ich greife nach einem Band mit dem Titel *Die Androiden von NGC 3031*. Auf dem Cover flüchtet gerade ein weiblicher Android mit Wahnsinnsfigur vor ein paar niedrig fliegenden Raumschiffen, die rosa Laserstrahlen auf ihn abfeuern. »Sieht interessant aus«, sage ich, denke aber insgeheim: Im Ernst, Aimee, Science-Fiction? Wie nerdig willst du denn noch rüberkommen? Was kommt denn als Nächstes, Anime?

»Ich denke gern über den Weltraum nach«, sagt sie mit einem rechtfertigenden Unterton in der Stimme.

»Der Weltraum ist ja auch super.«

»Später will ich mal zur NASA.« Das klingt jetzt zögerlich, so als fürchtete sie, ich könnte das für ein bescheuertes Ziel halten oder so.

»Das wäre doch spektakulär«, sage ich. »Mach das, auf jeden Fall.«

»Ja«, erwidert sie, und in ihren Augen glimmt Begeisterung auf. »Und wenn ich ungefähr fünf Jahre da gearbeitet und ein bisschen was gespart habe, kaufe ich mir eine Pferderanch.«

»Das klingt doch nach einem Plan. Deswegen hast du auch diese ganzen Pferdezeichnungen hier an den Wänden hängen, oder?« Ich gehe rüber und sehe sie mir genauer an. In Wirklichkeit sehen diese Pferde eher aus wie Hunde, aber das muss ich ja nicht erwähnen. Sicher ist ihr das Zeichnen an sich viel wichtiger, als dass das Ergebnis hinterher gut aussieht.

»Und das bist du auf einem Pferd, ja?«

»Ähm, nein. Das ist Commander Amanda Gallico aus der Buchreihe *Helle Planeten*.«

Mittlerweile steht sie neben mir, und ich merke, dass sie viel mehr in diesen Bildern sieht als ich.

»Und was ist die so für eine?«

»Sie befehligt die Neexo-Arche 451. Sie und ihre Crew sind auf der Flucht aus der Schwarzen Galaxie und versuchen, den Weg zum System der Hellen Planeten zu finden.«

Auf den Zeichnungen wirkt Commander Amanda Gallico ein bisschen zu groß für ihre Pferde, zumindest was ihren Körper anbelangt. Der ist total durchtrainiert und superheldinnenmäßig, ihr Kopf dagegen wirkt ganz schön klein, und ich finde immer noch, dass sie aussieht wie Aimee, nur ohne Brille.

»Scheint, als fändest du sie ziemlich super«, sage ich.

»Ja«, antwortet sie auf diese lang gezogene, zurückhaltende Art, die sie immer an den Tag legt, wenn sie was Positives sagt. »Sie ist wie eine Heldin für mich oder so.«

Das ist einfach zu herzzerreißend. Ich meine, ich hatte schon in der fünften Klasse mit meinen Helden abgeschlossen. Das Mädel braucht echt Hilfe, und zwar *pronto*.

Darum erwidere ich: »Ich sag dir was: Wenn du mich in Algebra auf Trab bringst, dann bist du *meine* Heldin. Wo sollen wir's machen?«

Mir fällt erst auf, wie sexuell das klingt, als unser beider Blicke auf ihr perfekt gemachtes kleines Bett mit der Karotagesdecke fallen. Es ist das einzige Möbelstück im Raum, das groß genug für zwei ist.

Sie sagt: »Ähm«, aber mehr bringt sie nicht heraus.

Darum schlage ich vor: »Also, ich mache ja immer gern auf dem Boden Hausaufgaben. Da kann man sich so schön ausbreiten.«

Das findet sie gut, also setzen wir uns hin. Sobald wir loslegen, schaltet sie in einen selbstbewussteren Modus. Doch es ist immer noch eine sanfte, freundliche Art von Selbstbewusstsein. Sie könnte locker die Arrogante raushängen lassen oder sich sogar wegen meiner mathematischen Inkompetenz über mich lustig machen, aber das tut sie nicht mal annähernd. So was hat sie gar nicht nötig. Hier, in ihrem Reich der Bücher, fühlt sie sich sicher. Hier besitzt sie wenigstens ein bisschen was von der Macht, die sie ansonsten nicht hat. Und wisst ihr, was? Wenn ich ein besserer Zuhörer wäre, dann, wette ich, könnte sie mir sogar ein paar Sachen beibringen, die ich bei Mr Archloch nie kapiert habe.

26

Nachdem wir mit meinen Hausaufgaben fertig sind – na ja, oder eher: nachdem *sie* mit meinen Hausaufgaben fertig ist –, will sie mir noch ein paar der Grundlagen erklären, die ich unbedingt brauche, um durch den Rest des Schuljahrs zu kommen. Das ist ja echt nett, aber meine Aufmerksamkeitsspanne ist ziemlich am Ende, deswegen beschließe ich, ein anderes Thema anzuschneiden.

»Weißt du, was?«, sage ich, den Rücken an ihr Bett gelehnt, und betrachte ihre Bücherregale. »So viel, wie du liest, solltest du vielleicht selber mal ein Buch schreiben.«

Sie mustert mich eine Sekunde lang, als wäre sie sich nicht sicher, ob ich sie veralbern will.

»Ich mein's ernst«, sage ich. »Wetten, dass du einen Science-Fiction-Roman hinkriegen könntest, der sich millionenfach verkauft?«

Sie legt ihren Stift hin und sagt dann ganz leise: »Ich weiß nicht, ob er sich millionenfach verkaufen würde, aber ich schreibe wirklich an einem Roman. Bis jetzt habe ich ungefähr zweihundert Seiten und am Ende werden es so um die sechshundert sein.«

Ich sage: »Oh Mann. Sechshundert Seiten?«

»Ja«, sagt sie. So langsam dämmert mir, dass ihre »Ja« immer zwei Silben haben, weil die erste für Zustimmung steht und die zweite für »Aber ich weiß nicht, ob daraus je was wird«.

»Ist ja cool. Worum geht's denn?«, erkundige ich mich, obwohl ich befürchte, damit mitten in ein Langeweilenest zu stechen.

Sie fragt: »Willst du das wirklich wissen?«

Und ich antworte: »Ja.« Eine Silbe.

Anfangs erklärt sie, dass sie es nur kurz für mich zusammenfassen will, aber letztendlich wird es dann doch ziemlich detailliert. Und erstaunlicherweise ist es kein bisschen langweilig. Die Grundidee ist folgende: Ein junges Mädchen wird beim Zeitungsaustragen plötzlich an Bord eines Raumschiffs gebeamt und von der Crew – die aus einer fremden Rasse hyperintelligenter Pferde besteht – rekrutiert, damit es ihnen hilft, das Schiff zurück zu ihrem Heimatplaneten zu steuern. Die überraschende Wendung dabei ist, dass der Heimatplanet in Wahrheit die Erde der Zukunft ist, wo hyperintelligente Pferde und Menschen friedlich und gleichberechtigt zusammenleben, und dass das Mädchen – das in Wahrheit auch von der Erde stammt – die ganze Zeit unter Außerirdischen auf dem Planeten Gracknack gelebt hat.

Während sie mir die Geschichte erzählt, wird mir eins klar – auf diese Weise flüchtet Aimee vor der Realität. Sie verschanzt sich in ihrem superordentlichen Zimmer und entschwindet in weit entfernte Galaxien. Und ich wette, mit dem Lernen für die Schule hat es dasselbe auf sich, denn nach allem, was ich bis jetzt mitbekommen habe, erfährt sie in dieser Beziehung auch nicht gerade viel Zuspruch durch ihre Familie.

Ihr Bruder und ihre Mutter und Randy, der arbeitslose Freund – alles Gracknackianer. Sie werden sie niemals verstehen. Und ihre beste Freundin Krystal Krittenbrink ist ein astreiner Riesenalien, der sie behandelt wie eine Arbeiterin in einer gracknackischen Nerdfabrik. Aber dieses Zimmer hier ist Aimees Raumkapsel und sie selbst eine intergalaktische

Reisende, die auf ihrem langen Weg nach Hause jeden Kampf gewinnt.

Oder zumindest fast jeden. Gerade als sie am Ende ihrer Geschichte anlangt, ruft eine raue Stimme von nebenan: »Aimee! Hey, Aimee! Bring mir doch mal ein Dr Pepper, ja?«

Das ist Randy. Er ist aufgewacht und verlangt jetzt nach Zimmerservice.

Aimee lässt die Schultern hängen. »Bin gleich wieder da.«

Nach ein paar Minuten dröhnt Randys Stimme wieder durch die Wand. »Was ist das denn? Du weißt doch, ich hab am liebsten das große blaue Glas. Was soll ich denn mit so 'nem Fingerhut?«

Falls Aimee irgendwas erwidert, kann ich sie nicht hören, aber Randy verstehe ich klar und deutlich. »Na, dann gehst du eben Nachschub kaufen. Was hast du denn den ganzen Nachmittag gemacht?«

Also kommt Aimee kurz ins Zimmer geschlüpft und erklärt mir, dass es ihr leidtue, sie aber kurz zum 7-Eleven müsse. Dass ich sie hinfahren könnte, scheint ihr gar nicht in den Sinn zu kommen. Als ich es ihr anbiete, sagt sie nur: »Das musst du nicht machen. Ich bin ja selber schuld. Ich hätte direkt nach der Schule einkaufen gehen sollen.«

Und ich sage: »So ein Blödsinn, das dauert doch nur anderthalb Minuten. Natürlich fahre ich dich dahin.«

Das muntert sie ein kleines bisschen auf, aber jegliche Reste des Selbstbewusstseins von vorhin sind auf Planktongröße zusammengeschrumpft. Als wir mit dem Dr Pepper zurückkommen, wird es sogar noch schlimmer. Beim Blick durch die Windschutzscheibe auf ihre Veranda nimmt ihr Gesicht einen Ausdruck an, als wäre gerade ihr Raumschiff abgestürzt und sie wieder zurück auf Gracknack.

Bevor ich noch mal darüber nachdenken kann, öffnet sich auch schon mein Mund und folgende Worte purzeln heraus: »Hör mal, am Samstag gibt es eine Party, und ich finde, du solltest da mit mir hingehen.«

Das war wie ein Reflex. Ich konnte gar nicht anders. Was sollte ich denn auch machen, sie einfach so wieder zurück ins Haus marschieren lassen?

Wie zu erwarten, antwortet sie mit einem überraschten »Ich?«.

Und ich sage: »Ja. Du und ich.«

Und sie sagt: »Eine Party?« Als hätte ich Mongolisch gesprochen. Oder vielleicht auch Gracknackisch.

»Ja, eine Party. Samstagabend. Du und ich. Ich komme dich gegen halb neun abholen. Wie wär's?«

»Ähm, okay?«

»Ist das eine Antwort oder eine Frage?«

»Nein«, sagt sie. »Ich meine, ja, ich komme mit.« Und diesmal ist es ein Ein-Silben-Ja.

»Okay. Genial. Das wird lustig.«

Als sie dann mit hoch erhobenem Kopf zurück ins Haus geht, die Literflasche Dr Pepper lässig an einer Hand baumelnd, fühle ich mich ziemlich super, das muss ich schon sagen. Natürlich war das eine drastische Maßnahme, aber absolut nötig. Und ich habe sie ja schließlich nicht auf ein Date eingeladen oder so was. Ich dachte mir bloß, eine Party täte ihr ganz gut. Mir wird sie auf jeden Fall guttun, so viel ist sicher.

27

Es ist Freitagabend und ich habe immer noch Hausarrest. Natürlich könnte ich mich locker rausschleichen. Aus meinem Zimmer im ersten Stock klettert es sich viel einfacher runter als rauf zu Cassidys Fenster, und ich kann mich gar nicht mehr erinnern, wann Mom oder Geech mir zum letzten Mal noch einen abendlichen Besuch abgestattet hätten. Vermutlich haben sie Angst, mich dabei zu erwischen, wie ich mir im Internet Pornos angucke und dazu den Zyklopen wienere. Wetten, dass Geech das in seiner hirnzersetzend langweiligen Teenagerzeit regelmäßig passiert ist, damals, als man noch Schmuddelheftchen unter der Matratze hatte?

Die Sache ist nur, dass ich mich ja schon morgen für die Party abseilen muss, darum beschließe ich, dass ein ruhiger Abend in meinem Zimmer zur Abwechslung mal gar nicht so schlecht ist. Immerhin habe ich ja meinen Fernseher, meinen Computer, mein Handy, meine Musik und, nicht zu vergessen, meine kleine blaue Kühlbox mit 7UP und Whisky. Ich bin also versorgt.

Als erster Punkt steht ein bisschen Dean Martin auf der Tagesordnung, um mich in die richtige Stimmung zu bringen. Es gibt keine bessere Musik für ein Meeting mit der braunen Flasche. Dino ist der Hammer. Ich habe die ganze Sammlung – *Everybody Loves Somebody Sometime, You're Nobody 'til Somebody Loves You, Love Me, Love Me, Little Ole Wine Drinker, Me* und *meinen* Song: *Ain't That a Kick in the Head.* Superlässiges Zeug.

Jetzt habe ich ja schon mehrmals gesagt, wie sehr ich die Klamotten hasse, die ich bei Mr Leon's verkaufen und selbst tragen muss, aber wenn ich die ganze Zeit im Smoking rumlaufen könnte wie der gute Dino, dann würde ich das glatt machen. Das wäre das einzige modische Statement, hinter dem ich wirklich stehen könnte. Und vom ganzen Rat Pack war Dino bei Weitem der Coolste. Falls euch das nichts sagt: Das Rat Pack waren diese ultracharmanten Playboys, Sänger aus der guten alten Zeit, bevor die Hippiebands alles verändert haben – Dean, Frank Sinatra und Sammy Davis Jr. Diese Jungs wussten noch, wie man Party macht. Sie haben ganz Las Vegas in Schutt und Asche gelegt.

Ich hab mir mal eine Doku über Dino im Fernsehen angeguckt, und da war so eine Frau, die gesagt hat: »Frank Sinatra hat sich für Gott gehalten. Dean *wusste,* dass er Gott ist.« Nicht schlecht, oder? Der Typ hatte es so was von drauf. In der Sendung hieß es auch, in dem Whiskyglas, das er beim Singen immer in der Hand gehabt hat, wäre nur Apfelsaft gewesen, aber das glaube ich einfach nicht.

Hier sitze ich also, am Freitagabend, mein eigenes Whiskyglas in der Hand (definitiv kein Apfelsaft), und schmettere mit Dino mit, während Jennifer Love Hewitts sexationelle Brüste majestätisch über den Fernsehschirm schweben. Ich könnte an Millionen von Dingen denken, doch aus irgendeinem Grund schießt mir ausgerechnet Commander Amanda Gallico durch den Kopf.

Da sie ja nun mal Aimees große Heldin ist, denke ich mir, ich sollte im Internet ein bisschen was über diese furchtlose Raumfahrerin lesen, damit wir Samstag was haben, worüber wir uns unterhalten können. Versteht ihr, das gehört alles zu meinem Masterplan für Aimees innerliche Typveränderung. Sie muss wissen, dass ihre Träume wichtig sind. Und das sage ich jetzt nicht nur so. Weltraumreisen, hyperintelligente Pferde, für die NASA arbeiten und dann eine Riesenranch kaufen – solche Träume kann man doch nur bewundern.

Ich selber hatte auch mal große Träume. Nicht dass ich auf Science-Fiction gestanden hätte, aber als kleiner Junge fand ich Baseball total super und habe immer so getan, als wäre ich Superstar Rocky Ramirez. Der Rockinator. Das war kein echter Baseballspieler. Er war meine eigene Erfindung – ein Center Fielder mit Superkräften. Zum Beispiel konnte er hundert Meilen pro Stunde rennen und sogar fliegen, wenn es sein musste. Außerdem schwang er einen Fünfhundertkiloschläger. Mir ist nie in den Sinn gekommen, dass er dadurch vermutlich aus der Liga ausgeschlossen worden wäre, obwohl er zumindest keine Steroide nahm wie alle anderen Spieler.

Aber mein größter Traum überhaupt war es, dass meine Eltern wieder zueinanderfinden würden. Davon habe ich so lebhaft geträumt, dass ich manchmal im Schrank nachsehen musste, ob Dads Sachen nicht vielleicht wirklich wieder da waren. Dann sind wir zu Geech gezogen, und, verdammt noch mal, mein Herz ist auf den Teppich geklatscht, als ich seine blöden gestreiften Hemden und billigen Khakihosen auf den Bügeln gesehen habe, auf denen eigentlich die Jeansjacke und Levi's meines Dads hätten hängen sollen.

Solche Träume verblassen allerdings mit der Zeit wie ein altes Lieblings-T-Shirt. Am Ende sind sie nur noch undefinierbar grau, und es bleibt einem nichts anderes mehr übrig, als sie in den Müll zu werfen. Trotzdem kann ich manchmal nicht anders, als zurückzublicken.

Sommerabende im Garten, wir alle zusammen. Ich muss erst drei, vier Jahre alt gewesen sein und mein Dad hat mich an den

Handgelenken gefasst und ein ums andere Mal im Kreis herumgewirbelt. Als er mich schließlich wieder abgesetzt hat, konnte ich nur noch benommen durch die Gegend taumeln. Ich fand's toll.

Und einmal haben wir ein Fort aus Gartenstühlen und Decken gebaut und uns alle reingehockt. Dad hat Gruselgeschichten erzählt, und Mom hat sich an ihn geschmiegt und ihn angesehen, als wäre er ihr absoluter Traumprinz. In meinen Erinnerungen aus dieser Zeit ist es irgendwie immer Sommer. Wenn sich dann die kalten Erinnerungen – die, in denen sie streiten – nach und nach in meine Gedanken schleichen, wird es Zeit, mich auf andere Dinge zu konzentrieren.

28

Commander Amanda Gallico stellt für Google keine Herausforderung dar. Erstaunlich, wie viele Websites es über sie gibt. Ich hatte ja noch nie von ihr gehört, aber eine Menge anderer Leute offensichtlich schon. Bevor ich mir die Fanseiten ansehe, werfe ich einen Blick auf die offizielleren – die der Buchhandlungen, des Autors, der Science-Fiction-Zeitschriften, sogar einen Wikipedia-Eintrag gibt es. Und je mehr ich über sie lese, desto sympathischer wird mir diese Weltraumschnecke.

Klar, sie ist mutig und hat viel Holz vor der Hütte und so weiter, aber sie ist auch eine richtige Philosophin. Laut Wikipedia ist sie der Meinung, dass die Menschheit zu viel Energie mit der Jagd nach Macht verschwendet. Sie machen alle denselben Fehler: Sie denken, mit allen Mitteln die Herrschaft über andere zu ergreifen, wäre dasselbe wie Führungskraft.

Beim Lesen kann ich förmlich hören, wie Aimee mir das Ganze mit ihrer weichen Marshmallowstimme vorträgt. Wir reiten zusammen durch den Cyberspace, und sie erklärt mir, dass Commander Amanda findet, das Streben nach Macht in den Menschen sei lange nicht so verwurzelt wie das Streben nach Wohlergehen. Und tief in sich drin wissen Frauen das auch, versteht ihr? Hegen und Pflegen, das liegt einfach in ihren Genen. Sie haben miterlebt, wie uneingeschränkte Macht diktatorische Trottel – wie diesen Hitlerverschnitt Rolio Blue aus der Schwarzen Galaxie – in herumwütende, sabbernde, paranoide Freaks verwandelt, während jeder Gedanke ans

Wohlergehen komplett in den Weiten der Milchstraße verpufft.

Eine wahre Anführerin wie Commander Amanda ist dagegen überhaupt nicht auf Macht aus. Stattdessen will sie ihre Mitmenschen nur zu immer größerem Wohlstand führen, sowohl innerlich als auch äußerlich. Anstatt also total meschuggoid und wirr wie Rolio Blue, der durchgeknallte Schurke, zu werden, erlangt sie einfach mehr und mehr innere Kraft. Im Laufe der Buchreihe wird sie immer großartiger und sucht weiter nach dem System der Hellen Planeten, wo sie eine völlig neue, hoch entwickelte Gesellschaft aufbauen will wie eine große, gedeihende Familie.

Also, wenn ihr mich fragt, ist das ziemlich tiefgründiges Zeug. Ich wünschte, ich hätte einen Joint, den ich dazu rauchen könnte. Vielleicht könnte ich dann fast wirklich glauben, dass Amanda Gallico irgendwo da draußen ist, auf dem Weg, mich und die Erde vor all den Rolio Blues hier zu retten.

Keine Ahnung, wie viele Whiskys ich inzwischen intus habe und wie lange ich schon auf den Fanseiten, in Foren und Blogs und so weiter unterwegs bin. So ist das mit dem Internet – der Cyberspace kennt keine Zeit. Es ist fast, als würde sich alles Physische einfach auflösen und nur mein Geist und die verschiedenen Websites schwebten noch durch leeren Raum. Aus irgendeinem Grund fühle ich mich Aimee dadurch total nah. Schließlich weiß ich, dass ihr Geist auch schon Tausende Male um diese Seiten gekreist ist. Sie kennt die Schwarze Galaxie und das System der Hellen Planeten in- und auswendig. Ich kann sie hier spüren – ihre supersanfte Präsenz –, wie sie, genau wie Commander Amanda Gallico, nach einem Ort sucht, an dem sie sich in Ruhe entfalten kann.

Plötzlich holt mich ein schriller Signalton zurück in meinen

Körper: der Hinweis, dass ich eine Mail bekommen habe. Eine Sekunde lang fühle ich mich, als wäre ich während eines sehr intimen Moments Opfer einer Invasion geworden. Doch dann denke ich: Wäre es nicht witzig, wenn das jetzt eine E-Mail von Aimee wäre? Ist aber nicht so. Die Nachricht ist von Cassidy.

Fast habe ich Angst, sie zu lesen. Das Letzte, was ich jetzt brauche, ist, mich von einem Mädchen zusammenstauchen zu lassen, mit dem ich nicht mal mehr zusammen bin. Nach langem Zögern öffne ich sie trotzdem, und siehe da, es ist das Gegenteil einer Gardinenpredigt. Cassidy ist total sentimental drauf und schwärmt davon, wie viel Spaß wir doch zusammen hatten, von der wilden Zeit, den spontanen Aktionen und wie sehr ihr das alles fehlt. Sie will, dass wir wieder Freunde sind.

Na klar. *Freunde.*

Um zu kapieren, was hier los ist, braucht es kein *CSI Oklahoma*. Marcus West – Mr Makellos – lässt Cassidys Gehirnzellen eine nach der anderen vor Langeweile erstarren. Wir wissen wohl alle, wie öde Perfektion sein kann. Der Typ schwänzt nie auch nur die Schule, das garantiere ich euch. Er macht wahrscheinlich gar nichts, was er nicht eine Woche im Voraus geplant hat. Marcus West werdet ihr nie mitten am Tag, wenn er eigentlich in Algebra sitzen sollte, vom Dach fallen sehen. Der Junge trinkt ja noch nicht mal Alkohol. Wie unterhaltsam kann der also schon sein?

Nein, ich bin mir ziemlich sicher, dass es Cassidy hier um mehr als nur Freundschaft geht. Aber Sutterman bleibt wie immer cool. Mit völlig Dean-Martin-mäßiger Nonchalance schreibe ich bloß kurz zurück, dass Freundesein für mich okay ist. Warum auch nicht, gute Kumpels kann man nie genug haben. Aber am Ende überkommt es mich doch, und ich muss mit der verlockenden Ankündigung schließen, dass es morgen eine Party am See gibt. Dass ich auch da sein werde. Dass es lustig wird. Dass es Bier gibt.

Mein Finger verharrt vielleicht eine Mikrosekunde lang über der Maus. Dann klicke ich auf *Senden.*

29

Samstagabend am See. Es ist mehr als nur ein bisschen frisch. Typisch Oklahoma. Erst so ein warmer Februar und dann kommt der März und bringt den Frost zurück. Trotzdem ist es längst nicht kalt genug, um Aimees Jacke zu rechtfertigen. Sie hat so ein riesiges lilafarbenes Daunenmonster an, das sie in eine überdimensionale Billardkugel verwandelt. Vermutlich ist sie das einzige Mädchen, das ich je kennengelernt habe, das immer noch nicht gelernt hat, Mode über Bequemlichkeit zu stellen. Noch dazu hat sie sich schon wieder die Lippen bemalt, aber Lippenstift verleiht einer Billardkugel auch nicht unbedingt mehr Sexappeal.

Dieses Mädchen macht es einem echt nicht leicht. Wie soll ich sie denn mit einem dieser Partylöwen hier verkuppeln, wenn sie nicht auch ihren Teil dazu beiträgt?

Das ist nämlich der Plan. Sie braucht ein Sozialleben über Krystal Krittenbrink hinaus. Sie braucht einen Mann, jemanden wie mich, der aber nicht ich ist. Cody Dennis zum Beispiel. Cody ist ein superwitziger Typ, doch, was das Thema Sex angeht, nicht gerade das, was man als fortgeschritten bezeichnen kann. Das Letzte, was Aimee jetzt braucht, ist irgend so ein Lustmolch, der sie vollsabbert.

Allerdings gibt es ein Problem: Cody ist sogar noch ungeübter als Ricky, wenn es darum geht, ein Mädchen anzuquatschen. Darum dachte ich mir, ich nehme das mit der Konversation mal selbst in die Hand, bis die beiden miteinander warm geworden sind. Dann, so ungefähr um die Zeit, zu der Cassidy ihren gewohnt späten Starauftritt hat, lasse ich die beiden allein und *bäm!*, schon hat im Universum alles wieder seine Ordnung.

Es ist ganz schön was an Volk hier, genau wie ich erwartet hatte. Irgendwer hat ein Feuer gemacht und eine alte Matratze draufgeworfen – wer weiß, wo die herkommt – und jetzt stochern alle mit Zweigen darin rum. Die Flammen spiegeln sich zusammen mit den Sternen im See. Es riecht nach Holzrauch.

Ungefähr zwanzig Leute sind schon da. Irgendwer hat ein Bierfass auf einen der Betonpicknicktische gehievt, und Gerald, der Tanzfreak, legt daneben schon kräftig los. Ich sag's euch, so wie der Typ sich bewegt, kann er keinen einzigen Knochen im Leib haben.

»Und, schon jemanden gesehen, den du kennst?«, erkundige ich mich bei Aimee.

Sie blickt sich um. »Ähm, von den meisten Leuten weiß ich, wer sie sind, würde aber nicht behaupten, dass ich sie kenne.«

»Das wird sich bald ändern.« Ich versuche, ihr freundschaftlich die Hand in den Nacken zu legen, doch ihr riesiger, aufgeplusterter Kragen ist im Weg.

Gut, das Wichtigste zuerst. Wir gehen rüber zum Bierfass. Auf dem Weg klopfen mir mehrere Leute auf die Schulter und geben mir die Hand. Von links und rechts höre ich: »Hey, Sutter, was läuft? Bock auf ein bisschen Party?« Irgendwer fragt, ob ich vorhabe, im Kopfstand ein Bier zu kippen, aber ich tue so, als hätte ich von so was nie auch nur gehört. Der Nächste ruft: »Sutter, Alter, wie wär's, wenn du mal wieder durchs Lagerfeuer rennst?«

Ich winke nur ab. »Ist doch alles Schnee von gestern.«

Am Bierfass drehen sich die drei Typen, die schon anstehen,

zu mir um und salutieren. Ich schätze, ich bin einfach ein Mensch, den Leute gern auf Partys sehen.

Als ich den Zapfhahn übernehme, erklärt Aimee, dass sie eigentlich keinen Alkohol trinkt, was mich nicht sonderlich verwundert. Ich sage, dass das okay ist und sie einfach einen Becher Bier in die Hand nehmen und so tun soll, als amüsierte sie sich. Dann kippe ich meinen eigenen Becher runter und zapfe mir direkt den nächsten, damit ich auch garantiert auf dem richtigen Fuß anfange.

Die schlechte Nachricht ist, dass ich Cody nirgends sehe und ihn ihr deshalb auch nicht vorstellen kann. Und die noch schlechtere Nachricht ist, dass Jason Doyle auf uns zukommt.

»Na hallo, wenn das nicht der gute alte Sutterman ist«, sagt er auf diese gespielt schmierige Art, die aber kein bisschen vertuschen kann, dass er wirklich schmierig ist. »Na, dann kann die Party ja losgehen, würde ich sagen.«

»Kann sie.«

Er mustert Aimee in ihrer Daunenjacke. »Mensch, Sutter, halt deinen Ballon hier besser gut fest, sonst fliegt er dir noch weg und landet oben im Baum.«

Zum Glück scheint Aimee den Witz nicht zu kapieren.

»Tja«, sage ich. »Nett, dass du Hallo gesagt hast. Dann schönen Abend noch, ab in die Heia.«

Er packt mich beim Arm. »Hey, immer langsam, Kumpel. Wieso so eilig? Willst du uns nicht vorstellen?«

Hiermit erkläre ich feierlich, dass Jason Doyle der letzte Junge ist, den ich Aimee vorstellen wollte. Der Typ ist der absolute Oberfrauenheld. Alles, was BH und Höschen trägt, betrachtet der als Freiwild. Nein, ich korrigiere mich – der BH ist noch nicht mal nötig. Erst letzten Herbst hat einer seiner besten Freunde, Ike Tucker, ihn beim Rummachen mit seiner dreizehnjährigen Schwester erwischt. Okay, die war definitiv schon eine heiße BH-Kandidatin, aber trotzdem, *dreizehn*? Es versteht sich wohl von selbst, dass Ike ihm einen ordentlichen Arschtritt verpasst hat. Oder um genauer zu sein, hat er ihm einen Wecker auf den Schädel gedonnert. Die Wunde musste mit einer Million Stichen genäht werden. Aber mittlerweile haben die beiden sich wieder vertragen.

Das Problem ist – ich kann Jason schon am Gesicht ablesen, dass er sich fragt, was wohl unter der riesigen lila Jacke so abgeht. Verstecken sich da etwa ein paar hübsche, runde Titten, ein süßer Arsch? Er würde nur zu gern Detektiv spielen und dieses Rätsel lösen.

»Oh, guck dir das mal an«, sage ich mit einem Blick über seine Schulter. »Alisa Norman sieht heute ja ganz schön schnuckelig aus. Dieser rote Pulli ist echt scharf.«

Jason sieht rüber zur eigentlichen Partylocation, wo Alisa mit ein paar Freundinnen steht und lacht. Ohne dicke, fette Daunenjacke.

»Lecker«, sagt Jason. »Aber davon hab ich ja nichts. Wo die ist, kann Denver Quigley nicht weit sein.«

»Das war einmal«, widerspreche ich. »Hast du's nicht mitgekriegt? Die beiden sind Vergangenheit. Sie hat ihn über Bord geworfen wie einen Klumpen gefrorene Kacke aus einer 747. Und jetzt ist sie auf der Suche nach einem Nachfolger.«

»Kein Scheiß?«

»Würde ich dich verscheißern?«

Er steht da und wägt seine Möglichkeiten ab. Der rote Pullover ist unwiderstehlich. »Wir sehen uns später. Ich glaube, dann sollte ich wohl erst mal zu ihr rübergehen und ihr zu ihrer weisen Entscheidung gratulieren.«

»Viel Erfolg«, rufe ich ihm nach.

Natürlich hat Alisa nicht mit Quigley Schluss gemacht und tatsächlich müsste er jede Sekunde hier auftauchen, aber Schuldgefühle habe ich deswegen keine. Solche Typen wie Jason können eigentlich immer ein blaues Auge vertragen.

30

Aimee muss ein bisschen nervös sein, ich erwische sie nämlich dabei, wie sie doch an ihrem Bier nippt. Sie verzieht das Gesicht, als hätte sie gerade eine Flasche Bleichmittel geext, aber es ist immerhin ein Anfang.

Ich versuche, sie zu beruhigen, indem ich ihr ein bisschen was zu allen Leuten auf der Party erzähle, doch besonders weit komme ich dabei nicht, weil mich andauernd irgendwer anquatscht, darunter auch drei meiner Exfreundinnen. Das Problem ist einfach, dass ich bei solchen Partys normalerweise nicht das Mauerblümchen spiele. Die Zuschauertribüne ist nichts für Sutterman. Ich stürze mich gern mitten ins Getümmel.

Aimee hingegen hat keine Ahnung, was hier für ein Spiel läuft, und schon gar nicht, wie die Regeln lauten. Ich versuche, sie ins Gespräch zu integrieren, aber ohne großen Erfolg, selbst als Shawnie Brown, mit der ich in der Zehnten zusammen war, zu uns rüberkommt. Shawnie ist ziemlich kontaktfreudig und laut. Sie zieht beim Erzählen immer wahnsinnig übertriebene Grimassen, und wenn wir beide uns unterhalten, reden wir gern mal wie Mafiosi. Das ist echt zum Totlachen. Aber ich schwöre, Aimee versinkt mit jeder Sekunde tiefer in ihrer riesigen lila Jacke.

Und dann ist er endlich da – Cody Dennis in all seiner Dackelblickpracht.

Sofort zerre ich ihn zu uns rüber und stelle ihn Aimee vor. Er beäugt zwar skeptisch ihre Jacke, macht jedoch wenigstens keine dummen Kommentare. Tatsächlich sagt er so gut wie nichts. Also ist es mal wieder an mir, Anekdote um Anekdote rauszuhauen, damit das Gespräch nicht zu einem langen, harten Streifen Tundra gefriert. Ich erzähle und erzähle – von der Party bei Paxton zu Hause, der im La Quinta Inn und der richtig supercoolen im letzten Sommer am Lake Tenkiller –, bis mir schließlich die Partystorys ausgehen und ich durch puren Zufall das perfekte Thema anschneide: meine Onlinerecherche zu Commander Amanda Gallico und der *Helle Planeten*-Buchreihe.

Plötzlich leuchtet eine kleine Supernova in Aimees Augen auf. Sie kennt alle Websites, auf denen ich war, und fängt an, mich darüber auszufragen. Überraschenderweise erinnere ich mich an eine ganze Menge und kann sie mit meinem Verständnis der Philosophie, die hinter Commander Amandas Reise steckt, beeindrucken. »Innerlicher Wohlstand«, sage ich. »Das ist das einzig Wahre. Ich meine, ich würde sofort mit zu den Hellen Planeten kommen. Scheiß auf Macht. Scheiß drauf, die Welt versklaven zu wollen. Das brauchen wir alles nicht. Auf keinen Fall. Lasst uns einfach wild wachsen, wie Alfalfa oder so was.«

Darüber kriegt sie sich gar nicht mehr ein. »Du musst unbedingt die Bücher lesen. Irgendwie erinnerst du mich an Zoster, ein bisschen zumindest. Er ist der Einzige, der Commander Gallico wirklich versteht. Im dritten Band landen sie zusammen in einer shuxushianischen Gefängniszelle und entkommen in die Unterwelt Marmoth, durch die ich auf die Idee für meine Ranch gekommen bin. Ich leihe dir das Buch mal, damit kannst du gut anfangen.«

»Super«, sage ich. Und irgendwie stellt es was mit mir an, ihr kleines weißes Gesichtchen so begeistert vor dem Hintergrund ihrer lila Jacke strahlen zu sehen. Es ist, als wäre mein Bierrausch plötzlich doppelt so stark. Fast hätte ich sogar Cody vergessen, ganz zu schweigen vom ursprünglichen Grund, warum ich ihn überhaupt zu uns geschleift habe.

»'tschuldige, Cody.« Ich klopfe ihm auf die Schulter. »Ich wollte dich nicht hier in einer anderen Galaxie hängen lassen.«

Aber er wirkt nicht im Geringsten gelangweilt. »Ach was«, sagt er. »Ist doch total cool. Ich stehe voll auf Scifi. Habt ihr mal *Solar Bull* gelesen, diese Graphic Novels von Lawrence Black?«

Ich sage: »Kann ich nicht gerade behaupten«, aber Aimee legt natürlich gleich los: »*Solar Bull,* na klar. *Solar Bull* ist toll.«

Und schon schnattern sie los und lassen diesmal mich zurück. Ich weiß, ich sollte mich darüber freuen. Genau deshalb habe ich Aimee schließlich zu dieser Party mitgeschleppt. Doch ich muss sagen, dass mir langsam so allein in meiner kleinen, *Solar Bull*-losen Galaxie ein wenig kalt wird.

Sie lacht, als Cody etwas über ein raketenbetriebenes Lama sagt, und er streckt die Hand aus und berührt den Ärmel der riesigen lila Jacke. Sie beugt sich ein bisschen zu ihm vor, das Gesicht immer noch strahlend. Es ist albern, aber am liebsten würde ich mich zwischen die beiden schieben und Aimee irgendwo anders hinbringen. Doch in diesem Moment erscheint Cassidy auf der Lichtung jenseits des Bierfasses, prachtvoll wie eine wunderschöne dicke Göttin, und ich schwebe davon in eine neue, prickelnd warme Galaxie, weit, weit weg von Solarbullen und Lamas.

31

Ich sage Aimee und Cody, dass ich gleich wieder da bin, doch sie kriegen es kaum mit. Schräg gegenüber steht Cassidy unter einem kahlen Eichenzweig. Sie hat mich noch nicht entdeckt, aber ich sehe, dass sie nach mir sucht. Auf einmal tritt Marcus West aus dem Schatten und legt den Arm um sie. Habt ihr schon mal jemandem zurückgewinkt und mittendrin gemerkt, dass derjenige gar nicht euch meinte, sodass ihr die Aktion schnell abgebrochen und euch stattdessen am Kopf gekratzt habt? Genau so geht es mir in diesem Moment. Nur dass ich mich nicht am Kopf kratze, sondern anstatt auf Cassidy nun auf das Bierfass zusteuere.

Mein Becher musste sowieso aufgefüllt werden. Das muss er bei solchen Partys wie dieser ständig, wo es nur billiges Leichtbier gibt. Wieder kippe ich eins direkt runter und zapfe mir ein neues. Cassidy und Marcus unterhalten sich jetzt mit einem der Basketballer und seiner Freundin. Schon okay, sage ich mir. Es gibt keinen Grund, warum ich nicht da rübergehen sollte. War doch klar, dass Cassidy mit Marcus hier auftauchen würde. Das hier ist schließlich noch nicht der Abend, an dem wir wieder zusammenkommen. Es ist der Abend, an dem sie merkt, wie *unausweichlich* es ist, dass wir wieder zusammenkommen.

»Na, Leute, was geht?«, sage ich und stelle mich zu Cassidys kleinem Grüppchen dazu. »Was ist denn los, hat denn hier noch keiner was zu trinken?«

»Ich trinke nicht«, sagt Marcus. »Aber dafür hast du ja gleich zwei Becher Bier.«

»Ich hab bloß einen zweiten mitgebracht, falls jemand einen will.« Dabei sehe ich Cassidy an.

»Warum nicht«, sagt sie. »Danke.« Sie lässt noch nicht mal eine sarkastische Bemerkung über mich und das Bier fallen. Diese Freunde, mit denen sie quatschen – Derrick und Shannon –, sind allerdings ein ganz anderer Fall. Die beiden starren mich an wie einen berüchtigten Frauenwürger, der gerade mit einem Strauß verwelkter Rosen auf der Beerdigung seines letzten Opfers aufgetaucht ist.

Ich will aber gar keinen Ärger machen. Zumindest keinen großen. Ich werde einfach nur hier abhängen, meine natürliche positive Ausstrahlung wirken lassen und vielleicht hin und wieder ein Codewort anbringen, dessen Bedeutung nur Cassidy und ich kennen. Ich muss hier keine großen Liebeserklärungen machen. Ich muss keine Prügelei anzetteln oder rumprahlen oder auf einem weißen Hengst angeritten kommen. Wenn ich nur den guten alten Sutterman raushängen lasse, reicht das voll und ganz, um Cassidy daran zu erinnern, was ihr entgeht.

Wir unterhalten uns keine zehn Minuten, da habe ich auch schon alle zum Lachen gebracht, selbst Derrick und Shannon. Sie liegen fast auf dem Boden, als ich ihnen erzähle, wie ich in der Grundschule mal ein Rennen zwischen einem Riesenschnauzer und einem Pudel organisiert und dafür Eintrittskarten verkauft habe. Glaubt mir einfach, es ist echt schwer, sich mit mir *nicht* zu amüsieren. Ich bin ein witziger Typ. Ein Generator inneren Wohlstands.

Gerade bin ich am Ende meiner Geschichte angekommen, als ich neben mir eine Stimme höre. »Was ist denn so lustig?«

Es ist Denver Quigley. Er ist riesig, mit drahtigem blondem

Haar und einer breiten Neandertalerstirn. Ich habe nie verstanden, was Alisa an ihm findet, weniger wegen seines Aussehens als vielmehr, weil er ungefähr so unterhaltsam ist wie ein Kilo Asphalt.

Also sehe ich ihm in die Augen und sage nur: »Riesenschnauzer.«

Und er fragt: »Was?«

»Riesenschnauzer. Die Hunde. Das ist so lustig. Ist doch einfach ein superwitziges Wort, findest du nicht?«

Ein trüber, gereizter Ausdruck tritt in seine Augen. »Schon klar, Sutter. Hat einer von euch Alisa gesehen?«

»Ja«, sage ich. »Vor einer Weile ist sie noch mit Jason Doyle unten am See rumspaziert.«

Seine Augen weiten sich. »Doyle?« Er spuckt den Namen aus wie einen Mundvoll saure Milch.

»Die zwei haben sich nur ein bisschen nett unterhalten«, sage ich, und Quigley erwidert: »Na, vielleicht sollte ich ihm dann auch nur ein bisschen nett in den Arsch treten.«

Er marschiert los, und Marcus folgt ihm und redet auf ihn ein: »Hey, Denver, das ist sicher alles ganz harmlos. Warte doch mal.« Derrick und Shannon rennen auch direkt hinterher, und Marcus blickt sich über die Schulter um und sagt Cassidy, sie solle auf ihn warten, er sei gleich zurück.

Nachdem sie alle in der Menge verschwunden sind, wirft sie mir einen finsteren Blick zu. »Was ist das jetzt wieder für eine Aktion?«

»Aktion? Gar keine.«

»Sind Jason Doyle und Alisa wirklich zusammen spazieren?«

»Kann schon sein. Er scheint auf jeden Fall zu glauben, dass sie Quigley über Bord geworfen hat wie einen Klumpen gefrorene Kacke aus einer 747.«

»Und damit hast du nichts zu tun?«

»Fändest du es sehr daneben, wenn es so wäre?«

Sie lächelt. »Eigentlich nicht. Jason hat es verdient.«

»Man tut, was man kann, um Gerechtigkeit walten zu lassen. Noch ein Bier?«

»Gern.«

Endlich bin ich mit Cassidy allein, genau, wie es sein sollte. Wir gehen zum Bierfass, und ich berichte ihr, wie gut es mit Ricky und Bethany läuft. Sie freut sich für Ricky und muss zugeben, dass ich mit dieser Verkuppelung eine gute Tat vollbracht habe.

»Glaubst du mir dann jetzt auch, dass ich nur mit Tara rumgehangen habe, um Ricky zu helfen?« Angesichts des heiklen Themas ist das eine ziemlich gewagte Frage, aber manchmal muss man eben einfach die Luft anhalten und springen.

Sie starrt mich einen Moment an und nickt schließlich. »Ja«, sagt sie. »Schätze schon. Aber ich nehme dir nicht ab, dass du damit so ein schrecklich großes Opfer gebracht hast. Tara ist immerhin ziemlich hübsch.«

»Hm, wollen doch mal überlegen, wen würde ich vorziehen?« Ich halte die Hände wie Waagschalen. Cassidy ist die Hand mit dem Bier. »Hier haben wir die ziemlich hübsche Tara.« Ich lasse die Nicht-Bier-Hand unter dem Gewicht von Taras Hübschheit ein kleines Stückchen sinken. »Und hier drüben haben wir die ultraspektakulär schöne Cassidy.« Ich lasse die Bier-Hand ganz tief sacken. »Ich denke, es ist ziemlich eindeutig, oder?«

Sie zieht die Nase kraus und schüttelt den Kopf. »Lächle mich nicht so an. Du weißt genau, was dieses Lächeln mit mir anrichtet.«

»Tja, ich bin eben unwiderstehlich.« Ich drehe das Lächeln

noch ein bisschen weiter auf, bis es ein regelrechtes Strahlen ist. »Dagegen kann ich leider nichts tun.«

In dem Moment ertönt auf der anderen Seite der Partymenge ein Schrei. Irgendwer ist mächtig sauer.

»Oh, oh!«, sage ich. »Da hat Quigley wohl Jason gefunden.«

Und tatsächlich folgen erst ein weiterer wütender Schrei und dann offenbar eine Rauferei. Die Leute weichen zurück. Cassidy und ich machen einen Bogen um die Menge, um besser sehen zu können, und da ist Quigley, natürlich, aber er drischt nicht auf Jason ein, sondern auf einen Typen, den ich gar nicht kenne. Muss von einer anderen Schule kommen, wo die Gefahren eines Flirts mit Alisa Norman weniger bekannt sind.

Doch wenn Jason gerade nicht Quigleys Fäuste zu spüren bekommt, wo ist er dann? Da steht Alisa in ihrem gefährlich roten Pulli und dort sind Derrick und Marcus. Der eine versucht, Quigley zurückzuzerren, während der andere sich zwischen Quigley und den armen Kerl von der anderen Schule wirft. Und ringsum stehen Leute, die lachen oder entsetzt aufkeuchen oder die Prügelnden anfeuern, aber Jason ist nirgends zu sehen. Genauso wenig wie Aimee.

Cassidy schreit: »Pass auf, Marcus!«, als Quigley sich aus Derricks Griff befreit. Aber es ist zu spät – Quigley holt aus, verfehlt sein Ziel und verpasst Marcus einen Fausthieb direkt aufs Ohr.

»Halt ihn fest, Derrick, halt ihn fest!«, brüllt Cassidy und bahnt sich einen Weg durch die Menge. Doch die Gefahr ist schon gebannt. Derrick und Marcus haben Quigley fest im Griff und die Kumpels des anderen Jungen ziehen diesen mit sich. Cassidy steht nun direkt hinter Marcus und berührt ihn sanft am Rücken, wahrscheinlich einfach, um ihm zu zeigen, dass sie für ihn da ist.

Eine derartige Entwicklung konnte ich natürlich nicht voraussehen. Ich meine, ein Hieb aufs Ohr, während man sich heldenhaft in eine Prügelei wirft – so was *muss* Cassidys Aufmerksamkeit natürlich für mindestens eine halbe Stunde von mir und meiner amüsanten Persönlichkeit ablenken. Das ist ja wohl mal gründlich in die Hose gegangen.

Auf einmal sagt eine Stimme direkt neben mir: »Da hast du wohl falschgelegen, was Jason angeht.« Es ist Shannon, sie steht direkt neben mir. »Sieht aus, als hätte er jemand anders zum Flirten gefunden.«

»Wo?«, frage ich, und sie deutet auf eine dunkle Ecke der Lichtung, weit abseits vom Getümmel. Und da steht Jason unter einer großen Eiche, die Lippen nur Zentimeter von Aimees Ohr entfernt.

32

Okay, was ich hier beenden muss, ist sicher nicht so gefährlich wie die Quigley-Schlägerei, in die Marcus sich gestürzt hat, aber ist mein Vorhaben deswegen weniger nobel? Finde ich nicht. Vermutlich steht ja sogar noch mehr auf dem Spiel. Ich weiß, was Jason vorhat. Der Junge denkt sich: Ich pflücke mir gleich eine Riesenweintraube und dann genieße ich den süßen Streberinnennektar. Schade nur, dass Cassidy keine Ahnung hat, welchen Übeln ich mich hier entgegenstelle.

»Wo ist denn Cody?«, sage ich, während Jason sich über Aimees Kopf beugt und an ihrem Haar schnuppert.

»Ach, der ist irgendwann abgezogen.« Jason weicht nicht vom Fleck. »Konnte anscheinend keine Konkurrenz vertragen.«

Aimee sieht aus, als wäre sie gerade aus der Achterbahn gestiegen und nun kurz vorm Kotzen. »Was ist los?«, frage ich sie. »Hast du doch noch was getrunken?«

Bevor sie antworten kann, schaltet sich Jason ein. »Könnte sein, dass ich ihr noch einen Becher geholt habe.« Er grinst verschlagen. »Sie musste sich einfach mal ein bisschen locker machen.«

Ich lege ihr den Finger unters Kinn und zwinge sie, mich anzusehen. »Alles in Ordnung?«

Sie lächelt angestrengt. »Ja«, sagt sie auf ihre Zwei-Silben-Ja/Nein-Art. »Ich bin bloß keinen Alkohol gewohnt.«

»Bei Alisa und Quigley hast du übrigens falschgelegen«, erklärt Jason. »Die haben überhaupt nicht Schluss gemacht.

Schätze mal, das durfte irgend so ein armer Kerl da drüben auch gerade erfahren.« Jetzt guckt er richtiggehend höhnisch. Wahrscheinlich ahnt er, dass ich ihn auf die falsche Fährte locken wollte.

Also sage ich: »Darum bin ich ja hergekommen. Die Prügelei ist vorbei, aber Quigley ist immer noch auf hundertachtzig. Er fragt die ganze Zeit rum, wer noch alles mit Alisa geredet hat, bevor er hier war. Mann, der Typ stellt sich eine richtige Liste zusammen.«

Jasons Hohn verpufft. »Moment, ich hab sie doch nur gefragt, ob es stimmt, dass sie nicht mehr mit Quigley zusammen ist. Sie hat Nein gesagt und da hab ich sofort die Biege gemacht.«

»Na, dann ist doch alles gut«, sage ich fröhlich. »Das versteht Quigley sicher. Ist schließlich ein verständnisvoller Typ, stimmt's?«

Jetzt ist Jason derjenige, der aussieht, als sei ihm ein bisschen übel. »Hm, verständnisvoll, genau. Verdammt.« Er wirft einen flüchtigen Blick auf Aimee, ihr kleines, blasses Gesicht, den Lippenstift, die riesige lila Jacke. »Hört mal, ich muss los. Wir sehen uns dann in der Schule.«

»Ach, Jason«, rufe ich ihm nach. »Wenn ich du wäre, würde ich lieber einen Umweg zu deinem Auto nehmen.«

Er winkt ab, aber man sieht, wie sehr er darauf bedacht ist, möglichst viel Distanz zwischen sich und Quigley zu legen.

Aimee versucht sich an einer unbeholfenen Version des guten alten Sieht-aus-als-wären-nur-noch-wir-beide-übrig-Lächelns, doch um ehrlich zu sein, habe ich keine Ahnung, was ich noch mit ihr anfangen soll. Aus Jasons sexbesessenen Klauen habe ich sie gerettet, Cody war ein Reinfall – und was jetzt?

Der Rest der Partymeute hat sich nach dem Wirbel um Quigley wieder beruhigt, und ich sehe Cassidy, die ein wenig abseits von einer Gruppe Sportler steht. Sie sieht mich direkt an. Was in ihrem Mädchenhirn so vor sich geht, weiß ich nicht, aber als sich Marcus neben sie stellt und ihr den Arm um die Taille schlingt, erwidert sie die Geste. Trotzdem sieht sie immer noch mich an, also tue ich das Einzige, was mir in dem Moment einfällt – ich lege Aimee den Arm um die lila Plusterschultern.

»Komm, wir gehen ein bisschen unten am See spazieren«, sage ich, ohne den Blick von Cassidy zu wenden. »Diese Party ist echt langweilig.«

»Ehrlich? Sind Partys denn sonst anders?«

»Nein, die sind alle gleich.«

Am Seeufer führt ein ausgetretener Pfad entlang, und auf dem Weg dorthin schnorre ich eine Flasche Erdbeerbowle von Shawnie, natürlich nicht für mich, sondern für Aimee. Sie sieht so aus, als könnte sie eine brauchen.

»Oh, das mag ich«, sagt sie nach einmal Nippen. Sie trinkt einen größeren Schluck. »Lecker.«

Während wir im Licht des dicken, fetten, fast vollen Mondes umherschlendern, unterhalten wir uns weiter über Commander Amanda Gallico und Zoster, die Unterwelt Marmoth und Adininda, die wunderschöne Sirene, die auf dem zweiten Mond des Planeten Kosh lebt. So langsam bekomme ich wirklich Lust, mal in eins von diesen Büchern reinzuschmökern. Ich lese eigentlich auch echt viel, aber hauptsächlich Sachen im Internet – Blogs, Facebook, Magazine und solchen Kram.

Was ich auch ständig online lese, sind Biografien – von Dean Martin, Sokrates, Jeanne d'Arc, Rasputin, Hank Aaron, Albert Schweitzer. Und die Kandidaten mit den dreiteiligen Namen muss man natürlich auch einfach lieben – Edgar Allan Poe, Lee Harvey Oswald, Jennifer Love Hewitt. Ist interessant, wie die

Leute so leben und gelebt haben. Bücher kommen mir immer ein bisschen altmodisch vor, aber hey, ich kann auch altmodisch, solange es gut ist.

Nachdem ich mein Bier ausgetrunken habe, ziehe ich meinen Flachmann aus der Jackentasche. »Wenn du hier auf diesem Planeten ein Abenteuer erleben könntest – ein echtes –, was wäre das?«

Sie nippt an ihrer Bowle. »Ich würde sagen, irgendwas mit Pferden. Eines Tages mache ich mal so eine Reittour in die Berge, vielleicht ins Sangre-de-Cristo-Gebirge in New Mexico.«

»Da war ich noch nie.«

»Ich auch nicht. Ich kenne es nur aus Büchern.«

»Klingt jedenfalls cool«, sage ich, auch wenn ich mir nur schwer vorstellen kann, wie dieser blasse Bücherwurm in Cowboyhosen und Hut durch die Landschaft reitet. »Und das willst du ganz alleine machen?«

»Nein, ich hätte schon gern, dass jemand mitkommt.«

»Wer denn? Einer wie dieser Zoster?«

»Vielleicht.« Sie guckt weg, den Weg runter. »Und was ist mit dir? Was für ein Abenteuer würdest du gern erleben?«

»Hey, für mich ist jeder Tag ein Abenteuer. Ich plane nicht gern im Voraus. Aber ich hab mal darüber nachgedacht, zum Amazonas zu reisen. Da würde ich dann gegen diese Firmen kämpfen, die den Regenwald mit ihren Bulldozern platt walzen und die Eingeborenen aus ihrem Garten Eden vertreiben und sie in Alki-Klamotten stecken. Oder so. Das würd ich gern machen.«

»Mhmm, das ist toll«, sagt sie, doch ich habe das Gefühl, es wäre ihr lieber gewesen, wenn ich bei der Pferdegeschichte mit von der Partie gewesen wäre, darum frage ich: »Hast du dir schon mal überlegt, deine Reittour im Regenwald zu veranstalten? Ich meine, Wandern ist da ja vielleicht nicht so toll, sonst frisst einem noch irgendeine Tarantel oder so den Fuß weg. Nein, am besten schippert man mit seinem Pferd an Bord da runter und reitet dann über diese alten Inkapfade und was da sonst noch alles so ist.«

Das hebt ihre Laune. »Das geht bestimmt. Da gibt es garantiert auch Berge mit Ausblicken, die noch nie irgendwer gesehen hat.«

»Aber hallo, das volle Panorama, da bin ich mir sicher. Man weiß ja nie – vielleicht gibt's da sogar irgendwo ein verstecktes Tal, in dem noch Flugsaurier rumflattern und so.«

»Ja«, sagt sie. »Das wäre sicher eine tolle Reise.«

Im Gehen berühren sich unsere Schultern und sie sieht zu mir hoch und lächelt.

Ein Stück den Weg runter gibt es einen überdachten Steg, von dem aus man angeln kann. Dort marschieren wir hin, hocken uns auf das Geländer und gucken raus aufs Wasser. Die Sterne leuchten hell und spiegeln sich als kleine Lichtkreuze auf den kabbeligen schwarzen Wellen des Sees. Aimee hat ihre Bowle fast ausgetrunken. Ich wünschte, ich hätte ihr mehr davon besorgt. Als die Flasche leer ist, nehme ich sie ihr ab und werfe sie in hohem Bogen in einen etwa fünf, sechs Meter entfernten Mülleimer. Sie landet mit einem lauten Rumpeln darin, und ich rufe: »Sutter landet einen Treffer von der Dreierlinie!«

Zur Belohnung nehme ich einen Schluck aus meinem Flachmann und Aimee überrascht mich mit der Frage, ob sie auch mal probieren darf.

»Bist du sicher? Das Zeug ist ziemlich stark.«

»Nur einen kleinen Schluck, damit ich weiß, wie so was schmeckt.«

Sie setzt den Flachmann an, legt den Kopf in den Nacken und

bekommt natürlich mehr ab als nur einen kleinen Schluck – und zack, hustet sie sich auch schon die Seele aus dem Leib, dass ihre Augen hervorquellen. Ich klopfe ihr auf den Rücken, aber dazwischen ist viel zu viel Jacke, als dass das sonderlich helfen würde. Irgendwann beruhigt sie sich wieder und sagt: »Wow, da war ich wohl ein bisschen zu gierig.«

»Ich hab dich ja gewarnt.«

»Beim nächsten Mal bin ich drauf gefasst.«

»Beim nächsten Mal? Das hör ich gern. Wenn man von der Giraffe fällt, muss man gleich wieder in den Sattel steigen.«

»Gib mir ein paar Minuten.« Ihre Augen tränen, aber sie lächelt und es ist nicht mehr dieses jämmerliche kleine Lächeln von vorher. Sie scheint sich zu amüsieren wie bescheuert.

Wir starren ein Weilchen raus auf den See. »Weißt du was?«, sagt sie. »Es gibt noch was anderes, was ich gern machen würde. Kein Riesenabenteuer oder so, aber für mich wäre es sehr aufregend.«

»Was denn?«

Sie guckt auf meinen Flachmann. »Kann ich noch einen Schluck haben?«

»Jetzt schon?«

Sie nickt. Dieses Mal nippt sie wirklich nur. Und als sie davon keinen Hustenanfall kriegt, nippt sie gleich noch mal. »Nicht schlecht«, sagt sie. »Brennt ein bisschen beim Schlucken, aber trotzdem, nicht schlecht.«

»Ja, ist ein anständiger Whisky.« Ich trinke selbst was davon. »Also, was ist diese aufregende Sache, die du machen willst?«

»Tja, ich habe noch niemandem davon erzählt, noch nicht mal Krystal. Aber ich würde wirklich, wirklich gern zu meiner Schwester nach St. Louis ziehen und wie sie auf die Washington University gehen. Das ist eine tolle Uni.«

Ich frage mich, was daran so ein großes Geheimnis sein soll. Scheint mir ein völlig normales Vorhaben zu sein. »Und warum solltest du das nicht tun? Ich bin mir sicher, deine Noten sind gut genug.«

»Meine Noten sind auch nicht das Problem. Sondern meine Familie. Meine Mom sagt, ich muss hierbleiben und weiter beim Zeitungsaustragen helfen und mit den Rechnungen und so. Sie ist nicht mehr so gesund, sie hat Herzprobleme. In ein paar Jahren kann mein Bruder dann mehr übernehmen, aber bis dahin kann ich nur hier aufs örtliche College.«

»Das soll doch wohl ein Witz sein, oder?« Ich starre sie an, entsetzt über ihre Worte, aber sie blickt nur weiter ins schwarze Wasser. »Ich meine ja nur, du bist ein Wahnsinnsgenie und deine Mutter lässt dich bloß auf das popelige College hier? Auf keinen Fall. Du musst nach St. Louis zu deiner Schwester, und zwar *tout de suite.*«

Sie erklärt mir, warum das nicht geht. Ihre Schwester Ambith hat sich total mit ihrer Mutter verkracht, weil sie wegziehen und auf die Uni gehen wollte, und jetzt reden die beiden kaum noch miteinander. Ambith hat zwar ein Stipendium, muss aber trotzdem Vollzeit arbeiten, um über die Runden zu kommen. Und darum warnt ihre Mutter Aimee mindestens jeden zweiten Tag, dass die Familie zerbricht, falls sie es wagen sollte, sich aus der Zeitungssache auszuklinken.

Und dann ist da noch Krystal Krittenbrink, die auf die Oklahoma University will, also gerade mal zwanzig Minuten von hier, und die darauf zählt, dass Aimee hierbleibt und weiter ihre beste – und vermutlich einzige – Freundin spielt. Das ist doch alles lächerlich.

Ich sage: »Wow, die haben bei dir aber echt saubere Arbeit geleistet.«

»Was meinst du?«

»Hör zu, die haben dir eingebläut, du wärst so was wie Atlas, du weißt schon, der die ganze Welt auf den Schultern tragen muss. Bist du aber nicht. Du bist einfach du. Du musst dich um deine eigenen Probleme kümmern. Okay, du machst jetzt Folgendes: Zuerst trinkst du noch einen Schluck Whisky, nur einen kleinen.«

»Wieso?«

»Vertrau mir.«

»Okay.« Sie hebt den Flachmann an ihre Lippen und nimmt einen Schluck. »Huch, das hat jetzt aber richtig gebrannt.«

»Gut, und jetzt sprich mir nach: Krystal Krittenbrink, du verschissene Kuh, lass mich verdammt noch mal in Ruhe.«

»Was?«

»Sag es einfach.«

Sie versucht es, viel zu leise und ohne »du verschissene Kuh« und »verdammt noch mal«, doch damit kommt sie bei mir nicht durch.

»Nein«, erkläre ich. »Du musst es ernst meinen und du musst ›verschissene Kuh‹ und ›verdammt noch mal‹ sagen. Für das, was wir hier machen, sind Schimpfwörter hundertprozentig nötig.«

»Vielleicht sollte ich dafür besser noch was trinken.«

Ich gebe ihr die Flasche, sie nimmt einen ordentlichen Schluck und versucht es dann noch einmal. Diesmal legt sie sich richtig ins Zeug, auch wenn man merkt, dass sie das Fluchen noch üben muss. Also sage ich ihr, dass sie es noch mal lauter rufen soll, und demonstriere es ihr, indem ich über den ganzen See schreie: »Krystal Krittenbrink, du verschissene Kuh, lass mich verdammt noch mal in Ruhe!«

Sie tut es mir nach, und ich ermutige sie: »Lauter!«, bis sie es richtig kreischt. Es muss sich gut anfühlen, denn sie feuert eine weitere Salve ab, ohne dass ich sie dazu drängen muss, und diesmal schießt es aus ihr heraus wie ein großes, gezacktes Stück Eruptivgestein, das flammend über den See fliegt.

Als Nächstes bringe ich sie dazu, dasselbe mit ihrer Mutter zu versuchen und dann mit Randy, deren faulem, nichtsnutzigem, Dr Pepper saufendem Freund. Es ist super. Wir brüllen eins nach dem anderen heraus.

»Krystal Krittenbrink, du verschissene Kuh, lass mich verdammt noch mal in Ruhe!«

»Randy, du verschissener Penner, lass mich verdammt noch mal in Ruhe!«

»Mom, du verschissene Scheißkuh, lass mich verfickt noch mal in Ruhe!«

Man kann regelrecht sehen, wie all die düsteren Gedanken, die ihr schwer im Magen lagen, bei jedem vulkanischen Schrei aus ihr herausgeschleudert werden. Wir brüllen immer lauter, bis wir schließlich so sehr lachen müssen, dass wir kaum noch ein Wort herausbekommen. So habe ich sie noch nie lachen sehen. Es ist wirklich ein Wahnsinnsanblick, ein Weltwunder, wie der Eiffelturm oder der größte Präriehund der Welt.

»Gutes Gefühl, oder?«

»Nein«, sagt sie, »ein *großartiges* Gefühl!«

»Dann haben wir jetzt nur noch eins zu erledigen. Eine letzte Person, die wir niederbrüllen müssen.«

»Und wen?«

»Den Typen, der dir das Herz gebrochen hat.«

»Was?«

»Na hör mal, du willst mir doch nicht weismachen, dass dir noch nie jemand das Herz gebrochen hat?«

Sie starrt raus aufs Wasser und verknotet nervös die Finger.

»Komm schon«, sage ich. »Mit siebzehn muss man doch wenigstens eine miese, hirnzersetzende Beziehung hinter sich haben.«

Es dauert eine Weile, bis sie etwas sagt. »Ganz ehrlich? Ich hatte überhaupt noch nie eine Beziehung.«

»Na ja, es muss auch keine riesige, ernste Angelegenheit gewesen sein. Ich meine bloß irgendeinen Typen, mit dem du ein paarmal aus warst oder so.«

Sie sieht auf ihre Hände. »Jungs sehen mich nicht so.«

»Was soll das denn heißen?«

»Jungs betrachten mich nicht als potenzielle Freundin, verstehst du? Die finden mich nicht hübsch und all diese Sachen.«

Das ist doch brutal. Ich meine, klar, sie ist keine superscharfe Sexmaschine, aber auch nicht unbedingt die Glöcknerin von Notre-Dame.

»Du bist echt völlig verrückt«, sage ich. »Ist dir etwa nicht aufgefallen, dass sowohl Cody als auch Jason eben mit dir geflirtet haben?«

»Stimmt doch gar nicht.«

»Und ob. Du bist total hübsch. Guck dir nur mal deine niedlichen kleinen Augenbrauen an und deinen süßen Schmollmund. Du bist echt sexy.«

»Ja, klar.« Dieses Mädchen kann mir einfach nicht in die Augen sehen. »Das sagst du doch nur so, weil du eben ein netter Kerl bist.«

»Ich, ein netter Kerl? Machst du Witze? Ich bin kein netter Kerl. Und außerdem meine ich es vollkommen ernst. Wenn ich es nicht ernst meinen würde, würde ich dann so was machen?«

Ich drehe ihr Kinn zu mir hoch und drücke ihr einen dicken, fetten Kuss auf die Lippen. Und zwar keinen von der höflichen, brüderlichen, netter-Kerl-mäßigen Sorte. Sondern einen langen, tiefen Backenzahnputzer mit Zunge und allen Schikanen.

»Uff«, sagt sie, als ich mich wieder zurücklehne.

»Das kannst du laut sagen. *Uff.*« Nur um sicherzugehen, dass wir uns richtig verstehen, küsse ich sie gleich noch mal. Was soll ich denn auch sonst machen, das arme Mädchen im Mondschein auf dem Geländer sitzen und in dem Glauben lassen, dass es ihr Leben lang keinen Typen abbekommen wird?

33

So ein Kater ist eine knifflige Angelegenheit. Es ist, als würde dein Körper dir einen Streich spielen – man weiß nie, auf welche Art es einen erwischt. Früher habe ich den Morgen nach einer Party immer gemocht. Ich hatte keine Kopfschmerzen, mir war nicht schlecht oder irgendwas sonst. Stattdessen habe ich mich eher gereinigt gefühlt. Ein bisschen wie erlöst. Wenn die Party richtig heftig war, kam ich mir manchmal vor, als hätte ich ein Unglück überlebt, wie Robinson Crusoe, als er nach seinem Schiffbruch am Strand angespült wurde. Ein neuer Tag, ein neues Abenteuer.

In letzter Zeit allerdings bekomme ich oft einen richtig fiesen Kater, so ziemlich das Gegenteil dieses wunderbaren Erlösungsgefühls – ein seltsam vages schlechtes Gewissen. Vielleicht ist das bloß eine chemische Reaktion oder in meinem Hirn ist was falsch verkabelt. Oder vielleicht kommt das davon, wenn man nicht mehr alles ganz genau weiß, was man am Abend zuvor gemacht hat.

Zum Beispiel bin ich mir nicht sicher, wie ich zurück ins Haus gekommen bin, ohne dass Mom und Geech gemerkt haben, dass ich überhaupt weg war. Normalerweise würde ich denken, das ist eben der Vorteil dabei, dass ich Gottes persönlicher Betrunkener bin – dass er in meinem himmlischen Rauschzustand schon auf mich aufpasst –, aber irgendwann fängt man dann doch an, sich zu fragen, was sonst noch so gewesen sein mag: was man gesagt hat, was man gemacht hat und mit wem. Und zack, fühlt man sich den halben Tag lang wie der Antichrist, dabei hat man in Wirklichkeit keiner Fliege was zuleide getan.

Genau so einen Kater habe ich am Morgen nach der Party am See. Und wenn ich Morgen sage, meine ich damit den Moment irgendwann nach zwölf Uhr mittags, als ich aufwache. Aus irgendeinem Grund fange ich, kaum dass ich die Augen offen habe, an, mir Sorgen wegen Aimee zu machen. Ist doch albern. Ich wollte das Mädel schließlich nur ein bisschen aufbauen. Und die Knutscherei hat ihr gefallen. Daran besteht kein Zweifel. Um die Wahrheit zu sagen, ich selbst fand es auch gar nicht so übel. Ich hätte sie mir glatt noch mal geschnappt, als ich sie nach Hause gebracht habe, aber dann musste ich ihr die Haare halten, während sie von der Veranda kotzte.

Was jedoch zwischen dem Zeitpunkt, als wir den Steg verlassen haben, und unserer Verabschiedung alles passiert ist, ist mir irgendwie entfallen. Ich versuche, mich daran zu erinnern, worüber wir auf der Nachhausefahrt geredet haben, aber mein Gedächtnis ist wie ein kaputtes Uhrwerk, von dem ich nicht mehr alle Teile zusammenkriege. Ich weiß, wir haben gesagt, dass wir noch irgendwas anderes zusammen machen wollen, aber ich weiß nicht mehr, was. Ich habe so ein ungutes Gefühl, ich könnte sie vielleicht gefragt haben, ob sie mit mir zum Abschlussball geht, doch da treibt sicher nur wieder der Kater seine Spielchen mit mir. Wieso sollte ich so was auch machen? Zum Abschlussball ist es schließlich noch lange hin und bis dahin bin ich bestimmt schon längst wieder mit Cassidy zusammen.

Dann schleicht sich eine weitere Erinnerung in meinen Kopf, und diesmal bin ich mir ziemlich sicher, dass es genau so passiert ist. Ich habe versprochen, Aimee heute Morgen beim Zeitungsaustragen zu helfen. Und ich habe es auch so gemeint.

Ganz ehrlich, ich hatte vor, um drei Uhr aufzustehen und mit einer großen Thermosflasche voll Instantkaffee zu ihr zu fahren. Anscheinend habe ich mir aber noch nicht mal den Wecker gestellt. Na ja, war ein Versehen, kann ja mal vorkommen. Trotzdem, die Vorstellung, wie sie da auf der kalten Veranda hockt und wartet, könnte selbst dem Papst das Gefühl geben, er wäre der Antichrist.

Das Beste, was man bei so einem Kater tun kann, ist duschen, eine herzhafte Ladung Proteine zu sich nehmen, einen kleinen Whisky trinken und dann rüber zu Ricky gehen. Mom und Geech schleimen sich mal wieder den ganzen Nachmittag bei irgendwelchen feinen Pinkeln ein, darum dürfte es kein Problem sein, hier wegzukommen – doch dann entwickeln sich die Dinge plötzlich ganz anders. Als ich bei Ricky anrufe, sagt seine Mutter, er und Bethany seien noch nicht aus der Kirche zurück. Verblüffend. Ricky in der Kirche? Ich versteh die Welt nicht mehr.

Zum Glück ruft er eine Stunde später an, und ich überrede ihn, mit mir ins Einkaufszentrum zu fahren und ein bisschen Leute zu gucken, wie immer. Von der Kirche sage ich nichts. Noch nicht. Auf dem Weg zum Einkaufszentrum fällt mir allerdings auf, dass er sich keinen Joint ansteckt. Als ich ihn danach frage, sagt er, ihm sei das Gras ausgegangen.

»Gar keins mehr? Das ist dir ja noch nie passiert.«

»Ich hab's dir doch gesagt, Mann, ich will ein bisschen kürzertreten. Was hat es denn für einen Sinn, wenn man die ganze Zeit high ist? Dann ist es ja nichts Besonderes mehr. Es hat nichts Festliches.«

»So kann man's natürlich auch betrachten.« Langsam wünsche ich mir fast, ich hätte ihn nie mit Bethany verkuppelt.

»Außerdem wird es auf die Dauer ganz schön anstrengend,

wenn man so high ist, dass man im Kino die Anfangszeiten der Filme mit den Kartenpreisen verwechselt. Ich weiß noch, wie ich mal vor der Tafel stand und gedacht hab: Zweiundzwanzig fünfzehn? Was für ein krummer und unverschämter Preis sind denn zweiundzwanzig Dollar und fünfzehn Cent? So was nervt doch nur.«

»Ja, ich hab auch mal getankt und dachte, die Gallonenanzeige wäre der Preis. Hab mich deswegen sogar noch mit dem Kassierer rumgestritten. Zum Totlachen war das.«

»Ich meine, ich könnte trotzdem schnell was besorgen, wenn du Lust auf Kiffen hast.«

»Nein, schon gut. Du kennst mich ja – ich rauche das Kraut nur, wenn ich schon ein paar Gläser intus habe. Außerdem hat mein Hirn mit meinem Kater schon genug zu tun.«

»Warst du gestern dicht?«

»Na ja, dicht würde ich nicht sagen. Nur mittelstark alkoholisiert.«

34

Im Einkaufszentrum schnappen wir uns jeder einen Latte und parken unsere Hintern in der Nähe der Rolltreppe, einem super Aussichtspunkt zum Leutegucken. Nur habe ich heute irgendwie das Gefühl, dass alle mich anstarren anstatt andersrum. Das tut natürlich niemand wirklich, ich schiebe nur diese gruselige Paranoia, dass ich nicht richtig dazugehöre, so wie manchmal, wenn man nicht genug getrunken hat und dann richtig heftiges Zeug kifft. Dann ist es, als wären alle anderen normal – Beagles oder Dackel – und nur ich eine riesige haarige Kreuzung aus Neufundländer und Shetlandpony. Ich kann regelrecht hören, wie sie denken: Was macht der verdammte Shetfundländer da drüben mit dem Kaffee?

Ricky beschwert sich: »Ziemlich langweiliges Volk unterwegs heute«, und ich erwidere: »Das liegt nur daran, dass du nicht stoned bist. Ich könnte auch was zu trinken gebrauchen.«

»Ich dachte, du wolltest dich ein bisschen einschränken.«

»Wo hast du das denn her?«

»Von dir. Wir haben uns doch drüber unterhalten. Ich hab gesagt, dass ich nur noch am Wochenende Party machen will.«

»Es ist Sonntag, Mann. Offiziell ist immer noch Wochenende.«

»Du weißt schon, was ich meine. Ich will's einfach nicht mehr so übertreiben. Ein bisschen Maß halten.«

»Maß halten? Was ist denn los mit dir? Kein Gras und sonntags in die Kirche. Mann, wir sind doch die geborenen Dschungelkinder. Wir sollten in Lendenschurzen durch die Wildnis rennen, bewaffnet mit Blasrohr und Messer. Und jetzt guck dich mal an. Demnächst muss ich dich noch mit Diakon Ricky anreden und du hältst mir Predigten übers Fegefeuer. Und dann sage ich: ›Den Typen kannte ich schon, als er noch dachte, die Religion will uns alle in Zombies verwandeln.‹«

Er schüttelt den Kopf. »Alter, wofür brauche ich denn ein Blasrohr? Was soll ich damit, mir bei McDoof einen Burger schießen? Und außerdem gehe ich nicht bloß in die Kirche, weil Bethany das macht.«

»So, liebe Kinder, und jetzt sagen wir alle zusammen schön laut und deutlich *Heuchler.*«

»Du kannst mich mal, Sutter. Ich bin kein Heuchler.«

So leicht lasse ich ihn nicht davonkommen. »Klar, ist doch genau wie bei *Dawn of the Dead* hier, in der Hauptrolle Zombie-Ricky, der durchs Einkaufszentrum stolpert. Der Typ da drüben, der gerade die Rolltreppe runterkommt, das bist du. Der mit den Socken in den Sandalen und der Gürteltasche, der sein Kind an der Leine mit sich rumführt.«

Obwohl er beleidigt sein sollte, muss Ricky schmunzeln. »Alter«, sagt er, »du hast doch keine Ahnung, wovon du redest. Erstens hab ich nichts gegen Religion. Ist ja nicht so, als würde ich nicht an so was wie einen Gott glauben. Bloß dieses ganze selbstgerechte Getue geht mir auf den Senkel. Außerdem warte ich nicht darauf, errettet zu werden. Ich gehe nur mit ihr dahin, weil man das in einer Beziehung eben so macht. Klar? Da hockt man sich eben nach vorne in die dritte Bank und denkt darüber nach, wie verzweifelt diese ganzen Leute sich wünschen, dass irgendwas sie liebt. Die glauben da an allen möglichen Hokuspokus. Aber wenn die eigene Freundin das nun mal mag und man selber *sie* mag, dann zieht man eben mit. So was nennt sich

Kompromiss. Die einzige Art, auf dieser Welt dafür zu sorgen, dass irgendwas bleibt, ist, daran zu arbeiten.«

»Genau. Und dann hält es für immer und ewig.« Ich platze bald vor Sarkasmus. »Warst du nicht der Typ mit der Theorie über eingebaute Schwachstellen?«

»Das bedeutet ja nicht, dass ich einfach aufgeben sollte. So läuft das eben nicht in einer Beziehung.«

»Hör sich das einer an. Da hat der Junge seit zwei Wochen die erste Freundin und schon hält er sich für einen Liebesguru.«

»Na, wenigstens *hab* ich eine Freundin.«

Ich sacke zusammen. »Ganz schöner Schlag unter die Gürtellinie.«

»Tut mir ja leid, aber dir ist doch klar, dass du einiges ändern musst, wenn du Cassidy wiederhaben willst, oder?«

»Was weißt du denn schon?« Ich erzähle ihm von Cassidys E-Mail und unserer kleinen Unterhaltung gestern Abend. »Ist doch offensichtlich, oder? Sie leidet unter Sutterman-Entzug.«

»Tatsache? Und warum hat Shannon Williams uns dann gerade in der Kirche erzählt, dass Cassidy mit Marcus nach Hause gegangen ist und sie dich gesehen hat, wie du mit einem Mädchen in einer riesigen lila Jacke, von dem ich mal annehme, dass es Aimee war, in den Wald verschwunden bist?«

»Ist doch egal, mit wem Cassidy gestern nach Hause gegangen ist. Alles, was zählt, ist, mit wem sie am Ende zusammen ist, und spätestens in einer Woche bin das ich, da kannst du einen drauf lassen.«

»Dann benutzt du Aimee nur, um sie eifersüchtig zu machen, richtig?«

»Falsch. Ich hab dir die ganze Aimee-Geschichte doch schon mal erklärt.«

»Ach, stimmt ja, du rettest sie vor dem Sturz in den Abgrund.

Aber, Alter, eine Frage noch – was ist denn, wenn sie sich in dich verliebt?«

»Verliebt?« Ich trinke einen Schluck von meinem Kaffee. Er ist ein bisschen bitter. »Glaub mir, Mann, dieses Mädchen verliebt sich niemals in einen Typen wie mich.«

35

Es ist nicht unbedingt so, dass ich Aimee in den nächsten Tagen in der Schule aus dem Weg gehe, aber unsere Pfade kreuzen sich eben kaum. Schließlich haben wir ja auch keinen Kurs zusammen. Cassidy hingegen laufe ich rein zufällig ziemlich oft über den Weg – auf dem Parkplatz, an der Eingangstreppe, vor der Mädchentoilette. Marcus ist nur selten dabei, und so kommt es oft zu einer netten Unterhaltung, ein bisschen Rumgefrotzel, ein paar Berührungen am Arm oder am Rücken, ihr wisst ja, wie das läuft.

Am Donnerstag gehen wir schon wieder völlig ungezwungen miteinander um. Richtig vertraut. »Und«, fragt sie, »musst du heute Nachmittag arbeiten?«

»Nein. Bob hat mich auf drei Tage pro Woche runtergesetzt.«

»Hast du immer noch Hausarrest?«

»Glaub nicht. Mom und Geech fehlt das Interesse, um so was lange aufrechtzuerhalten.«

»Gut, ich muss nämlich shoppen gehen und könnte ein bisschen Gesellschaft gebrauchen. Willst du mitkommen?«

»Na ja, bevor ich mich schlagen lasse …«

Sie versetzt mir einen Boxhieb auf die Schulter – ziemlich fest –, und ich stöhne: »Hey, hey, ich hab doch gesagt, *bevor* ich mich schlagen lasse! Ich bin ja dabei, schon gut.«

»Hol mich um zwei Uhr ab«, sagt sie. »Und sei pünktlich.«

Okay, Folgendes: Ich habe vor, Rickys Rat zu beherzigen, zumindest ein bisschen. Er meint ja, ich müsste einiges ändern, wenn ich Cassidy zurückwill, also tue ich das. Ich schwöre mir feierlich, dass ich sie pünktlich abhole, und wisst ihr, was? Ich schaffe es tatsächlich.

Sie sieht irre scharf aus in ihrem weißen Pullover mit Zopfmuster, zu dem sie blaue Jeans, Stiefel und goldene Creolen trägt. Dieses Mädchen weiß einfach, wie es sich stylen muss, ohne dass es zu bemüht aussieht. Wir klappern verschiedene Läden ab – Old Navy, Gap, ein Geschäft namens Lola Wong's –, aber die haben alle diese ganz spezielle Hose nicht, die sie ihrer Freundin Kendra zum Geburtstag schenken will.

Ich muss gestehen: Früher, wenn ich mit Cassidy einkaufen war, habe ich meistens im Auto gewartet. Ich begreife die weibliche Faszination fürs Shoppen einfach nicht. Ich gehe rein in den Laden, kaufe, was ich brauche, und fertig. Bei Mädchen läuft das absolut nicht so, die werden zu richtigen Detektiven. Jedes noch so kleine Beweisstück muss gründlich inspiziert werden. Fehlt nur noch das Spurensicherungsset in der Handtasche.

Aber jetzt bin ich ja der neue, geduldige Sutter. Ich gehe mit in jeden Laden, bestaune jedes Teil, nicke und gebe Zuhörlaute von mir – *mhmm, oh, aha*. Ich lasse mir sogar Hosen anhalten, sodass sie überprüfen kann, wie sie ihrer Freundin stehen würden. Als wären Kendra und ich auch nur annähernd ähnlich gebaut! Für mich sehen die Hosen ja alle gleich aus, aber keine davon entspricht genau Cassidys Vorstellungen. Zum Glück habe ich meinen Flachmann dabei.

Tatsächlich ist es gar nicht so schlecht, dass wir in so viele Geschäfte müssen. Ich will den Nachmittag auskosten, so weit es geht. So haben wir jede Menge Zeit, am Whisky zu nippen und die Phase des unbehaglichen Balanceakts von Exfreund und Exfreundin, die so tun, als wären sie neuerdings nur Kumpels, hinter uns zu lassen. Als wir aus Lola Wong's kommen, amüsieren wir uns schon prächtig, stoßen einander im Gehen spielerisch mit den Schultern an und lachen uns über alles und jeden schlapp. Fehlt nur noch das Händchenhalten.

Sie sagt, scheiß auf Shopping, die Hose für Kendra werde sie schon noch irgendwann finden, also tanke ich den Wagen voll, damit wir ein bisschen rumfahren können. Wohin, ist eigentlich egal. Wir haben keine Verpflichtungen. Der Nachmittag gehört uns.

Ich lenke das Gespräch auf die schöne Zeit, die wir zusammen hatten, auf Partys, Konzerten, in dem Spukhaus an Halloween. Zu all diesen Orten gibt es lustige Geschichten. Eine Erinnerung bringt sie so richtig in Fahrt – letzten August haben wir abends einmal im Regen auf meinem Dach gesessen und zugesehen, wie im Westen der Blitz verrücktspielte. Das Gewitter kam direkt auf uns zu, aber das interessierte uns nicht.

»Das war der Wahnsinn«, sagt sie, und ihre Augen leuchten. »Der Regen auf der Haut hat sich so gut angefühlt. Und wie der Blitz den ganzen Himmel überzogen hat – das war besser als jedes Feuerwerk. Ich meine, es muss irre gefährlich gewesen sein, aber ich weiß auch nicht – ich konnte die elektrische Spannung so deutlich fühlen, als würde sie durch meine Adern sausen.«

»Das war nicht gefährlich«, widerspreche ich. »An diesem Abend waren wir immun gegen Blitze. Wir standen unter einem magischen Bann.«

»Stimmt. Wir standen wirklich unter einem magischen Bann.« Sie hält eine Sekunde inne. »Ich weiß nicht, wie oft ich mich so gefühlt habe wie damals – nur ein paar Mal. Und jedes einzelne Mal war zusammen mit dir.«

Ich schenke ihr mein patentiertes Sutter-Grinsen. »Tja, du

kennst mich ja – der unglaubliche Sutter, Meister der Illusionen.«

»Der bist du, ohne Zweifel.« Sie blickt lächelnd durch die Windschutzscheibe. »Du bist echt ein Zauberer. Ich kann es spüren, auch jetzt wieder. Es ist, als könnte uns nichts etwas anhaben, als wäre alles andere auf der Welt – alle Probleme, alle Pflichten – einfach verschwunden. Wir sind in unserem eigenen Universum. Es würde mir wirklich fehlen, wenn wir das nicht mehr hätten.«

Ich lege ihr die Hand in den Nacken. »Es muss dir nicht fehlen, ist doch alles da. Keine Sorgen, keine Ängste, nur dieser dicke, fette Donnerstagnachmittag, der uns in die Arme schließt.«

Sie beugt sich zu mir rüber und lehnt den Kopf an meine Schulter. »Hast recht«, sagt sie. »Es gibt nichts außer dem Hier und Jetzt. Ich will an nichts anderes denken. Ist das in Ordnung? Können wir das so machen?«

Ich reibe mit der Wange über ihr Haar und sage: »Hey, ich bin's, Sutter. Natürlich können wir das so machen.«

Als wir bei mir zu Hause ankommen, haben wir den Flachmann geleert und sind zu Bier übergegangen, aber viel brauchen wir davon eigentlich nicht mehr. Ich weiß nicht, wie oft wir schon auf der Wohnzimmercouch rumgeknutscht haben, aber Cassidys Küsse haben noch nie so süß geschmeckt wie heute. Ihre Hände wühlen sich unter mein T-Shirt wie ein Paar wild gewordene Nerze und meine veranstalten dasselbe unter ihrem Pullover. Immer wenn ich etwas sagen will, verschließen ihre Lippen meine.

Es ist eine ziemliche Herausforderung, sie beim Trepperaufgehen weiter zu küssen, ganz zu schweigen davon, dass wir uns gleichzeitig noch aus unseren Klamotten schälen, aber ihr kennt ja den Spruch – ohne Fleiß kein Preis. Als wir uns auf mein Bett legen, steigt ein Gefühl in mir auf, als könnte jeden Moment meine Brust aufreißen und ein Haufen neuer, bislang unentdeckter Farben herausschießen. Ihr Körper war noch nie schöner, außer vielleicht beim allerersten Mal, als ich ihn gesehen habe.

»Du weißt, was ich für dich empfinde«, sage ich, und sie erwidert: »Nicht reden.«

Dann passiert etwas Eigenartiges. Ihre Hände hören auf herumzuwuseln und ihr Körper erstarrt. Ich küsse sie immer noch mit vollem Eifer, doch sie küsst mich nicht zurück. Es ist, als würde man in eine wunderschöne Schlucht hineinrufen und dann käme kein Echo zurück.

Ich frage: »Was ist los?«

»Nichts. Mach einfach weiter.«

»Wie jetzt, mach einfach weiter?«

»Mach einfach weiter, bring es zu Ende.« Mittlerweile liegt sie stocksteif da. Ihre Augen sind geschlossen und die ganze elektrische Spannung hat ihren Körper verlassen. Ich stütze mich auf den Ellbogen und sehe sie an. »Wenn du so bist, kann ich aber nicht.«

Na schön, ein Teil von mir ist der Meinung, dass ich durchaus könnte, aber gut wäre es nicht. Man wünscht sich ja schließlich, dass der andere einen beim Sex auch will, sonst wäre es längst nicht so aufregend. Das unterscheidet uns von den Tieren. Das, und unsere Frisuren.

»Denkst du gerade an Marcus oder was?« Nicht dass es mir besonders Spaß macht, den Namen eines anderen zu erwähnen, wenn ich mit einem nackten Mädchen im Bett liege, aber die Frage stellt sich nun mal.

Sie kneift die Augen fester zu.

»Bist du etwa in ihn verliebt?«

»Ich will jetzt nicht über ihn reden.« Ihre Unterlippe zittert.

»Ja oder nein, das reicht doch wohl. Ich verlange ja nicht, dass du einen Vortrag darüber hältst.«

»Ich weiß es nicht.« Die Tränen fangen an zu fließen. »Vielleicht. Ich bin gerade echt durcheinander.«

»Und was ist mit mir? Was ist mit heute Nachmittag?«

»Deswegen bin ich ja so durcheinander.« Sie schnieft. Sieht aus, als würde sich das Ganze zu einer dieser rotgesichtigen Angelegenheiten mit hohem Rotzfaktor auswachsen. »Der Nachmittag heute war wunderschön. Das war er wirklich.«

»Aber?«

»Aber du weißt schon, es war eben nur ein Nachmittag.«

»Davon könnte es doch noch mehr geben.«

»Ich weiß. Und glaub mir, mit niemandem habe ich so viel Spaß wie mit dir, aber ich kann eben nicht die ganze Zeit nur Spaß haben. Ich habe auch eine ernste Seite.«

»Hey, ich kann auch ernst sein. Ich meine es hundertprozentig ernst, dass ich mich niemals vom Ernst des Lebens einholen lassen werde. Das nenne ich mal ein ernsthaftes Ziel.«

»Schon klar.« Ihre Mundwinkel krümmen sich kaum merklich aufwärts. »Aber du kennst ja Marcus – der hat echte Ziele. Er redet nicht nur davon, dass er die Welt verändern will, er tut es tatsächlich. Nur manchmal ist es fast ein bisschen zu viel. Ich meine, er weiß schon genau, wie unsere Beziehung weitergehen soll, dass wir zusammen in New Mexico auf die Uni gehen und nach einem Jahr zusammenziehen und dann, wenn wir unseren Abschluss haben, direkt heiraten.«

»Heiraten? Er redet jetzt schon vom Heiraten? Wie lange seid ihr jetzt zusammen, zwei Wochen? Kennt der Typ eigentlich die Bedeutung des Wortes *gruselig*?«

»Und manchmal vermittelt er mir das Gefühl, als müssten wir uns persönlich um jeden obdachlosen, armen, hungrigen, unterdrückten Menschen in der ganzen Stadt kümmern. Und du weißt ja, wie ich bin. Mir sind solche Sachen auch wichtig, ehrlich. Du hast mich eine Million Mal davon reden hören. Aber ich kann doch nicht andauernd nur über so was nachdenken. Manchmal muss ich auch mal loslassen, alles andere vergessen und nur im Hier und Jetzt leben.«

»Klar musst du das. Das muss jeder mal. Wenn du dir die ganze Zeit Sorgen über solchen Kram machst, lachst du dir damit doch nur ein Aneurysma an. Und plötzlich spritzt dir das Blut aus dem Ohr. Die Ärzte rollen dich in den Not-OP und rufen dabei Sachen wie ›Schwester, Skalpell!‹ und ›Kammerflimmern!‹ oder was weiß ich. Das willst du doch nicht, oder?«

»Nein, das will ich nicht. Aber ich will auch nicht bloß Donnerstagnachmittage. Ich will nicht nur Augenblicke. Ich will ein ganzes Leben.«

»Aber, Cassidy, verstehst du das nicht? – Das Leben *besteht* aus Donnerstagnachmittagen. Du musst einfach einen auf den anderen folgen lassen und der Rest erledigt sich von selbst.«

Sie schlägt die Augen auf und schenkt mir ein warmes Lächeln. Es liegt Liebe darin, doch nicht die Art, die wirklich zu etwas führt. »Ich wünschte, es wäre so«, sagt sie. »Du hast keine Ahnung, wie sehr ich mir das wünsche.«

»Und so kann es auch sein. Du musst nur daran glauben.«

»Tja, da liegt dann wohl mein Problem«, erwidert sie. »Ich bin zu realistisch.«

Ich sehe, worauf das hinausläuft – und zwar nicht auf »Und sie lebten glücklich bis ans Ende ihrer Tage«. Also ziehe ich am besten an ihr vorbei und fange sie kurz vor dem Ziel ab.

»Schon okay.« Ich gebe ihr einen Kuss auf die Stirn und

tätschele ihre Schulter. »Dann bleiben wir zwei eben einfach Freunde. Komm zu mir, wenn du mal was zu lachen brauchst. Dein *richtiges* Leben kannst du dann ja mit Marcus verbringen.«

Sie streichelt meine Wange. In ihren lächelnden Mundwinkeln sammeln sich Tränen. »Du bist wirklich ein Zauberer, Sutter. Und ich wünschte, das wäre genug. Wirklich.«

Ich will ihr sagen, dass es das ist. Ich will vor dem König der Könige der Könige schwören, dass es genug ist. Aber zumindest für heute Nachmittag ist der Zauber verflogen.

36

Am Freitagabend besaufe ich mich mit Jeremy Holtz und Jay Pratt und wir machen Sachen kaputt. Nichts Großes. Nur Gartendeko, Vogeltränken, Blumentöpfe. Fürs Kaputtmachen sind hauptsächlich die anderen beiden zuständig, aber ich trete wenigstens ordentlich auf ein paar Büsche ein. Gutes Gefühl.

Samstagabend findet eine Motelparty statt. Man kann sich eigentlich blind drauf verlassen, dass ungefähr einmal im Monat irgendwer in einem Motel in der Nähe ein paar nebeneinanderliegende Zimmer für seine Geburtstagsparty mietet. Diesen Samstag ist es Bethanys Freundin Courtney Lane. Die beiden spielen zusammen Softball. Sonderlich gut kenne ich sie nicht, aber Ricky hat mich eingeladen, ihn und Bethany zu begleiten. Na endlich. Ich habe mich schon gefragt, ob er mich absichtlich von ihr fernhält. Aber vielleicht hat er auch nur Mitleid mit mir, nachdem ich ihm von der Sache mit Cassidy am Donnerstag erzählt habe.

Meiner Meinung nach ist Courtney zwar eine ziemliche Langweilerin, aber die Party soll in einem der netteren Motels am Flughafen steigen, daher besteht die entfernte Chance, dass es doch noch ganz lustig wird. Zumindest wird es wohl interessant, Ricky und Bethany mal richtig im Pärchenmodus zu erleben.

Auf der Fahrt zum Motel versuchen sie zunächst, mich zu integrieren, doch das hält nur ein paar Minuten an. Dann beginnt Bethany, von dem neuen Anbau zu erzählen, den ihre Eltern an ihrem Haus planen, und dass sie ihn im frühfranzösischen Stil oder so was einrichten wollen. Ihr wisst schon – eins dieser typischen Schnarchthemen, über die Mädchen gern reden, bei denen Jungs aber glasige Augen bekommen.

Schrägerweise steigt Ricky jedoch voll ins Gespräch ein. Er faselt davon, wie er sein eigenes Haus gestalten würde und was für Möbel er gern hätte, und Bethany selbst hat auch ein paar Ideen. Ich fasse es nicht. Es ist, als wollten sie schon mal für den Tag üben, an dem sie ihr gemeinsames Eigenheim kaufen.

Mir kommt es vor, als ob Ricky da einen ziemlichen Anfängerfehler macht. Immer wenn ein Mädchen anfängt, von der ZUKUNFT zu reden, versuche ich, das Thema zu wechseln, und zwar *pronto*. Ich lasse mich auf nichts mehr ein, in dem es um Häuser, Hochzeiten, Berufe oder Kinder geht. Solche Themen sind wie Treibsand. Die ziehen dich runter, bevor du auch nur weißt, wie dir geschieht.

Einmal, als ich noch mit Kimberly Kerns zusammen war, fing sie mit der alten Was-für-ein-Haus-willst-du-mal-haben-Geschichte an, und ich hab geantwortet, ein Baumhaus. Aus irgendeinem Grund ist sie stinksauer geworden, als hätte ich mich über sie lustig gemacht oder so. Es war absolut lächerlich. Ich meine, habt ihr mal diese supercoolen Baumhausapartmentkomplexe gesehen, die sie in Costa Rica bauen?

Na ja, Ricky und Bethany scheinen jedenfalls total vergessen zu haben, dass ich auf der Rückbank hocke. Sie gehen jedes einzelne Zimmer in ihrem imaginären Haus durch und beschreiben alles, von den Wandbehängen bis zu den Glasuntersetzern. Als Rickys bester Freund sollte ich wohl besser eingreifen, bevor sie im Kinderzimmer ankommen.

»Was ist das denn für ein Päckchen hier hinten?«, unterbreche ich die beiden und meine damit die bunt verpackte Schachtel auf dem Sitz neben mir.

Ricky sagt, das sei das Geschenk für Courtney, und ich frage: »Was, wir müssen Geschenke mitbringen?«

Bethany erwidert: »Dir ist schon klar, dass das eine Geburtstagsfeier ist?«

»Sicher«, sage ich, »aber normalerweise geht's bei solchen Motelpartys doch nur darum, sich abzuschießen.«

»Tja«, sagt Bethany. »Bei dieser hier geht's darum, Spaß zu haben.«

»Wo liegt da der Unterschied?«

»Keine Sorge«, schaltet sich Ricky ein. »Ich bin mir sicher, dass nicht jeder ein Geschenk mitbringt. Dein Geschenk ist eben der Unkostenbeitrag, den du zahlst, okay?«

»Was? Unkostenbeitrag? Geschenke? Wo fahren wir denn hin, zu einem Haufen Kapitalisten?«

Darüber muss Ricky schmunzeln, Bethany jedoch nicht. Ich kapier's trotzdem nicht. Wieso sollte ich einen Unkostenbeitrag leisten? Ich habe doch sogar meinen eigenen Whisky dabei.

Zugegebenermaßen ist dieses Motel eine ganze Ecke schicker als für Partys dieser Art üblich. Im Keller gibt es eine Tanzfläche, ein Schwimmbecken und einen Fitnessraum und im Eingangsbereich stehen Billard- und Pingpongtische und Videospielautomaten. Die angrenzenden Suiten sind auch nicht übel. Viel größer als gewöhnlich.

Unglücklicherweise fehlt es der Party dafür an Atmosphäre. Als wir ankommen, sitzen da nur sechs Leutchen rum und quatschen. Aus der mikroskopisch kleinen Anlage sickern ein paar lauwarme Klänge, so leise, dass man sie kaum hört. In einer Ecke türmen sich die Geschenke und auf einer Kommode steht ein riesiger weißer Kuchen von Wal-Mart. Dann stehen da noch zwei Kühlboxen, eine mit Bier und eine mit Cola.

Ja, genau – *Cola*!

Gut, dass ich meinen treuen Flachmann dabeihabe.

Von Anfang an ist klar, dass ich nicht viel von Ricky haben werde. Bethany und er sind völlig ineinander versunken. Stehen da und reden und starren sich in die Augen, kaum ein paar Zentimeter zwischen ihnen. Sogar das mit dem doppelten Händchenhalten ist ihnen nicht zu albern. Als Nächstes fangen sie noch an, einander Schnuckiputzi zu nennen.

Ich sag euch, was für ein Problem ich mit derart öffentlicher Zurschaustellung von Zuneigung habe – sie ist einfach undemokratisch. Da ist also dieses Pärchen, das über sein eigenes kleines Universum herrscht, und niemand anders ist eingeladen. Mein Universum ist für so was viel zu groß. Wenn ich mit einem Mädchen alleine bin, ist das was anderes, aber ansonsten heißt es bei mir immer: hereinspaziert, hereinspaziert! Bringt eure Cousins und Cousinen mit, euren Hund. Niemand wird ausgeschlossen. Doch mein bester Freund ist gerade praktisch dabei, einen Grenzzaun zu errichten, um uns andere alle draußen zu halten.

Mehr Leute kommen rein, meist pärchenweise. Viele Softballmädels und ihre Typen. Dann erscheint Tara Thompson auf der Bildfläche, allein, und mir wird klar, dass hier was faul ist. Höchstwahrscheinlich hat Ricky mich nur mitgeschleppt, um mich mit ihr zu verkuppeln. Klar, ich mag Tara. Tara ist super. Ich würde sofort mit ihr ausgehen, wenn das Cassidy-Fiasko nicht wäre. Aber genau das ist es, was mich an der Sache so ärgert. Ricky weiß doch Bescheid. Ich hab ihm erklärt, dass ich niemals was mit ihr anfangen darf. Und trotzdem schmiedet er solche Komplotte gegen mich.

Jetzt ist die Party also nicht nur langweilig, sondern auch noch unangenehm. Ich stehe bei einer Gruppe Jungs rum, die sich ausgerechnet über Tennis unterhalten, während Tara auf der anderen Seite des Raums neben Courtney sitzt und alle fünfzehn Sekunden zu mir rüberschielt. Mir bleibt nichts anderes übrig, als mich an meinen Flachmann zu halten, was ich auch tue, und zwar gründlich.

Okay, ich könnte mich auch mit ihr unterhalten. Immerhin ist sie der vermutlich amüsanteste Gast auf dieser Party. Aber dann würde ich ihr nur falsche Hoffnungen machen. An dem Abend, als wir zusammen im Botanischen Garten gesessen haben, war noch alles in Ordnung. Da hatte ich eine Freundin. So was wirkt wie ein Kraftfeld, das alle romantischen Erwartungen abhält. Tara und ich konnten über alles reden. Wir konnten einander sogar in den Arm nehmen, einfach nur als Freunde.

Ich gehe ins angrenzende Zimmer. Da fühle ich mich nicht ganz so unwohl, langweile mich dafür aber fast zu Tode. Alle sitzen nur rum, während irgend so eine Taylor Gitarre spielt und moderne Kirchenlieder singt. Und niemand scheint das für eine seltsame Art der Unterhaltung bei einem Besäufnis zu halten. Na, von mir aus. Sogar Jesus muss ab und an mal Party machen. Wenn es nur nicht so öde wäre.

Natürlich fühle ich mich verpflichtet, die Veranstaltung ein bisschen aufzumischen. Als der Song vorbei ist, stelle ich mich also auf einen Stuhl und rufe: »Das war super, Taylor«, und spendiere ihr eine Runde Applaus. »Jetzt würde *ich* gern was zum Besten geben. Taylor, du kannst mich ja begleiten.«

Ich lege mit einem Sutter-Keely-Original los, das ich mir gerade so einfallen lasse, eine karibisch angehauchte Nummer:

Sutter Keely ist im Haus
Los, zieht eure Tops schnell aus
Sutterman ist endlich da
Und alle Mädels schreien: Ja!

»Los, Leute, tanzt alle mit!« Ich fange an, sinnlich mit den Hüften zu kreisen.

Wir tanzen den Bumsrumba
Das wird 'ne heiße Chose
Mach mir den Humbabumba
In meiner Unterhose
Oh yeah
In meiner Unterhose

Jetzt sollte man ja meinen, die Leute kämen endlich in Stimmung und würden mitsingen, aber nein. Alle sagen nur: »Lass gut sein, Sutter. Wir wollen richtige Musik von Taylor hören«, und: »Ich dachte, du wärst in einer Entzugsklinik?«

Ricky und Bethany stehen in der Verbindungstür zwischen den beiden Zimmern. Ricky grinst, aber Bethany starrt mich an, als wäre ich ein Pudel, der gerade auf den Teppich gekackt hat.

»Okay, okay«, sage ich. »Ich will ja nur helfen. Hatte nicht vor, euch hier die Beerdigung zu vermiesen oder so.«

Ich hüpfe von meinem Stuhl, gehe zu Ricky und sage: »Wenn du dieses Mausoleum auch irgendwann überhast: Ich bin unten bei den Videospielen.«

37

Ich bin eigentlich nicht der Videospieltyp, aber so ziemlich alles muss besser sein als diese Motelparty. Unten im Restaurant hole ich mir ein 7UP zum Mitnehmen und will gerade in die Halle mit den Automaten, als ich eine Mädchenstimme rufen höre: »Yo, Carmine!«

Durch das Foyer kommt, begleitet von drei Freundinnen, meine Ex Shawnie Brown auf mich zu, aus meiner Phase, als ich verrückt nach schwarzen Haaren und braunen Augen war. Carmine ist mein Name bei dieser Mafiosi-Nummer, die wir immer abziehen. Tatsächlich heißen wir dabei beide Carmine, darum rufe ich zurück: »Eh, Carmine, wie läufte so?«

Sie sagt irgendwas zu ihren Freundinnen, die daraufhin weiter zum Aufzug gehen, während sie zu mir rüberkommt. Sie hat einen wirklich sexy Gang. »Läufte *bravissimo*, Carmine. Wasse du machste hier?«

»Ache, nichtse. Flüchte iche nur vor diese langweilige Spießere oben auf Party. *Capisce?*«

»Eh, wollte ich gerade hin zu diese Party: Nixe gut?«

»Nixe gut für *la familia*.«

So könnten wir ewig weitermachen, aber wir lachen uns jetzt schon total schlapp.

»So, jetzt aber mal im Ernst«, sagt sie, als sie sich wieder eingekriegt hat. »Die Party ist also langweilig?«

»Weißt du noch, in der Zehnten, als Heather Simons gefeiert hat und ihre Eltern dabei waren?«

»So übel?«

»Na, vielleicht nicht ganz so schlimm, aber nah dran.«

»Ach Mist, gerade wo ich so richtig schön angeduselt bin. Was ist in dem Becher, Whisky und 7UP?«

»Was sonst? Willst du einen Schluck?«

»Klar.« Sie nimmt einen kräftigen Zug und gibt mir den Becher zurück.

Ich lege ihr die traurige Biersituation oben dar und biete ihr an, ihr ein eigenes 7UP zu kaufen, das sie dann mit ein bisschen was von meinem Seagram's pimpen kann.

»In der Halle da kann man Tischtennis spielen. Lust auf ein Match?«

Sie wirft mir einen verschlagenen Blick zu. »Du weißt doch, dass ich dich wegputze. Wie in der guten alten Zeit.«

»Auf keinen Fall«, widerspreche ich. »Ich bin jetzt auf Steroiden. Mein Kopf ist sechs Hutnummern gewachsen.«

Sie lacht. »Ich putz dich trotzdem weg.«

Wie sich rausstellt, hat sich Shawnie nur überreden lassen, auf Courtneys Party zu gehen, weil ihre Freundinnen meinten, es könnten ein paar süße Jungs da sein. Da werde ich hellhörig, denn soweit ich weiß, ist sie seit sechs Monaten mit einem Typen namens Dan Odette zusammen. Ich frage, was aus ihm geworden ist, und sie sagt: »Der ist mir auf den Keks gegangen. Zu besitzergreifend.«

»So geht das doch immer mit diesen gefährlichen Bad Boys.«

»Warum hast du mir das nicht gesagt, bevor ich mich mit ihm eingelassen habe?«

»Hätte es denn was genützt?«

»Nein, wahrscheinlich nicht.«

»Dann sind wir wohl beide als Singles unterwegs, was? Ist das nicht fantastisch?«

»Fehlt dir Cassidy denn nicht?«

»Darüber bin ich längst hinweg.«

»Jaja, rede dir das nur schön weiter ein.«

Nachdem wir ihr ein 7UP besorgt und den Becher ordentlich mit Whisky aufgefüllt haben, gehen wir in die Halle. Mit dem Tischtennis hatte sie allerdings recht. Von drei Spielen gewinne ich kein einziges. Dieses Mädchen hatte schon immer raus, wie man einen Pingpongschläger halten muss, egal, wie betrunken sie war. Aber mir macht das nichts. Ich bin keiner von diesen Machos, die es für eine Schande halten, wenn sie gegen ein Mädchen verlieren. Rein spaßeshalber schlage ich vor, dass wir als Nächstes in den Fitnessraum gehen könnten, damit ich mich beim Gewichtheben so richtig an ihr rächen kann, und sie ist sofort Feuer und Flamme.

»Gibst du mir zehn Pfund Vorsprung?«, fragt sie.

»Machst du Witze? Ich gebe dir auch fünfzig Pfund Vorsprung und gewinne trotzdem noch.« Was natürlich heillos übertrieben ist. Shawnie ist kein Schwächling.

Der Fitnessraum ist nicht übel. Da Samstagabend ist, sind wir die Einzigen, die verrückt genug sind, sich hier rumzutreiben, allerdings gibt es keine Hanteln, nur Laufbänder und Trimmräder. Aber das ist schon in Ordnung, mir gehen ja nie die Ideen aus.

Ich steige auf eins der Räder und fordere sie heraus: »Kleines Rennen gefällig?«

Sie grinst. »Bin dabei.«

Es ist zum Totlachen. Da sitzen wir, Seite an Seite, und strampeln uns ab wie zwei Nachwuchs-Lance-Armstrongs. Dazu geben wir beide den Sportkommentator und natürlich liege in meinem Bericht ich vorn und sie in ihrem. Das Problem ist nur, dass Fahrradfahren – selbst wenn man sich gar nicht von der Stelle bewegt – zur ziemlichen Herausforderung wird, wenn man schon ein paar Whiskys intus hat. Zumindest für mich. Gerade als ich mir vorstelle, wie ich die Zielgerade runtersause, rutscht mein Fuß vom Pedal und ich knalle auf den Boden, nicht ohne mir unterwegs noch den Kopf am linken Lenkergriff zu stoßen. Echt keine Kleinigkeit, dieser Sturz. Mann, tut das weh.

Shawnie kriegt sich natürlich nicht mehr ein vor Lachen. Ich hocke da und untersuche meine Stirn auf Blut, während ihr die Tränen die Wangen runterrollen.

Ich sage: »Hey, hier sitzt ein Verletzter, klar?«, und sie sagt: »Tut mir leid, aber du hättest dich mal sehen müssen.« Immer noch kichernd hilft sie mir hoch.

»Weißt du«, erklärt sie, »das hab ich immer an dir gemocht. Dir ist nichts peinlich.«

Ich sage: »Ach, sich zu schämen, ist doch reine Zeitverschwendung. So, wo ist der Whirlpool? Ich brauche einen Whirlpool. Ich bin schließlich schwer verletzt.«

Und tatsächlich hat das Motel auch einen funkelnigelnagelneuen Whirlpool. Perfekt, um alle Leiden zu kurieren. Genau das, was ich jetzt brauche.

»Du willst da doch nicht wirklich rein, oder?«, vergewissert sich Shawnie.

»Na, klar doch.«

»Red keinen Blödsinn.«

»Los, komm«, fordere ich sie auf. »Wenn ich mich reinsetze, musst du mit.«

»Niemals«, protestiert sie. »Du kriegst mich nicht dazu, meine Klamotten auszuziehen.«

Ich sehe sie mit hochgezogener Augenbraue an. »Wer hat denn was davon gesagt, dass irgendwer sich auszieht?«

Und zack, versinke ich auch schon in voller Montur bis zur Brust im warmen, heilenden Wasser.

»Du bist ja irre«, sagt Shawnie.

»Ja, aber genau deshalb magst du mich doch so.«

»Auch wieder wahr.«

»Also, werte Pingpongkönigin, traust du dich jetzt rein oder gibst du dich geschlagen?«

»Du kannst mich nicht überbieten, Sutter. Das weißt du doch.« Und dann sitzt sie auch schon neben mir. »Was macht deine Stirn?«

»Geht schon wieder. Für eine derart tragische Wunde.«

Sie inspiziert meinen Kopf. »Da ist nur ein roter Fleck, sonst nichts. Hier, ich verarzte dich mit ein bisschen Zauberwasser.« Sie betupft mir die Stirn mit ihren nassen Fingerspitzen. Fühlt sich gut an, wesentlich angenehmer, als mit Jeremy Holtz auf irgendwelche Sträucher einzudreschen.

»Besser?«

»Perfekt.«

Sie lehnt sich an mich. »Weißt du, was, Sutter? Du bist mein absoluter Lieblings-Exfreund.«

Ich blicke in ihre dunkelbraunen Augen und mein Magen schmilzt zusammen. Shawnie ist eins von diesen Mädchen, die man zuerst vielleicht nicht für besonders hübsch hält – sie hat eine ziemlich große Nase und so –, aber wenn man sich erst mal mit ihr unterhält, dann sprühen ihre Augen nur so vor Witz und Persönlichkeit, und man denkt: *Wow, dieses Mädchen ist ja wunderschön!* Außerdem hat sie eine Hammerfigur.

»Wir hatten wirklich 'ne Menge Spaß zusammen«, sage ich. »Weißt du noch, das Flaming-Lips-Konzert?«

»Und ob ich das noch weiß. Das war der Wahnsinn.«

Wir tauschen Erinnerungen an den Abend aus – das Publikum

mit seinen verrückten Verkleidungen als Weihnachtsmänner, Osterhasen und Skelette, die riesige fliegende Untertasse, die auf der Open-Air-Bühne gelandet ist. Die Ballons voller Konfetti, die zum Ausflippen großartige Band um den Sänger Wayne Coyne, der in seiner riesigen Plastik-Hamsterkugel über die hochgestreckten Hände der Zuschauer gelaufen ist. Und vor allem das Gefühl, dabei gewesen zu sein, die unfassbare, wilde Schönheit des Ganzen. Es war, als wären wir selbst die Musik, die durch die Galaxie schwebte.

»Es war so witzig, als du crowdsurfen gegangen bist«, sagt Shawnie. »Aber dann habe ich dich eine halbe Stunde nicht mehr gesehen.«

»Ja, aber das hab ich ja später auf dem Parkplatz am See wiedergutgemacht. Oder etwa nicht?«

»Oh doch. *Das* war auch der Wahnsinn.«

»Und jetzt sitzen wir hier – und sind beide wieder Single.«

»Ja. Jetzt sitzen wir hier.«

Und *wie* wir hier sitzen. Wir sehen einander in die Augen, umfangen von warmem Wasser und warmen Erinnerungen, und ich weiß, wir denken genau dasselbe. Ich beuge mich vor, und sie schließt die Augen und öffnet ganz leicht den Mund, lädt mich ein, sie zu küssen. Es ist schön. Sie schmeckt nach Erdbeerlipgloss. Ich streichele mit den Fingern über ihren Hals, und dann passiert es – sie fängt an zu kichern, direkt in meinen Mund hinein.

Ich weiche zurück und ihr Kichern verwandelt sich in ein ausgewachsenes Lachen und dann steckt sie mich an und ich pruste lauthals mit. Sie hat recht. Das hier ist einfach zu albern. Man kann nicht mit jemandem rumknutschen, mit dem man eine Mafiosi-Nummer laufen hat.

Sie drückt meine Arme. »Carmine, du biste der Größte.«

Ich gebe ihr einen Kuss auf den Scheitel. »Nixe da, Carmine, *du* biste der Größte.«

Eine Weile sitzen wir einfach da und genießen die Nähe des anderen. Dann frage ich: »Und, meinst du, das mit Cassidy und Marcus hält lange?«

»Ich dachte, du wärst darüber weg?«

»Bin ich ja auch. Ich hab nur überlegt, wie lange das mit den beiden wohl noch hält, das ist alles.«

»Weißt du, was?«, sagt sie. »Ich würde keine Zeit mit Nachdenken darüber verschwenden. Wir sollten uns beide jemand komplett Neuen suchen.«

»Tja, für dich sollte das kein Problem sein. Nur dass da draußen eigentlich keiner gut genug für dich ist.«

»Ja, klar.«

»Nein, ich mein's ernst. Du bist witzig, du hast eine Superfigur, du bist tiefgründig. Welcher Typ hat so was schon verdient?«

»Hast recht.« Sie lacht. »Aber vielleicht gebe ich irgendeinem armen Kerl trotzdem eine Chance.«

»Wie war das eigentlich damals mit uns? Wir verstehen uns doch so gut. Warum sind wir nicht zusammengeblieben?«

»Ach, willst du das wirklich alles noch mal durchkauen?«

»Ich überlege bloß. Ich meine ja nur, jetzt stehe ich mal wieder ohne Freundin da. Vielleicht kann ich aus der Sache mit uns ja noch was lernen. Was hat sich damals verändert?«

Sie überlegt kurz. »Ich glaube, es ging weniger um das, was sich verändert hat, als um das, was sich nicht verändert hat. Bei uns ist alles immer genau so geblieben wie am Anfang, verstehst du?«

»Nicht so richtig.«

»Es ist, als wären wir schon immer eher Kumpels gewesen

als Freund und Freundin. Und selbst beim Sex waren wir nur wie zwei Kumpels, die sich miteinander amüsieren.«

»Und das ist nicht gut?«

»Nein, gut war es schon. Wir hatten auf jeden Fall eine Menge Spaß. Und ich weiß auch, dass wir Mädchen immer behaupten, wir wollen einen Typen, der gleichzeitig unser bester Freund ist, aber in Wahrheit wollen wir irgendwann doch mehr als das.«

»›Mehr‹? Siehst du, da haben wir's. Dieses ›mehr‹ ist das, was ich nicht kapiere.«

»Irgendwann begreifst du es schon noch. Du musst nur ein Mädchen finden, das dich dazu bringt. Jemanden, der komplett anders ist als Cassidy.«

»Das habe ich ja schon versucht. Ich habe Whitney Stowe angebaggert.«

»Was?« Sie rückt ein Stück von mir ab und starrt mich an. »*Du* hast es bei Whitney Stowe versucht?«

»Mir kam's wie eine gute Idee vor. Sie hat tolle Beine.«

»Aber sie ist eins von diesen Mädchen, bei denen jede Sekunde des Tages akribisch verplant ist. Wie solltest du denn da noch reinpassen? Höchstens als Schoßhündchen an der Leine.«

»Ja, war wohl ziemlich dumm von mir.«

»Warte einfach ab. Irgendwann findest du jemanden, den du niemals erwartet hättest, jemanden, der dich braucht, einfach weil du *du* bist.«

»Meinst du?«

»Sicher. Und außerdem sollte es jemand sein, gegen den du wenigstens ab und an beim Tischtennis gewinnst.«

»Carmine, du brichste mir das Herz.«

»Nein, du brichste mir das Herz, *capisce*?«

»*Capisce*.«

Manchen Leuten würde unsere Mafiosi-Nummer bestimmt langsam auf die Nerven gehen, aber uns nicht.

»Eh, Carmine«, sage ich. »Gehen wir jetzt aufe die Party und führe wir diese Spießere unsere neue klitschenasse Abendgarderobe vor?«

Sie drückt mir unter Wasser das Knie. »Dase iste eine Angebot, das iche nichte ablehnen kann, Carmine.«

38

Das nenne ich mal Pech. Meine letzte Unterrichtsstunde an diesem Tag habe ich hinter mir und bin gerade mitten auf dem Parkplatz, nur zwei Reihen von meinem sicheren Auto entfernt, als plötzlich Krystal Krittenbrink auf mich zuwalzt. Was soll ich machen, wegrennen? Das wäre doch zu bescheuert, sogar für mich.

»Sutter Keely, ich hab ein Wörtchen mit dir zu reden.« Ihre kleinen schwarzen Augen werden schmal und ihr zehncentstückgroßer Mund zieht sich auf die Maße eines Schraubenkopfes zusammen. Sie trägt eine Bluse mit einem komischen Kragen aus Fell, das von einem Elch zu stammen scheint. »Sag mal, für wen hältst du dich eigentlich?«

»Ähm, den König von Mexiko?«

Ungefähr zwei Zentimeter vor mir bleibt sie stehen. »Aimee hat mir von eurer kleinen Party am See erzählt.«

»Ja, war lustig.«

»Und jetzt gehst du ihr aus dem Weg.«

»Ich gehe niemandem aus dem Weg. Ich lag im Bett. Mit einer Zweiundsiebzigstunden-Elephantiasis.«

»Glaub ja nicht, dass du dich mit Witzen aus der Affäre ziehen kannst.«

»Hey, ich glaube überhaupt nicht, dass ich mich mit Witzen irgendwo rausziehen kann. Und ich gehe ihr auch nicht aus dem Weg. Abgesehen davon geht dich das sowieso nichts an, also lass mich verdammt noch mal in Ruhe.«

»Ha, ich wusste es.«

»Was wusstest du?«

»Ich hab Aimee erklärt, was sie deinetwegen unternehmen soll, und da hat sie genau dasselbe gesagt – ich solle sie verdammt noch mal in Ruhe lassen. Ich wusste, dass sie das von dir hat.«

»Das hat sie gesagt? Sehr gut, Aimee.« Zugegeben, ich bin ein bisschen stolz, dass Aimee meinem Rat gefolgt ist und sich endlich mal selbst behauptet.

Aber Krystal schimpft: »Nein, das ist *nicht* gut. So was Gemeines passt überhaupt nicht zu Aimee. Sie ist wirklich ein lieber Mensch und hat es nicht nötig, dass du erst an ihr rumschnüffelst wie eine Hyäne und dann abhaust, wenn du nicht kriegst, was du willst.«

»Wie eine Hyäne? Klingt, als hättest du dir ein paar Tierdokus zu viel reingezogen.«

»Wie würdest du das denn sonst nennen? Diese dämliche Party ist jetzt fast zwei Wochen her und hast du sie seitdem vielleicht mal angerufen oder mit ihr zu Mittag gegessen? Nein. Du hast nicht mal mit ihr geredet.«

»Na und? Was denkst du, wen du vor dir hast, den Herrn der Zeit oder was? Ich bin nicht dafür verantwortlich, wie schnell die Tage verfliegen. Das einzige Problem, das Aimee hat, ist, dass du sie rumkommandierst, als wäre sie deine persönliche Roboterdienerin. Ich hab ihr gar nichts getan.«

Und damit wende ich mich ab und marschiere schnurstracks zu meinem Auto. Mit Sicherheit steht sie immer noch da und sucht in der afrikanischen Fauna nach Vergleichen für mich, aber immerhin kann ich sie nicht mehr hören.

Seltsamerweise habe ich ihre Stimme jedoch abends wieder klar und deutlich im Ohr, als ich auf der Arbeit mit dem Mopp über die Fliesen wische. Klar, sie ist vermutlich bloß eifersüchtig, weil Aimee im Gegensatz zu ihr ein bisschen männliche Aufmerksamkeit bekommen hat, aber so ungern ich es mir auch eingestehe, irgendwie hat sie recht. Ich habe mein Aimee-Projekt ein bisschen schleifen lassen. Der Sinn des Ganzen war ja, ihr Selbstbewusstsein zu stärken und ihr eine Dosis Unabhängigkeit zu verpassen, und jetzt muss sie vermutlich stundenlang rumsitzen und sich von Krystal anhören, wie doof sie doch war, überhaupt mit mir zu der Party zu gehen.

Und ehrlich gesagt vermisse ich Aimee auch. Sie hat irgendwas an sich, was sie einem ans Herz wachsen lässt. Nichts Großes, Schrilles. Eher klein und kühl, wie der erste Schluck Bier an einem heißen Nachmittag. Wenn ich Shawnies Rat befolgen und mir jemanden suchen wollte, der komplett anders ist als Cassidy, hätte ich diesen Jemand in Aimee Finecky bereits gefunden. Denn anders ist sie auf jeden Fall.

Aber allein bei der Vorstellung, sie könnte meine Freundin werden, muss ich schmunzeln. Wenn Shawnie es schon lächerlich fand, dass ich Whitney Stowe um ein Date gebeten habe, was würde sie dann erst von Aimee halten?

Aber ich schätze, es könnte nicht schaden, wenn ich nach der Arbeit mal bei ihr vorbeifahre und ihr einen Freundschaftsbesuch abstatte. So erwische ich sie unvorbereitet, bevor sie die Gelegenheit hat, sich Lippenstift draufzuschmieren. Wir könnten einfach ein bisschen zusammen rumhängen. Damit mache ich ihr ja nicht gleich falsche Hoffnungen. Sie kann einfach einer meiner vielen weiblichen Kumpels werden. Etwas mit ihr anzufangen, das würde meine Pflichten definitiv übersteigen.

Das rede ich mir zumindest ein.

Als ich bei ihr ankomme, steht der Familien-Pick-up in der

Einfahrt und so ungefähr jede Lampe im Haus brennt. Trotzdem dauert es eine ganze Weile, bis jemand die Tür öffnet. Es ist ihr kleiner Bruder, der sich, kaum dass sein Blick auf mich fällt, umdreht, nach Aimee schreit und verschwindet, sodass ich alleine auf der Veranda zurückbleibe.

Von irgendwo ruft Aimee zurück, was er will, und er schreit: »Dein Schatz steht vor der Tür!«

Sie fragt: »Wer?«

»Weiß nicht, wie der heißt. Der Typ, der vor ein paar Wochen mal hier war.«

»Oh Gott, ähm, sag ihm, er soll kurz warten, ich bin gleich da.«

»Sag's ihm doch selber«, erwidert Shane, und jemand anders – ich nehme an, Aimees Mutter – schaltet sich ein: »Lass ihn doch nicht einfach draußen stehen. Bitte ihn rein.«

»Komm rein«, brüllt Shane.

Wer hätte gedacht, dass Aimee mit Leuten verwandt ist, die solche Organe haben? Sie veranstalten ein ganz schönes Spektakel. Im Haus bietet sich mir dann ein fantastischer Anblick. Mom und Randy, der große eBay-Unternehmer, lümmeln auf der Couch, die Füße auf dem Wohnzimmertisch. Mom hat einen eiförmigen Körper mit streichholzdürren Armen und Beinen und eine Vokuhila-Frisur. Ihr Liebster ist ein Walross in einem viel zu engen Jogginganzug. Auf seiner dicken Plauze balanciert er eine Schale Schokoflakes.

»Guckst du auch *CSI*?«, fragt Mom und mustert mich, als müsste ich nicht ganz richtig im Kopf sein, weil ich ihre Tochter besuchen komme. »Wir haben dreizehn Folgen auf Video. Die hier ist echt gut. So was von spannend.«

»Die haben da gerade einen abgetrennten Kopf gezeigt«, fügt Shane hinzu, und ich sage: »Das lob ich mir, ein Mann, der eine anständige Enthauptung zu schätzen weiß. Vielleicht wird ja nachher noch jemand seziert. Das wäre doch mal was.«

Randy sagt kein Wort, bringt aber mit einem gequälten Blinzeln zum Ausdruck, dass er sich des ganzen Geredes wegen viel stärker auf die Sendung konzentrieren muss, als ihm lieb ist.

Ich würde mich gern noch weiter zum gruseligen Thema abgetrennte Körperteile äußern, aber es beachtet mich schon niemand mehr.

Endlich kommt Aimee aus dem hinteren Bereich des Hauses ins Zimmer. Sie trägt einen von den guten weißen Wal-Mart-Pullis, die man normalerweise nicht einfach zum Zu-Hause-Rumhängen anzieht, und ihre Haare sind ganz elektrisiert von einer Sechzig-Sekunden-Blitzsession mit der Bürste. Den Lippenstift hat sie aber zum Glück weggelassen.

»Sutter«, sagt sie. »Mit dir hab ich gar nicht gerechnet.«

»Na ja, ich hatte ziemlich viel mit den Vorbereitungen für das große Alligatorenrodeo zu tun.«

»Du machst bei einem Alligatorenrodeo mit?«

»Nein.« In Sachen Humor braucht das Mädel echt ein bisschen Nachhilfe. »Ich hatte in den letzten Tagen nur superviel zu tun. Aber jetzt hab ich Feierabend und dachte mir: Weißt du, was, Sutter? Ist doch egal, wie viel Stress du hast. Geh einfach mal Aimee besuchen.«

»Hey«, meldet sich Randy zu Wort. »Wir versuchen hier, uns die Sendung anzugucken.«

»Wir wollen uns ja mit deinem Freund unterhalten«, sagt Mom. »Aber kann das nicht warten, bis die Sendung um ist? Dauert nur noch ein paar Minuten.«

Aimees Augen weiten sich vor Entsetzen. Offensichtlich fürchtet sie, dass die Aussicht auf ein mütterliches Kreuzverhör »ihren Freund« auf schnellstem Weg zurück zu seinem Auto treiben könnte – und dann ward er nicht mehr gesehen. Doch ich habe diese Sache nun mal angefangen und jetzt bleibe ich auch.

Da stehen wir also im Schatten der Plastikhängepflanze und niemand außer den Mitgliedern des *CSI*-Teams sagt ein Wort. Gut fünf Minuten verstreichen. Mit Ausnahme von Aimee scheinen mich alle vergessen zu haben. Ich lächele ihr zu. Sie zuckt mit den Schultern. Schließlich sage ich: »Wie wär's, wenn wir zwei uns irgendwo eine Cola und Pommes holen oder so?«, und sie sagt: »Ähm, okay, ich brauch nur noch meine Jacke.«

Aus Angst vor der Wiederkehr der lila-plustrigen Monstrosität erwidere ich hastig, dass es draußen viel zu warm für eine Jacke ist. Sie sagt ihrer Mom Bescheid, wo wir hinwollen, und Mom nickt nur. Ich wette, Aimee hätte auch erklären können, dass wir zu einer Mordtour durch sämtliche Bundesstaaten aufbrechen, und hätte darauf dieselbe Reaktion erhalten.

Egal. Ich fühle mich wie ein Matador, weil ich der Befragung durch Mom und, besser noch, einer Runde Smalltalk mit Randy, dem Walross im Jogginganzug, so geschickt ausgewichen bin. Der Mitsubishi wartet und mit ihm die Freiheit und ein großes 7UP.

39

Aimee will wissen, wo wir hinfahren, und ich schlage Marvin's Diner vor. Damit eins klar ist: Nur weil das Marvin's vielleicht kein Highschool-Hotspot wie das SONIC ist, heißt das nicht etwa, dass ich mich schämen würde, mit ihr gesehen zu werden. Ich bin gerade bloß nicht in der Stimmung, mich von einem Idioten wie Jason Doyle blöd anmachen zu lassen.

Das Marvin's liegt im südwestlichen Teil der Stadt, direkt unter den Funktürmen. Deren rote Blinklichter sieht man schon aus meilenweiter Entfernung. »Weißt du, woran die mich erinnern?«, sage ich zu Aimee. »An das Gebäude, in dem mein Dad arbeitet – das Chase Building, unten in der Stadt. Ich wette, das ist ungefähr genauso hoch. Mein Dad hat sein Büro im allerobersten Stock. Er ist irgend so eine Art Manager.«

»Ja, ich weiß, das hast du mir schon erzählt. Aber hör mal, eigentlich dachte ich immer, da wäre ein Restaurant oder eine Bar oder so was ganz oben in dem Gebäude.«

»Ach so, ja klar. *Ganz* oben ist natürlich dieser piekfeine Club. Ich meinte das oberste Stockwerk, in dem Büros sind. Da gehen die richtig fetten Deals über die Bühne.«

Im Marvin's setzen wir uns in eine Nische in der Ecke. Der Laden ist einer meiner Lieblingsimbisse, und glaubt mir, ich habe schon so ziemlich jeden in der Stadt mal ausprobiert, weil meine Familie eigentlich nie gemeinsam zu Hause isst. Hier interessiert es niemanden, wer du bist. Im Grunde der perfekte Ort für Ehebrecher, nur dass es schon eine ganz schön schmuddelige Klitsche ist. Wir bestellen einen großen Teller Chilipommes und zwei 7UP, und bei dem schummrigen Licht im Marvin's brauchen wir uns nicht mal Sorgen zu machen, dass uns jemand dabei erwischt, wie wir die Limos mit ein bisschen Whisky pimpen.

Aimee trinkt einen Schluck und ihr entfährt ein »Puh, ganz schön stark!«.

Ich frage: »Soll ich dir noch was anderes zu trinken bestellen?«

»Nein.« Ihre Augen werden etwas glasig. »Schon in Ordnung. Schmeckt gut.«

Das Allerbeste am Marvin's ist die Jukebox voller Dean-Martin-Songs, von denen ich gleich mal ein paar anwähle, bevor ich mich wieder zu Aimee setze. Um die Unterhaltung in Gang zu bringen, erfinde ich als Erstes ein paar Geschichten über die anderen Leute im Diner: die Kellnerin, den fetten Typen hinter der Kasse (eventuell Marvin höchstpersönlich, vielleicht aber auch nicht), den Vertreter, der einsam und allein an seinem Tisch sitzt, und, am tollsten, das hässliche Pärchen in der Nische gegenüber.

Ich erkläre Aimee, wie satt die beiden meiner Meinung nach ihre Beziehung haben. Sie hassen einander regelrecht, müssen aber zusammenbleiben, weil sie den Exmann der Frau ermordet haben, um an seine Dreihundertdollarlebensversicherung zu kommen. Wenn sie sauer auf ihn ist, verpasst sie ihm mit einem Scheibenwischer eins über die Schulterblätter, aber er ist ein zu großes Weichei, um sich zu wehren, darum vergiftet er sie langsam, indem er Katzenstreu in ihren morgendlichen Haferbrei mischt.

Doch anstatt sich auch nur marginal darüber zu amüsieren, sagt Aimee: »Du hast wohl keine besonders hohe Meinung vom Heiraten, was?«

»Es hat weniger was mit Heiraten zu tun«, antworte ich, »als mit der Vorstellung, dass irgendwas für immer sein soll. Dieses Konzept kapiere ich einfach nicht.«

»Ich schon.«

»Im Ernst? Deine Eltern waren ja schließlich auch nicht für immer verheiratet, stimmt's?«

Sie stellt ihren Becher ab und starrt den einsamen Vertreter an. »Mein Dad ist tot.«

»Das tut mir leid.«

»Schon gut. Ist ziemlich lange her.«

»Was ist passiert?« Manchmal fährt mein Taktgefühl in den Urlaub. Heute Abend muss es sich in Kuwait oder sonst wo rumtreiben.

»Mein Vater war ein absolut guter Mensch. Er hat Tiere geliebt und sich für sie eingesetzt, er war ein richtiger Aktivist. Und klug war er auch. Er hat gern Bücher über Physik gelesen, nur zum Vergnügen, und über Aristoteles und alles Mögliche. Van Gogh fand er ganz toll. Oft hat er mir vorgelesen und das war für mich das Großartigste auf der ganzen Welt. Aber er hatte ein Problem.«

Sie zögert, und ich sage: »Du kannst es mir erzählen. Ich bin ein total unvoreingenommener Typ.«

Sie wickelt sich nervös eine Haarsträhne um den Zeigefinger, fährt dann aber fort. »Na ja ... er war süchtig nach Benzindämpfen. Der Schuppen hinter unserem alten Haus war immer voll mit großen Kanistern und an denen hat er dann geschnüffelt.«

Mein Gott, der Kerl hat sich in die Luft gejagt!, schießt es mir durch den Kopf, und ich sehe ihn richtig vor mir, wie er einen Rüssel voll Dämpfe nimmt, sich anschließend eine Kippe anzündet und *Kapaff!* Doch so war es nicht.

In Wirklichkeit haben die Dämpfe die Blutgefäße in seinem

Gehirn angegriffen, bis eines Tages Aimees große Schwester Ambith nach Hause gekommen ist und ihn in der Tür zum Schuppen liegen gesehen hat, steif wie eine Harke. Ein Aneurysma.

Ich sage: »Oh Mann. Das ist echt keine schöne Art zu gehen. Hab ich schon mal im Fernsehen gesehen. Nicht das mit dem Benzin, sondern was über Aneurysmen.«

»Ja.« Sie nimmt einen großen Schluck von ihrem Drink, ohne mit der Wimper zu zucken, obwohl er so stark ist. »Wenn ich mal heirate, wird das ganz anders. Ich hab schon alles genau durchdacht. Das muss man nämlich. In so was kann man nicht einfach blind hineinmarschieren.«

Normalerweise würde ich mich zwar davor hüten, mit einem Mädchen über das Thema Heiraten zu reden, aber ich will so viel Raum wie möglich zwischen uns und die Geschichte von ihrem toten Benzinschnüffler-Dad legen, darum lasse ich mich darauf ein und frage, wie sie sich ihre Ehe denn vorstellt.

»Also, wenn ich mal heirate, leben mein Mann und ich auf einer Pferderanch.«

»Genau. Und du arbeitest bei der NASA.«

»Genau.« Sie lächelt, weil ich das behalten habe.

»Und muss dein Mann dann auch bei der NASA arbeiten, als Astronaut oder vielleicht in der Buchhaltung?«

»Ach Quatsch, nein. Wir müssen ja nicht nur gemeinsame Interessen haben. An so was glaube ich nicht – dass der Mann und die Frau sich so ähnlich wie möglich sein sollten. Ich finde, es ist besser, wenn man einander ausgleicht. Wenn jeder verschiedene, interessante Facetten in die Beziehung einbringt.«

»Schöner Gedanke. Gefällt mir.«

Dieser potenzielle Ehemann kommt mir vor – ich weiß auch nicht – wie eine Kreuzung zwischen Peter Parker aus *Spider-*

Man und Han Solo aus *Star Wars*, abgeschmeckt mit einem Hauch längst totem, romantischem Dichter aus alten Zeiten.

Die Ranch ist genauso unrealistisch, eine Art fantastisches Wunderland auf einem fernen Planeten. Violett leuchtende Sonnenuntergänge, Glockenblumen, Narzissen, wilde Möhre, ein kristallklarer Bach, der sich durch ein Tal schlängelt, ein rotes Silo, riesig wie eine Rakete. Und herdenweise Pferde, rot, schwarz, silbern, getüpfelt und gescheckt, die unablässig durch die Gegend galoppieren – als würden Pferde niemals müde.

Es klingt wie die Fantasie einer Neunjährigen, aber was soll ich denn machen, ihr verklickern, dass das wohl nicht hinhauen wird? Soll ich etwa sagen: »Hör mal, fliegende Untertassen und Marsianer gibt es nicht und den Weihnachtsmann genauso wenig und du wirst niemals eine Ranch haben oder so einen Mann abkriegen?« Ich zerstöre ungern Träume. Das bekommt die echte Welt schon gut genug ohne mich auf die Reihe.

Außerdem spielt es gar keine Rolle, ob es realistisch ist oder nicht. So ist das nun mal mit Träumen. Die sind nichts als Rettungsringe, an die man sich klammert, damit man nicht ertrinkt. Das Leben ist ein Ozean, und so ziemlich jeder hält sich an irgendeinem Traum fest, um nicht unterzugehen. Ich paddele einfach so vor mich hin, aber Aimees Rettungsring ist ein echtes Prachtstück. Ich finde ihn toll. Und das würde jeder, wenn er sehen könnte, wie sie übers ganze Gesicht strahlt, während sie sich mit aller Kraft daran festkrallt.

40

Und dann macht das Marvin's auch schon dicht. Wir nehmen uns noch jeder ein 7UP für den Weg mit und im Auto lässt sie sich ihres wieder mit Whisky auffüllen. Nach Hause wollen wir beide noch nicht so recht, aber wo soll man unter der Woche schon noch hin? Außerdem dürfen Teenager sich so spät sowieso nicht mehr draußen rumtreiben, sofern man der Typ ist, der sich an so was hält.

Also sitzen wir schließlich vor ihrem Haus im Auto und reden und trinken. Drinnen sind mittlerweile alle Lichter aus. Ich erzähle ihr von der Scheidung meiner Eltern und dem Anbruch des Geech-Zeitalters und davon, wie meine Schwester sich die Brüste hat machen lassen und kurz darauf Kevin-gesprochen-Kievin am Haken hatte. Ich habe noch nie jemanden erlebt, der so konzentriert zugehört hat. Es ist, als würde ich ihr irgendeinen seltenen, superteuren Wein einschenken und sie wollte nicht, dass auch nur ein Tropfen ihr Glas verfehlt.

So war Cassidy nie. Wenn ich ihr was erzählt habe, hatte sie immer so ein leichtes Lächeln auf den Lippen und eine Augenbraue hochgezogen, als erwartete sie hinter jeder nächsten Biegung eine Pointe.

Schließlich stockt die Unterhaltung, was immer gefährlich sein kann, wenn man mit einem Mädchen redet.

»Du«, sagt Aimee mit einem Gesichtsausdruck, als bereitete sie sich darauf vor, zum ersten Mal in ihrem Leben vom Zehnmeterturm zu springen. »Hast du das eigentlich ernst gemeint, was du letzte Woche gesagt hast, als wir von der Party nach Hause gefahren sind?«

Oh, oh.

»Ich weiß nicht«, sage ich. »Wir haben über so viele Sachen geredet und ich war schon ein bisschen angeheitert. Ich bin mir nicht ganz sicher, ob ich mich an alles erinnere, was ich da so gesagt habe.«

»Du erinnerst dich nicht?«

»Nicht an alles. Aber ich würde mal behaupten, ich hab alles ernst gemeint. Ich bin sehr ehrlich, wenn ich betrunken bin.«

Sie trinkt einen Schluck Whisky. »Erinnerst du dich noch daran, dass du mich gefragt hast, ob ich mit dir zum Abschlussball gehen möchte?«

»Ach so, das. Ja klar erinnere ich mich. Machst du Witze? So was würde ich doch nicht vergessen.«

Nach einer kurzen Pause fragt sie: »Und willst du immer noch mit mir hingehen? Ich meine ja nur, wir waren schließlich betrunken und so, deswegen würde ich es wirklich verstehen, wenn du nicht mehr willst.«

Sie kann mir nicht mal in die Augen sehen. Ihr Rettungsring ist weg und sie ist ganz allein und verloren auf hoher See.

»Nein«, sage ich. »Was redest du denn da? Natürlich will ich da noch mit dir hin. Wenn nicht, hätte ich dich doch nicht gefragt.«

»Im Ernst?« Als sie aufblickt und ich ihr scheues Lächeln sehe, bereue ich nichts mehr.

»Na klar. Komm mal her.« Ich lege ihr die Hand in den Nacken und beuge mich vor, um ihr einen Kuss zu geben. Eigentlich hatte ich nur einen ganz kurzen geplant – einen kleinen Schmatzer, um ihr zu zeigen, dass der Abschlussball besiegelte Sache ist –, aber sie will offensichtlich mehr.

Ich weiß nicht. Irgendwie fühlt sie sich komisch in meinen Armen an. So vertrauensvoll. Als wäre sie sich vollkommen sicher, dass ich etwas Wichtiges in mir trage, das sie dringend braucht.

Ich nehme ihr die Brille ab und lege sie aufs Armaturenbrett und plötzlich sind meine Hände unter ihrem Pullover und schieben sich an ihrem Rücken hoch. Sie seufzt auf, als ich ihren Hals küsse, und als ich an ihrem Ohr lecke, erbebt ihr ganzer Körper.

Dann weicht sie ein Stück zurück, und ich erwarte schon, dass sie sagt, dass ihr das alles zu schnell geht, aber stattdessen kommt ganz was anderes.

»Sutter …« Sie kann schon wieder nicht höher blicken als auf mein Kinn.

»Was ist?«

»Nichts. Ich frage mich nur, also, heißt das jetzt, wir sind zusammen?«

Das erwischt mich völlig unerwartet. »Wie würdest du das denn sehen?«, frage ich, um Zeit zu schinden. Immerhin hatte ich mir geschworen, genau so was wie das hier zu vermeiden.

»Ich weiß nicht«, sagt sie. »Ich hatte noch nie einen Freund.«

»Tja, jetzt hast du einen.« Die Worte marschieren mir einfach so von der Zunge, als hätte ich schon seit einem Monat geplant, sie auszusprechen, aber was soll ich denn auch machen? Das arme Mädchen musste sie schließlich hören, und ehrlich gesagt fühlt es sich auch ziemlich gut an, sie zu sagen.

»Im Ernst? Du willst also wirklich, dass ich deine Freundin bin, deine *echte* Freundin?«

Mir liegt ein Witz über unechte Freundinnen auf der Zunge, Gummipuppen mit Plastikhaaren und Blasemündern, aber für so was ist jetzt nicht der passende Zeitpunkt. »Absolut.

Meine hundertprozentig echte Original-Freundin. Wenn du willst.«

»Ja«, sagt sie. »Will ich.« Und ihre Lippen drücken sich wieder auf meine.

Ich habe keinen Zweifel daran, dass ich ihr die Jeans runterziehen und an Ort und Stelle das volle Programm mit ihr durchziehen könnte, aber das wäre nicht richtig. Nicht mit Aimee.

Außerdem stoße ich, als ich mich zur Seite lehne, versehentlich an die Hupe, und ungefähr fünf Sekunden später geht im Haus das Licht an. Nach zehn Sekunden steht ihre Mutter auf der Veranda, die Hände in die Hüften gestemmt.

Aimee streicht sich eine lose Haarsträhne zurück. Sie sieht aus, als wäre sie gerade aus einem wunderschönen Traum aufgewacht. »Wollen wir morgen zusammen Mittag essen?«, fragt sie.

»Geht klar.«

41

Und wisst ihr, was? Am nächsten Tag bin ich da, pünktlich wie die Maurer. Und genauso bei unserem Date am Freitagabend. Und am Sonntagnachmittag im Kino. Ricky kriegt sich natürlich überhaupt nicht mehr ein über diese neue Entwicklung. Er schimpft: »Mann, was machst du denn da? Ich hab dich doch gewarnt, dass das Mädchen sich in dich verlieben würde. Hast du denn überhaupt kein Rückgrat? Konntest du dich nicht einfach zusammenreißen und ihr klarmachen, dass du nur ihr Kumpel oder Wohltäter bist oder als was auch immer du dich betrachtest?«

»Hey, ist dir mal in den Sinn gekommen, dass ich mich tatsächlich zu ihr hingezogen fühlen könnte?«

»Nein.«

»Tja, dann hast du sie dir wohl noch nicht richtig angeguckt. Man muss sich eben ein Weilchen mit ihr unterhalten, damit man sie wirklich sehen kann. Alter, sie hat ein so reines Herz, dass es abfärbt. Außerdem verschaffe ich ihr nur ein bisschen Pärchenerfahrung. Glaub mir, in höchstens einem Monat hat sie genug von mir und merkt, dass sie mit irgendeinem Typen, der die erste Posaune in der Schulkapelle spielt, viel besser dran ist.«

»Und wenn das nicht passiert?«

»Hallo, wir sprechen hier von mir. Hast du schon mal ein Mädchen kennengelernt, dass nicht irgendwann genug von mir hatte?«

Er nickt. »Da hast du zugegebenermaßen recht. Und wer weiß, vielleicht übt sie ja bis dahin einen positiven Einfluss auf dich aus.«

»Ja, klar.«

Ich weiß sowieso nicht, wieso Ricky sich beschwert. Ist ja nicht so, als hätten wir sonderlich viel Zeit miteinander verbracht, seit er mit Bethany zusammen ist. Mit Ausnahme der lahmen Motelparty waren wir kein einziges Mal mehr zusammen feiern. Natürlich habe ich auch noch andere Kumpels, und in den nächsten paar Wochen wechsele ich immer schön ab – die Freitage verbringe ich mit Aimee und an den Samstagen mache ich mit Cody Dennis und Brody Moore und Konsorten einen drauf. Einmal gehe ich sogar wieder mit Jeremy Holtz und seiner Semi-Verbrechertruppe auf Sauftour, mache aber schnell den Abgang, als ihnen die Idee kommt, in einer Episkopalkirche einzubrechen.

Danach frage ich mich unwillkürlich, warum ich stattdessen nicht lieber bei Aimee geblieben bin. Ich könnte mir sogar vorstellen, mich hin und wieder an beiden Abenden des Wochenendes mit ihr zu treffen. Es macht echt Spaß, ihr dabei zuzusehen, wie sie ganz langsam einen Sinn für Spontaneität kriegt. Außerdem interessiert sie sich für viel mehr als nur ihre Science-Fiction-Romane, die NASA und Pferderanchs. Wir haben einiges gemeinsam.

Erstens stehen wir beide mehr auf alte Musik als auf den Mist, den sie einem heutzutage im Radio andrehen wollen. Ich bin bekanntermaßen ein riesiger Dean-Martin-Fan und Aimee mag Hippiesongs aus den Sechzigern. Sie hat den Soundtrack vom *Woodstock*-Film und alles. Manchmal singt sie mir dieses Lied *Where Have All the Flowers Gone* vor, und na ja, ihre Stimme ist vielleicht ein bisschen dünn, aber das Mädel macht einfach die Augen zu und schmettert aus voller linker Herzkammer drauflos. Das muss man doch zu schätzen wissen. Für rund zweieinhalb Minuten fühle ich mich wie ein echter Hippie.

Sie ist so anders als die Mädchen, mit denen ich sonst zusammen war. Sie ist nicht genervt von meinen Geschichten und Witzchen oder erwartet, dass ich anfange, ihre Gedanken zu lesen. Sie will nicht, dass ich mich schicker anziehe oder mir Strähnchen in die Haare mache oder seriöser werde. Für sie bin ich nicht bloß ein Accessoire, das zu ihrem Lebensstil passt. Sondern eine Notwendigkeit. Ich bin der Typ, der ihren Kokon knacken wird. Sie will mich nicht ändern – sie will, dass ich sie ändere. Zumindest so lange, bis ihre kleinen Schmetterlingsflügel kräftig genug sind, damit sie wegfliegen kann.

Und wer hätte gedacht, dass dieses kleine, bebrillte, gerade mal eins siebenundsechzig große Persönchen so trinken kann? Wie sich herausgestellt hat, ist Whisky nicht so ganz ihr Ding, aber Weinschorle kippt sie wie nichts. Ich ergreife die Initiative und kaufe ihr eine Flasche Zitronenwodka, den ich mit Cranberry-Apfelsaft mische. Sie staunt: »Wow, das schmeckt besser als alles, was ich je getrunken habe!«

Es ist echt witzig – an einem Nachmittag, nachdem wir schon ganz ordentlich was weggezischt haben, gehen wir in den Supermarkt, und wer läuft uns da über den Weg? Krystal Krittenbrink. Wir stehen im Süßigkeitengang, einer Schlucht aus Twinkies und Kokosbällchen, und Krystal sagt: »Hallo, Aimee. Ach, hast du das Schild draußen an der Tür nicht gesehen? Hunde müssen draußen bleiben.«

Natürlich meint sie damit mich. Der Witz ist uralt und trifft mich absolut nicht, aber Aimee tritt trotzdem für mich ein und erwidert: »Hey, Krystal, hat dir das noch keiner gesagt? Wenn du noch eine Schachtel Schokokekse isst, explodiert dein dicker, fetter Hintern!«

Okay, vielleicht ist das auch nicht der originellste Spruch auf der Welt, aber immer noch ziemlich abgefahren, wenn man Aimees bisheriges Verhältnis zu Krystal bedenkt.

»Bist du etwa betrunken?«, fragt Krystal, sobald sie sich ein bisschen davon erholt hat, dass die kleine, sanfte Aimee plötzlich ein Rückgrat besitzt.

»Und wie«, erklärt Aimee stolz. »Spektakulär betrunken.«

Krystal starrt mich an. »Na super. Ich hoffe, du bist zufrieden mit dir. Wenn du dir Mühe gibst, machst du vielleicht einen genauso großen Trottel aus ihr, wie du selbst einer bist.«

Sie fährt herum und stapft von dannen und Aimee fängt an zu lachen. »Guck dir mal diesen riesigen Wabbelarsch an. Damit schafft sie bestimmt eine 7,8 auf der Richterskala. Vielleicht sogar eine 9 auf der Modifizierten Mercalliskala.«

Sie klammert sich an meinen Arm, lehnt sich bei mir an und klappt fast zusammen vor lauter Lachen. Ich stimme ein, aber in Wahrheit tut mir Krystal fast ein bisschen leid. Es ist einfach nicht schön, mit anzusehen, wenn jemand einen Freund verliert. Doch damit, dass ich versuchen würde, Aimee zu ändern, hat sie unrecht. Wenn ich das vorhätte, dann würde ich sie überreden, es statt ihrer Brille mal mit Kontaktlinsen zu versuchen oder was anderes anzuziehen als diese T-Shirts mit den Pferdeköpfen drauf.

Und mit Sicherheit hab ich sie nie gezwungen, was zu trinken. Kann ich was dafür, wenn sie es nun mal mag? Was gäbe es daran denn auch nicht zu mögen?

42

Nur weil ich jetzt diese Pärchengeschichte mit Aimee am Laufen habe, heißt das natürlich nicht, dass ich nicht auch mit anderen Mädchen rumhängen kann. In der Pause zwischen zwei Unterrichtsstunden sieht man mich eigentlich ständig im Flur mit Angela Diaz oder Mandy Stansberry oder sonst wem quatschen. Und natürlich habe ich immer noch meine übliche Mafiosi-Nummer und jede Menge Spaß und Witzeleien mit Shawnie. Ist doch auch in Ordnung. Wir sind Kumpels.

Aimee nimmt es locker, weil sie weiß, dass das alles harmlos ist, aber ich bin mir nicht so sicher, ob das auch für meine donnerstagnachmittäglichen Treffen mit Cassidy gelten würde. Wir machen nicht miteinander rum oder so was, doch ich muss gestehen, dass unsere Beziehung ein bisschen komplizierter ist als die mit den anderen Mädchen. Die alten Gefühle sind immer noch da, direkt unter der Oberfläche.

Da wir sowieso nur rumsitzen und reden und trinken, sollte man meinen, dass ich Aimee davon erzählen könnte, aber ich habe das Gefühl, dass ihr Selbstbewusstsein dafür noch nicht bereit ist. Wäre doch blöd, sie wegen so einer Lappalie aus dem Gleichgewicht zu bringen. Ich nehme an, dass Cassidy Marcus auch nichts gesagt hat, andererseits sollte man sich bei Mädchen nicht allzu sehr auf Annahmen verlassen.

Am Freitagnachmittag will ich nach der letzten Stunde gerade aus der Schule flüchten, als Derrick Ransom mir hinterherruft.

»Sutter. Hey, Sutter, Marcus sucht nach dir, Mann.«

»Marcus? Wieso das denn?«

»Das soll er dir lieber selbst sagen.«

Der Ausdruck auf Derricks Gesicht gefällt mir gar nicht. Er wirkt mir ein bisschen zu zufrieden, auf eine bösartige Art und Weise.

»Tja«, sage ich und halte dabei auf den Parkplatz zu, »vermutlich wird er mich aber nicht finden.«

»Warum?«

»Weil ich schon gestern nach Liechtenstein abgereist bin.«

Normalerweise bin ich nicht der Typ, der ständig damit rechnet, dass sich das Böse mit seinen schwarzen, scharfen Klauen auf ihn stürzt, aber an diesem Abend bei der Arbeit muss ich ständig darüber nachdenken, was Marcus von mir wollen könnte. Hat er irgendwie von Cassidys und meinen Donnerstagnachmittagen erfahren? Oder, noch schlimmer, hatte Cassidys Hirn einen Aussetzer, und sie hat ihm davon erzählt, wie wir rumgeknutscht und fast miteinander geschlafen haben? Keine dieser Möglichkeiten verheißt etwas Gutes für Sutterman.

Ich habe gesehen, was passiert, wenn Eifersucht in den Blutkreislauf gelangt und ihn vergiftet. Siehe Denver Quigley. Er muss nur spitzkriegen, dass irgendein Typ mit Alisa redet, und schon will er ihn fertigmachen. Und vor Alisa, als wir in der Elften waren, hat er Curtis Fields beinahe dafür abgemurkst, dass er mit Dawn Wamsley auf der Twelfth Street rumgefahren ist. Dabei war Quigley zu dem Zeitpunkt noch nicht mal seit einer Woche mit Dawn zusammen. Ich meine, das Mädel hat einen Jungsverschleiß, als wären wir Tampons. Und trotzdem war Quigley der Ansicht, einem guten Freund gegenüber den Silberrücken raushängen lassen zu müssen.

Während ich Hemden falte, versuche ich, mich auf den Film in meinem Kopf zu konzentrieren: Sutter »Wild Man« Keely, Weltmeister im Kickboxen. Da tänzele ich, ducke und bewege mich flink wie ein Gepard, wirbele herum und verpasse Marcus schließlich einen brutalen Tritt genau aufs Kinn – *kracks!*

Aber es hilft nichts. Ich habe in meinem Leben nicht eine Kickboxstunde genommen, und so riesig, wie Marcus ist, würde ich mir vermutlich nur die Leiste zerren, wenn ich höher zielte als auf seine Gürtelschnalle.

Das deprimiert sogar mich, dabei deprimiert mich sonst nie was. Darauf war ich immer stolz, hab es vor mir hergetragen wie einen Ehrenpokal. Aber in letzter Zeit – ich weiß auch nicht, es ist echt komisch –, da verläuft so was wie ein schwarzer Riss durch meine Brust, derselbe wie damals, als Cassidy mir gesagt hat, was sie von mir erwartet, und ich nicht aufgepasst habe. Nur diesmal fühlt es sich eher so an, als hätte ich taggeträumt, während irgendein höheres Wesen mir gesagt hat, was ich mit meinem Leben anfangen soll, und jetzt ist es zu spät, um noch mal nachzufragen.

Hin und wieder geht die Türklingel, und immer ruckt mein Kopf unwillkürlich herum, weil ich fürchte, dass mein Schicksal hereinmarschiert. Nach dem dritten Mal fragt Bob, ob ich irgendwen erwarte, also packe ich aus und erkläre alles.

»Bin ich denn echt so ein mieser Kerl, nur weil ich gern mit meiner Ex rumhänge?«, frage ich ihn. »Habe ich dafür wirklich eins aufs Maul verdient?«

Bob denkt einen Moment darüber nach. Man muss ihn einfach lieben. Er behandelt dich immer so, als hätte dein Leben eine Bedeutung, als wärst du es wert, dass die Ader auf seiner Stirn vor lauter Konzentration zu pochen anfängt.

»Nein«, sagt er. »Du bist kein mieser Kerl, Sutter. Du bist

ein netter Kerl. Du durchblickst nur manchmal nicht, was für Konsequenzen die Dinge haben können.«

Da hat er zugegebenermaßen recht. Aber eigentlich ist das noch eine dieser Eigenschaften, die ich normalerweise wie einen Ehrenpokal vor mir hertrage.

Nach halb acht verstummt die Türklingel so ziemlich – wieder mal ein schleppender Abend –, doch kurz vor Ladenschluss fährt ein Auto auf den Parkplatz. Die Scheinwerfer werden abgestellt, aber niemand steigt aus. Wenn das Marcus' Taurus ist, kann ich es zumindest von hier aus nicht erkennen.

Um acht schließen wir zu und machen die meisten Lichter aus. Das Auto steht immer noch da. Normalerweise gehe ich als Erster und überlasse Bob den Papierkram, doch heute habe ich es nicht so eilig.

Bob sagt: »Ich kann mit dir rausgehen, wenn du willst«, aber das ist mir dann doch zu kindergartenmäßig. Andererseits wäre es vielleicht nicht schlecht, wenn er mich durchs Fenster im Auge behalten würde, sodass er dazwischengehen kann, wenn Marcus mit seinen langen Armen ausholt.

»In Ordnung«, sagt er. »Wink mir zu, wenn du da draußen bist. Wenn du die Hand niedrig hältst, heißt das, ich soll rauskommen, und wenn du sie oben hältst, ist alles in Ordnung.«

43

Fast schaffe ich es bis zu meinem Auto, ohne dass was passiert, aber dann geht es plötzlich los – Marcus klappt sich aus seinem Taurus. »Hey, Mann, Sutter, ich muss mal mit dir reden.«

»Ähm, klar, wenn es nicht zu lange dauert. Ich bin nämlich in ungefähr dreißig Sekunden zu einem großen Polizei-Festbankett eingeladen. Vermutlich schicken die einen Streifenwagen los, wenn ich mich verspäte.«

Kein Lächeln.

Ich lehne mich lässig gegen mein Auto, bemüht, die Situation ein bisschen zu entspannen. Er folgt meinem Beispiel nicht und baut sich vor mir auf, ein paar unangenehme Zentimeter zu dicht. »Was läuft da eigentlich zwischen dir und Cassidy?« Marcus redet anscheinend nicht gern um den heißen Brei herum.

»Wie meinst du das?« Insgeheim denke ich: Verdammt, Cassidy und ich hatten noch nicht mal Sex und trotzdem habe ich jetzt Ärger am Hals.

»Ich hab gehört, dass du dich donnerstagnachmittags gerne mal hinter meinem Rücken mit ihr triffst.«

Seine Quellen zu hinterfragen, scheint mir momentan keine besonders gute Taktik, also sage ich: »Ja, wir hängen manchmal ein bisschen rum. Wir sind halt befreundet, verstehst du?«

»Verstehe. Ich frage mich nur, wie eng.«

Bob steht immer noch im Fenster, aber ich kann die Situation noch nicht gut genug einschätzen, um ihm zuzuwinken – hoch oder niedrig.

Ich sehe Marcus direkt in die Augen. »Sie und ich sind einfach gute Freunde, Mann. Wir mögen uns. Daran hat sich nichts geändert, nur weil wir nicht mehr zusammen sind.«

Er bricht den Blickkontakt ab und da erkenne ich es. Er ist gar nicht hier, um mich umzubringen. Sondern weil er verletzt ist. Der mächtige Marcus West leidet unter Selbstzweifeln. Mit einem Mal ist jegliche Eifersucht, die ich noch für ihn empfinden könnte, verpufft, und mir wird klar, dass ich in dieser Situation die Zügel in der Hand halte. Entweder kann ich ihm das Messer noch tiefer ins Herz rammen oder es rausziehen. Und da ich nun mal bin, wie ich bin, entscheide ich mich für Möglichkeit Nummer zwei.

»Hör mal, Kumpel, Cassidy und ich werden immer Freunde bleiben. Aber das war's auch – ich habe eine neue Freundin.«

»Ja, trotzdem weiß jeder, dass du Aimee sofort fallen lassen würdest, wenn du die Chance hättest, Cassidy zurückzukriegen.«

»Kann sein, dass die Leute das denken«, sage ich ziemlich verärgert. »Aber nur weil sie Aimee nicht kennen. Ich bin jetzt mit ihr zusammen und Cassidy mit dir. Ende, aus.«

»Da bin ich nicht so überzeugt.« Sein Bariton bricht mitten im Satz. Ich fasse es nicht – er ist tatsächlich kurz davor, in Tränen auszubrechen.

»Kannst du aber sein«, versichere ich ihm. Wie soll ich weiter wütend bleiben, wenn er mich so jämmerlich ansieht? »Pass auf, zwischen Cassidy und mir läuft gar nichts. Wir amüsieren uns nur ein bisschen, lassen Dampf ab.« Von den Gefühlen, die immer noch unter der Oberfläche schlummern, sage ich selbstverständlich nichts.

Marcus sieht runter auf seine Hände. Er friemelt nervös an seinem Schlüsselanhänger herum. »Tja, das ist ja das Problem.

Sie sollte sich keinen anderen Jungen suchen müssen, um sich ein bisschen zu amüsieren. Das sollte sie mit mir machen. Ich will derjenige sein, der sie zum Lachen bringt.«

Ich sehe zu Bob rüber und winke dann mit hoch erhobener Hand.

»Mensch, Marcus, das kannst du doch auch sein. Es besteht kein Grund, warum sie sich nicht mit dir *und* mir amüsieren sollte, bloß eben auf unterschiedliche Weise.«

Er schüttelt den Kopf. »Nein, Mann, ich kenne mich – so lustig bin ich nun mal nicht. Und sie braucht ihren Spaß, das merke ich daran, wie sie über dich redet. Aber ich weiß nicht, wie ich sie zum Lachen bringen kann. Das habe ich einfach nicht so drauf wie du.«

Das wird mir jetzt echt zu seltsam. Marcus ist mir immer so cool und lässig vorgekommen. Und nun macht er sich selbst so fertig, weil er nicht lustig genug ist. Was die Liebe nicht alles mit einem anstellt.

Also sage ich: »Hey, du bist Marcus West. Du bist cool, bei dir läuft alles wie geschmiert. Du bist ein Macher. Du träumst nicht bloß, du schaffst Tatsachen. Wenn unsere ganze Generation so wäre wie du, dann könnten wir vielleicht wirklich die Welt verändern.«

»Ja, aber dann wäre es eine ganz schön langweilige Welt.«

»Du bist doch nicht langweilig. Du bist ein interessanter Typ. Du hast all diese Ansichten und Ziele und so weiter. Und ich merke, dass du verrückt nach Cassidy bist. Stimmt's?«

»Absolut, Mann. Das bin ich wirklich.«

Mir blutet das Herz, wenn ich das so höre, aber ich tue das hier auch für Cassidy. Wenn sie der Meinung ist, sie müsste unbedingt einen anderen Freund haben als mich, dann könnte sie es wesentlich schlechter treffen als mit Marcus.

»Marcus.« Ich würde ihm gern auf die Schulter klopfen, aber so groß, wie er ist, sähe das ziemlich albern aus. »Ich gebe dir mal einen Rat. Erstens steht sie total auf dich. Das hat sie mir selbst erzählt, also kannst du es ruhig glauben. Hundertpro.«

»Das hat sie dir gesagt?«

»Na klar.« Okay, das zuzugeben tut doch mehr weh, als ich gedacht hätte, aber es ist ja für einen guten Zweck. »Und zweitens …« So langsam komme ich in Fahrt. »Sie steht auch auf dein Engagement. Mit diesem Kram ist mir das Mädel so was von auf den Keks gegangen. Aber vielleicht könntest du dich ein klitzekleines bisschen weniger drum kümmern, die Welt zu retten. Ich meine ja nur, so verkorkst, wie die sowieso schon ist, mit ihren Kriegen und Folterlagern und explodierenden Gebäuden und so, da zermahlt es einen ja schon zu Pulver, wenn man nur darüber nachdenkt.«

»Hey, das versuche ich ja gar nicht.« Ich habe noch nie jemanden so ernsthaft gucken sehen. Nein, anders: Ich habe nicht viele Leute, die älter als neun waren, mit einer so ernsthaften Miene gesehen. Er sagt: »Kein Mensch kann allein die ganze Welt retten. Ich versuche ja nur, meinen Teil dazu beizutragen. So habe ich das von meiner Mom gelernt und meinen Brüdern und unserer Kirche. Verstehst du? Man fängt ganz klein in seiner eigenen Welt an und sorgt dafür, dass es sich von dort aus verbreitet. Mehr will ich gar nicht.«

»Okay, aber es ist vielleicht trotzdem ein bisschen viel für jemanden wie Cassidy, die mehr dran gewöhnt ist, über solche Sachen zu reden, als sie tatsächlich zu machen.«

»Aber ich dachte, ihr gefällt das. Und sie muss ja auch gar nicht bei allem mitmachen, was ich tue. Jeder Mensch ist anders. Um ehrlich zu sein, stehe ich manchmal auch ganz schön unter Stress. Das ist ein ziemlicher Druck, der auf einem lastet. Manchmal ist es, als hätte ich einen Draht in mir, der bis zum Zerreißen gespannt ist, aber das ist doch kein Grund aufzugeben.«

»Na, dann zeig ihr das doch einfach mal. Spiel nicht den Obermacho, der seiner Freundin nie von seinen Problemen erzählt. Setz dich hin und rede mit ihr, sei offen. Und versuch nicht, alles so haarklein zu planen. Lass es einfach auf dich zukommen. Und außerdem würde es nicht schaden, wenn du ab und an mal ein Bier trinkst. Oder sogar einen Whisky.«

»So was mag ich aber nicht.«

»War ja nur so ein Gedanke.«

Er mustert mich eine Sekunde. »Ich weiß es wirklich zu schätzen, dass du mir hilfst, Sutter. Das ist echt anständig von dir. Ich hab mich zu sehr von den anderen Jungs beeinflussen lassen – hab dich immer für eine Witzfigur gehalten, aber das bist du nicht. Absolut nicht.«

»Moment mal. Wer genau hält mich denn für eine Witzfigur?«

»Ich sag ja nur – du hast viel mehr drauf, als du so durchblicken lässt. Du hast ein richtig großes Herz, Mann.«

»Oh, und ob ich das hab. Groß wie 'ne Tuba.«

»Weißt du, was? Ich wette, wenn du dich dahinterklemmen würdest, könntest du selber auch ein Macher werden.«

»Das überlasse ich lieber dir, Marcus. Du hast das schon unter Kontrolle.« Ich strecke die Hand aus und er schüttelt sie, fest und herzlich. Jetzt ist er wieder voll in seiner Marcus-Rolle.

»Warum fährst du nicht rüber zu Cassidy?«, sage ich. »Ich wette, sie würde dich genau jetzt total gerne sehen.«

Er lächelt. »Ich glaube, das mache ich wirklich. Danke noch mal. Du bist ein guter Typ.«

Er zockelt davon und quetscht sich in seinen Taurus. Bob

steht wieder am Fenster. Was für ein verdammt lieber Kerl. Ich winke ihm wieder mit erhobener Hand zu, um zu zeigen, dass alles in Ordnung ist. Das Schicksal hat mich fürs Erste verschont.

Aber als ich wegfahre, spiele ich die Unterhaltung unwillkürlich noch mal in meinem Kopf ab. Eins ist sicher wie das Amen in der Kirche: Ich habe ihm den Schlüssel zu Cassidy überreicht. Zumindest für ein paar Monate. Denn genau so lange gebe ich ihrer Beziehung, bis sie unter dem immensen Gewicht von Marcus' Ernsthaftigkeit zusammenbricht.

44

Aimee hat noch immer nicht genug von mir, und ich kann nicht behaupten, dass ich was dagegen hätte. Es macht wirklich Spaß, mit ihr rumzuhängen. Sie ist für so ziemlich alles zu haben. Das Problem ist nur: Jetzt, wo das Geheimnis meiner Cassidy-Nachmittage raus ist, muss ich es Aimee erklären, bevor jemand anders mir zuvorkommt. Krystal Krittenbrink zum Beispiel würde das sicher liebend gern weitertratschen.

Das Mittagessen scheint mir ein guter Zeitpunkt, um ihr die Neuigkeit zu überbringen. Ein Streit gerät nicht so schnell außer Kontrolle, wenn man bei McDonald's sitzt, als wenn man nur zu zweit zu Hause ist. Natürlich hat Aimee mir nie auch nur den geringsten Grund zu der Annahme geliefert, sie wäre der Typ für hysterische Anfälle, aber man weiß ja nie.

Doch wie sich rausstellt, bin ich ein Genie. Ich fange damit an, wie ich Marcus verklickert habe, dass Cassidy total auf ihn steht. Dann erwähne ich ganz beiläufig, wie viel Gutes Cassidy immer über Aimee zu sagen hat, wenn wir uns donnerstagnachmittags auf ein paar Drinks treffen. Und das stimmt – Cassidy hat gesagt, sie finde, Aimee sei ein totaler Schatz. Trotzdem entgehen die Donnerstagnachmittage nicht Aimees Aufmerksamkeit.

»Ich dachte, du musst donnerstags arbeiten«, sagt sie.

»Muss ich auch, aber erst spät. Eine kleine Stärkung vor der Arbeit kann nie schaden, weißt du.«

Sie starrt auf ihren Burger. »Und wo geht ihr zwei dann was trinken?«

»Nirgends. Wir hocken meistens bloß auf der Terrasse.«

»Bei ihr zu Hause?«

»Ja. Da fällt mir ein, wir haben letztens überlegt, ob wir nicht mal auf ein Doppeldate gehen sollen – du, ich, Cassidy und Marcus.« Das entspricht vielleicht nicht unbedingt der Wahrheit, aber es ließe sich sicher in näherer Zukunft mal einrichten und bringt das Thema wieder zurück auf eine positivere Spur. »Na, wie wär's? Bist du dabei?«

»Ähm, klar, das wird nett. Bestimmt.«

»Super. Willst du was von meinen Pommes abhaben?«

»Okay.«

Und damit ist die Sache erledigt. Keine Vorwürfe, keine Tränen, keine Riesenszene. Alles ist in Ordnung. Zumindest fürs Erste.

Natürlich hätte das Ganze wesentlich emotionaler ausgehen können, wenn wir schon Sex miteinander gehabt hätten, aber das habe ich in weiser Voraussicht vermieden, damit es kein allzu großes Drama gibt, wenn irgendwann das Ende kommt. Bislang begnügen wir uns immer noch mit unserer alten Knutsch-und-fummel-Routine im Auto vor dem Haus. Und ich schätze, weiter gehen wir auch nicht, solange die Gefahr besteht, dass jederzeit Aimees Mom oder Randy das Walross an die Windschutzscheibe klopft.

In der Hinsicht muss ich Cassidy einfach recht geben – sie sagt, wenn man einmal miteinander geschlafen hat, ist man für immer mit einem Astralfaden verbunden. Ich kenne mich ja mit Astralkram nicht so aus, aber hier könnte sie wirklich mal richtig liegen, und ich will definitiv nicht, dass Aimee sich in irgendeinem klebrigen Faden verheddert, wenn für sie die Zeit reif ist, Sutterman Adios zu sagen.

Leicht fällt es mir trotzdem nicht. Bisher habe ich schon bis zu mindestens einer Million gezählt, die meisten Präsidenten aufgelistet und mir im Kopf meinen Lieblingsfilm *Dumm und Dümmer* vorgespielt, nur um mich einigermaßen unter Kontrolle zu halten, wenn ich mit ihr rumknutsche. Ich weiß, ich hab Ricky gesagt, sie könnte niemals eine superscharfe Tussi sein, doch der Körper lügt nun mal nicht. Der Kopf vielleicht, aber der Körper niemals. Das können meine blau angelaufenen Eier bezeugen, jedes Mal, wenn ich von ihr nach Hause fahre.

Aber die größte Herausforderung kommt erst noch. Nur ein paar Tage nach unserem Cassidy-Gespräch bei McDonald's knallt mir Aimee die große Frage vor den Latz – ob ich nicht über Nacht bleiben und ihr am nächsten Morgen beim Zeitungsaustragen helfen will, während ihr kleiner Bruder Shane bei einem Freund schläft und Mom und Randy die Indianerkasinos unsicher machen.

Vielleicht ist es Zufall, dass sie ausgerechnet jetzt damit ankommt, aber ich frage mich doch, ob Aimee unsere Beziehung ins Schlafzimmer verlegen will, um mit Cassidy mithalten zu können. Klar, nur weil wir die Nacht miteinander verbringen, müssen wir natürlich nicht gleich miteinander schlafen, aber es wird auf jeden Fall schwieriger, dem zu entgehen. Tja, ihr kennt mich ja – ich liebe Herausforderungen.

Als der große Abend da ist, mache ich es wie üblich und erzähle Mom, dass ich bei Ricky übernachte. Dann besorge ich erst mal ein paar Filme, Pizza, Chips, Salsasoße, Twinkies, Whisky, 7UP, Wodka und Cranberry-Apfelsaft. Als ich bei Aimee ankomme, läuft natürlich schon leise Sechzigerjahre-Musik und im ganzen Wohnzimmer brennen Kerzen. Es geht also gleich bei Schwierigkeitsstufe zehn los.

Wir haben drei Filme zur Auswahl, zwei Komödien und einen

düsteren Science-Fiction-Streifen. Nichts allzu Romantisches. Definitiv nichts, wo irgendwer nackt ist. Wir fangen mit dem Scifi-Film an, was sich als glücklich erweist, denn solange Aimee mir alles darin erklären muss, hat unser Gespräch kaum Gelegenheit, in Richtung Beziehungsfragen zu driften. Das ist nämlich meine größte Angst – in eins von diesen Wo-soll-das-hinführen-Gesprächen reingesogen zu werden.

Seltsamerweise finde ich allerdings den Film und Aimees Erläuterungen dazu ziemlich interessant, besonders nachdem sie ein paar Wodka getrunken hat und richtig aufdreht. Es ist eine von diesen Geschichten, die in einer verkorksten Gesellschaft in der nahen Zukunft spielt. Der totale Totalitarismus. Die Hälfte der Figuren sieht aus wie Flüchtlinge aus einem Siebzigerjahre-Punkschuppen und die andere Hälfte wie Weltraumnazis. Eine von den Frauen ist ziemlich scharf, dafür dass sie eine Glatze hat.

Aimee sagt, die Themen seien simpel: Tschüss, Individualität, mach's gut, Einzigartigkeit. Uns erwartet eine uniforme, seelenlose Zukunft und die Saat dafür ist bereits gesät. Sie hat schon eine Milliarde ähnlicher Sachen gelesen oder gesehen. Davor haben die Leute Angst, sagt sie, weil sie glauben, es wäre wie der Tod – und der Tod ist der ultimative Raub unserer Individualität.

»Glaubst *du* denn auch, dass der Tod so ist?«, will ich wissen.

»Nein«, sagt sie. »Ich glaube, wenn wir sterben, verlieren wir nicht unsere Identität, sondern gewinnen eine viel, viel umfassendere. So groß wie das Universum.«

»Was Erfreulicheres habe ich den ganzen Tag nicht zu hören bekommen«, erwidere ich, und wir stoßen miteinander an, um unsere Universalidentität zu feiern.

In dem Film kommt auch ein kleines Punkmädchen vor, mit

seinem alten Punkvater. Ich glaube, der Typ, der den spielt, war mal ein ziemlich großer Star. Irgendwie ganz schön traurig, Schauspielern dabei zuzusehen, wie sie unter ihren fantastischen Frisuren alt werden. Aber das ist der einzige Teil des Films, der Aimee neu zu sein scheint. Als der Streifen vorbei ist, gesteht sie, dass der Typ sie an ihren Vater erinnert hat, weil sie beide einander auch verstanden haben wie niemand sonst.

Ihr Vater war es auch, der sie auf die Sechzigerjahre-Musik gebracht hat. Er hat ihr sogar manchmal was davon vorgesungen. Und ihr vorgelesen, auch als sie schon alt genug war, um das selbst zu machen. Er fand diesen Schriftsteller namens Kurt Vonnegut toll und dann noch einen, der hieß Isaac Asimov. Wahrscheinlich haben die auch Science-Fiction-Kram geschrieben. Abends hat er ihr immer ein Kapitel vorgelesen und dabei alles erklärt, was an Philosophie dahintersteckte.

»Er hat immer seinen kleinen roten Aschenbecher auf die Fensterbank gestellt und den Rauch nach draußen gepustet, damit ich ihn nicht einatmen musste. Und er hatte so eine alte, abgewetzte Kappe von den St. Louis Cardinals, die er immer ganz weit in den Nacken geschoben hat, und manchmal hat er sich so sehr über das, was er gelesen hat, kaputtgelacht, dass er fast nicht weitermachen konnte.«

»Klingt sympathisch«, sage ich.

»Er war ein Träumer.«

»Ist doch okay. Ich höre mir gerne an, was die Leute so für Träume haben. Mein Dad hatte, glaube ich, keine Träume. Der war wie ich – für Typen wie uns ist jede Sekunde ein Traum.«

»Tja, ehrgeizig muss er aber schon gewesen sein, wenn er jetzt da oben im Chase Building sitzt und diese ganzen Geschäfte macht.«

»Was?«

»Das hast du mir doch erzählt. Dass er in der Stadt arbeitet, im Chase Building?«

»Ach, stimmt, jaja. Schätze, ich bin ein bisschen abgeschweift. Hab dran gedacht, wie er früher war. Oh Mann, er war echt lustig. Heute ist er ein echter Workaholic.«

Sie kuschelt sich dichter an mich und legt mir die Hand aufs Bein. »Vielleicht sollten wir ihn mal besuchen gehen. Ich würde ihn wirklich gern kennenlernen. Immerhin kennst du schon meine ganze Familie und ich noch niemanden aus deiner.«

»Ja, das müssen wir echt mal machen.«

»Wann?«

»Weiß nicht. Irgendwann.«

»Wie wär's denn mit morgen? Also, wenn das nicht zu kurzfristig ist.«

»Ich glaub nicht, dass das geht.« Ich starre auf den Fernseher, obwohl der Film längst vorbei ist. »Außerdem sitzt er wahrscheinlich sowieso wieder bis spätnachts am Schreibtisch.«

»Am Sonntag?«

»Ich hab's dir ja gesagt – er ist ein Workaholic.«

»Und wenn wir ihn im Büro überraschen? Wir könnten ihm ja ein bisschen kalte Pizza mitbringen.«

»Das ist keine so gute Idee.«

»Ich wollte schon immer mal wissen, wie der Ausblick von einem dieser Hochhäuser ist.«

»Verdammt.« Ich befreie meine Hand aus ihrer und sehe ihr in die Augen. »Kannst du jetzt mal aufhören, von meinem Dad zu reden? Wir gehen ihn nicht besuchen, klar?«

Ihr Gesicht läuft rot an und sie weicht vor mir zurück. Als hätte ich ihr eine geknallt oder so. Aber im Ernst, das Mädel weiß einfach nicht, wann Schluss ist.

»Tut mir leid«, sagt sie, und ihre Stimme bricht.

»Tja, du hast halt immer weitergebohrt. Ich mag das nicht, wenn man mich so drängt, verstehst du?«

»Ich weiß, ich weiß, das war dumm von mir. Ich weiß auch nicht, was da in mich gefahren ist.«

Ich schwöre, sie sieht aus, als wollte sie zusammenschrumpfen, bis sie in der Ritze zwischen den Sofakissen verschwindet.

»Hey.« Ich tätschele ihr das Bein. »So schlimm ist es nun auch wieder nicht. Du bist mir damit nur ein bisschen auf die Nerven gegangen.«

»Nein, ich weiß ja. Ich benehme mich schon wie meine Mom, dabei wollte ich das doch nie. Aber wenn die ganze Familie irre ist, wird man wohl selber auch ein bisschen irre.« Jetzt schnieft sie richtig.

»Du bist nicht irre. Komm mal her.« Ich nehme sie in den Arm. »Ich bin bloß ein bisschen empfindlich, was meinen Dad angeht, weißt du, weil er mehr Zeit auf der Arbeit verbringt als mit mir.«

»Es tut mir so leid.« Sie wischt sich die Tränen an meiner Schulter ab. »Ich bin so blöd. Das hätte ich doch wissen müssen.«

Sie hört einfach nicht auf, sich zu entschuldigen, also tue ich, was nötig ist. Ich küsse sie. Und küsse und küsse sie, bis die Tränen trocknen und wir aneinandergepresst auf der Couch liegen, die Hände unter dem T-Shirt des jeweils anderen, und sie sagt: »Ich bin so froh, dass ich dich kennengelernt habe«, und ich sage: »Ich bin auch froh, dass ich dich kennengelernt habe«, und dann sagt keiner mehr was und wir küssen uns nur noch.

45

Ich küsse sie auf den Mund, die Lider, die Augenbrauen, die Stirn, die Ohren, den Hals, sogar auf die Brüste, durchs T-Shirt. Wir rollen hin und her. Erst bin ich oben, dann sie, dann liegen wir beide auf der Seite und die Couch ist so schmal, dass sie fast auf den Boden rutscht. Ich drücke sie fest an mich und sage: »Keine Angst, ich lasse dich nicht fallen«, und sie erwidert, ganz leise: »Können wir in mein Zimmer gehen? Auf dem Bett ist mehr Platz.«

»Sicher, machen wir«, sage ich und bereite mich darauf vor, die Ultralangversion von *Dumm und Dümmer* in meinem Kopf abzuspielen, bis zu einer Milliarde zu zählen und vielleicht sogar ein paar Bilder vom Fröschesezieren aus dem Biounterricht einfließen zu lassen. Alles nur, um nicht zu weit zu gehen. Ich meine ja nur, wenn dieses Mädchen schon anfängt zu heulen, nur weil ich ihm mal sage, es soll den Mund halten, was passiert dann erst, wenn es mit dem Typen Schluss machen muss, mit dem es zum ersten Mal Sex hatte?

Es ist eigenartig, auf Aimees Bett zu liegen, in diesem Zimmer voller Science-Fiction-Romane und Zeichnungen von Commander Amanda Gallico hoch zu Ross. Man sollte meinen, das wäre der unerotischste Ort auf der Welt, aber das stimmt nicht. Stattdessen ist es total intim, als flögen wir zwei ganz allein in unserer eigenen kleinen, seltsamen Raumkapsel durchs Universum.

»Ich mag dich so sehr«, sagt sie zwischen zwei Küssen, und

ich weiß, dass sie eigentlich gern *liebe* statt *mag* sagen würde. Nicht weil sie mich wirklich liebt, sondern weil sie es einfach gern sagen will. Aber das kann sie natürlich nicht. Nicht, solange ich es nicht zuerst sage.

»Ich meine, ich mag dich sehr, sehr gern, ganz ehrlich.«

»Du bist spektakulär«, sage ich. »Das bist du, wirklich.«

»Können wir uns ausziehen?«, fragt sie.

Was soll ich denn machen? Etwa Nein sagen? Es gibt keinen Film, der lustig genug, keine Zahl, die groß genug, und keinen toten Frosch, der hässlich genug wäre, um es jetzt noch zu verhindern.

»Klar, machen wir.« Mein Mund ist so dicht an ihrem, dass die Wörter eins nach dem anderen hineinzufallen scheinen wie Münzen in einen Wunschbrunnen.

Dieser Teil ist immer unangenehm. Soll ich ihr die Klamotten ausziehen? Sie mir meine? Oder jeder seinen eigenen Kram? Wer will sich schon mit anderer Leute Socken abmühen? Also wird es eine Mischung aus beidem.

Habe ich je behauptet, dieses Mädchen wäre nicht scharf? Ich nehme alles zurück. Ohne ihre albernen Pferdeshirts und die ausgeleierten No-Name-Jeans hat sie einen absoluten Wahnsinnskörper. Ich meine jetzt keine heißen Kurven. Sondern mehr, wie makellos ihre Haut ist. Wie Alabaster im Schein ihres Digitalweckers.

»Nackt sein«, sage ich, »steht dir echt gut.«

Sie ist alles andere als schüchtern mit ihren Händen, also halte ich mich genauso wenig zurück. Wir kommen gerade richtig in Fahrt, als sie sich plötzlich aufsetzt und sagt: »Rühr dich nicht vom Fleck. Ich bin in einer Sekunde wieder da.«

Und ich denke: *Scheiße!* Hat sie jetzt doch kalte Füße bekommen, nachdem sie mich schon so weit gebracht hat, dass es kein

Zurück mehr gibt? Aber da schlüpft sie auch schon wieder ins Zimmer und hopst ins Bett, ein Kondom vom Nachttisch ihrer Mutter in der Hand.

»Sicher ist sicher«, sagt sie. Dieses Mädchen hat an alles gedacht.

Cassidy hat immer gern oben gelegen, und das ist auch toll, aber ich denke, bei Aimee ist die altmodische Methode doch die beste. Experimentieren können wir ein andermal. Jetzt will ich ihr einfach nur durch das Ganze hindurchhelfen. Vermutlich ist es sogar gut, dass wir es jetzt machen. So kann sie erst mal Erfahrungen mit einem Typen sammeln, der wirklich nur das Beste für sie will. Keine Sorgen. Alles positiv.

Mittendrin sehe ich runter in ihr Gesicht. Der Ausdruck darauf ist unvergleichlich, sie hat die Augen geschlossen, und ihre Lippen bewegen sich ganz sachte bei den kleinen Quietschern, die ihr entfahren. Sie sieht aus wie eine Heilige beim Gebet. Plötzlich fühle ich, wie all die Schichten, die sich über meine eigene Reinheit gelegt haben, sich lösen. Je schneller wir werden, desto mehr Schichten verbrennen, bis zu dem magischen Zeitpunkt, an dem nichts mehr übrig ist als das pure Ich, so makellos wie ihr Körper, strahlend und glorreich.

46

Lange liegen wir schweigend da und ich streichele ihr Haar, bis sie schließlich sagt: »Du bist unglaublich. Das war, als wären wir zu einer einzigen Seele verbunden.«

Ich gebe ihr einen Kuss auf die Stirn und sage: »Danke. Aber man sollte sich wohl nicht zu viel drauf einbilden, wenn man jemandem bei seinem ersten Mal unglaublich vorkommt.«

Darauf erwidert sie nichts, und ich frage: »Das war doch dein erstes Mal, oder nicht?«

Keine Antwort.

»Aimee?«

Schließlich sagt sie: »Nicht so richtig.«

»Wie meinst du das? Du hast mir doch erzählt, du hättest noch nie einen Freund gehabt.«

Wieder zögert sie, die Augen geschlossen, das Kinn an die Brust gezogen. Es ist bizarr – während ich auf die Antwort warte, durchfährt meinen Magen eine Art seltsamer elektrischer Stoß. Als hätte ich Angst vor dem, was sie gleich sagen wird.

»Ich will nicht, dass du mich hasst.«

Ich küsse sie wieder auf die Stirn. »Das ist doch gar nicht möglich. Du bist unhassbar.«

»Versprochen?«

»Ich schwöre auf einen ganzen Stapel höherer Wesen.«

»Ich mein's ernst.«

»Ich auch. Ich verspreche, dass ich dich nicht hassen werde.«

Sie seufzt gequält. »Das ist einfach so passiert«, sagt sie. »Ich meine, ich hatte es nicht geplant.«

»Hey, das versteh ich. Ich plane so gut wie gar nichts im Leben.«

»Na ja, ich war vierzehn und … wusste überhaupt nichts über Jungs und dann hat Randys Sohn hier übernachtet.«

»Oh Mann, etwa der Sohn von Randy dem Walross?«

»Ja«, sagt sie ganz leise und entschuldigend. »Mom hat ihm die Couch fertig gemacht, aber irgendwann, nachdem alle anderen im Bett waren, ist er in mein Zimmer gekommen und hat gefragt, ob er bei mir schlafen kann. Er meinte, die Couch wäre zu schmal und er bekäme davon Rückenschmerzen.«

»Oh Gott, was für ein billiger Spruch.«

»Und ich dachte, das wäre schon in Ordnung. Irgendwie sind wir ja fast verwandt. Also ist er unter die Decke geschlüpft und hat sich ganz dicht neben mich gelegt. Und mir gesagt, wie gemütlich mein Bett sei und wie warm mein Körper, und dann hat er erzählt, dass er mich beim Essen die ganze Zeit beobachtet hätte und dass es ihm gefallen hätte, wie ich esse.«

»Ihm hat gefallen, wie du isst?«

»Ja. Und ich lag einfach da, flach auf dem Rücken, und dann hat er mir die Hand auf den Bauch gelegt und die Nase irgendwie so in meine Haare gedrückt und mir gesagt, ich wäre hübsch. Ich hab die Augen zugemacht und versucht, mein Herz dazu zu bringen, nicht so schnell zu klopfen, aber das hat nicht funktioniert. Bis dahin hatte sich noch nie jemand auf die Art für mich interessiert, und bei ihm kam es mir so vor, als meinte er es ernst.«

»Und ob der interessiert an dir war!«

Ihr Gesicht verzieht sich. »Nein, war er nicht. Vielleicht nur an einer Sache, aber nicht wirklich an mir. Ich hätte es besser wissen müssen. Welcher Zwanzigjährige will denn auch ernsthaft was mit einer Vierzehnjährigen anfangen?«

»Verdammt noch mal, willst du mich verarschen? Er war zwanzig? Perverse Sau.«

»Na ja, aber ich dachte halt, da ist dieser Typ und der ist schon älter, und er sieht was in mir, was keiner von den Jungs in der Schule in mir sieht. Etwas, was überhaupt niemand sonst sieht. Er hat mir sogar gesagt, dass er mich liebt, und das hatte ich nicht mehr gehört, seit mein Dad tot war, und da hab ich mich einfach wie was Besonderes gefühlt. Wie Dornröschen, das er mit seinen Küssen geweckt hat. Aber ich wusste nicht, wie ich mich verhalten sollte, also lag ich einfach da und hab ihn machen lassen und dann hab ich angefangen zu weinen und er hat mir die Hand auf den Mund gelegt. Als es vorbei war, ist er wieder zurück auf die Couch gegangen, und nachher beim Frühstück hat er mich noch nicht mal angesehen. Seitdem ist er nicht mehr wiedergekommen. Ich glaube, mittlerweile wohnt er in Colorado.«

»Dieser Typ ist ja wohl die Krone des Abschaums. Ich fasse es nicht, dass deine Mutter nach dieser Aktion noch mit Randy zusammengeblieben ist.«

»Ich hab ihr nichts davon erzählt.«

»Was? Hättest du aber machen sollen. Das war Sex mit einer Minderjährigen – so was ist strafbar.«

»Ich hab niemandem davon erzählt. Bis jetzt.«

»Nicht mal Krystal Krittenbrink?«

»Nur dir.«

Wir liegen beide schweigend da. Ich weiß nicht, was ich hiernach noch sagen soll. Nach einer Weile spüre ich ihre Tränen an meiner Schulter.

»Nicht weinen«, sage ich.

»Du findest mich jetzt schrecklich, stimmt's?«, schnieft sie.

»Gar nicht. Wie kommst du denn auf so was?«

»Du kannst ja nicht mal mehr mit mir reden.«

Ich streichele ihr Haar. »Ich denke bloß nach. Es gibt da eine Sache, die ich dir auch nicht erzählt hab, von der auch niemand anders weiß. Aber du musst mir versprechen, dass du mich nicht hasst, genau wie ich es dir versprochen habe.«

Sie verspricht es.

»Ich hab dir doch erzählt, dass mein Dad ganz oben im Chase Building arbeitet?«

»Ja.«

»Tja, das war gelogen. Diese Lüge erzähle ich seit der Grundschule jedem, der es hören will. Sogar Ricky. Die Wahrheit ist, dass ich nicht mal weiß, wo mein Dad ist. Nachdem meine Mom ihn rausgeschmissen hatte, ist er einfach verschwunden. Also hab ich so getan, als wäre er irgendein supererfolgreicher Manager. So überzeugend, dass ich fast angefangen hab, selbst daran zu glauben, also ist es vielleicht auch nur halb gelogen.«

»Und du hast nie wieder was von ihm gehört?«

»Ich glaube, ich habe mal eine Geburtstagskarte von ihm gekriegt. Ist lange her. Aber im Grunde hat meine Mom ihn einfach entsorgt und jetzt würde sie mich am liebsten auch entsorgen. So läuft das nun mal in der Welt, verstehst du? Wir sind alle nur Wegwerfartikel.«

Sie schlingt den Arm um meine Taille und legt den Kopf auf meine Brust. »Keine Sorge«, sagt sie. »Ich werfe dich niemals weg.«

47

Mädchen haben wirklich eine falsche Vorstellung davon, wie Jungs sich verhalten, wenn sie unter sich sind. Die denken, wir reden nur über Sport und Pornos, erzählen uns dreckige Witze und geben mit unseren Eroberungen an. Beziehungsweise erfinden Geschichten darüber. Na schön, bis zu einem gewissen Maß stimmt das natürlich auch, aber wenn man einen besten Freund hat, kann man viel weiter gehen. Man kann den Schlüssel zu jedem Raum umdrehen. Außer einem. Ich kann niemandem von Aimee und dem Sohn von Randy dem Walross erzählen.

Aber glaubt mir, als ich Ricky davon berichte, dass ich mit Aimee geschlafen habe, gebe ich kein bisschen an. Das ist sowieso nur was für Jungs, die nicht regelmäßig flachgelegt werden. Doch ich bin enttäuscht, weil Ricky mich nicht so versteht wie sonst. Er sagt nur: »Mann, ich dachte, du wolltest gar nicht so weit mit ihr gehen. Das Ganze nicht zu sehr vertiefen, war das nicht deine Devise? Und jetzt bumst du sie?«

»So ist das nicht«, widerspreche ich. »Hier geht's nicht ums Bumsen.«

»Ach nein? Tja, ich sag dir mal, wie das für mich klingt. Du kommst mir vor wie einer von diesen Betrügern, die sich auf die ganz Schwachen spezialisiert haben. Du weißt schon, wie diese Typen, die versprechen, einer hundertzweijährigen blinden Frau das Dach neu zu decken, und dann mit dem Geld die Biege machen. Genauso bist du. Du vergnügst dich mit der Kleinen und zack, dann hast du dich auch schon verkrümelt. Das ist nicht gut, Alter.«

Ich sage ihm, dass es so nicht war. Ich erkläre ihm die Sache mit der Reinheit und dass sie ausgesehen hat wie eine Heilige beim Gebet, aber er sagt nur: »Na klar. Du willst doch bloß glauben, dass sie so ausgesehen hat. Das redest du dir nur ein, damit du glauben kannst, es wäre alles ganz rein und unschuldig.«

»Na und? Kann denn nicht jeder ein bisschen mehr Reinheit vertragen? Ich will dir mal was sagen, das Ganze ging mir echt an die Seele.«

»Na klar«, sagt er. »Hochwürden Sutter Keely, der Mann, der jede Seele retten kann außer seiner eigenen.«

»Ach, vergiss es.« So langsam frage ich mich, ob er mich bloß deswegen nicht versteht, weil er es immer noch nicht mit Bethany gemacht hat. Ganz auszuschließen ist das nicht. Möglicherweise sind sie immer noch in der Auf-dem-Sofa-sitz-und-Händchen-halte-Phase. Ziemlich erbärmlich, wenn ihr mich fragt. Wenn ein Mädchen einen zwingt, am Sonntagmorgen mit in die Kirche zu gehen, dann sollte man wenigstens am Samstagabend mit ihr im Bett gewesen sein.

Was mich allerdings wirklich überrascht, ist Cassidys Einschätzung der Situation.

Da sitzen wir an einem spektakulär schönen Donnerstagnachmittag vor unseren Drinks – Marcus und Aimee scheinen mittlerweile mit unseren freundschaftlichen Treffen klarzukommen oder zumindest behaupten sie das –, und ich versuche, ihr meine Reinheitstheorie darzulegen. Ich hatte befürchtet, dass sie mich filetiert, weil ich Aimee ausnutze oder so was, aber so ziemlich das Gegenteil ist der Fall. Sie sagt: »Weißt du, ich bewundere dich richtig dafür, dass du mit Aimee zusammen bist.«

»Bewundern? Komische Wortwahl.«

»Nein, ich meine, zuerst dachte ich, das wäre nur ein seltsamer Versuch, dich über mich hinwegzutrösten, aber mittlerweile kapier ich's. Ich hatte letztes Jahr Französisch mit ihr. Klar ist sie schüchtern und so, aber echt tiefsinnig. Wahrscheinlich hab ich mich anfangs bloß ein bisschen gewundert, dass du das in ihr erkannt hast, doch je mehr ich darüber nachdenke, desto mehr Sinn ergibt es. Ich finde, ihr zwei passt gut zusammen.«

»Du willst damit also sagen, sie ist tiefsinnig, aber du konntest dir nicht vorstellen, dass ich das auch mitkriege. Meinst du etwa, ich kann nicht tiefsinnig sein?«

»Nein, du weißt, dass ich das so nicht meine. Ich dachte nur, vielleicht erkennst du so was nicht in einem Mädchen, das in einer Jacke rumläuft, die es aussehen lässt wie eine riesige lila Christbaumkugel.«

»Hey, diese Jacke hängt jetzt ganz hinten im Schrank, okay?«

»Na, du verstehst schon. Ein Mädchen, das in puncto Aussehen jedenfalls ein bisschen … dezenter rüberkommt.«

Vielleicht meint sie das mit dem »dezent« ja gar nicht böse, aber aus irgendeinem Grund fühle ich mich verpflichtet, Aimee zu verteidigen, und im nächsten Moment bin ich auch schon dabei, die alabasterne Blässe ihres Körpers im Schein des Digitalweckers zu beschreiben.

Cassidy starrt in den Garten, als wäre die Vogeltränke es plötzlich wert, eingehend studiert zu werden. »Na, ist doch schön«, sagt sie, obwohl ich den Eindruck habe, als wollte sie ungefähr genauso dringend Einblick in mein Sexleben mit Aimee haben wie ich in ihrs mit Marcus. »Ich will nur sagen, ich bin froh, dass ihr zwei zusammen seid. Sie ist gut für dich.«

Wieso ist eigentlich jeder der Meinung, ich hätte irgendeinen guten Einfluss nötig?

»Wer weiß?« Sie schenkt mir ein verschmitztes Lächeln. »Vielleicht wird aus dir ja doch noch was.«

»Moment mal.« Ich zwinkere ihr zu. »Ich *bin* ja wohl schon was. Ich bin ein absolut märchenhaftes Wunder.«

Sie lacht.

Ist doch wirklich komisch. Unsere Beziehung macht eine völlig surreale Metamorphose durch, direkt vor meinen Augen. Unsere alten Gefühle füreinander sind noch nicht völlig verschwunden, aber sie scheinen immer weiter in den Hintergrund zu rücken. Schon in Ordnung, sage ich mir. Fürs Erste bin ich mit Aimee zusammen. Cassidy ist bloß meine Ex. Okay, vielleicht ist sie auch eine neue, nie da gewesene Mutantenform von guter Freundin, jedenfalls aber nicht mehr. Nur eine gute Freundin.

Ist doch perfekt, sage ich mir. Es passt mir super in den Kram. Wir können über alles reden, ohne auf die vielen kleinen Fallen achten zu müssen, in die man als Paar so schnell tappt. Ja, sage ich mir, das ist eine tolle Lösung.

Trotzdem, als ich an diesem Nachmittag ihr Haus verlasse, überkommt mich auf einmal der Drang nach einem gigantomanischen Besäufnis.

48

Der Abschlussball brettert ungebremst mit Vollgas und Lichthupe auf mich zu. Ist aber alles kein Problem. Ich habe einen Plan. Ich sehe mich schon in der perfekten Kopie eines Dean-Martin-Smokings und in einer weißen Stretchlimousine. Natürlich kann ich die Kosten für Letztere nicht allein stemmen, also frage ich direkt mal Ricky, ob er dabei ist.

»Tut mir leid, Mann«, sagt er. »Keine Chance. Bethany hat schon mit Tara und Brian Roush abgemacht, dass wir uns eine Limo mit ihnen teilen.«

»Roush? Du teilst dir eine Limousine mit Roush?«

»Er geht halt mit Tara zum Abschlussball, und du weißt ja, sie und Bethany sind beste Freundinnen. Tja, wenn du auf mich gehört hättest und mit Tara ausgegangen wärst, könntest du jetzt schön gemütlich bei uns mitfahren.«

»Na, aber wenn wir eine Stretchlimo nehmen, passen wir da doch locker auch mit drei Pärchen rein.«

Er verzieht das Gesicht.

»Was ist?«

»Hm, na ja, Bethany ist nicht gerade dein größter Fan.«

»Wieso? Was hat sie denn gegen mich? Du hast doch gerade noch gesagt, wenn ich mit Tara zusammen wäre, würde ich bei euch mitfahren.«

»Genau. *Wenn* du mit Tara zusammen wärst. Aber so wie die Dinge jetzt liegen, bist du für ihren Geschmack einfach ein bisschen zu, äh, wild.«

»Wild? Ich bin doch nicht wild. Ich bin lustig.«

»Okay, dann bist du eben ein bisschen zu lustig für ihren Geschmack.«

Das war's. Keine Limo mit Ricky. Hat Loyalität denn gar keinen Stellenwert mehr auf dieser Welt? Wer hat Ricky und Bethany denn bitte schön überhaupt erst zusammengebracht?

So leicht gebe ich nicht auf und präsentiere als Nächstes Cody Dennis meinen Plan, aber der ist natürlich ein viel zu großer Schisser, um überhaupt ein Mädchen zum Ball einzuladen.

Und dann fällt mir eine absolut fantastische Lösung ein. Warum setze ich nicht endlich mal die Idee von einem Doppeldate mit Cassidy und Marcus in die Tat um? Die könnten an dem Abend wahrscheinlich sowieso gut ein bisschen Spaß vertragen. Allerdings muss ich die Sache überlegt angehen. Klar kommt Marcus mittlerweile damit zurecht, dass Cassidy und ich befreundet sind, doch das heißt noch lange nicht, dass er begeistert davon sein wird, mich beim Abschlussball im Schlepptau zu haben. Nein, sicher erkennen sie besser, wie genial mein Vorschlag ist, nachdem wir zunächst mal ganz simpel zu viert ins Kino gegangen sind. Wenn sie erst gesehen haben, wie viel Spaß wir zusammen haben können, habe ich sie für den Ball quasi schon in der Tasche.

Cassidy findet die Idee super und Marcus zieht mit, aber man merkt, dass er nicht gerade Feuer und Flamme ist. Also gehen wir am folgenden Samstag zuerst was essen und anschließend in *Liebeskranker Trottel* im großen Multiplexkino in Bricktown. Meiner Meinung nach läuft alles großartigst, außer vielleicht in dem Moment, als Aimee nach dem Film ihre Wodkaflasche aus der Tasche fällt und auf dem Boden im Kinofoyer zerschellt. Ich könnte mich über so was einfach nur schlapplachen, aber es hat nun mal nicht jeder denselben feinen Sinn für Humor wie ich. Marcus wirft uns sogar einen tadelnden Seitenblick zu. Wie eine alte Gouvernante.

Und als ich dann am nächsten Tag Cassidy anrufe – auf dem Handy, während sie mit Marcus Essen an alte, bettlägerige Leute ausliefert – und ihr meinen Abschlussballplan präsentiere, sind sie schon mit ein paar seiner Kumpels und deren Begleiterinnen für eine Limousine verabredet.

Ich sage: »Aber es war doch total lustig im Kino. Wir sind ein fulminantes Viererkleeblatt.«

Und sie sagt: »Tut mir leid, aber wir sind nun mal schon verplant. Was hast du denn gedacht, Sutter? Der Ball ist dieses Wochenende. Da haben alle schon was vor. Wahrscheinlich kriegst du jetzt sowieso keine Limo mehr.«

»Na, dann sollte ich wohl morgen mal schnell meinen Smoking reservieren gehen.«

»Was? Du hast noch nicht mal einen Anzug?«

»Ich dachte mir, das erledige ich am Morgen vor dem Ball.«

»Sutter, wehe, du versaust Aimee diesen Abschlussball. Das ist ein wichtiges Ereignis für uns Mädels.«

»Keine Sorge«, erwidere ich total lässig. »Ich hab alles unter Kontrolle. Die Sterne stehen genau richtig für einen Abend fantastischen Ausmaßes. Jetzt muss ich nur noch zusehen, wie sich alles ganz von selbst fügt.«

49

Und tatsächlich fügt sich alles ganz von selbst. Na ja, fast. Ich habe absolut kein Problem, den perfekten Dean-Martin-Smoking zu finden. Und eine Limousine zu mieten, kann ich mir allein sowieso nicht leisten, also was ist so schlimm daran, wenn ich mein eigenes Auto nehme? Oder glaubt ihr im Ernst, ich würde Geech fragen, ob er mir seinen Cadillac leiht? Im Leben nicht. Nein, der Mitsubishi reicht vollkommen aus.

Nur eins bleibt noch – Aimee muss irgendwie aus der Zeitungsrunden-Nummer am Morgen nach dem Ball rauskommen. Sie bittet mich, dabei zu sein, wenn sie ihre Mom danach fragt, aber ich sage: »Auf keinen Fall. Das musst du schon allein machen. Du musst dich gegen sie behaupten. Wie willst du denn sonst jemals von ihr loskommen und in St. Louis auf die Uni gehen?«

Ehrlich gesagt weiß ich gar nicht, wie sie das mit den Zeitungen überhaupt so lange durchgehalten hat. Wir haben ziemlich viel Party gemacht in letzter Zeit und trotzdem quält sie sich jeden Morgen aus dem Bett und macht sich auf zu ihrer Runde. Ich hatte ja wirklich vor, ihr öfter zu helfen als das eine Mal, als ich bei ihr übernachtet habe, aber ich vergesse einfach immer, mir den Wecker zu stellen, was ja wohl jedem passieren kann. Das kann man mir nun wirklich nicht vorwerfen.

Na ja, ein paar Tage vor dem Ball kommt sie jedenfalls ganz aufgeregt nach der Schule zu mir nach Hause. Sie hat es geschafft. Sie hat mit ihrer Mom Klartext geredet.

»Ich habe einfach gesagt, dass das mein Abschlussball ist und man so was nur ein Mal im Leben hat und dass ich mir dieses Ereignis nicht mit der blöden Zeitungsrunde versauen werde.«

»Ich bin stolz auf dich!«

»Ich bin selber stolz auf mich!«

Sie hüpft in meine Arme, und zur Feier des Tages nehmen wir den Pitcher Martini, den ich gerade frisch gemixt habe, direkt mit ins Bett. Erst nach dem Gratulationssex, als wir mit unseren Martinigläsern daliegen, erzählt sie mir die ganze Geschichte: wie sie zum Fernseher gegangen ist, ihn ausgeschaltet und den kompletten Plan dargelegt hat, bevor ihre Mom und Randy auch nur den Mund aufmachen konnten. Sie hat kein einziges Mal die Stimme erhoben oder ist hitzig geworden. Sie hat es einfach so gesagt, wie es ist.

Als ihr ihre Mom damit kommen wollte, dass sie und Randy an dem Abend aber ins Kasino wollten, hatte Aimee alle Fakten parat: Sie habe die Runde im vergangenen Jahr mehr als dreißigmal allein gemacht, ohne selbst auch nur einen Tag auszusetzen. Deshalb würde sie sich jetzt den Morgen nach dem Ball freinehmen und ebenso den nach der Zeugnisvergabe, Ende der Diskussion.

Natürlich hat sie ihrer Mutter nicht gesagt, dass wir vorhaben, ein Motelzimmer zu mieten. Stattdessen hat sie erklärt, dass die Schule nach dem Ball noch eine ganze Reihe Aktivitäten – unter strenger Aufsicht natürlich – geplant habe, die bis Sonnenaufgang dauern. Das stimmt sogar, aber nur die Allerahnungslosesten gehen dahin. Was nicht heißen soll, dass ich in Bezug auf die Lasergame-Veranstaltung nicht noch unentschlossen bin. Besoffen ist so was doch sicher der absolute Knaller.

»Streng genommen hab ich ja nicht gelogen«, sagt sie. »Ich habe nur erzählt, dass das alles Schulaktivitäten sind. Nicht, dass wir wirklich hingehen.«

»Das ist genial«, lobe ich sie. Ich bin ernsthaft stolz auf Aimee. »Meine Heldin. Wie wär's, wenn du ab und zu mal zu mir rüberkommst und meiner Mom sagst, was Sache ist, hm?«

Sie schweigt ein paar Sekunden und erwidert dann: »Vielleicht wird es Zeit, dass du dich auch mal gegen deine Mom behauptest.«

»Wovon redest du denn da? Meine Mom interessiert es nicht die Bohne, ob ich nach dem Abschlussball die ganze Nacht wegbleibe. Die würde es ja kaum merken, wenn ich eine Woche lang nicht wiederkommen würde.«

»Das meinte ich auch nicht. Sondern dass du mit ihr über deinen Dad reden solltest. Hast du sie überhaupt mal gefragt, was wirklich zwischen ihnen vorgefallen ist?«

»Das musste ich nie. Sie hat mir ja immer mit Begeisterung ihre Lügenmärchen darüber aufgetischt, was für ein betrügerischer Mistkerl er war.«

»Vielleicht solltest du dann *ihn* fragen.«

»Und wie stelle ich das bitte schön an? Soll ich den Aufzug in den obersten Stock vom Chase Building nehmen und ihn drauf ansprechen? Ach ja, richtig – da werde ich ihn wohl kaum finden.«

»Dann frag eben deine Mom, wo er ist. Es ist höchste Zeit, dass du mal mit ihm redest und seine Version der Geschichte kennenlernst. Ich komme auch mit.«

Okay, ist ja super, wie selbstbewusst Aimee jetzt ist, aber so langsam fängt sie an, mir auf die Nerven zu gehen.

»Mensch, Aimee, wieso interessiert du dich denn so für meinen Dad?«

»Ach, nur weil … Ich habe meinen Dad verloren, bevor ich ihm alles sagen konnte, was ich ihm sagen wollte.«

»Hör mal, ich freu mich ja, dass du deiner Mom die Meinung gegeigt hast. Das war echt toll. Aber das heißt noch lange nicht, dass du mich aus meinem elterlichen Morast rausholen kannst.«

»Vielleicht hilft es ja schon, wenn wir mal mit ihm reden.«

»Nein, ich weiß, was hilft. Eine dicke, fette Party.« Ich rolle mich aus dem Bett und schnappe mir meine Hose von der Stuhllehne. »Ich würde sagen, der Abschlussball kann kommen. Wenn es für irgendwas eine Lösung gibt, wird die sich schon im Land des nächtelangen Vollrauschs finden.«

50

Meine Fliege, mein Kummerbund und das rote Einstecktuch sind absolut dinomenal. Aimees Mom öffnet mir die Tür und ihr sagenhafter Vokuhila schimmert im Licht des Fernsehers.

»Aber hallo, was für ein vornehmer Gentleman«, sagt sie, dann dreht sie sich um und brüllt über den Flur: »Aimee, dein Freund ist hier.«

Aimee kommt nicht sofort und ich stehe noch eine Weile im Wohnzimmer und wechsele unbehagliche Blicke mit Mom und Randy dem Walross.

Dann erscheint Aimee, und mich beschleicht der leise Verdacht, dass sie mich absichtlich hat schmoren lassen, um einen dramatischen Auftritt hinzulegen. Sie muss ungefähr einen Monat vor dem Spiegel gestanden haben, damit auch ja alles passt, aber Aimee ist nun mal Aimee – sich chic zu machen, ist nicht gerade ihre Spezialität.

Natürlich hat sie wieder Lippenstift benutzt und diesmal sogar auch noch Lidschatten. Obendrauf – und ich meine das ganz buchstäblich – thront ihre Hochsteckfrisur, die dem schiefen Turm von Pisa nachempfunden zu sein scheint. Ihr Kleid ist in einem zaghaften Gelb gehalten, das nicht wirklich mit ihrem Hautton harmoniert. Es besteht aus einer Art Kunstseide, die tatsächlich ziemlich eng und sexy an den Hüften anliegt, aber ein Dekolleté sucht man vergebens.

Ihre ganze Aufmachung weckt in mir den Drang, sie zu packen und an mich zu ziehen, sie zu streicheln und ihr zu versichern, dass sie das wunderschönste Wesen in der gesamten Galaxie ist. Mach dir keine Sorgen wegen irgendwelcher blöder Scherze von Jason Doyle, will ich ihr sagen. Aber sie würde sowieso nicht kapieren, warum irgendwer blöde Scherze über sie machen sollte.

Wir tauschen Ansteckblume und -sträußchen aus, Mom schießt noch ein paar Fotos mit einer von diesen kleinen Einwegkameras, und dann machen wir uns auf den Weg. Und ja, ich weiß, dass alle anderen Reservierungen in Edelrestaurants wie The Mantel oder im Nikz at the Top haben, aber Aimee und ich sind ja auch nicht wie alle anderen.

»Und?«, fragt sie. »Was ist jetzt die Überraschung? Wo gehen wir essen?«

»Wart's ab, du wirst schon sehen.«

Ungefähr zehn Minuten später kommen die Lichter der Funktürme in Sicht, und sie fragt: »Moment mal, fahren wir etwa zu Marvin's Diner?«

»Diese Antwort ist korrekt«, verkünde ich im Tonfall eines Gameshow-Moderators. »Und die Dame gewinnt einen neuen Kühlschrank und diesen wunderschönen Keramikwindhund!«

»Sind wir dafür nicht ein bisschen overdressed?«

»Ist doch egal. Der Laden hat schließlich sentimentalen Wert für uns – da hatten wir unser erstes Date.«

»Ich dachte, das wäre die Party am See gewesen?«

»Ich meine, unser erstes Wir-gehen-irgendwo-essen-Date.«

»Aber es gab doch nur Chilipommes.«

»Was ist denn los? Gefällt dir meine Idee nicht?«

»Nein, schon gut.«

»Ich meine ja nur, das Diner ist doch, na ja, eben was Besonderes. Das ist *unser* Laden.«

»Ehrlich? Unser Laden?«

»Na klar.«

»Dann ist er perfekt«, sagt sie und lächelt.

Ich hatte eigentlich erwartet, dass das Personal im Marvin's begeistert sein würde, wenn wir in unserem Abschlussball-Outfit reinspazieren, doch der Typ hinter der Kasse – eventuell Marvin höchstpersönlich, vielleicht aber auch nicht – starrt uns an, als wären wir total durchgeknallt.

»Wir haben heute Abschlussball«, erkläre ich ihm, »und um diesen wunderbaren Anlass zu feiern, könnten wir uns kein erleseneres Etablissement als das Marvin's vorstellen.«

»Im Ernst?«, erwidert er ausdruckslos. Sein Blick wandert zu Aimee. »Und du spielst dabei mit?«

»Na klar«, sagt sie. »Ist eben unser Laden.«

Der Mann legt den Kopf schief. »Na schön. Dann pass auf, dass du dir dein Kleid nicht mit Chilisoße bekleckerst.«

Wir setzen uns in unsere Lieblingsnische, und die Kellnerin, die uns bedient, ist schon eher in der richtigen Stimmung. »Ach, seht ihr zwei hübsch aus«, schwärmt sie. »Da müssen wir euch aber was ganz Besonderes zaubern. Wie wär's mit dem panierten Steak?«

»Können wir dazu Chilipommes haben?«

»Ihr könnt dazu haben, was ihr wollt, Schätzchen.«

Nachdem wir bestellt haben und die Kellnerin in die Küche verschwunden ist, ziehe ich ein kleines Päckchen aus der Tasche. Es ist in rot-grünes Papier eingeschlagen und mit einer leuchtend roten Schleife verziert. Ja, okay, das war beides noch von Weihnachten übrig, aber es sieht trotzdem schön aus.

»Hier.« Ich drücke es Aimee in die Hand. »Das wollte ich dir für heute Abend geben.«

Ihre Augen leuchten auf und sie streichelt das Päckchen sogar kurz. »Du musst mir doch nichts schenken.«

»Weiß ich. Ich will aber.«

Ganz vorsichtig versucht sie, das Papier zu lösen, so als wollte sie es nicht zerreißen und als Andenken aufbewahren. Schließlich gelingt es ihr, es abzustreifen. Dann nimmt sie den Deckel von der Schachtel und starrt hinein.

»Ein Flachmann«, sagt sie.

»Ja. Genau wie meiner.«

Sie stellt die Schachtel ab. »Der ist toll.«

»Und wie du merken wirst, ist er auch schon gefüllt.«

Alles ist perfekt. Wir pimpen unsere Getränke, Dean Martin säuselt aus der Jukebox und die panierten Steaks und Chilipommes könnten gar nicht leckerer sein. Für noch mehr romantische Atmosphäre stellt die Kellnerin uns sogar eine Kerze auf den Tisch. Sollte Aimee anfangs irgendwelche Bedenken wegen des Marvin's gehabt haben, kann ich mir nicht vorstellen, dass davon noch welche übrig sind, als wir zum Ball aufbrechen.

Der nächste Halt ist Remington Park, wo der Ball stattfindet. Ja, das ist eine Pferderennbahn, aber dazu gehören auch diese superschnieken Räumlichkeiten mit einem Wahnsinnsfestsaal, den man mieten kann. Das ganze Gebäude sieht aus wie ein Palast, golden angestrahlt, und vom Dach hängen Banner. Über dem Eingang wölbt sich ein breites rotes Vordach, sodass man sich fühlt, als würde man direkt in die Oscarverleihung oder so was reinspazieren. Alles sehr nobel.

Im Festsaal sehen wir Polsterstühle und Tische mit weißen Decken, Reihe um Reihe auf fünf Ebenen. Auf einer Seite gehen riesige Fenster – eine komplette Glaswand eigentlich – auf die Rennbahn hinaus, die extra für uns beleuchtet wird. Natürlich ist da unten heute Abend kein Pferd unterwegs, aber es ist trotzdem ein großartiger Anblick, wie das Licht auf die braune Strecke fällt und die beiden Teiche am Nordende des Innenfelds zum Glitzern bringt.

Eins muss ich dem Organisationskomitee lassen: Die Location ist genial. Die Deko allerdings sieht genauso aus, wie ich es bei dem Motto *Puttin' on the Ritz* erwartet hatte – kitschige Scherenschnitte von Zylinderhüten, Spazierstöcken und Diademen, dazu noch ein paar Glitzersterne und Sichelmonde (mag ja sein, dass dieser Irving Berlin mit seinem Jazz-Song damals echt 'ne Berühmtheit war, aber es geht doch nichts über Dinos Lässigkeit). Es ist alles so schrecklich, dass es schon wieder toll ist. Schon klar, wir werfen uns in Schale und feiern wie im Ritz. Wir sind die Königinnen und Könige der Uncoolness und das hier ist unser Abend!

Aimee und ich sind ein bisschen spät dran, nachdem ich mich auf dem Weg ein paarmal verfahren habe, doch zum Glück hat Cassidy uns Plätze an ihrem Tisch freigehalten. Das war aber auch das Mindeste, was sie tun konnte, nachdem sie meine Limousinenidee so abgeschmettert hat. Ricky sitzt an einem Tisch auf der gegenüberliegenden Seite des Saals, umgeben von Bethanys und Taras Freunden. Worüber er sich mit diesen Leuten wohl unterhält? Ich habe keinen blassen Schimmer. Und seinem gezwungenen, zwei Nummern zu großen Lächeln nach zu schließen, geht es ihm genauso.

Die Bowle geht die perfekte Symbiose mit Aimees Wodka ein, passt allerdings nicht so recht zu meinem Whisky, darum muss ich, immer wenn sich die Gelegenheit bietet, einen Schluck pur dazwischenmogeln, was mir im Grunde nichts ausmacht. Aber trotzdem. Das soll schließlich unser Abend sein, können die da nicht wenigstens mal ein paar Flaschen 7UP besorgen?

Außerdem dachte ich, es gäbe Livemusik, aber stattdessen wurde ein DJ engagiert. Und dieser Idiot hält sich natürlich für den krassesten Typen unter der Sonne. Schief aufgesetztes Baseballcap, Bikersonnenbrille. Mann, wir sind drinnen und es ist Abend. Wozu brauchst du eine Sonnenbrille, Alter? Sein Gelaber hört sich genauso an, wie ein weißer Junge aus Oklahoma es sich wohl an der Westküste vorstellt, und seine Songauswahl ist dieselbe wie die, mit der uns alle Radiosender tagein, tagaus vollkotzen. Macht aber nichts. Ich habe meine Geheimwaffe dabei: Meine *Best Of Dean Martin.* Ich warte nur noch auf den richtigen Zeitpunkt, um sie ihm unterzujubeln.

Trotz der grässlichen Musik ist die Tanzfläche rappelvoll, und nachdem ich unseren Tisch ein Weilchen mit ein paar von meinen witzigen Geschichten unterhalten habe, stürzen sich auch Cassidy und Marcus ins Getümmel. Und obwohl Marcus superlässig aussieht – makellos weißer Smoking mit schwarzem Hemd und schwarzer Krawatte –, wird er auf der Tanzfläche zum hilflos flatternden Kranich, mit seinen langen, steifen Beinen und der Art, wie er den Kopf etwas dämlich vor- und zurückschiebt. Cassidy hingegen, bei der man denken könnte, an ihr würde alles etwas zu sehr ins Wabbeln geraten, bewegt sich mit fließender Eleganz.

Ich weiß, ich bin mit Aimee hier – und darüber bin ich auch froh –, aber wie sollte man Cassidy nicht anstarren? Sie trägt ein atemberaubendes türkisfarbenes Kleid, das sich an jede ihrer üppigen Kurven schmiegt. Das Türkis betont ihre Augen, sodass sie glitzern wie blaue Diamanten, und ihre Haut ist strahlend und klar wie polierte Milch. Während Aimee die ganze Zeit an den Trägern ihres Kleids zupfen muss, damit die ihr nicht von den Schultern rutschen, hat Cassidys Kleid keine

Träger. Ihr prachtvoller Busen erledigt diesen Job ganz allein – ein Wunderwerk der Anatomie.

»Sie tanzt echt gut«, sagt Aimee.

»Was?«

»Cassidy. Sie kann gut tanzen.«

»Ach so, ja, kann sie wohl. War mir gar nicht aufgefallen.«

Als das Lied zu Ende ist, kommt Cassidy zurück an den Tisch, Marcus an der Hand hinter sich herziehend. »Warum tanzt du denn nicht?«, fragt sie mich.

»Du weißt doch, dass ich solche Musik nicht leiden kann.«

»Na und? Ich doch genauso wenig. Aber du sagst selbst immer, man soll alles Seltsame willkommen heißen, oder nicht? Dann mach das doch und amüsier dich einfach.«

Da hat sie recht. Ich bin keiner von diesen Leuten, die sich Sorgen über den Hipnessquotienten ihrer Musik machen. Mir gefällt, was mir gefällt. Davon abgesehen bin ich ein hervorragender Tänzer.

»Na, dann los.« Als die Anfänge eines weiteren furchtbaren Songs erklingen, schnappe ich mir Aimees Hand. »Diesen Song hasse ich *wirklich*. Das wird ein Spaß!«

Aber meine Hand trifft auf unerwarteten Widerstand. »Ich weiß nicht«, sagt sie. »Ich bin nicht so gut im Tanzen.«

»Hey, dafür bin ich absolut begnadet, ich lasse jeden gut aussehen.«

»Später vielleicht.« Sie hebt ihr Glas, als wollte sie mir bedeuten: *Wenn du mich auf die Tanzfläche kriegen willst, brauche ich erst noch ein paar Drinks.*

Von der anderen Seite greift Cassidy nach meinem Arm. »Dann stört es dich doch sicher nicht, wenn ich ihn mir für diesen Tanz mal ausborge, oder?«

»Ähm, nein«, sagt Aimee. »Gerne, klar.«

Zuerst ist es ein bisschen eigenartig. Nur als Freunde haben Cassidy und ich noch nie miteinander getanzt. »Also.« Sie erhebt die Stimme, um die Musik zu übertönen. »Aimee hat sich ja echt hübsch gemacht.«

»Mhmm.«

»Du siehst auch nicht so übel aus.«

»Du siehst umwerfend aus.«

Sie lächelt und blickt zur Seite.

Jetzt fühlt sich alles ganz natürlich an. Es hat keinen Sinn, die Tatsache zu ignorieren, dass es zwischen uns immer noch funkt.

Ich wirbele sie herum, presse sie an mich, wir trennen uns und ich ziehe sie wieder zu mir, so geübt wie immer. Nur einmal werde ich ein bisschen übermütig und stoße versehentlich mit Derrick Ransom zusammen.

»Pass auf, wo du hintanzt, Sutter«, schimpft er, und ich sage: »Hey, das liegt an dieser Tanzfläche. Die ist einfach zu klein für meine Hammermoves.«

»Schon klar.«

Der Song ist zu Ende und ein langsamer fängt an.

»Noch einen?«, fragt Cassidy.

»Klar. Klingt gut.«

Es ist lange her, dass ich sie so im Arm gehabt habe. Es gibt so viel, woran man sich festhalten kann. Ihre Wärme überwältigt mich fast. Und ihr Parfum riecht so, wie sie aussieht – blau, weiß, golden. Das ist wirklich nicht der richtige Zeitpunkt, um einen Steifen zu kriegen, aber das Lied ist erst halb vorbei und mein Wille wird immer schwächer.

»Ich hoffe, Aimee macht es nichts aus, dass wir so eng tanzen«, sagt sie.

»Wieso sollte es ihr was ausmachen?«

»Ach, ich weiß auch nicht. Mir würde es das vielleicht an ihrer Stelle.«

»Und Marcus? Macht es dem was aus?«

»Das will ich ihm nicht geraten haben.«

»Das sagt sich so leicht.«

»Und wie läuft es zwischen dir und Aimee?« Ihr Mund ist jetzt ganz dicht an meinem Ohr.

»Alles super.«

»Du benimmst dich also anständig ihr gegenüber, ja?«

»Ich bin so was von ritterlich, da würde selbst Sir Galahad staunen.«

Sie lacht und ihr Atem trifft warm auf meinen Hals. »Ich hab mitgekriegt, wie sie einen Flachmann aus der Tasche gezogen und was daraus in ihre Bowle gekippt hat. Du machst doch keine Säuferin aus ihr, oder?«

Ich lehne mich zurück und blicke ihr ins Gesicht. »Was wird das hier? Willst du tanzen oder mir eine Predigt über Aimee halten?«

Sie legt ihren Kopf an meinen. »Tanzen«, sagt sie.

Als das Lied zu Ende ist, tätschelt sie mir die Wange und wir kehren zurück an unseren Tisch. Sieht aus, als hätte Marcus uns gar nicht groß beachtet. Er ist in eine Unterhaltung mit Darius Carter und Jimmy McManus vertieft. Aimee sitzt am Rand, im Gesicht diesen angestrengten Ausdruck, den man aufsetzt, wenn man versucht, so zu tun, als machte es einem nichts aus, ganz allein mitten in einer Menge zu sein.

Ich gebe ihr einen Kuss auf die Wange und frage, was ihre Flasche macht.

»Ein bisschen ist noch drin.«

»Ein bisschen?« Ich trinke einen Probeschluck von ihrer Bowle. »Wow, das nenne ich mal eine hohe Drehzahl.« Ich nippe noch mal. »Aber nicht schlecht, der Trunk. Gar nicht schlecht.«

Um uns tobt der Abschlussball. Mein Rausch ist auf einer spektakulär schönen Stufe angelangt, der Stufe, auf der man sich mit allem und jedem verbunden fühlt. Was für Erinnerungen ich mit diesen Leuten teile – zu viele, um sie zu zählen. So viele gute Kumpels mit so vielen witzigen Geschichten. Manchmal könnte ich mich schon totlachen, wenn ich nur ihre Gesichter sehe.

Und dann sind da meine Exfreundinnen. Sie sehen alle unglaublich aus, jede einzelne von ihnen. Neben Cassidy ist Shawnie vermutlich die Schönste, so wie ihr rotes Kleid ihr schwarzes Haar, ihre gebräunte Haut und ihre funkelnden Augen hervorhebt. Es ist toll, sie so fröhlich zu sehen. Ich habe mir zuerst ein bisschen Sorgen gemacht, als ich gehört habe, dass sie jetzt mit Jeremy Holtz zusammen ist, doch sie scheinen tatsächlich gut zueinanderzupassen. Ich hätte nie gedacht, dass Jeremy überhaupt Lust hat, zum Abschlussball zu gehen, aber er ist da und ich habe ihn noch nie so viel lächeln sehen.

Das hier sind meine Leute. Wir haben uns alle chic gemacht und feiern das, was uns verbindet: unsere Jugend. Denn genau das ist so ein Abschlussball – ein St. Patrick's Day für junge Menschen. Nur dass wir nicht auf das Kleeblatt trinken und Schlangen aus Irland vertreiben. Wir trinken auf das Chlorophyll, das in unseren Körpern aufsteigt und die Energie des Universums einfängt. Niemand war je auf die gleiche Art jung wie wir in diesem Augenblick. Wir sind die Überlichtgeschwindigkeitsgeneration.

Schließlich kommt wieder ein langsamer Song und diesmal wehrt sich Aimee nicht. Sie schmilzt regelrecht an meiner Brust, als wir uns zur Musik wiegen. Nach Cassidy ist es so anders, jetzt sie im Arm zu halten. Cassidy bringt mir äußerliche Schönheit. Aimee bringt etwas Schönes aus den Tiefen meines Inneren hervor.

»Ich kann nicht so tanzen wie Cassidy«, sagt sie.

»Ja, aber du kannst tanzen wie Aimee. Und das ist genau richtig.«

51

Schließlich kommen wir zu dem Teil des Abschlussballs, mit dem ich absolut nichts anfangen kann – der König und die Königin unseres Jahrgangs werden gekrönt. Für mich sind wir ja alle Könige und Königinnen. Warum sollte man dieses schöne Zusammengehörigkeitsgefühl zerstören, indem man zwei Leute über alle anderen erhebt?

Um diesem gruseligen Ereignis zu entgehen, schlage ich Aimee einen kleinen Spaziergang vor. Der Gebäudekomplex ist es wert, erforscht zu werden, insbesondere von einer solchen Pferdeliebhaberin, wie sie es ist. Jockeymonturen und Bilder von Rennpferden zieren die Wände und im Foyer steht eine echt abgefahrene Pferdestatue. Es gibt auch Bars, Restaurants und ein Kasino, das jetzt zwar geschlossen ist, aber auf den Gängen kann man förmlich die Geister der Spieler spüren. Ich war schon ein paarmal beim Pferderennen und erkläre Aimee, wie das mit dem Wetten funktioniert.

»Ich würde wahrscheinlich bloß mein ganzes Geld verlieren«, sagt sie.

»Das ist in Ordnung. Gehört einfach zum Preis dazu, den man dafür zahlt, hier rauskommen zu dürfen. Ich meine, ich habe keinen blassen Schimmer von Pferden, aber das spielt keine Rolle. Ich suche mir einfach die mit den bescheuertsten Namen aus – Fat Cat zum Beispiel oder Snickerdoodledandy – und auf die wette ich dann. Ich denke mir einfach, sie können ein bisschen Unterstützung gebrauchen, weißt du?«

»Was ist, wenn ein Pferd namens Cassidy dabei wäre?«

»Wie meinst du das? Cassidy ist doch kein bescheuerter Name.«

»Aber würdest du auf dieses Pferd wetten?«

»Was soll denn die Frage?«

»Ach, ich hab nur gesehen, wie eng ihr zwei zusammen getanzt habt.«

»Hey, sie hat ja wohl mich aufgefordert, nicht andersrum. Und du hast doch gesagt, es wäre okay.«

»Aber du hättest wissen müssen, dass es das in Wirklichkeit nicht ist.«

Oh, oh. Und schon ist es so weit – jetzt haben wir doch das Du-hättest-meine-Gedanken-lesen-müssen-Stadium erreicht.

»Woher sollte ich das denn wissen?«, frage ich. »Solche Sachen musst du mir schon sagen. Telepathie gehört leider nicht zu meinen zahlreichen Talenten.«

Wir gehen nach draußen, wo der Mond und die großen Scheinwerfer die sorgfältig gestaltete Landschaft erleuchten. Eine Weile sagt keiner von uns etwas. Schließlich breche ich das Schweigen. »Hör mal, ich bin mit dir hier. Und Cassidy mit Marcus. Sie und ich sind nur gute Freunde. Was muss ich denn tun, damit du Sutterman vertraust?«

Wir setzen uns auf eine Steinbank. Sie blickt hinaus auf den vollkommenen Garten, der uns zu Füßen liegt, und sagt: »Ich weiß, was du tun könntest.«

»Was denn? Ich mache alles, was du willst.«

»Du erzählst mir doch dauernd, ich solle mich meiner Mom gegenüber behaupten, mit dem Zeitungsaustragen aufhören und nach St. Louis zu meiner Schwester ziehen, stimmt's? Na ja, ich glaube, das mache ich wirklich. Meine Noten sind zwar in letzter Zeit ein bisschen abgefallen, aber das ist alles noch im

Rahmen. Um mich für den Herbst zu bewerben, ist es sowieso zu spät, aber ich könnte dort ja einfach zuerst ein Jahr aufs örtliche College gehen und dann an die Uni wechseln. Ich habe schon mit Ambith geredet, und sie meint, sie kann mir einen Job in der Buchhandlung verschaffen, in der sie stellvertretende Filialleiterin ist.«

»In einer Buchhandlung? Das wäre ja perfekt für dich.«

»Ist es wirklich. Abgesehen von der NASA ist das so ziemlich mein Traumjob.«

»Und du kannst endlich selbst über dein Geld verfügen.«

»Genau!«

Komisch. Das ist exakt das, wozu ich sie von Anfang an bringen wollte, aber jetzt, als sie tatsächlich vom Weggehen spricht, will ich plötzlich gar nicht mehr, dass sie mich verlässt. Doch das kann ich ihr ja schlecht sagen. Sie muss hier weg.

»Das ist toll«, sage ich und zwinge mich zu lächeln. »Ich kann mir gar nichts Besseres vorstellen. Hier wirst du sonst noch, ich weiß auch nicht, erdrückt oder so. Total inakzeptabel. St. Louis ist bestimmt *muy fantastico*. Mach dir keine Sorgen wegen des Umzugs, da helfe ich dir. Dafür bin ich genau der richtige Mann.«

»Das ist eigentlich nicht das, was ich im Sinn hatte.« Sie holt tief Luft. »Ich hatte gehofft, du würdest sagen, dass du mit mir dahin ziehst.«

»Nach St. Louis?«

»Du könntest doch auch dort aufs College gehen und dir einen Job suchen und wir nehmen uns gemeinsam eine Wohnung.«

Das kommt jetzt total unerwartet, um es mal milde auszudrücken. Okay, ich hänge viel mehr an Aimee, als ich es je für möglich gehalten hätte, aber ihr kennt mich doch. Mein Motto lautet: Vermeide Gespräche über zukünftige Wohnarrangements um jeden Preis. Klar bin ich immer davon ausgegangen, dass ich irgendwann mal mit einem Mädchen zusammenziehe und vielleicht sogar heirate, aber das war mehr so, wie ein kleiner Junge denkt, dass er eines Tages Kapitän eines großen Ozeandampfers wird. Was ich damit sagen will, ist, dass das für mich nie was Konkretes, Realistisches hatte. Und jetzt klatscht Aimee es mir ins Gesicht wie einen gefrorenen Seebarsch.

Also sage ich: »Wow. Eine gemeinsame Wohnung?«

»Meine Schwester hat gesagt, ich könnte bei ihr einziehen, aber wenn du mitkommst, kriegen wir sicher auch ein Apartment im selben Gebäude wie sie. Es ist auch gar nicht so teuer.«

»Du hast ja schon fleißig Pläne geschmiedet.«

»Ich will nicht mal mehr den Sommer über hierbleiben. Am liebsten möchte ich los, sobald die Schule vorbei ist.«

»Klingt ganz schön entschlossen.«

Sie sieht runter auf ihre Finger. »Willst du nicht mit? Du sagst mir immer, ich soll weg von meiner Mom und dahin ziehen, aber ohne dich will ich nicht.«

»Ja, schon, aber gleich zusammenziehen? Das ist ein ziemlich großer Schritt. Wenn man mal betrachtet, wie kolossal meine Eltern auf dem Gebiet versagt haben, ist das vielleicht nicht die beste Idee.«

»Vielleicht ja doch.« Sie greift nach meiner Hand und sieht mir endlich in die Augen. »Vielleicht ist das genau das, was du brauchst, um über die Sache mit deinen Eltern wegzukommen.«

»Ach, darüber bin ich schon lange weg.«

»Tatsächlich?« Sie drückt meine Hand noch fester. »Und warum regst du dich dann immer so auf, wenn ich deinen Dad erwähne? Wenn ich vorschlage, nach ihm zu suchen, machst du immer gleich dicht. Aber das ist genau das, was du tun solltest, finde ich – ihn suchen und mit ihm reden. Und wenn du weißt, was da wirklich abgelaufen ist, kannst du dafür sorgen, dass uns nicht dasselbe passiert.«

»Meinst du?« Ich muss zugeben, dass mich das Dad-Thema immer noch auf die Palme bringt, aber das kann ich jetzt ja nicht mehr zeigen, nachdem sie mich entlarvt hat.

»Ja. Meine ich.« Keine Zwei-Silben-Jas mehr. In ihrer Stimme liegt nun eine dicke Ladung Selbstsicherheit. »Und ich meine, wir sollten alles versuchen, damit wir zusammenbleiben können.«

»Aber was, wenn wir was ganz Schreckliches rausfinden? Wenn er ein Serienmörder ist oder ein Gameshow-Moderator? Willst du dann immer noch, dass ich mit dir nach St. Louis komme?«

»Ich will immer, dass du mit mir kommst, egal, was passiert. Die Frage ist nur, willst du das auch?«

Natürlich sollte ich tun, was Ricky mir geraten hat, mir ein Rückgrat wachsen lassen und ihr einfach klipp und klar sagen: Nein, ich werde auf keinen Fall nach meinem Dad suchen und auf keinen Fall mit dir nach St. Louis ziehen und es wird auf keinen Fall was Ernstes aus uns. Aber Ricky sitzt nun mal nicht hier und sieht diesem Mädchen in die flehenden blassblauen Augen.

Also tue ich stattdessen Folgendes: Ich lege ihr den Arm um die Schultern, ziehe sie an mich und sage: »Ja, will ich. Das klappt bestimmt. Du hast vollkommen recht. Zusammenziehen wäre spektakulär. Das ist die großartigste Idee in der Geschichte des Universums.«

52

Zurück im Festsaal scheint sich die Stimmung auf dem Ball verändert zu haben. Oder es liegt daran, dass mein Rausch im nächsten Stadium angelangt ist – der Flaute, dem Tal zwischen zwei Gipfeln. Das geht mir übrigens erst seit Kurzem so. Früher hat sich eigentlich immer Gipfel an Gipfel gereiht, aber ich schätze, langfristig muss man hin und wieder auch mal eine Durststrecke in Kauf nehmen.

Ich lasse den Blick durch den Raum schweifen und mich überkommt dieses typische wehmütige Gefühl, bittersüß fast, aber mit deutlichem Akzent auf bitter. Die Schönheit der kitschigen Deko hat sich abgenutzt und jetzt wirkt sie nur noch jämmerlich. Der Glitzer rieselt herab. Verzweiflung sickert in den Raum. Die lächelnden Gesichter sind so falsch wie die Pappmonde.

Mir kommt der Gedanke, dass wir alle Grashalme auf derselben Rasenfläche sind. Wir sind gemeinsam aufgewachsen, Schulter an Schulter, unter derselben Sonne, und haben denselben Regen getrunken. Aber ihr wisst ja, was mit Grashalmen passiert – bevor sie ihre Blütezeit erreicht haben, werden sie niedergemäht.

Viele Leute sind schon auf irgendeine der Afterprompartys verschwunden. Von Cassidy und Marcus fehlt jede Spur. Genauso wie von Ricky. Aber die Tanzfläche ist immer noch halb voll und das ist vielleicht das Schlimmste von allem. Was hat diese beschissene Musik an sich, dass irgendwer überhaupt noch einen Fuß hebt? Sie klingt, als hätte die Entseelinator-Maschine der Atomvampire sie ausgespuckt. Und trotzdem, da sind sie alle, grinsend und hüftkreisend, und ziehen hin und wieder einen sexy Schmollmund, wie sie das im Fernsehen gelernt haben. Zach Waldrop entscheidet sich für eine komödiantische Tanzeinlage, um damit sein fehlendes Rhythmusgefühl zu überspielen. Mandy Stansberry, meine Exfreundin aus der Junior-Highschool (sie war ziemlich wild drauf), wackelt mit dem Arsch, als wäre sie die neueste Nullachtfünfzehn-Teeniepop-Diva. Oder sollte ich Teenieporno-Diva sagen? Wo liegt der Unterschied?

Wir sind nicht mehr die Überlichtgeschwindigkeitsgeneration. Noch nicht mal die Nächstes-großes-Ding-Generation. Wir sind die Bald-überflüssig-Kids, und wir haben uns heute hier versammelt, um der Zukunft und der Vergangenheit gleichermaßen zu entfliehen. Wir wissen genau, was läuft – die Zukunft baut sich drohend vor uns auf wie ein schwarzes, schmiedeeisernes Tor, und die Vergangenheit ist uns auf den Fersen wie ein bösartiger Dobermann, nur dass dieser hier es wirklich ernst meint.

Schon okay. Keine Panik. Sutter Keely ist ein Alkoholveteran. Ich kenne die Stadien eines Rauschs so gut wie die Sommermonate. Und das Einzige, was jetzt hilft, ist, volle Kraft voraus durch das Tal zu rauschen, bis zum nächsten Stadium – der Mir-scheißegal-immer-her-damit-Phase.

Als der DJ eine Pause macht, stupse ich Aimee an und sage: »Weißt du, was? Wenn wir nichts unternehmen, zerfällt dieser Ball noch in seinem eigenen Sarg zu Staub. Er könnte ein anständiges Umstyling gebrauchen und für den Job bin ich genau der Richtige.« Ohne weitere Erklärungen hüpfe ich hoch zum DJ-Pult, um das Grauen mit ein wenig Dean Martin zu bekämpfen.

Aber da gibt es ein Problem – die Technik ist ein bisschen komplizierter als gedacht und ich habe schon den einen oder anderen Drink intus, also breche ich die ursprüngliche Mission ab und starte stattdessen eine neue, weitaus bessere: Sutterman höchstpersönlich schmettert für Sie die größten Dino-Hits.

Ich tippe ein paarmal ans Mikro. »Dürfte ich mal kurz um Aufmerksamkeit bitten?«

Irgendwo im Saal brüllt jemand: »Yeah! Sutter!«

»Ich würde nur gern ein bisschen Stimmung in die Bude bringen«, erkläre ich mit meiner besten lässig-tiefen Entertainerstimme. »Dem Abend etwas Klasse verleihen. Ein bisschen Stil.«

Ich fange an mit *You're Nobody 'til Somebody Loves You*, und zwar im vollen Dino-Modus. Ich kneife die Augen zusammen, schwanke und wedele mit meinem Glas rum, genau wie er.

»Autsch!«, schreit jemand ein paar Tische weiter.

Unglücklicherweise kann ich mich nicht so richtig an den Text erinnern, also muss ich nach ein paar Zeilen zu *Ain't That a Kick in the Head* übergehen. Doch das macht nichts, denn selbst das ist ein echter Geniestreich. Diese beiden Songs ergeben das perfekte Medley. Sie fassen ziemlich treffend zusammen, wie es in der Welt zugeht. Ja, sie sind nicht bloß Songs. Sondern Offenbarungen. Mit einem Mal hat der Abschlussball seinen Kitsch-Faktor verloren und eine dicke, fette Dosis Tiefgründigkeit erfüllt den Saal.

Doch irgendwer ist ja immer dabei, der so was nicht kapiert. Wie Mr Archloch.

Er ist Teil der Partypolizei, bereit, sich auf jeden zu stürzen, der sich auch nur ein winziges bisschen vom breiten Pfad der Langeweile entfernt. Gerade will ich noch einen Nachschlag vom Refrain von *You're Nobody 'til Somebody Loves You* servieren, da umklammert seine Hand eisern meinen Arm.

»In Ordnung, das reicht, Mr Keely. Sie setzen sich jetzt am besten wieder an Ihren Tisch.«

»Aber das hier ist doch das, worum es wirklich geht«, erkläre ich ihm voller Ernst. »Das ist das Evangelium nach Dino.«

»Hinsetzen!«, ruft jemand, vermutlich derselbe Idiot, der sich das tolle *Puttin' on the Ritz*-Partymotto ausgedacht hat.

»Leck mich doch«, erwidere ich mit meiner tiefen Entertainerstimme.

»Schluss jetzt«, schimpft Mr Archloch und zerrt an meinem Arm.

»Aber Mr Archloch«, sage ich, immer noch ganz tief und lässig, »das hier ist der letzte Abend, an dem wir jung sind, oder haben Sie etwa schon vergessen, wie das war?«

Ich sollte vielleicht darauf hinweisen, dass unser gesamter Wortwechsel, auch der Teil mit »Mr Archloch« und so weiter, über das Mikro durch den Saal dröhnt. Ein paar anfeuernde Rufe werden laut, aber auch immer mehr Forderungen, dass ich mich hinsetzen soll, und Mr Archs Augen quellen hervor.

»So, das war's«, sagt er. »Für Sie ist der Abschlussball vorbei.«

Ich schwöre, der Mann ist so zornesrot, dass es aussieht, als würden seine Haare jeden Moment Feuer fangen. Doch ich sage nur: »Schon gut. Dieser Kadaver ist sowieso bereit fürs Leichenschauhaus.«

»Raus, Mr Keely. Ich sage es nicht noch mal.«

Würdevoll gehe ich zurück zum Tisch, um Aimee zu holen. Na schön, ein paar Leute rufen mir zu: »Verschwinde, du Idiot«, aber wen interessiert's? Die Leute, die es kapieren, sind auf meiner Seite. »Hau rein, Sutter«, sagen sie. »Wir sehen uns auf einer der Partys, Mann!«

Aimee ist kein bisschen enttäuscht, dass wir früher gehen. Sie hat ihre Sachen schon zusammengepackt, als ich den Tisch erreiche. Sobald wir draußen an der kühlen Luft sind, nehmen wir jeder einen tiefen Zug aus unseren Flachmännern. Oh ja, das nächste Stadium des Rauschs fängt gerade erst an.

53

Uns stehen jede Menge Afterpartys zur Auswahl, aber die meisten meiner Kumpels werden wohl bei Cassidys bester Freundin Kendra sein. Diese Party geht sicher die ganze Nacht, darum haben wir noch mehr als genug Zeit für einen Zwischenstopp in unserem Motelzimmer. Der Plan ist: umziehen, Flachmänner auffüllen und weiterziehen, aber Aimee hat was anderes im Sinn.

Bevor ich meine Jeans hochziehen kann, kommt sie nur in Unterhose aus dem Bad marschiert und küsst mich auf die Brust. »Wir müssen auf keine Party mehr gehen«, sagt sie.

»Aber heute ist unser Abschlussabend.«

Sie fährt mit dem Finger meinen Bauch hinunter. »Wir können doch auch … hier feiern, nur du und ich.«

Das Mädchen ist eine totale Anfängerin, versteht ihr? Sie hat noch keine Ahnung von den verschiedenen Rauschstadien. Ich küsse sie lange und leidenschaftlich und mache mich dann los. »Wir können ja *nach* der Party hier weiterfeiern. Jetzt komm, zieh dich an. Wir wollen doch dabei sein, wenn sie die Champagnerkorken knallen lassen.«

»Aber müssen wir denn unbedingt auf eine Party, auf der Cassidy ist?«

»Du machst dir doch nicht etwa immer noch Sorgen deswegen, oder? Hör mal, sie und ich sind Freunde. Du musst dich einfach an sie gewöhnen. Vertrau Sutterman. Der beste Teil des Abends kommt erst noch.«

»Ehrlich?«

»Ehrlich. Los, zieh dich an.«

Dieses Stadium des Rauschs ist wirklich fantastisch. Man kann es schon gar nicht mehr Rausch nennen, eher ein Rauschen oder sogar Röhren. Die Welt öffnet sich und alles gehört dir, hier und jetzt. Wahrscheinlich kennt ihr die Redewendung »Man soll aufhören, wenn es am schönsten ist«. Tja, davon hat dieses Rauschstadium noch nie was gehört. Es sagt vielmehr: »Ich werde niemals aufhören. Ich bin unzerstörbar. Ich bin legendär und ich bin für immer.« Und natürlich glaubt man ihm das. Scheiß auf morgen. Scheiß auf alle Probleme und Hindernisse. Nichts spielt mehr eine Rolle außer dem Jetzt, dem perfekten Jetzt.

Nicht jeder schafft es auf Anhieb bis zu diesem Stadium. Dafür braucht es Übung und Hingabe. Es ist, wie ein Flugzeug steuern zu lernen – da muss man schon einiges an Flugmeilen zurücklegen, bevor man allein abheben darf.

Und glaubt mir, als wir bei Kendra ankommen, schwebe ich in luftiger Höhe. Die Leute scharen sich um mich, und ich erfinde Witze, ziehe meine Mafiosi-Nummer mit Shawnie ab, kippe gläserweise Champagner runter, während ich auf dem Kopf stehe –, habe einfach Spaß wie verrückt. Ein paar Leute drängen mich, auf den Couchtisch zu klettern und noch ein paar Dino-Songs zum Besten zu geben, und ich lasse mich nicht lange bitten. Genau so sollten Partys sein. Kein Erwachsener weit und breit, der uns die Laune verderben könnte. Kendras Eltern sind Genies. Sie haben ihr das Haus einfach überlassen und gesagt: »Wir vertrauen dir, Schätzchen, achte nur darauf, dass niemand in den Pool springt.«

Haha, netter Versuch!

Die einzige Schattenseite ist, dass Ricky nirgends zu sehen

ist. Der Blödmann hatte doch versprochen zu kommen, wo treibt er sich also rum? Wer weiß, vielleicht spielt er gerade tatsächlich eine Runde schulgesponsertes Lasertag mit Bethany. Cassidy und Marcus hingegen sind natürlich hier, und hin und wieder ertappe ich Cassidy dabei, wie sie mich ansieht und dann rätselhaft lächelt wie die Mona Lisa und den Kopf schüttelt. Ich kann mir vorstellen, was sie denkt: Wieso nur habe ich einen so irre witzigen Typen gegen Mr Stocknüchtern eingetauscht, der gerade in der Küche über Politik diskutiert?

Tja, was soll ich sagen? Jeder macht mal Fehler.

Irgendwann weiß ich nicht mehr, wo Aimee ist. Das letzte Mal, als ich sie gesehen habe, saß sie mit einem Drink in der Hand und einem gezwungenen Lächeln auf den Lippen auf der äußersten Sofakante, darum bin ich froh, dass sie offenbar losgezogen ist und sich unters Volk gemischt hat. Eigentlich habe ich wirklich vor, mal nach ihr zu sehen, für den Fall, dass sie sich das Gelaber von so schrecklichen Menschen wie Courtney Skinner oder, schlimmer noch, Jason Doyle anhören muss, aber dann werde ich abgelenkt.

Gerade als ich mich auf die Suche nach ihr machen will, packt mich Brody Moore am Arm und flüstert mir einen himmlischen Vorschlag ins Ohr. »Der Swimmingpool ruft«, raunt er. »Es muss nur jemand als Erster reinhüpfen.«

Brody weiß genau, dass ich mehr als gewillt bin, dieser Erste zu sein. »Na dann mal ab in den Garten«, verkünde ich. »Volle Kraft voraus und alle Mann auf ex!«

Als Brody und ich am Pool anlangen, haben wir schon eine ziemliche Gefolgschaft, und ich hebe die Hände und dirigiere den Schlachtruf: »Spring, Sutter, spring! Spring, Sutter, spring!«

Das Sprungbrett ist viel zu niedrig, um die der Situation angemessene Dramatik zu erzielen, also lasse ich mir natürlich von ein paar Jungs auf das Dach des kleinen Poolhäuschens am tiefen Ende des Beckens helfen. Es steht zwar etwas abseits, sodass ich Anlauf nehmen muss, aber das macht es nur noch aufregender.

Die Rufe werden lauter: »Spring, Sutter, spring! Spring, Sutter, spring!«

Kurz schießt mir der Gedanke durch den Kopf, ich könnte ausrutschen und mir auf den Steinen vor dem Pool den Schädel einschlagen, doch wenn man sich ständig Sorgen über jedes kleine Risiko macht, kriegt man ja nie irgendwas auf die Reihe. Also mache ich, ohne weiter darüber nachzudenken, drei große Schritte und segele – voll bekleidet – los, schnappe unterwegs ein bisschen köstliche Luft, ziehe die Beine an und überschlage mich, nicht ganz, aber fast. Als ich nach Atem ringend auftauche, klatscht und jubelt alles. Ein paar Leute in der ersten Reihe sind ordentlich nass geworden, doch es stört sie nicht.

»Marco!«, schreie ich.

»Polo!«, antwortet Brody und macht dann eine Arschbombe.

Danach ist das Becken für alle freigegeben. Insgesamt dürften es gut und gerne zwanzig Leute sein, die sich im Pool tummeln, manche sogar noch in ihren Abschlussballklamotten. Wasser spritzt, einer taucht den anderen unter, die Blusen und Kleider der Mädchen schmiegen sich vorzüglich an ihre Brüste. Schreie und Gelächter hallen durch die Luft. Ich sehe vom Rand aus zu, lasse die Füße mit Schuhen, Socken und Hosenbeinen ins Wasser baumeln und habe ein riesiges, seliges, guinnessbuchwürdiges Lächeln im Gesicht – genieße, was ich Großartiges geschaffen habe. Ich höre nicht, dass Cassidy meinen Namen ruft, bis sie direkt hinter mir steht.

54

»Sutter, du musst mal reinkommen.«

Ich sehe auf und da steht Cassidy und ihr Haar leuchtet im Licht der Terrassenstrahler. Sie ist wunderschön.

»Ich kann nicht reinkommen, ich bin patschnass.«

»Ich hole dir ein Handtuch.«

»Was gibt's denn so Dringendes?« Ich stehe auf und gehe mit ihr Richtung Terrassentür.

»Aimee geht's nicht gut. Kelsey hat sie im Badezimmer auf dem Boden gefunden. Sie hat sich in die Wanne übergeben.«

»Ach, verdammt. Wir hätten nicht so viele Chilipommes bei Marvin's essen sollen.«

»Oder vielleicht weniger Schnaps trinken?«

»Pass auf, warum machen wir's nicht anders? Du gehst rein und bringst sie raus zu mir. Wenn ich eine Runde mit ihr schwimme, geht's ihr sicher gleich besser.«

»Schwimmen? Sutter, sie kann jetzt nicht schwimmen. Sie würde untergehen wie ein Stein.«

»Wieso, ich wäre doch bei ihr. Ich würde sie schon nicht untergehen lassen.«

»So wie du den ganzen Abend bei ihr gewesen bist, ja? Seit ihr hier seid, hast du nicht eine Minute mit ihr verbracht.«

»Na und, was geht dich das an? Reicht's nicht, dass du mir ständig gepredigt hast, wie ich mich verhalten soll, als wir noch zusammen waren? Und jetzt willst du mir auch noch vorschreiben, wie ich einer anderen ein guter Freund zu sein habe?«

»Hier geht's nicht um dich und mich.« Sie bleibt vor mir stehen und packt mich an den Armen, als wollte sie mich schütteln, bis ich zur Vernunft komme. »Du weißt, wie sehr ich dich mag, und das werde ich auch immer tun, aber jetzt geht es –«

Sie beendet ihren Satz nicht. Aimee schneidet ihr das Wort ab. Wir stehen neben einer Gruppe Gartenmöbel etwa zehn Meter von der Terrassentür entfernt, und sie kommt auf uns zu, wackelig, aber dennoch sehr entschlossen.

»Es interessiert ihn nicht, ob du ihn magst«, sagt sie ungefähr fünfzig Dezibel zu laut. »Du bist nicht sein Freund. Ich meine, er ist nicht deine Freundin. Ich meine – du weißt schon, was ich meine.«

Cassidy sagt: »Aimee, ich wollte ihn bloß reinholen, damit er dir hilft.«

Aber Aimee erwidert: »Ich weiß ganz genau, was du von ihm willst.« Ihr Gesicht ist ganz blass, noch mehr als sonst. Sogar der Lippenstift ist verschwunden. An ihrer Wange klebt ein Rest Erbrochenes. »Du probierst es schon den ganzen Abend. Auf der Tanzfläche hast du ihn ja fast vor aller Augen gefickt.«

»Nein, hat sie nicht«, sage ich völlig verblüfft. Klar habe ich höchstselbst ihr den Wert des Fluchens zum passenden Zeitpunkt nähergebracht, aber wer hätte gedacht, dass ihr das Wort *ficken* so leicht über die Lippen kommen würde?

»Das war doch nur ein freundschaftlicher Tanz«, sage ich und will ihren Arm nehmen, aber sie reißt sich los und geht auf Cassidy zu.

»Ich will dich nicht mehr in seiner Nähe sehen«, sagt sie. »Du fette Schlampe.«

Und schon holt sie aus und verpasst Cassidy eine Ohrfeige. Die Wucht ihres Schlags bringt sie selbst aus dem Gleichgewicht, und sie stürzt auf einen gläsernen Beistelltisch, der in unzählige Puzzleteile zersplittert.

Da stehe ich nun mit einem Mädchen, das einen großen roten Handabdruck im Gesicht hat, und einem anderen, das in einem Haufen Gartentischscherben liegt. Um welches kümmere ich mich? Ich weiß nicht, was das über mich aussagt, aber ich gehe zu Aimee.

Stützend lege ich ihr die Hand in den Nacken. »Kannst du dich aufsetzen? Hast du dich geschnitten?«

»Sehe ich sehr schlimm aus?«, fragt sie. »Ich wette, ich sehe furchtbar aus.«

»Na komm, setz dich mal auf den Stuhl hier.«

Ich helfe ihr hoch und untersuche sie auf Schnittwunden. Außer einem Kratzer auf der Rückseite ihres Arms ist nichts Wildes zu entdecken.

»Sieht aus, als wäre alles in Ordnung mit dir«, erkläre ich, und sie vergräbt das Gesicht in meinem nassen T-Shirt und jammert: »Nein, ist es nicht. Ich bin so blöd. Ich hab was gemacht, im Bad. Hab ich Kotze in den Haaren?«

»Nein, deine Haare riechen super«, behaupte ich, aber in Wahrheit ist der Geruch nach *Eau de Würg* schon ziemlich überwältigend.

Hinter mir kreischt Kendra: »Sutter! Als ich gehört hab, was hier draußen los ist, hätte ich sofort wissen müssen, dass das auf deine Kappe geht. Dir ist ja wohl hoffentlich klar, dass ihr diesen Tisch ersetzen müsst.«

»Schon okay«, sage ich, total ruhig und würdevoll. »Schick mir einfach die Rechnung.«

Aber sie ist noch nicht fertig. »Jetzt nimm deine besoffene Freundin und verschwinde. Und zwar sofort!« Sie führt sich so selbstgerecht auf, als wäre sie unser aller Mom.

»Warum sollen wir denn gehen? Ich hab doch gesagt, ich bezahle dir den blöden Tisch.«

»Warum ihr gehen sollt?« Sie lässt den Blick über Terrasse und Pool schweifen wie eine Schadenssachverständige nach Hurrikan Katrina. »Na, wie wär's denn damit: Erstens hast du alle dazu verleitet, in den Pool zu springen, obwohl ich gesagt hab, dass ihr das nicht dürft, und dann macht deine Miss Hackedicht hier eine Riesenszene, schlägt ohne Grund meine beste Freundin und ruiniert einen Zweihundertdollartisch.«

»Hey, ich dachte, das hier wäre 'ne Party. Da kann so was doch mal passieren.«

»Nein, Sutter. Eine Party soll Spaß machen. Du hast überhaupt keine Ahnung, wie man sich als normaler Mensch amüsiert.«

»Ich hab keine Ahnung? Spinnst du? Guck dir doch mal die Leute im Pool an. Willst du etwa behaupten, die amüsieren sich nicht? Woran, meinst du, erinnern die sich später mal eher: dass sie am Abend ihres Abschlussballs mit dir am Esstisch gesessen und Gesellschaftsspielchen gespielt haben oder dass sie in voller Montur in den Pool gehopst sind und sich dabei kaputtgelacht haben?«

Bevor Kendra mir mit irgendeiner lahmen Erwiderung kommen kann, nimmt Cassidy meinen Arm. »Sutter.« Sie sieht mir in die Augen, so ernst sie nur kann. Diesen Ausdruck kenne ich nur zu gut. Er ist nicht böse oder anklagend oder so was in der Art. Sie will mir nur sagen, dass jetzt nicht der Zeitpunkt für Scherze ist. »Es wird Zeit, dass du Aimee nach Hause bringst. Ich glaube nicht, dass sie in ihrem Zustand noch hierbleiben will.«

Und natürlich hat sie recht. Aimee sitzt da, leichenblass, und sieht aus, als könnte sie sich jeden Moment wieder übergeben.

Sie will nicht, dass die anderen sie so sehen, und ich will das auch nicht.

»Normalerweise ist sie nicht so«, sage ich. »Sie ist es nur nicht gewohnt, so heftig zu feiern. Schätze, sie braucht einfach noch ein bisschen mehr Übung, wisst ihr?«

Cassidy tätschelt mir den Rücken. »Bring sie nach Hause.«

Aimee beugt sich jetzt so weit auf ihrem Stuhl vor, dass ich Angst bekomme, sie könnte ungebremst aufs Gesicht fallen, aber das passiert nicht. Stattdessen erbricht sie sich wieder.

»Oh Mann«, sagt irgendwer. »Guckt euch die Kotzmaschine an.«

Ich knie mich neben sie und halte ihr das Haar zurück. »Los, Süße«, sage ich sanft. »Wir gehen. Dir geht's bald wieder gut. Alles kommt wieder in Ordnung.«

55

Insgesamt würde ich sagen, dass der Abschlussball trotz des zweitägigen Katers hinterher ein durchschlagender Erfolg war. Es kommen immer noch Kumpels auf mich zu und gratulieren mir zu meinem Dean-Martin-Medley und meinem fast perfekten, voll bekleideten Salto in Kendras Swimmingpool.

Andererseits haben auch ein paar Leute angefangen, Aimee »Kotzerina« zu nennen. Idioten wie Chad Lammel fragen mich im Flur: »Hey, Sutter, wo ist denn Kotzerina?«, oder: »Na, hat Kotzerina in letzter Zeit mal wieder ein paar Gartenmöbel zerlegt?« Aimee sagt, als sie sich im Englischkurs an ihren Platz setzen wollte, hätte ein Typ gerufen: »Hey, Kotzerina, nicht den Tisch schrotten!«

»Scheiß drauf«, sage ich. »Kümmere dich bloß nicht um den Kerl. Wir werden ja noch sehen, was er sagt, wenn du erst mal ein hohes Tier bei der NASA bist und er sich auf der Geflügelfarm seinen Lebensunterhalt damit verdient, Hühnern den Kopf abzuhacken.«

In letzter Zeit hat Aimees Interesse an der NASA allerdings ziemlich nachgelassen. Momentan redet sie nur noch davon, wie wir meinen Dad finden und nach St. Louis ziehen werden, als gäbe es beides nur im Kombipack. Ich hatte ja schon gehofft, da hätte nur der Wodka aus ihr gesprochen, aber Pech gehabt. Sie hat ihrer Schwester schon Bescheid gesagt, dass wir kommen.

Wir haben uns gerade bei McDoof zum Mittagessen hingesetzt, da legt sie auch gleich los: »Hast du schon deine Mom darauf angesprochen, dass du nach deinem Dad suchen willst?« Das ist jetzt bereits der zweite Tag in Folge, an dem das so geht.

»Nein, ich habe beschlossen, dass ich besser erst mit meiner Schwester darüber rede. Aber das muss ich vorsichtig angehen. Meine Schwester und ich sind nicht so dicke miteinander.«

»Ich kann es gar nicht erwarten, ihn kennenzulernen«, sagt sie. »Ich glaube, das wird dir echt richtig guttun. Wir haben allerdings nicht mehr viel Zeit. Ambith erwartet uns so ziemlich direkt nach der Zeugnisvergabe.«

»Keine Sorge. Ich hab dir schließlich versprochen, ich kümmere mich drum, und du kennst mich doch – ich tue immer, was ich sage.«

Natürlich rechne ich in Wirklichkeit immer noch damit, dass Aimee mich fallen lässt – egal, was ich mittlerweile für sie empfinde. Die Anzeichen häufen sich. Wie meine anderen Freundinnen vor ihr fängt sie an, nach dem gewissen *Mehr* in mir zu suchen, womit ich, wie es scheint, allerdings einfach nicht aufwarten kann. Was auch immer es sein mag.

Aber auch mir läuft die Zeit davon, wenn Aimee noch vor dem Tag, an dem wir nach St. Louis ziehen sollen, mit mir Schluss machen soll. Tatsächlich kommt es mir schon jetzt nach dem Abschlussball so vor, als wäre die Schule mehr oder weniger vorbei. Wir hocken nur noch pro forma im Unterricht, um uns die Zeit bis zum Ende zu vertreiben.

Unglücklicherweise könnte sich dieses Ende für den einen oder anderen unter uns noch ein bisschen nach hinten verschieben. Aimee habe ich nichts davon gesagt, aber Mr Archloch hat mich jetzt wirklich auf dem Kieker. Wie es *scheint,* sagt er, muss ich in der letzten Arbeit bei ihm wenigstens eine Drei schaffen, um nicht durchzufallen.

»Und wenn nicht«, sagt er, total streng und wichtigtuerisch, »dann, scheint es mir, sehen wir uns in der Nachprüfung wieder, junger Mann.«

Schon wieder dieses »Junger Mann«-Gerede.

Natürlich hätte Aimee noch mehr meiner Hausaufgaben erledigen können, aber ich wollte nicht riskieren, dass sie glaubt, ich würde mich nur deswegen mit ihr abgeben.

Na ja, jedenfalls rede ich mir ein, dass ich meine Schwester Holly tatsächlich anrufen und sie nach meinem Dad fragen werde. Die Sache mit dem Umzug nach St. Louis mag nicht so wahnsinnig realistisch sein, doch die Idee, Dad zu finden, kommt mir mittlerweile gar nicht mehr so abwegig vor. Ich wette, mit ihm könnte ich wirklich über ein paar Sachen reden. Die Keely-Männer wären endlich wieder vereint. Ich könnte mir sogar vorstellen, mal wieder mit ihm zu einem Baseballspiel zu gehen. Und diesmal hätte ich ein großes, kaltes Bier ganz für mich allein.

Gründe dafür zu finden, warum ich Holly nie anrufen kann, fällt mir generell nicht schwer – insbesondere weil sie mir das mit dem brennenden Anzug immer noch nicht verziehen hat –, aber heute habe ich einen besonders legitimen Grund. Bob, mein Vorgesetzter im Laden, hat mich gebeten, ein paar Stunden früher zur Arbeit zu kommen. Ich kann ja schlecht so ein langes Gespräch über unseren verschwundenen Dad anfangen und dann mittendrin sagen: »Hör mal, Holly, ich ruf dich später wieder an. Jetzt muss ich erst mal zur Arbeit.«

Bei Mr Leon's schneide ich Bob gegenüber das Thema an, aber er wirkt abgelenkt und hat diesmal auch keine Perlen der Weisheit zu bieten. Und nachher, als die Schicht vorbei ist, finde ich auch raus, warum. Er ruft mich in sein Büro und bittet mich, Platz zu nehmen.

»Sutter«, sagt er und legt die Finger vor sich auf dem Schreibtisch zu einem Dreieck aneinander. »Hast du eine Ahnung, warum ich dich heute früher hergebeten habe?« Er gibt mir keine Gelegenheit zu antworten, sondern redet direkt weiter. »Wie du sicher gemerkt hast, gab es ja nicht mehr zu tun als sonst. Eigentlich haben wir in letzter Zeit nie viel zu tun. Und genau das ist das Problem. Die in der Geschäftsführung wissen davon, und sie haben mir gesagt, dass ich ab übernächster Woche Stunden kürzen muss. Deswegen wollte ich, dass du dir wenigstens vorher noch ein paar zusätzliche aufschreiben kannst.«

»Wie viele Stunden musst du denn kürzen?«, frage ich. »Ich komme doch sowieso nur noch dreimal pro Woche und mache auch keine Achtstundenschichten. Eigentlich hatte ich gehofft, ich könnte vielleicht den Sommer über fünf Tage die Woche kommen.«

Daran sollte wohl deutlich werden, wie es in meinem Kopf aussieht: Ich sehe mich im Sommer immer noch hier und nicht in St. Louis.

Bob senkt den Blick und reibt mit dem Daumen über die Schreibtischkante. »Und diese fünf Tage würde ich dir auch gern geben, Sutter, ehrlich. Aber es ist nun mal so: Die Geschäftsführung lässt mich nur einen Mitarbeiter behalten. Wir wissen beide, wie sehr ich dich mag, und das gilt auch für die Kunden – na ja, die meisten zumindest –, wenn es also nach mir ginge, wärst du derjenige, der bleiben darf.«

»Ist ja großartig, Bob. Das wirst du nicht bereuen.«

»Sekunde mal, Sutter, ich war noch nicht fertig. Ich habe wirklich lange darüber nachgedacht, und ich kann dich nur hierbehalten, wenn du mir garantieren kannst – hundertprozentig –, dass du ab sofort immer stocknüchtern zur Arbeit kommst. Keine Ausnahmen. Ansonsten habe ich keine andere Wahl, als dich nach Ablauf der nächsten zwei Wochen zu entlassen.«

Bob sieht mir direkt in die Augen. Eine schwere Traurigkeit lastet auf ihm, so als könnte ich ihn nur enttäuschen, egal, ob ich lüge oder die Wahrheit sage. Und natürlich kann ich ihn nicht belügen. Das hier ist schließlich Bob Lewis. Er ist einfach ein zu anständiger Kerl.

»Tja, Bob«, sage ich. »Da hast du meinen wunden Punkt erwischt. Du weißt, dass ich dir das nicht versprechen kann. Ich wünschte, ich könnte es, aber es geht eben nicht.«

Er sieht mir weiter lange in die Augen und nickt dann. »Freut mich, dass du so ehrlich mit mir bist, Sutter. Wenn ich dein Vater wäre, würde ich dir jetzt wahrscheinlich eine Predigt oder so was darüber halten, was du dir da gerade antust, aber das steht mir nicht zu.«

Ich schüttele ihm die Hand. »Bob, wenn du mein Vater wärst, würdest du mir so eine Predigt vermutlich gar nicht halten müssen. Es war toll, mit dir zusammenzuarbeiten.«

»Wir haben ja immerhin noch zwei Wochen miteinander.« Ich schwöre, er sieht aus, als würde er jeden Moment anfangen zu weinen. »Und wenn du dich später entscheiden solltest, diese Sache in den Griff zu kriegen, kannst du jederzeit vorbeikommen, und dann schauen wir mal, ob ich was für dich freihabe.«

»Das mache ich, verlass dich drauf.«

Danach ist die Stimmung ziemlich unbehaglich, deswegen gehe ich früher, anstatt Bob noch Gesellschaft zu leisten, während er den Kasseninhalt zählt. Klar geht es mir nicht blendend, nachdem ich gefeuert worden bin, aber ich hätte mich noch viel mieser gefühlt, wenn ich gelogen hätte. Im

Grunde bin ich sogar ziemlich stolz auf mich, und als ich den Laden verlasse, scheint ein süßer Duft in der Luft zu liegen. Dann sehe ich Marcus' Auto neben meinem stehen.

56

Mein erster Gedanke ist: Na toll, was kommt denn jetzt noch? Da bin ich gerade mit einem Arschtritt auf die Straße befördert worden, und jetzt fällt Marcus plötzlich ein, dass er wieder eifersüchtig ist?

Doch als ich auf das Auto zugehe, steigt nicht Marcus aus. Sondern Cassidy. Ich frage sie, was los ist, und sie sagt: »Wir wollen bloß mal kurz mit dir reden.« Ich frage: »Wer ist *wir*?«, und sie sagt: »Marcus, Ricky und ich.«

Sie hat ihr ernstes Gesicht aufgesetzt, also fange ich an nachzugrübeln, was ich nun wieder angestellt haben könnte. Aber als ich in meinen jüngsten Erinnerungen krame, finde ich nichts. Mal abgesehen davon, dass Bob mich gerade gefeuert hat, bin ich sogar der Meinung, ein total unbescholtener Bürger zu sein.

Ich setze mich neben Ricky auf den Rücksitz, hinter Cassidy und Marcus. Alle starren mich an, und ich frage: »Was ist los? Was hab ich jetzt wieder gemacht?«

Sie wechseln einen Blick und dann fängt Ricky an. »Es geht nicht um etwas, was du gemacht hast«, sagt er. »Sondern um etwas, was du dir vielleicht überlegen solltest zu tun.«

Meine Augen wandern von Gesicht zu Gesicht. Sie gucken alle ziemlich streng, also stöhne ich: »Oh Mann, das wird doch jetzt wohl keine von diesen Wir-machen-uns-solche-Sorgen-wegen-deiner-Trinkerei-Interventionsgeschichten, oder?«

»Nein, Mann«, antwortet Ricky. »Mehr so eine Aimee-Finecky-Interventionsgeschichte.«

Als ich das höre, bin ich ein bisschen erleichtert. Es wäre einfach furchtbar, wenn die Leute, mit denen ich schon monumentale Partys gefeiert habe, sich plötzlich wie die letzten Oberlehrer benehmen würden. »Hört mal«, beschwichtige ich sie. »Ich hab doch schon gesagt, dass ich diesen Gartentisch bezahle.«

»Alter, uns geht's doch nicht um den Tisch. Sondern um Aimee selbst.«

Ich sehe Cassidy an und ertrinke fast in ihren blauen Augen.

»Ach, jetzt kommt schon«, sage ich. »Cassidy, Aimee hat das, was sie auf der Party zu dir gesagt hat, doch nicht so gemeint. Sie hatte bloß ordentlich was intus. Nachher hat sie sich echt mies gefühlt, weil sie dich geschlagen hat.«

»Das weiß ich«, erwidert Cassidy. »Sie hat sich bei mir entschuldigt. Aber das meinen wir auch nicht.«

»Na ja, worum geht's denn dann?«

Nach einer langen, unangenehmen Pause sagt Ricky: »Wir denken eben nur, dass es nicht funktioniert.«

»Was?«

»Das mit dir und Aimee. Eure Beziehung, die funktioniert nicht.«

»Ach nein? Dann sagt mir doch mal eins – seit wann habt ihr eigentlich ein Mitspracherecht bei meinen Beziehungen? Guckt euch doch mal selber an. Da haben wir Mr Eine-einzige-Freundin-in-seinem-ganzen-Leben, dann das Mädchen, das mit mir Schluss gemacht hat, bloß weil ich ihn mit ebendieser Freundin verkuppelt habe, und schließlich den Typen, der mir *meine* Freundin ausgespannt hat. Nichts für ungut, Leute, aber mir ist es scheißegal, was ihr über meine Beziehungen denkt.«

»Moment mal«, sagt Marcus. »Ich hab dir deine Freundin nicht ausgespannt.«

»Na klar. Hast sie dir bloß mal ausgeliehen, was?«

»Nein«, sagt Cassidy. »Er meint damit, dass *ich* ihn um ein Date gebeten habe – und zwar *nachdem* zwischen dir und mir Schluss war.«

»Ach so, dann ist ja gut. Und wann war das genau, fünfzehn Minuten später? Sicher, jetzt sehe ich alles ein. Das gibt dir natürlich das Recht, mich und jede zukünftige Freundin, die ich jemals haben werde, auseinanderzubringen. Hätte ich doch nur mal das Kleingedruckte gelesen.«

»Jetzt mach aber mal halblang, Mann.« Ricky beugt sich vor. »Hör auf, dich hier wie das Opfer aufzuführen. Uns geht es um Aimee. Um das, was da gerade mit ihr passiert. Ich meine, wir werden uns hüten, dir zu erzählen, dass du dich mit dem Alkohol zurückhalten solltest, aber für sie ist es einfach zu viel. Ich hab sie früher nie auch nur einen Schluck anrühren sehen. Und jetzt ist sie die totale Säuferin.«

»Genau – früher hast du sie nie auch nur einen Schluck anrühren sehen, und weißt du auch, warum? Weil sie nie auf irgendwelchen Partys war. Sie hatte keine Freunde außer einer einzigen, die sie behandelt hat wie einen Fußabtreter.«

»Und jetzt lässt sie im Kino Wodkaflaschen fallen«, schaltet sich Marcus ein. »Dafür ist sie doch gar nicht der Typ.«

»Ach nein? Was für ein Typ ist sie denn? Eine kleine Streberin, die am besten nur in ihrem Eckchen sitzen und niemals rauskommen sollte? Ich sehe nämlich viel mehr in ihr. Ich sehe ein Mädchen, dessen Träume so groß sind wie eure alle zusammen. Und ich sehe ein Mädchen, das gelernt hat, für sich selbst einzustehen. Bevor sie mich kannte, sind doch alle auf ihr rumgetrampelt wie auf 'nem alten Teppich.«

»Weißt du, was ich sehe?«, sagt Ricky. »Ich sehe ein Mädchen, das in der Schule Kotzerina genannt wird. Alter, wofür hältst du dich eigentlich, ihren Erlöser? Lass doch den Scheiß. Du tust immer bloß so, als würdest du andere Leute retten, damit du dich nicht mit deinen eigenen Problemen auseinandersetzen musst.«

»Aha, und was für Probleme wären das bitte? Selbstgerechte Heuchler wie du?«

»Schluss jetzt«, sagt Cassidy. Es klingt mehr wie eine Bitte als eine Forderung. »Lasst uns nicht streiten. Jungs, kann ich mal kurz mit Sutter allein reden?«

Die anderen nicken und wollen aussteigen, aber Cassidy meint, es wäre besser, wenn wir beide stattdessen an die frische Luft gehen. Ich stimme ihr hundertprozentig zu. Die Atmosphäre im Wagen ist mehr als muffig.

Wir schlendern rüber zu meinem Auto und lehnen uns Seite an Seite dagegen. »Ist ein schöner Abend«, sagt sie, und ich erwidere: »Ich hab schon nettere verbracht.«

»Das hier war meine Idee«, erklärt sie. »Also sei nicht wütend auf die Jungs. Vielleicht war es blöd, aber ich weiß, dass du wirklich nur das Beste für Aimee willst.«

»Aber du findest, dieses Beste könnte niemals ich sein, stimmt's?«

»Doch, das könntest du, wenn du dir Mühe geben würdest. Nur im Moment glaube ich wirklich nicht, dass du es bist.«

»Und darum erlässt du in deiner unendlichen Weisheit den Beschluss, dass ich mich von ihr trennen soll.«

»Ich erlasse gar keine Beschlüsse, ich gebe dir nur einen Rat. Das ist alles.«

»Weil ich sie mit meiner Sauferei angesteckt habe?«

»So würde ich das nicht ausdrücken. Sie ist nur einfach nicht wie du, Sutter. Sie muss gar nicht so kontaktfreudig sein und ständig mit 'nem Haufen Leute rumziehen. Außerdem bist du ja wohl selbst der Erste, der zugeben würde, dass das mit euch nichts für die Ewigkeit ist.«

»Wie kommst du denn auf so was?«

»Wie lange waren *wir* beide zusammen, acht Monate? In der ganzen Zeit hast du mir immer wieder mehr als deutlich gemacht, dass du keinerlei langfristige Pläne mit mir hast.«

»Hey, ich hab keine langfristigen Pläne für überhaupt irgendwas.«

»Ich weiß. Das meine ich ja. Ich wusste, dass du unsere Beziehung nie wirklich ernst nehmen würdest, und mit Aimee wird es offensichtlich genauso laufen. Ich will nur sagen, du würdest ihr einen Riesengefallen tun, wenn du dem Ganzen ein Ende machst, bevor sie so tief drinsteckt, dass sie von allein nicht mehr rauskommt.«

Einen Augenblick lang stehe ich nur da und sehe einem Burger-Einwickelpapier nach, das über den Parkplatz geweht wird. Es gibt eine Sache, von der Cassidy und die anderen nichts wissen und von der ich ihnen auch nicht erzählen kann – die Geschichte von Aimee und dem Sohn von Randy dem Walross. Selbst wenn ich wollte, wie könnte ich denn mit einem Mädchen Schluss machen, das eine derart modrige Leiche im Keller hat?

Also sage ich: »Hör mal, Cassidy, wo du doch so ein breites enzyklopädisches Wissen über mich und meine Beziehungen zu haben scheinst: Es sollte dir klar sein, dass ich rein gar nichts beenden muss. Das wird sie schon ganz von selbst machen, wenn sie bereit dazu ist. Irgendwann hat sie genug von mir, genau wie du.«

»Du kapierst es wirklich nicht, stimmt's? Dieses Mädchen

liebt dich. Sie wird sich nicht von dir trennen, nicht bevor nicht etwas echt Schlimmes passiert.«

»Ach, jetzt hör aber mal auf. Klar mag sie mich, aber sie *liebt* mich doch nicht.«

»Typisch. Ich weiß nicht, was da bei dir schiefgelaufen ist, aber aus irgendeinem Grund kannst du nie glauben, dass dich tatsächlich jemand liebt. Deine Mom, deine Schwester. *Ich*. Bloß wenn du das nicht kannst, wie willst du dann jemals deine Ach-alles-ist-ja-so-fabelhaft-Fassade aufgeben und dich wirklich auf andere einlassen?«

»Das ist keine Fassade. Und übrigens musst du mich ja wirklich tierisch geliebt haben, so lässig, wie du mich in die Wüste geschickt hast.«

»Lässig? Glaubst du, das ist mir leichtgefallen? Glaubst du, ich hab nicht geweint deswegen? Manchmal tue ich das immer noch. Aber mein Leben geht nun mal weiter und deins genauso. Und das von Aimee auch. Nur kann sie das gar nicht mehr erkennen, weil sich ihre ganze Welt bloß noch um dich dreht. Ich kann mir einfach nicht vorstellen, dass ihr euch in dieselbe Richtung bewegt. Du etwa?«

»Ja, kann ich. Tatsache ist, sobald wir unseren Abschluss in der Tasche haben, bewegen wir uns zusammen Richtung St. Louis.«

Okay, das erzähle ich ihr mehr aus Reflex, aber ich stehe hier bestimmt nicht tatenlos rum und lasse mir von Cassidy den Fortgang meines Lebens prophezeien.

»Wir haben schon alles geplant. Ihre Schwester wohnt da drüben und sie hilft uns, eine gemeinsame Wohnung zu finden. Wir suchen uns beide einen Job und gehen aufs College. Ich habe gerade bei Bob meine Kündigung eingereicht.«

Sie packt mich beim Arm. »Das ist doch nicht dein Ernst.«

»Wart's ab.« Ich mache mich los und öffne meine Autotür. »Richte den Jungs aus, dass sie Vollidioten sind. Wir sehen uns in der Schule.«

57

Es ist mitten am Nachmittag, und Holly hat sich mit goldener Seidenbluse, einer Art schwarzer Gauchohose und Sandalen mit Riemchen, die sich bis über ihre Knöchel hochwinden, so richtig rausgeputzt. Man könnte meinen, sie sei zum Brunch mit ein paar ihrer vornehmen Freundinnen verabredet und nicht bloß mit ihrem missratenen Bruder, dem schwarzen Schaf der Familie. Aber wir sehen uns so selten, dass ich annehme, sie will das Ereignis gebührend würdigen.

Wir gehen raus auf die Terrasse mit Blick auf den Pool. Vermutlich fürchtet sie, dass ich, wenn wir im Haus bleiben, wieder irgendwas in Brand stecken könnte. Auf dem Tisch stehen eine Schale mit Obst und eine Karaffe Eistee, den ich natürlich nicht brauche, weil ich mein großes 7UP dabeihabe.

Während wir uns setzen, fragt sie: »Wir haben hier draußen ein bisschen umgestaltet, gefällt's dir?« Meine Antwort wartet sie gar nicht erst ab. »Zuerst hatten wir wirklich ein paar Probleme mit den Landschaftsgärtnern, aber weißt du, ich habe ihnen einfach deutlich gemacht, was ich will und wann es fertig sein soll, und erklärt, wenn ihnen das nicht passt, würde ich den Auftrag eben jemand anders geben. Na ja, ein bisschen gemurrt haben sie schon, aber dann lief es eigentlich wie am Schnürchen. Ich finde, es ist ganz wunderbar geworden.«

»Fantastisch«, erwidere ich übertrieben enthusiastisch. Sie versucht bloß, das Gespräch über Dad so lange wie möglich hinauszuzögern, dabei bin ich gerade wirklich nicht in Stimmung für Smalltalk.

Doch sie lässt nicht locker. »Kevin wollte einen Apfelbaum pflanzen, aber da habe ich ein Veto eingelegt. So was Unpraktisches. Und schön finde ich die Dinger auch nicht.«

»Mhmm«, mache ich und lasse den Blick über den Garten schweifen. »Apfelbäume sind ja so was von out. Tja, jedenfalls würde ich, wie ich am Telefon schon gesagt habe, gern mal mit dir über Dad reden.«

So schnell, wie man beim Fernsehen den Sender wechselt, schaltet sie von Obstschalen anbietender, gauchohosentragender Gastgeberin um auf große Schwester. »Ach, Sutter, ich verstehe gar nicht, warum du das alles unbedingt wieder aufwärmen willst.«

»Aufwärmen? Komm schon, Holly, Dad ist doch nichts, was man aufwärmt. Er war ein anständiger Kerl. Weißt du nicht mehr, wie er mit uns im Garten gezeltet und Geschichten erzählt hat?«

»Das war meistens nur mit dir. Als er sich dieses schäbige alte Zelt besorgt hat, war ich schon ein bisschen zu alt für Gartencamping und Gruselstorys.«

»Na schön, aber an den Urlaub in Mexiko erinnerst du dich doch noch, oder? Dad konnte ein bisschen Spanisch und hat uns immer zu irgendwelchen Leuten geschickt, damit wir Sachen fragen wie ›Wo geht es zum Gürtelschnallenmuseum?‹ oder ›Warum gibt es hier keine Artischockeneiscreme?‹. Das war zum Totlachen. Und er hat uns diese coolen mexikanischen Puppen gekauft.«

»Die Fragen waren total peinlich.«

»Wieso denn peinlich? Die Leute haben sich darüber amüsiert. Die fanden uns super.«

»Dich vielleicht, weil du noch so klein und niedlich warst.«

»Dafür mochten dich die Männer. Die fanden, du bist eine echt scharfe kleine *muchacha*.«

Sie lächelt. »Meinst du?«

»Das weiß ich genau. Ich hab schließlich mitgekriegt, wie sie dir hinterhergeguckt haben.« Dass es sich bei dem einen Mann, bei dem ich das miterlebt habe, um einen dürren kleinen Hombre von ungefähr fünfzig mit mehr Aknenarben als Zähnen gehandelt hat, behalte ich lieber für mich. Aber ich weiß, dass Holly irgendwelche schönen Erinnerungen an Dad haben muss. Ich muss sie nur hervorlocken.

»Was ich mit am besten fand an Dad«, sage ich, »war, dass für ihn niemand lange ein Fremder blieb.«

»Das ist wahr.« Sie trinkt einen Schluck Eistee. »Er hat wirklich immer schnell Freunde gefunden. Vielleicht nicht immer die richtigen Freunde, aber er wusste, wie man den Leuten ein gutes Gefühl gibt. Zumindest für eine Weile.«

Ein wehmütiger Ausdruck huscht über ihr Gesicht. »Ich weiß noch, als ich klein war, noch vor deiner Geburt, da ist er an Halloween mit mir losgezogen, nur wir zwei. Ich war als Prinzessin verkleidet und hatte so ein langes silbernes Glitzerkleid an und ein silbernes Diadem im Haar. Dad hat gesagt, ich wäre das hübscheste Mädchen, das er je gesehen hat. Er hat mir den ganzen Abend lang erzählt, ich wäre eine echte Prinzessin und könnte tun und lassen, was immer ich wollte, und alles, was ich mir wünschte, würde in Erfüllung gehen.«

»Siehst du, typisch Dad«, sage ich. »Er konnte einen total verzaubern.«

»Er schien die Leute in jedem Haus, an dem wir klingelten, zu kennen, und er hat so nett mit den anderen kleinen Kindern geredet, die unterwegs waren, dass ich mich wirklich wie was

Besonderes gefühlt habe. Damals dachte ich: Ja, ich bin wirklich eine Prinzessin und mein Dad ist der König von Amerika. Eine Weile saßen wir unter einem Baum und haben Süßigkeiten gegessen – er hat Mandel-Kokos-Riegel geliebt –, und er hat mir erzählt, dass die Halloweenungeheuer uns nicht erwischen würden, weil wir von einer magischen Aura umgeben wären, die bei Berührung alles Böse in Wollmäuse verwandelte.«

»Ja! Das hat er mir auch erzählt.«

»Und dann habe ich ihm meinen größten Wunsch verraten. Ich habe mir gewünscht, dass wir eines Tages alle zusammen in einem riesigen weißen Schloss wohnen. Ich hatte alles genau vor Augen – efeuberankte Wände, goldene Möbel mit roten Samtpolstern, bewacht von russischen Wolfshunden. Oder irgendwelchen anderen großen Hunden, egal. Und weißt du, was er da gesagt hat?«

»Was?«

»Tja, du bist eine Prinzessin und die Wünsche von Prinzessinnen werden immer wahr.«

»Echt, typisch Dad. Immer so positiv eingestellt. Aber du hast ja wohl nicht wirklich ein großes weißes Schloss erwartet, oder?«

»Doch, natürlich habe ich das damals getan.« Ihr wehmütiges Lächeln verschwindet. »Später hätte ich mich allerdings schon damit zufriedengegeben, dass wir alle zusammenwohnen. Und *wie* zufrieden ich damit gewesen wäre.«

»Ja, ich auch.« Plötzlich fühle ich mich Holly sehr nah.

»Darum wollte ich auch nie viel mit dir über ihn reden, Sutter. Nicht nur, weil er uns so im Stich gelassen hat, sondern auch, weil ich nicht wollte, dass du so wirst wie er.«

»Aber vielleicht ist es ja gar nicht seine Schuld, dass er dieses

Versprechen nicht einhalten konnte. Immerhin war Mom diejenige, die rumgebrüllt und ihn auf die Straße gesetzt hat.«

Ihr Gesicht verzieht sich zu diesem Verstopfungsausdruck, den es immer annimmt, wenn sie der Meinung ist, ich hätte was Dämliches gesagt. »Weißt du, was? Er hat ihr auch echt ein paar gute Gründe zum Rumbrüllen geliefert. Du warst ja noch zu klein, um zu verstehen, was da ablief, aber mir hat sie sich anvertraut. Zu der Zeit waren wir fast wie Schwestern. Sie hat mir erzählt, wie sie mal zu seinem Auto gegangen ist – das direkt in unserer eigenen Einfahrt stand – und ihn da drin mit der Nachbarin erwischt hat. *So* ein Typ war er nämlich und mehr muss ich gar nicht wissen.«

Und zack, ist die Nähe zwischen uns auch schon wieder verpufft.

Ich wende ein: »Woher willst du denn wissen, ob das überhaupt stimmt? Klar lässt sie ihn als den Bösen dastehen. Sie macht Dad doch bei jeder Gelegenheit runter, dass man denken könnte, er wäre Osama bin Laden oder was weiß ich, wer. Ich will auch endlich mal hören, was *er* zu dem Ganzen zu sagen hat.«

»Wozu? Damit er dir dieselben Lügen erzählen kann wie Mom? Wie uns allen? Weißt du noch, als er seine Sachen geholt hat, da hat er sich mit uns auf die Veranda gesetzt und gesagt, wir sollten uns keine Sorgen machen. Er wäre gleich auf der anderen Seite der Stadt, und wir könnten ihn anrufen, wann immer wir ihn bräuchten. Tja, und wo ist er jetzt?«

»Das ist ja genau das, was ich wissen möchte.«

»Ich will nur sagen …«

»Ich weiß, was du sagen willst. Aber jetzt sag ich dir mal was – es wird Zeit, dass ich ihn finde. Ich will mit ihm reden, ganz in Ruhe. Meinen echten Vater kennenlernen und nicht bloß so einen Roboterstiefvater haben, ist das denn zu viel verlangt? Ich hab versucht, Mom zu fragen, wo er ist, aber die erzählt dann ja immer nur irgendwelchen Scheiß. Ich hab eben keinen so guten Draht zu ihr wie du. Du bist immerhin ihr größter Erfolg.«

»Soll das ein Witz sein? Du bist doch ihr kleiner Goldjunge.«

»Goldjunge? Das stimmt doch nicht mehr, seit ich sechs war. Heute bin ich eher so ein kaputtes Nippesfigürchen oder sonst was, bei dem sie es gar nicht erwarten kann, es endlich irgendwem bei einem Garagenflohmarkt anzudrehen. Darum bin ich hier. Ich möchte, dass du sie fragst, wo Dad ist. Du kommst besser mit ihr klar, dir sagt sie es bestimmt.«

»Du könntest auch gut mit ihr klarkommen, Sutter. Und mit mir auch. Aber du benimmst dich ja immer, als bräuchtest du uns überhaupt nicht.«

»Na ja, ich bin ja jetzt hier, oder nicht? Und ich brauche dich, um von Mom diese eine Sache in Erfahrung zu bringen.«

Sie blickt Richtung Haus. »Sie will nicht über ihn reden, Sutter. Und das kann ich ihr nicht verübeln, so wie er sich benommen hat. Der Kerl ist doch der ultimativste Verlierer, den man sich vorstellen kann.«

»Ultimativ lässt sich nicht steigern.«

»Was?«

»Ultimativ bedeutet *das Äußerste* und dafür gibt es keine Steigerung. Deswegen ist er, wenn überhaupt, nur der ultimative Verlierer.«

»Ist doch egal. Ich meine nur, für Mom ist Dad nichts als eine böse Erinnerung, und ich will nicht daran schuld sein, dass sie das alles noch mal durchmacht.«

»Okay, ja, da hast du ja sicher recht. Bestimmt war alles, was passiert ist, bevor wir das größere Haus und den Pool bekommen haben, für Mom extrem schwer zu ertragen. Aber hör mal – kannst du es nicht trotzdem machen, für *mich*? Ginge das? Du ballerst mich doch immer mit allem Möglichen zu, was ich deiner Meinung nach machen soll. Kannst du mir da nicht dieses eine Mal bei einer Sache helfen, die mir wirklich wichtig ist?«

Sie sitzt da und starrt auf die Obstschale.

»Komm schon«, flehe ich. »Du könntest sie doch kurz bei der Arbeit anrufen. Erzähl ihr einfach, dass Kevin wegen irgendwas eine Frage an ihn hat. Das klappt bestimmt, für Kevin tut sie schließlich alles.«

Holly will etwas sagen, beißt sich dann aber auf die Lippe, als versuchte sie, eine komplizierte Matheaufgabe im Kopf zu lösen. Schließlich antwortet sie: »Ich muss sie nicht anrufen.«

»Nicht?«

Sie starrt immer noch auf die Obstschale. »Ich weiß, wo er ist – er ist in Fort Worth, in Texas. Er ruft Mom ungefähr zweimal im Jahr an, volltrunken, und bittet sie, es noch mal mit ihm zu versuchen. Als würde sie das jemals tun.«

»Und das erzählt Mom dir und nicht mir?«

»Kannst du ihr das verdenken? Du tust doch immer so, als wäre sie allein an der Scheidung schuld. Wahrscheinlich hat sie Angst, dass du wegläufst und bei ihm wohnen willst oder so.«

»Na klar.« Ich stehe auf und nehme mein großes 7UP vom Tisch. »Vielleicht will sie aber auch nur nicht, dass ich rausfinde, was wirklich passiert ist. Aber das kann sie nicht ewig unter Verschluss halten. Ich werde es rausfinden, und wenn ich dafür nach Fort Worth fahren muss.«

58

Fort Worth liegt nur dreieinhalb Stunden südlich von hier, vielleicht sogar weniger, so schnell, wie ich fahre. Es ist ein grauer, bewölkter Tag, aber das ist schon okay so. Wenn man mit achtzig Meilen pro Stunde über die Autobahn braust, weit weg von Schule, Arbeit und Eltern, kann man sich nur frei und unbeschwert fühlen. Außerdem muss ich zugeben, dass ich ziemlich aufgeregt bin, nach all den Jahren meinen alten Herrn wiederzusehen. Und Aimee freut sich schätzungsweise doppelt so sehr wie ich, obwohl wir dafür unsere Zeugnisvergabe verpassen.

Ich habe nicht direkt gelogen, als ich gesagt habe, wir müssten uns unbedingt an diesem Wochenende mit meinem Dad treffen. Am Telefon hat er es wirklich so vorgeschlagen, allerdings konnte er natürlich nicht wissen, dass am Freitagabend die feierliche Übergabe stattfinden sollte. Wenn ich es ihm gesagt hätte, dann hätte er sich bestimmt auch auf einen anderen Termin eingelassen, aber wozu? Es ist ja sowieso nicht so, als würde mir irgendwer ein Zeugnis in die Hand drücken. Mr Archloch hat seine Drohung wahrgemacht: Ich muss in den Sommerkurs und dann in die Nachprüfung.

Aimees Mom war natürlich nicht allzu glücklich über dieses Arrangement. Ich bin mir nicht sicher, wie genau Aimee es ihr erklärt hat, aber ich fürchte, ihre Mom ist generell nicht mein allergrößter Fan. Schlechter Einfluss und so weiter. Doch das juckt mich nicht weiter. Von einer Frau, der langsam die Kontrolle über ihre Tochter entgleitet, würde ich auch nichts anderes erwarten. Genau so sieht es zwischen den beiden nämlich inzwischen aus. Seit Aimee ein bisschen Übung darin hat, sich selbst zu behaupten, mausert sie sich zu einem richtigen Profi. Und ein paar Schlucke Wodka schaden dabei natürlich nie.

Was meine Mom angeht: Der habe ich einfach weisgemacht, die große Festivität würde erst nächste Woche steigen, und sie hat es nicht nachgeprüft. Das mit dem Sommerkurs kann ich ihr auch später noch erklären. Von meinem Besuch bei Dad habe ich ihr nichts gesagt, und Holly habe ich gebeten, es ebenfalls nicht zu erwähnen. Eine Predigt über seinen miesen Charakter und die Gefahr, mich damit anzustecken, wenn ich auch nur mit ihm rede, kann ich jetzt echt nicht gebrauchen.

Aber dass Aimee ihre Abschlussfeier verpasst, tut mir schon leid. Sie hat sehr lange sehr hart für dieses Zeugnis gearbeitet, aber na ja, jetzt mal im Ernst: Was hat so eine Zeremonie schon damit zu tun? Muss sie wirklich in Reih und Glied über die Bühne marschieren, zusammen mit all diesen Leuten, die sie nie wirklich gekannt haben? Außerdem würde es ihr nur den Spaß verderben, wenn sie wüsste, dass ich meinen Abschluss nicht geschafft habe.

Wir haben die Musik laut aufgedreht und die Landschaft fliegt nur so vorbei – niedrige Wolken, Felder, die Arbuckle Mountains in Südoklahoma. Aimee hat ein paar Snacks und was zu trinken mitgebracht. Nichts Alkoholisches. Klar, ein, zwei Schlucke Schnaps kurz vor dem Treffen mit Dad sind sicher drin, aber das war's.

»Bist du nervös?«, fragt sie, und ich sage: »Schätze, es wird schon ein bisschen seltsam, ihn wiederzusehen, aber du kennst ja mein Motto.«

»Du heißt alles Seltsame willkommen?«

»Hundert Punkte.«

»Ich wette, was Tolleres ist deinem Dad das ganze Jahr noch nicht passiert«, sagt sie und hält mir die offene Tüte Maischips hin.

Ich schnappe mir eine Handvoll und antworte: »Am Telefon hat er wirklich ziemlich aufgekratzt geklungen. So war er schon immer – hat sich richtig ins Leben gestürzt. Ich weiß noch, einmal bin ich mit ihm zum Supermarkt gefahren und da ist er auf dem Parkplatz rückwärts in ein anderes Auto gedonnert. Davon hat er sich jedoch kein bisschen die Laune verderben lassen. Stattdessen hat er es einfach als Gelegenheit gesehen, neue Leute kennenzulernen, ist in den Laden gegangen, hat die Besitzerin des anderen Wagens ausrufen lassen, ihr seine Versicherungsdaten gegeben und zack, schon haben die beiden miteinander gequatscht und gelacht wie alte Freunde. Man hätte denken können, er hätte ihr gerade einen Scheck mit einem Lottogewinn überreicht und nicht eine Delle ins Auto gefahren.«

»Ich kann's gar nicht erwarten, ihn kennenzulernen.«

»Das geht ihm umgekehrt ganz genauso.«

Okay, eigentlich hab ich sie Dad gegenüber am Telefon gar nicht erwähnt, es schwirrt einem eben ziemlich der Kopf, wenn man nach zehn Jahren das erste Mal wieder mit seinem verschollenen Dad redet – da kann man nicht an jedes einzelne Detail denken.

Tatsächlich ist der Anruf wirklich sehr gut gelaufen. Zuerst schien er verwirrt und wusste nicht, wer ich bin – so als hätte er gedacht, ich müsste doch eigentlich noch ein kleiner Junge sein und kein achtzehnjähriger Mehr-oder-weniger-Erwachsener –, aber sobald er sich an die Vorstellung gewöhnt hatte, haben wir uns richtig nett unterhalten. Ein bisschen stockend vielleicht, aber nett.

Er hat sich nach Mom und Holly erkundigt und über keine von beiden auch nur ein einziges böses Wort verloren. Er wusste sogar noch, dass ich als kleiner Junge Baseball gespielt habe, und wollte wissen, ob ich damit weitergemacht hätte. Ich musste gestehen, dass ich in der Mittelstufe aufgehört und mich anderen Dingen zugewandt habe, aber es war toll, dass er sich überhaupt erinnert hat, was für ein guter Center Fielder ich mal gewesen bin, obwohl ich damals noch so klein war.

Was für einen Job er jetzt hat oder warum er in Fort Worth gelandet ist, hat er nicht erwähnt, aber es scheint ihm da unten zu gefallen. Er geht immer noch gern zu Baseballspielen, hat immer noch nicht wieder geheiratet, erzählt immer noch gern Witze, obwohl er mittlerweile beim Lachen oft Hustenanfälle bekommt. Ich habe ihn nicht gefragt, was wirklich zwischen ihm und Mom vorgefallen ist. Dafür ist schließlich mehr als genug Zeit, wenn wir erst in Fort Worth sind.

Kurz vor der Abendessenszeit erreichen Aimee und ich schließlich die Stadt, und nachdem wir ein paarmal falsch abgebogen sind, finden wir die Doppelhaushälfte, in der Dad wohnt. Sie ist gar nicht alt – vielleicht zehn Jahre oder so –, wirkt jedoch ziemlich unsolide, so als würde sie den heftigen Winden in Texas nicht mehr besonders lange standhalten. Der Rasen könnte mal gemäht werden und die Sträucher sind ganz schön verwildert, aber wen stört's? Dad hat wahrscheinlich Besseres zu tun, als den Gärtner zu spielen.

»Ich glaube, ich könnte jetzt einen Schluck Wodka vertragen«, sagt Aimee, und ich erwidere: »Den Whisky bitte, Frau Doktor.«

Wir trinken jeder einen, dann mehrere Schlucke und gurgeln anschließend mit Mundspülung. »Okay«, sage ich. »Jetzt oder nie.«

Ich klingele zwei-, dreimal an der Tür, aber keiner macht auf. Die Klingel muss kaputt sein, also versuche ich es mit Klopfen, doch es kommt immer noch niemand. Erst beim ungefähr fünften Versuch steht Dad im Eingang, allerdings kleiner als in meiner Erinnerung. Er ist kaum größer als ich, sein zerzaustes Haar ist grau meliert und könnte mal wieder einen Schnitt vertragen. Er trägt so eine Art Hawaiihemd, nur dass das Muster anstatt aus Blumen aus rollenden Würfeln besteht. Er sieht noch immer gut aus, aber auf eine verschlissene, knittrige Art.

»Na hallo, guter Mann«, begrüßt er mich in typisch charismatischer Weise. »Was kann ich denn für Sie tun?«

Zuerst denke ich, er will mich bloß veralbern, aber Fehlanzeige. »Ich bin's«, erkläre ich. »Sutter.«

Er sieht mich an, als wartete er darauf, dass ich den Satz beende.

»Dein Sohn?«

»Sutter! Na klar. Ach, war das dieses Wochenende, an dem du kommen wolltest? Was sagt man dazu. Mensch, ist das schön, dich zu sehen!« Er schenkt mir einen festen, warmen Händedruck. »Und wer ist diese bezaubernde junge Dame?« Er streckt Aimee die Hand hin.

Ich stelle sie ihm vor, und sie zieht schüchtern den Kopf ein, als er behauptet, er hätte sie zuerst für einen Hollywoodstar gehalten.

»Du kommst ganz nach deinem alten Herrn«, sagt er. »Hast genauso einen hervorragenden Geschmack, wenn es um Frauen geht.«

Ich frage mich, bei welchen der Frauen in seinem Leben dieser hervorragende Geschmack wohl zum Tragen gekommen ist. Mom kann er damit ja kaum meinen.

Wie sich herausstellt, ist er schon mit seiner aktuellen

Flamme in einem Laden namens Larry's verabredet, weil er, wie er sagt, dachte, ich käme erst nächstes Wochenende. Normalerweise würde ich bei so was ja immer einen Fehler meinerseits annehmen, doch ich bin mir sicher, dass wir uns auf diesen Termin geeinigt hatten. Aber es hat ja keinen Zweck, sich darüber zu streiten. Jetzt sind wir nun mal hier, und er ist mehr als erfreut, dass wir ihm und seiner Freundin beim Essen Gesellschaft leisten.

Da er meint, dass wir am besten getrennt fahren, steigen Aimee und ich wieder in den Mitsubishi und er in seinen schrottreifen Jeep Wagoneer. Alle sind in bester Stimmung. Nur dass ich mich unweigerlich frage, ob es – wenn seine Freundin dabei ist – wohl schwierig werden könnte, aus ihm rauszukriegen, warum Mom und er sich getrennt haben.

»Noch einen Schluck Whisky, Herr Doktor?«, fragt Aimee, als wir die Straße runterfahren.

»Hervorragend diagnostiziert, Frau Doktor«, sage ich.

59

Das Larry's ist eine Mischung aus Bar und Grillimbiss, etwa zehn Minuten von Dads Haus entfernt, und eine ziemliche Spelunke, so wie es aussieht, aber angeblich bekommt man ja in den miesesten Rattenlöchern die besten Rippchen. Dad zumindest ist offenbar Stammkunde. Es sind ungefähr fünfzehn Gäste dort, die ihn alle zu kennen scheinen. Und sie flippen regelrecht aus vor Begeisterung, jetzt auch noch seinen Sohn kennenzulernen. Ich stelle fest, dass texanische Frauen einen wohl immer in die Wange kneifen müssen.

Dads Freundin allerdings ist nicht ganz so angetan. Sie kommt gerade von der Toilette, als wir die bunte Mischung an Bewunderern hinter uns lassen, und legt direkt mit einer Tirade darüber los, dass sie schon seit einer halben Stunde warte und es langsam satt habe, wie er sie behandelt. Sieht aus, als könnte das ziemlich übel enden, aber eigentlich sollte ich es besser wissen. Dad schaltet einfach sein Tausend-Watt-Lächeln ein und erklärt ihr, dass er Besuch hat und deswegen etwas zu spät ist.

»Darf ich vorstellen: mein Sohn, der unglaubliche Sutter Keely.« Er vollführt eine theatralische Geste in meine Richtung. »Und Sutter, das hier ist Mrs Gates.«

Sofort fängt Mrs Gates an zu strahlen. »Dein Sohn? Warum hast du mir denn gar nicht erzählt, dass er kommt?«

Sie torkelt auf mich zu, umarmt mich und drückt mir einen Kuss auf die Wange. Sieht aus, als hätte sie schon ein bisschen was getankt. Sympathische Frau.

Sie ist bei Weitem nicht die hübscheste Fünfundvierzigjährige auf der Welt, aber auf ihre Weise trotzdem ein ganz fabelhaftes Exemplar – unendlich lange falsche Wimpern, ein gutes Kilo Eyeliner und, am allerbesten, diese aufgeplusterte Texanerinnenfrisur, schwarz gefärbt mit einem Fleckchen Weiß vorne, wo sich ihr Pony teilt. Sie hat statuenhafte Proportionen, obwohl sie nicht groß ist, und wirkt, als könnte sie mal eine Figur wie Miss Universum gehabt haben. Nur dass sich die Statue inzwischen langsam wieder in den Marmorblock zurückverwandelt, der sie einmal war. Drücken wir's mal so aus: Sie ist ziemlich stattlich. Wenn sie mir vor den Mitsubishi laufen würde, wüsste ich nicht, wer den Kürzeren zieht.

Wir setzen uns an einen runden Tisch im hinteren Teil der Bar und Dad bestellt eine große Grillplatte für alle und ein paar Krüge Bier. Das Essen ist köstlich, riesige Portionen mit jeder Menge Soße, scharf und süß, genau wie ich sie mag. Aber das Beste ist: Niemand scheint sich daran zu stören, dass Aimee und ich uns am Gerstensaft bedienen. Er ist eiskalt wie ein Weihnachtsmorgen – endlich ein gepflegtes Bierchen mit meinem Dad!

Er lehnt sich auf seinem Stuhl zurück, zündet sich eine Zigarette an und fängt an, Witze und Geschichten zum Besten zu geben, über die der ganze Laden lacht, sogar das uralte Country-Hippie-Pärchen am Nebentisch. Am besten gefällt es mir, als er von unserem Ausflug an irgendeinen kleinen See erzählt, damals, als zwischen ihm und Mom noch alles in Ordnung war. Da gab es einen richtigen Strand mit einem kleinen Steg, einer Wasserrutsche, ein paar Sprungbrettern und einem Bademeister. Nachdem er eine Weile versucht hatte, mir das Schwimmen beizubringen, hat Dad gesagt, ich solle mich nicht vom Fleck bewegen, und ist aufs höchste Sprungbrett gestiegen, um ein bisschen anzugeben. Na ja, aber wie ich nun mal bin, habe ich mich natürlich, gleich nachdem er mir den Rücken zugekehrt hatte, davongemacht, um mich irgendwo ins Vergnügen zu stürzen.

Als Dad seinen Sprung hinter sich gebracht hatte, konnte er mich nicht mehr finden. Er ist total in Panik geraten und hatte Riesenangst, sein wunderbarer Junge könnte vom Steg ins tiefe Wasser gefallen sein. Also ist er zum Bademeister gerannt, aber dem fiel nichts Besseres ein, als bloß mit seiner Trillerpfeife im Mund und einem dämlichen, in der Sonne glitzernden Tropenhelm auf dem Kopf im flachen Wasser rumzuwaten.

So wie Dad die Geschichte erzählt, ist sie zum Totlachen. Er verstellt die Stimme und zieht Grimassen, steht sogar auf und imitiert die heldenhaften Posen des idiotischen Bademeisters und dann mich, wie ich – völlig unschuldig und mit großen Augen – vom Toilettenhäuschen wiederkomme und mir die Badehose zubinde. Alles explodiert fast vor Lachen, ausgenommen Mrs Gates.

Sie wird ganz sentimental und bekommt feuchte Augen und an einer Seite baumeln ihre falschen Wimpern ganz schief runter. An ihrem Kinn glänzt ein dicker Klecks Barbecuesoße, auf den sie niemand aufmerksam macht, und sie murmelt: »Du hast ganz wunnerschöne Kinder. Die hast du, ganz wunnerschön.« Offenbar hält sie Aimee für meine Schwester.

Ich allerdings fühle mich fantastisch und strahle vor Freude, weil ich mich noch genau an das alles erinnern kann. Dabei hat Dad den besten Teil ausgelassen – nämlich wie er mich gepackt und an sich gedrückt hat, und gleichzeitig hat er mit mir geschimpft, ich dürfte nie wieder einfach so verschwinden, was wäre denn, wenn ich ertrinken würde? Was sollte er dann nur ohne seinen lieben, lieben Jungen machen? Diese Erinnerung trage ich seither mit mir herum wie einen Glücksbringer.

Mehr Geschichten von früher machen die Runde, alle panoramamäßig weit und warm wie der Pazifik. Als ich Dad daran erinnere, wie wir früher an Sommerabenden im Garten gesessen und Jimmy Buffett gehört haben, blickt er etwas wehmütig. »Das war 'ne tolle, tolle Zeit, Sutter«, sagt er, und ich frage mich, ob sich da nicht ein Hauch Reue in seine Stimme schleicht. Aber dann gibt sein Lächeln wieder Vollgas. »Weißt du, was? Die haben hier in der Jukebox auch was von Jimmy. Wir können uns die ganze CD anhören.«

Nachdem er die Jukebox programmiert hat, schlurft er zurück zum Tisch, die Hände nach Mrs Gates ausgestreckt. »Hast du deine Tanzschuhe an?«, fragt er mit verschlagenem Blick, und Mrs Gates erwidert: »Und ob, mein Lieber.«

»Komm, Sutter«, fordert Dad mich auf. »Wollen doch mal sehen, ob du und Aimee mit uns alten Leutchen mithalten könnt.«

Tja, wenn das richtige Stück läuft, bin ich gar kein übler Tänzer, aber Dad und Mrs Gates haben diesen texanischen Swingstil drauf, der nicht gerade meine Spezialität ist und eigentlich auch nicht unbedingt zur Musik passt. Aber das hält mich nicht auf – ich bin für alles zu haben. Und Aimee überraschenderweise auch. Ich denke bei mir: Wer ist denn *die* Kleine? Was ist aus dem Mädchen geworden, das ich auf dem Abschlussball quasi aus dem Sitz hebeln musste, damit es sich mit mir auf die Tanzfläche wagte? Scheint, als wäre ihr Selbstbewusstsein gerade auf Steroiden, weil ich ihrem Rat gefolgt bin und meinen Dad ausfindig gemacht habe.

Da drängen wir vier uns also auf der kleinen, gerade mal

terrassengroßen Tanzfläche, und Aimee und ich zucken wie spastisch und prallen völlig unkoordiniert gegeneinander, während Dad und Mrs Gates, so betrunken sie auch ist, umherwirbeln wie aufgezogen.

Die beiden haben Mitleid mit uns und geben uns ein paar schnelle Tipps. Beim zweiten Song wechseln wir die Partner und im nächsten Moment lässt Dad Aimee schon kreiseln, als wäre sie gerade frisch aus Nashville eingetroffen. Ich dagegen schleudere Mrs Gates fast einem Typen mit einer käseplattengroßen Gürtelschnalle auf den Schoß. Das stört sie aber nicht im Geringsten. »Du bist 'n doller Tänzer«, versichert sie mir. »Echt doll.«

Dann fängt ein langsames Lied an und Mrs Gates presst mich an ihren stattlichen Busen und schiebt die Hände in meine hinteren Hosentaschen. Es würde schon einen Molotowcocktail brauchen, um ihre Umarmung zu sprengen. Ein Stück weiter drückt auch Dad Aimee ziemlich eng an sich und manövriert sie gekonnt am Rand der Tanzfläche entlang. Wir wechseln ein etwas peinlich berührtes Lächeln, aber ich kann sehen, dass sie meinen alten Herrn wirklich mag.

Weißt du, was?, denke ich bei mir. Ich frage ihn einfach gar nicht, was mit Mom gewesen ist. Besser erst mal locker mit dem Wind segeln und abwarten, wohin er uns trägt. Es hat doch keinen Sinn, irgendwas zu erzwingen. Heute Abend lernen wir uns erst mal wieder kennen und lösen noch keine Rätsel.

Aber als wir uns wieder an den Tisch setzen und uns bei ein paar Gläsern Bier entspannen wollen, muss Aimee ausgerechnet die Frage stellen, die unsere kleine Party völlig aus dem Gleichgewicht bringt. Für alles, was darauf folgt, kann man ihr allerdings nicht die Schuld geben. Es ist schließlich eine ganz harmlose Frage. Woher hätte sie auch wissen sollen, dass sie damit einen Satz Feuerwerkskörper mitten in Larry's Bar and Grill zündet?

60

»Und, Mr Keely«, fragt Aimee mit immer noch glühenden Wangen von unseren Heldentaten auf der Tanzfläche, »was haben Sie so getrieben, seit Sie nicht mehr in Oklahoma wohnen?«

Seht ihr? Vollkommen unschuldig und gut gemeint.

Dad fängt ziemlich vage an. »Bin viel gereist«, sagt er. »War mal hier, mal da, im Norden und Süden. Schätze, ich bin schon immer ein ziemlich rastloser Typ gewesen.« Dann tritt ein Glitzern in seine Augen, und ich weiß, er beschwört gerade eine Erinnerung herauf. »Mit am schönsten war es in Key West, in Florida. Oh Mann, ihr solltet mal die Sonnenuntergänge da sehen. Wie ein Riesenkaramelleisbecher mit Erdbeersoße, der ins Meer schmilzt. Da unten läuft die Zeit anders, langsamer und entspannter. Ich wette, wenn ich da geblieben wäre, dann wäre ich jetzt fünf Jahre jünger.« Er lacht, aber ich habe den Eindruck, auf gewisse Weise glaubt er wirklich daran.

»Warum sind Sie gegangen?«, will Aimee wissen. Sie lauscht schon den ganzen Abend so konzentriert seinen Worten, als könnte ihm jeden Moment rausrutschen, was der Sinn des Lebens ist.

»Warum ich gegangen bin?« Er trinkt einen Schluck Bier. »Oh Mann, gute Frage. Weißt du, am Ende lag es wieder am guten alten amerikanischen Dilemma – dem Geld. Oder besser gesagt, dem *fehlenden* Geld. Die da oben erwarten eben, dass man sich welches beschafft, wenn man essen, trinken und eine

Unterkunft will. Das ist das elfte Gebot: Du sollst zügig deine Schulden bezahlen.«

Er leert sein Bier und gießt sich das nächste ein. »Aber ich könnte mir vorstellen, Sutter interessiert weniger, warum ich Key West verlassen habe, sondern vielmehr, warum ich Oklahoma verlassen habe. Hab ich recht?« Er sieht mich an, eine Augenbraue hochgezogen.

Die Frage ist mir tatsächlich durch den Kopf gegangen, ja.

»Und das ist auch sein gutes Recht«, sagt er. »Zweifellos. Lass mich so anfangen – ich wäre wirklich gern für Holly und dich da gewesen. Oh Mann, und wie. Ihr zwei wart mir wichtiger als alles andere auf der Welt, echt. Aber anscheinend bin ich einfach kein Familienmensch, zumindest nicht im traditionellen Sinn. Deine Mutter hat mich jedenfalls nicht dafür gehalten. Und irgendwann wurde es zwischen ihr und mir einfach so unentspannt, dass ich dachte, es wäre besser, uns ein bisschen Abstand zu gönnen. Wenigstens für eine Weile. Das Problem ist nur, manchmal wird aus so einer Weile ruck, zuck eine ganze Ära.«

Irgendwas will mir an dieser Antwort nicht so recht passen, aber ich habe keine Gelegenheit, weiter darüber nachzudenken. Noch nicht.

»Und«, meldet sich Mrs Gates zu Wort, »was ist zwischen dir und deiner Frau schiefgelaufen?«

Es wundert mich, dass sie überhaupt etwas sagt. So wie sie die ganze Zeit auf die Tischplatte gestiert hat, dachte ich, sie wäre längst jenseits von Gut und Böse.

»Die alte Geschichte«, sagt er. »Unüberbrückbare Differenzen. Genauer gesagt: Sie hat sich immer eine Zukunft gewünscht und die konnte ich ihr einfach nicht bieten.«

»Ha!«, stößt Mrs Gates hervor und wirft den Kopf in den

Nacken. Aber wie bei einer von diesen Wackelkopfpuppen schnellt er sofort wieder nach vorn. »So wie ich das kenne, bedeutet das mit den unbrückbaren Diffidenzen bloß, dass sich Mann und Frau in einem wichtigen Punkt nicht einigen können: Sie findet, dass er sie nicht betrügen sollte, aber er sieht das vollkommen anders!«

Dad bleibt cool und erwidert: »Für Männer bleibt es einfach ein großes Mysterium, was Frauen wollen.«

Aus heiterem Himmel platzt es aus mir heraus: »Mom hat uns erzählt, du hättest sie betrogen.« Die Worte fühlen sich komisch auf meiner Zunge an, doch jetzt bin ich schon mittendrin und muss weitermachen. »Sie hat immer versucht, alles dir in die Schuhe zu schieben. Aber ich hab ihr das nicht geglaubt. Das hat sie doch sicher nur gemacht, um uns auf ihre Seite zu ziehen.«

Einen Augenblick reibt Dad nachdenklich mit dem Finger über den Rand seines Bierglases.

»Und?«, bohrt Mrs Gates. »Hast du sie betrogen?«

Ohne aufzusehen, murmelt Dad: »Vielleicht. Ein bisschen.«

Ich nehme an, das ist einfach ein Punkt, an dem er dann doch die Wahrheit sagen muss. Klar klingt es ziemlich mies, aber ich versuche immer noch, mir einzureden, dass er sich irgendwo trösten musste, nachdem Mom ihn so schlecht behandelt hat.

»Verdammich!«, ruft Mrs Gates. »Ist doch mal wieder typisch Mann, so 'ne Antwort. Wie kann man denn jemanden bloß ein bisschen betrügen?«

Dad setzt wieder sein Lächeln auf, aber diesmal wirkt es nicht ganz echt. »Ihr wisst doch, wie das ist«, erklärt er. »Man geht raus, was trinken, man amüsiert sich, und dann führt eins zum anderen. Diese Mädels bedeuten einem gar nichts. Bei manchen erinnert man sich noch nicht mal mehr an die Gesichter.«

Ich frage: »Bei manchen? Wie viele gab es denn?«

Dad scheint kurz nachzählen zu wollen, gibt dann aber auf. »Ich hab keine Strichliste geführt oder so«, sagt er.

»Das war's. Ich hab genug gehört.« Mrs Gates schlägt mit der flachen Hand auf den Tisch. »Ich hatte ja keine Ahnung, dass ich mich hier auf einen Serienvergewaltiger eingelassen hab!«

»Ach, du Kacke.« Dad wirft mir einen entschuldigenden Blick zu. »Jetzt übertreibt sie wieder total. Ich hatte gehofft, wir könnten mal einen Abend ohne diesen Blödsinn verbringen.«

Mrs Gates beugt sich vor. »Ich bin nicht *blöd*.«

»Das hab ich ja auch nicht gesagt. Manchmal neigst du einfach nur – na ja, sagen wir mal, zur Theatralik.«

»Ich neige überhaupt nicht zur Thea... Thea... Theatrik. Wie soll ich denn sonst reagieren, wenn ich rausfinde, dass du andauernd mit irgendwelchen Frauen schläfst, die du noch nicht mal liebst?«

»Hey, dass ich sie nicht geliebt habe, habe ich nie gesagt. Ich bin mir sicher, dass ich sie alle geliebt habe, wenn auch nur für eine Dreiviertelstunde.«

»Oho! Eine Dreiviertelstunde, ja? Dann verrat mir mal eins – wann ist denn *meine* Dreiviertelstunde um?«

Dad legt den Kopf schief. »Woher soll ich das wissen? Ich trage ja noch nicht mal eine Uhr.«

Sogar mir ist klar, dass das die falsche Antwort war.

Mrs Gates' aufgemalte Augenbrauen schnellen so ruckartig nach oben, als wollten sie ihr vom Kopf fliegen. »Na, dann weiß ich ja jetzt Bescheid! Du verlogener Hund! Mir einzureden, ich solle meinen Mann und meine zwei armen Kinder für dich verlassen.«

»Deine Kinder? Deine Kinder sind über zwanzig. Und außerdem hab ich nie von dir verlangt, dass du irgendwen verlässt.«

Ihr Gesicht ist puterrot, bis an den gefärbten Haaransatz. »Und jetzt meinst du, du kannst mich einfach wegwerfen wie so 'nen alten Knochen? Dann zeig ich dir mal, was ich davon halte.« Sie greift nach einem Teller abgenagter Rippchen und leert ihn kurzerhand über Dads Würfelmusterhemd.

»Was soll das denn?«, ruft er und betrachtet die dunklen Soßenflecken auf dem Stoff.

Das wäre der perfekte Zeitpunkt für einen fulminanten Abgang, aber Mrs Gates ist noch nicht fertig. »Wollen doch mal sehen, wie du der Damenwelt jetzt gefällst.« Sie fuchtelt mit dem Arm und schubst dabei ihr volles Bierglas auf den Boden, wo es auf den ziegelroten Fliesen zerschellt.

Dad sagt: »Um Gottes willen, jetzt beruhig dich mal wieder«, doch da kommt auch schon der Imbissbesitzer angetrabt und schimpft: »Verdammt noch mal, Tommy«, Tommy, so heißt mein Dad, »ich hab dir doch gesagt, du sollst diese Irre nicht mehr mit hierherbringen, wenn sie so abgefüllt ist. Schaff sie gefälligst nach draußen, bevor sie noch was kaputt macht.«

»Aber mein Junge ist extra zu Besuch gekommen«, protestiert Dad.

»Interessiert mich nicht. Die anderen Gäste wollen solchen Quatsch nicht mit ansehen.«

»Hier würd ich nicht mal bleiben, wenn ich dafür bezahlt würde«, verkündet Mrs Gates. Sie steht auf und torkelt gegen den Tisch, sodass als Nächstes auch noch Dads Bierglas runterfällt und zwischen den Scherben ihres eigenen zerspringt.

»Warte doch«, sagt Dad zu ihr. Er steht auf und wirft einen Zwanziger auf den Tisch. »Sutter«, bittet er mich, »übernimmst du das mit der Rechnung? Ich bring sie besser mal nach draußen.«

»Klar«, sage ich, aber natürlich reicht der Zwanziger nicht

für die ganzen Rippchen und das Bier, also müssen Aimee und ich was beisteuern. Als wir fertig sind, haben Dad und Mrs Gates das Lokal schon verlassen.

Mittlerweile nieselt es leicht, und sie steht unter der Laterne am anderen Ende des Parkplatzes und schreit: »Komm mir nicht zu nahe, du Schaf im Wolfspelz.«

»Jetzt komm schon«, sagt er. »Beruhig dich. Du verstehst das alles völlig falsch.«

Aber offensichtlich ist Mrs Gates dafür nicht im richtigen Rauschstadium. Anstatt sich zu beruhigen, schwingt sie ihre bowlingkugelgroße Handtasche am Riemen durch die Luft und Dad mitten ins Gesicht.

»Du hast mir gar nichts vorzuschreiben«, brüllt sie und holt schon wieder mit der Tasche aus.

Dad duckt sich und hält schützend die Arme vors Gesicht, aber sie drischt wie ein mittelalterlicher Krieger wieder und wieder mit ihrer Handtasche auf ihn ein.

»Und wag es ja nicht, mich noch mal um Geld zu bitten«, schnaubt sie und *klatsch* – donnert die Tasche auf Dads Schulter. »Du zahlst mir alles zurück, was du mir schuldest, bis auf den letzten Cent, da drauf kannst du einen lassen. Mich ausnutzen und dann mit meinem Geld abhauen, das hast du dir so gedacht.« *Klatsch, klatsch, klatsch.*

Schließlich gelingt es Dad, ihre Arme zu packen und sie gegen den Kofferraum ihres Autos zu drücken. Sie keucht schwer und lallt: »Du bist 'n nixnutziger Schweinehund. Das bistu.«

Ich schlage vor, dass wir sie in den Mitsubishi laden und heimfahren, doch Dad sagt: »Danke, Sutter, aber ich fahre sie lieber selbst. Ich sollte wohl mal allein mit ihr reden.«

»Sollen wir dir hinterherfahren?«

»Nein, schon gut. Fahrt ihr ruhig schon mal vor zu mir. Ich komme in einer halben Stunde nach.«

»Und ihr Auto willst du einfach hier stehen lassen?«

»Sicher, ist doch kein Problem.« Er lächelt, als wäre alles in Butter.

»Du bist in einer halben Stunde da?«

»Keine Minute später.«

61

Eine halbe Stunde vergeht. Eine Stunde. Anderthalb Stunden. Und immer noch kein Dad. Das Nieseln verwandelt sich in einen Platzregen, der aufs Autodach prasselt. Das Wasser läuft in dicken Strömen über die Windschutzscheibe.

»Ich schätze, er kommt nicht mehr«, sage ich und trinke einen großen Schluck von meinem Whisky-7UP.

»Schade, dass du seine Handynummer nicht hast.«

»Das würde eh nichts bringen ohne Handy.«

»Ich dachte, du hättest ein neues.«

»Hab ich verloren.«

Ein Blitz erhellt die Dunkelheit, und Donner grollt so nah, als würde der Himmel direkt über dem Auto in Stücke reißen.

»Da draußen sieht es ziemlich übel aus«, sage ich. »Wir fahren wohl besser nach Hause.«

»Das müssen wir aber nicht. Wir können warten, solange du willst.«

»Wozu denn? Dad hat sich kein bisschen verändert. Verschwindet immer noch, ohne sich zu verabschieden.« Ich lasse den Motor an und fahre los, ohne auch nur einen Blick zurück aufs Haus zu werfen.

Eine Weile sind wir beide ganz still. Ich schalte noch nicht mal die Musik ein. Man hört nur den Donner und das Quietschen der Scheibenwischer. Mittlerweile habe ich genug Zeit gehabt, um über das große, lang ersehnte Treffen mit Dad nachzudenken. Was für ein Reinfall. Dass er Mom wirklich betrogen hat, damit komme ich noch klar. Sie kann ja auch ziemlich biestig sein. Aber der Kerl scheint sich für nichts und niemanden als sich selbst zu interessieren. Oh Mann, er wusste ja noch nicht mal mehr, wann ich zu Besuch kommen würde. Und dann diese lahme Behauptung, er hätte unbedingt für Holly und mich da sein wollen. Und wieso hat er es dann nicht einfach gemacht? Weil die Zeit ach so schnell vergangen ist? Wenn man seine Kinder wirklich liebt, dann passiert so was einfach nicht.

Und jetzt ergaunert er sich Kohle von der irren Mrs Gates. Interessiert es ihn, ob er damit ihre Ehe ruiniert und ihre Kinder dazu bringt, sie zu hassen? Nein. Er weiß ja nicht mal, was eine Familie ist. Wenn es anders wäre, würde er mich nicht hier vor seinem schäbigen Haus im Auto sitzen und auf ihn warten lassen, nachdem ich den ganzen Weg gefahren bin, um ihn zu besuchen. Aber wie es aussieht, ist meine Dreiviertelstunde väterlicher Liebe schon vor langer Zeit abgelaufen.

All die Jahre habe ich mir sein Verhalten schöngeredet. Habe mir Ausreden ausgedacht – Mom hätte ihn verjagt und es wäre ihre Schuld, dass er nie angerufen hat oder vorbeigekommen ist. Ich hab mir eingeredet, er wäre ein anständiger Kerl und es gäbe da draußen wenigstens einen Elternteil, dem ich noch wichtig wäre: meinen ach so tollen Dad.

Ja, klar.

Ihn musste niemand verjagen. Er konnte uns gar nicht schnell genug sitzen lassen. Vermutlich hat er auch noch jede Menge Schulden gemacht, bevor er abgehauen ist, die Mom dann abbezahlen durfte – oder vielleicht musste sie auch Geech dazu bringen, es zu tun. Kein Wunder, dass sie meine Gesellschaft nicht erträgt. Ich erinnere sie einfach zu sehr an den Alten.

Und das ist es, was mir wirklich Angst einjagt. Vielleicht bin ich ja tatsächlich wie er. Vielleicht bin ich auf direktem Weg nach Verliererhausen, wo er am Ende schließlich auch gelandet ist.

Hinter mir ertönt eine Hupe. Offenbar hat der Mitsubishi einen Fünfzehn-Zentimeter-Schlenker auf die andere Spur gemacht und irgend so ein Kerl dahinten hält sich für die Verkehrspolizei. »Verpiss dich, Mann«, stoße ich hervor. Auf der Straße sind ja wohl wesentlich gefährlichere Typen unterwegs als ich – welche, denen das Handy am Ohr klebt, Mädels, die ihr Make-up auffrischen, oder Leute, die auf dem Boden nach irgendeiner blöden runtergefallenen CD suchen.

Tatsache ist: Wenn ich überhaupt ein Talent habe, dann ist es Autofahren unter Alkoholeinfluss. Ich habe noch nie einen Unfall gebaut, mal abgesehen von ein paar Kratzern auf dem Parkplatz und einem Laternenpfahl. Die Sache mit dem Kipplaster war mit Moms Auto und da hatte ich noch gar keinen Führerschein. Damals war noch nicht mal die Polizei im Spiel. Ich meine, ich habe schließlich kein Kleinkind im Kühlergrill stecken oder so. Also kann der Typ mit seiner Hupe mich mal. Der sollte sich um ganz andere Sachen Sorgen machen als um mich.

Als wir die Fernstraße nördlich der Stadt erreichen, versucht Aimee, mich zu trösten, und plappert drauflos, wie nett sie Dad eigentlich findet und wie schade es doch ist, dass das mit Mrs Gates so enden musste. »Ich verstehe gar nicht, warum sie sich so aufgeregt hat, dass dein Dad ein paar Affären hatte, wo sie doch offensichtlich selbst ihren Mann betrügt.«

Ich sage nur: »Das liegt wahrscheinlich daran, dass Menschen per se scheiße sind.«

Ich bin nicht in der Stimmung für irgendwelchen Aufheiterungsquatsch. Dies hier ist ein anormal düsteres Stadium des Rauschs. Dunkler als dunkel, als hätte Gott seinen persönlichen Betrunkenen verlassen.

»Nicht alle Menschen sind scheiße«, sagt Aimee. »Du nicht.«

»Bist du dir da so sicher? Du hast doch gesehen, was für ein Typ mein Dad ist – ein verdammter Lügner und Betrüger. Ein Typ, der seine Familie abschüttelt wie eine Schlange ihre Haut. Woher willst du wissen, dass ich nicht denselben Weg runterkrieche? Der Apfel fällt schließlich nicht weit vom Stamm. Willst du wirklich mit so einem Schlangen-Apfel-Arsch nach St. Louis ziehen?«

»Du bist keine Schlange und auch kein Apfel. Und du bist nicht dein Dad. Ich glaube, es ist gut, dass du die Wahrheit rausgefunden hast. So kannst du aus seinen Fehlern lernen. Wenn du nicht so werden willst wie er, dann wirst du es eben nicht. Wir haben doch alle die freie Wahl.«

»Die freie Wahl wozu? Meinst du, mich erwartet eine spektakuläre neue Zukunft? Du hast meinen Dad doch gehört. Meine Mom wollte eine Zukunft und die konnte er ihr nicht bieten. Tja, ich kann dir auch keine bieten. Das ist wie ein Geburtsfehler, verstehst du? Der Junge, der ohne Zukunft zur Welt kam.«

»Das stimmt doch gar nicht, Sutter. Du hast so viele Möglichkeiten.«

»Nein, hab ich nicht. Ich hab davon geträumt, wie es mal wird. Denselben Traum, immer wieder. Darin spielen Ricky und ich so ein Spiel, das wir früher immer mit dem Nachbarshund gespielt haben, einem großen schwarzen Dobermann. Nur, in dem Traum freunden wir uns nicht mit ihm an wie damals in Wirklichkeit. Kein bisschen. Stattdessen sperrt er sein riesiges Schlabbermaul auf und verschluckt Ricky mit nur einem Happs, und dann bin nur noch ich da, und der Köter jagt mich knurrend und schnappend durch den Entwässerungskanal, bis ich gegen eine Betonwand pralle. Es gibt kein Entkommen. Und dann wache ich auf. Das Ganze ist selbst für mein Unterbewusstsein zu brutal. Es sind wieder unsere Hundstage, doch diesmal sind es grausame Tage. Aber so ist das Leben nun mal. Genau so. Du rennst und rennst auf eine Wand zu, während dir ein großer schwarzer Hund in den Arsch zu beißen versucht.«

Sie legt mir die Hand auf den Oberschenkel. »Das kommt dir im Moment nur so vor. Du musst dir deine Hoffnung bewahren.«

»Hoffnung? Das kann doch nicht dein Ernst sein. Wenn ich eins gelernt habe, dann dass Hoffnung absolut überflüssig ist. Und ob es stattdessen was anderes gibt, an das man sich halten kann, habe ich noch nicht rausgefunden. Also muss fürs Erste der Alkohol genügen.«

Ich trinke einen Schluck Whisky-7UP, aber er schmeckt schal. Nichts hilft mehr. Ich bin ein schwarzer Fleck auf dem Thoraxröntgenbild des Universums.

Aimee sagt: »Weißt du, dein Dad ist bestimmt bloß bei Mrs Gates aufgehalten worden. Sie kam mir so vor, als hätte sie irgendwelche psychischen Probleme. Ich bin sicher, er wäre gern zurückgekommen und hätte noch Zeit mit uns verbracht. Wenn sie nicht gewesen wäre, würden wir jetzt wahrscheinlich bei deinem Dad übernachten.«

»Na sicher. Und wenn er meine Mom nicht betrogen und mich und Holly nicht im Stich gelassen hätte, dann wären wir heute noch eine Familie und alles wäre ganz schnuffig und ich wäre Klassensprecher in der Sonntagsschule und wir beide würden auf einem silbernen Hengst zum Pluto reiten.«

Sie schweigt. Vielleicht sollte ich ein schlechtes Gewissen wegen meiner sarkastischen Antwort haben, doch in mir ist kein Platz mehr für noch miesere Gefühle.

Schließlich sagt sie: »Ich weiß, dass es gerade schwer ist, aber Eltern sind auch nur Menschen. Sie wissen eben auch nicht immer, was zu tun ist. Aber das bedeutet nicht, dass sie einen nicht lieben.«

»Ich hab dich nicht um eine Psychoanalyse gebeten, Freud junior.«

Sie lässt sich nicht aus der Fassung bringen. »Und selbst wenn nicht, darfst du trotzdem nicht aufgeben. Verstehst du? Du musst versuchen, dir die Liebe, die du hast, zu bewahren. Wie zum Beispiel mit mir, weil ich dich nämlich liebe. Das brauchst du gar nicht infrage zu stellen. Es stimmt.«

»Ach, komm schon, Aimee, das klingt ja wie in einer Seifenoper. Du liebst mich nicht. Vielleicht redest du dir das ein, aber das hier ist keine Liebe. Du bist bloß besoffen und dankbar. Froh, dass irgendwer mal Interesse an dir zeigt und dich nicht bloß als Sexpüppchen für eine Nacht missbraucht.«

Sie lehnt sich von mir weg und verschränkt die Arme. »Sag so was nicht, Sutter. Versuch nicht das, was wir haben, zu zerstören, indem du solche gemeinen Sachen sagst.«

Aber ich komme gerade erst richtig in Fahrt. »Hast du's denn noch nicht kapiert? So jemanden wie Commander Amanda Gallico gibt es nicht. Da draußen ist kein Heller Planet. Kein innerer Wohlstand. Alles, was wir haben, ist die Heilige Dreifaltigkeit der Atomvampire – den Sexgott, den Geldgott und den Machtgott. Der Gott der schönen Seelen ist schon vor langer Zeit verhungert.«

Sie löst die verschränkten Arme. »Aber das können wir doch ändern.«

Ich schüttele den Kopf. »Das ist viel zu gewaltig, um es zu ändern. Zu schwer und scharfkantig und lauter so 'n Scheiß.«

»Nein, ist es nicht. So kommt es dir vielleicht gerade vor, weil du Angst hast, aber Angst hat doch jeder.«

Ich starre sie durchdringend an. »Angst? Wovor? Ich hab vor überhaupt nichts Angst, verdammt. Ich bin der Typ, der von einer Tausend-Meter-Brücke gesprungen ist.«

»Du weißt genau, was ich meine. Du hast – pass auf!«

»Hm?«

»Du kommst von der Spur ab!«

62

Wieder ertönt hinter uns eine Hupe, aber diesmal ist es das wütende Tuten eines Sattelschleppers. Ich reiße das Lenkrad herum, doch die Straße ist glatt vom vielen Regen und wir geraten ins Schlingern. Der Mitsubishi schlittert wie verrückt über die Fahrbahn. Der Lkw – ein Gastankwagen – rumpelt neben uns her, und zwar so dicht, dass es aussieht, als könnten wir jeden Moment unter seinen Rumpf rutschen. Aimee ist nicht angeschnallt und versucht nun verzweifelt, sich in den Fußraum zu kauern, und vor meinem geistigen Auge erscheint eine Schlagzeile: idiot bringt sich in flammendem autowrack ums leben; beraubt seine freundin ihrer glänzenden zukunft.

Zwischen uns und dem Laster liegen nur noch geschätzte fünf Zentimeter. Wir sind kurz davor, ihm in die Seite zu krachen, als das Auto wieder in die andere Richtung schlingert. Jetzt müssen wir uns nur noch um die Betonpfeiler auf der gegenüberliegenden Fahrbahnseite Sorgen machen. Einer rast von vorn direkt auf uns zu, aber wir schrammen knapp daran vorbei, bevor ich endlich die Kontrolle über den Wagen wiedererlange und ihn im hohen, matschigen Gras zum Stehen bringe.

Aimee sieht vom Boden zu mir hoch, die Augen geweitet, die Unterlippe bebend.

Ich bekomme nur ein »Mein Gott!« heraus.

»Ganz ruhig«, sagt sie. »Alles in Ordnung mit dir?«

Ich fasse es nicht. Das Mädchen sollte mir eine reinhauen. »Nein, mit mir ist nicht alles in Ordnung«, erwidere ich. »Kapierst du's nicht? Gar nichts ist in Ordnung mit mir. Ich bin ein kompletter, phänomenaler Versager!«

Sie kriecht zurück auf ihren Sitz und schlingt die Arme um mich. »Ich bin so froh, dass nichts passiert ist.«

»Willst du mich verarschen?« Ich mache mich los. »Ich bringe dich fast um und du umarmst mich? Du solltest zusehen, dass du so weit wie möglich von mir wegkommst.«

»Das will ich aber nicht«, schluchzt sie. »Ich will dich in den Arm nehmen und dafür sorgen, dass es dir gut geht.«

»Verdammte Scheiße, dann muss ich eben weg von dir.« Ich drücke die Tür auf, springe aus dem Wagen und stapfe den Highway entlang, während der Regen auf mich einprasselt wie Nägel. »Fahr du mit dem Auto zurück«, brülle ich ihr über die Schulter zu. »Das ist sicherer.«

Aber natürlich tut sie das nicht. Stattdessen stolpert sie selbst raus auf den Seitenstreifen und schreit, ich solle zurückkommen. Ich gehe einfach weiter, so schnell ich kann. Es ist, als könnte ich sogar vor mir selbst fliehen, wenn ich mich nur genug beeile.

»Sutter«, ruft sie. »Bleib stehen. Es tut mir leid!«

Unglaublich. Ihr tut es leid? Was denn? Ich drehe mich um und will ihr zurufen, dass sie einfach ins Auto steigen und mich vergessen soll, aber dazu komme ich nicht. Hinter ihr taucht ein Paar Scheinwerfer auf. Ich bringe nur noch ein »Aimee!« heraus, während sie auf den Highway wankt. Eine Sekunde lang blendet mich das Licht und dann höre ich einen schrecklichen dumpfen Laut und im nächsten Augenblick rollt sie über den Seitenstreifen ins hohe Gras.

Als ich auf sie zurenne, fühlt es sich an, als stünde meine Haut in Flammen. Der Regen macht mich fast blind. Mein Magen führt sich auf wie ein wild gewordenes Tier, das meine Brust hinauf und durch meinen Mund nach draußen flüchten will. »Was hab ich getan? Was hab ich nur getan?« Ich weiß nicht mal, ob ich das laut ausspreche oder bloß denke.

Sie liegt im Gras, ihr Haar ist durchnässt, sie hat einen Streifen Schlamm auf der Wange. Oder ist das Blut? Ich knie mich neben sie. »Aimee, oh Gott, Aimee, ich bin so ein verdammter Idiot, Aimee.«

»Sutter.« Sie macht die Augen nicht auf. »Ich glaube, mich hat ein Auto angefahren.«

»Ich weiß, Süße, ich weiß.« Irgendwo hab ich mal gehört, dass man Leute, die in einen Autounfall verwickelt waren, nicht bewegen darf, weil man sonst die Wirbelsäule beschädigt oder so, also kauere ich einfach dort neben ihr und traue mich noch nicht mal, ihr Gesicht zu berühren.

»Keine Sorge, ich hole Hilfe«, sage ich zu ihr, aber ich Blödmann habe ja mein Handy verloren und kann deswegen jetzt keinen Krankenwagen rufen.

Sie öffnet die Augen und versucht, sich aufzusetzen.

»Warte«, sage ich. »Ich glaube, du solltest dich lieber nicht bewegen.«

»Geht schon.« Sie schmiegt den Kopf an meine Brust. »Alles in Ordnung, glaube ich. Er hat mich bloß am Arm erwischt.«

Bei näherem Hinsehen erkenne ich, dass das auf ihrer Wange wirklich nur Schlamm ist, und wische ihn sanft weg.

»Hilfst du mir zurück zum Auto?«, fragt sie. »Hier draußen werden wir nur klitschnass.«

»Klar helfe ich dir, Baby, na klar.« Ich schiebe die Hand unter ihren Arm, um ihr aufzuhelfen, aber sie zuckt zusammen und bittet mich loszulassen.

»Was ist?«

»Mein Arm. Ich glaube, der ist gebrochen.«

»Tut es sehr weh?«

Hinter uns ruft plötzlich eine Stimme: »Mein Gott, geht es ihr gut?«

Da stehen ein Typ und ein Mädchen, ein paar Jahre älter als wir, Studenten, dem Anschein nach.

Der Typ sagt: »Sie ist einfach vor uns auf die Straße gestolpert. Ich konnte überhaupt nichts machen.«

»Wir haben sie nur mit dem Seitenspiegel gestreift«, sagt das Mädchen. Sie hält sich eine aufgeschlagene Zeitschrift über den Kopf, um ihr Haar trocken zu halten, aber viel hilft es nicht. »Der ist jetzt hin. Wieso läuft sie auch auf der Straße rum?«

»Tut mir leid«, sagt Aimee.

Der Typ sagt: »Nein, mach dir keine Gedanken. Ich hoffe nur, es ist alles okay mit dir.«

»Sicher, alles okay«, antwortet sie, aber ich sage: »Ich glaube, ihr Arm ist gebrochen.«

»Sie hat Glück, dass es nichts Schlimmeres ist«, sagt das Mädchen. »Was macht ihr denn überhaupt hier draußen?«

Ich will gerade erwidern, dass sie das gar nichts angeht, doch Aimee kommt mir zuvor: »Wir haben was gesucht. Uns ist was aus dem Auto gefallen.«

Der Typ erkundigt sich noch, ob sie uns zum Krankenhaus fahren sollen, aber ich lehne ab und sage, dass wir das alleine schaffen. Er scheint erleichtert, und seine Freundin ermahnt uns noch mal: »Ihr müsst echt vorsichtiger sein in Zukunft.«

Ich helfe Aimee auf, und tatsächlich scheint alles in Ordnung außer ihrem linken Arm, aber auch da treten keine Knochen hervor oder so was. Der Typ bringt uns noch zu unserem Auto und hält Aimee die Beifahrertür auf. Seine Freundin ist schon wieder unterwegs zu ihrem eigenen Wagen.

»Bist du sicher, dass du fahren kannst?«, fragt er noch, nachdem wir Aimee auf ihrem Sitz verstaut haben.

»Wir kommen schon klar«, antworte ich. »Selbst wenn ich Schritttempo fahren muss, ist mir das egal. Ich sorge garantiert dafür, dass ihr nichts mehr passiert.«

Während ich mich hinters Lenkrad setze, erkläre ich Aimee, dass ich sie in die Notaufnahme bringe, aber das will sie nicht. Sie hat Angst, dass sie mir da die Polizei auf den Hals hetzen – und ihr ihre Eltern. »Ich kann auch bis morgen warten und dann zum Arzt gehen. Mir fällt schon was ein, was ich meiner Mom erzählen kann.«

»Aber tut es nicht weh?«

»Na ja, doch.«

»Siehst du. Ich fahre dich jetzt in die Notaufnahme.«

»Nein, Sutter, das tust du nicht.« Sie sitzt da und umklammert ihren Arm, aber in ihren Augen lese ich Entschlossenheit, keinen Schmerz. »Ich hab dir doch gesagt, ich gehe morgen hin. Ich will nicht, dass sich irgendwas zwischen uns und St. Louis schiebt.«

»Bist du sicher?«

»Ganz sicher.«

Sie ist triefnass und verdreckt, aber ich habe noch nie jemanden so sehr geliebt wie sie in diesem Augenblick. Und auf einmal wird mir klar, dass ich sie loslassen muss.

63

Ricky stopft T-Shirts in einen Rucksack; er fährt mit Bethany und ihrer Familie nach Galveston. Dort will er es mal mit dem Surfen probieren und, natürlich, die obligatorische romantische Bootsfahrt durch den Golf von Mexiko unternehmen.

»Tja«, sagt er, während er ein weiteres T-Shirt zusammenfaltet. »Klingt ganz so, als hätte dein Dad was mit einer mehr oder weniger Verrückten am Laufen.«

»Eher mehr als weniger, das kannst du mir glauben.«

»Na ja, was will man schon erwarten, wenn man mit über vierzig immer noch nicht sesshaft geworden ist.«

Der Spruch ging wohl gegen mich und meine Bilanz in Bezug auf Mädchen, aber das ist schon okay – ich hab's nicht besser verdient.

Das T-Shirt wandert zu den anderen in den Rucksack. »Aber was ich echt nicht fassen kann, ist, dass du mir so lange weisgemacht hast, dein Dad wäre irgendein ganz hohes Tier und würde im Chase Building arbeiten. Die Story hast du mir über Jahre aufgetischt.«

»Was kann ich dafür, dass du so leichtgläubig bist? Hast du dich denn nicht mal gewundert, warum du ihn nie zu sehen bekommen hast?«

»Hey, ich kenne sonst eben keine hohen Tiere. Hab mir eben gedacht, er wäre die ganze Zeit am Geschäftemachen.«

»Ja, war 'ne blöde Geschichte. Aber wenn man einmal mit so was anfängt, kommt man da nicht mehr so leicht raus.«

»Kann sein.«

Offenbar ist er ziemlich enttäuscht von mir und das kann ich ihm auch nicht verübeln. Aber als Mann entschuldigt man sich nicht so einfach geradeheraus. Man denkt sich was anderes aus, um es wiedergutzumachen. Darum sage ich: »Weißt du, nach der ganzen Sache mit meinem Dad und dann noch dem, was mit Aimee passiert ist und so, da hab ich nachgedacht – und du könntest recht haben.«

»Alter, ich hab immer recht. Das weißt du doch.«

»Ich meine, mit dem Trinken. Ist vielleicht wirklich besser, wenn ich das nur noch am Wochenende mache.«

»Wenn du's schaffst.«

»Was soll das denn heißen?«

»Gar nichts. Ich frag mich eben nur, wer bei dieser Geschichte die Kontrolle hat, du oder der Whisky.«

»Mann, ich hab immer alles unter Kontrolle. Du kennst mich doch, ich bin ein echter Virtuose. Und der Whisky ist meine Stradivari.«

»Na dann.« Er zieht den Reißverschluss des Rucksacks zu. »Hör mal, ich muss jetzt los zu Bethany. Wahrscheinlich sehen wir uns nicht mehr, bevor wir fahren, aber ich schreib dir 'ne Karte. Oder vielleicht maile ich dir ein Foto von mir, wie ich eine Riesenwelle reite.«

Und das war's – er macht sein Ding und ich meins. Früher hätten wir die ganze Dad-Geschichte in ihre Einzelteile zerlegt, bis wir ihren tiefsten und wahrsten Kern gefunden hätten, aber jetzt heißt es bloß: »Bis dann, wir sehen uns.«

Ist aber in Ordnung so. Ich muss sowieso bald zu Aimee. Heute Abend wollen wir im Marvin's essen. Ich habe es lange vor mir hergeschoben, doch jetzt ist Schluss damit. Zeit für das große Gespräch.

Mein Status bei den Fineckys hat sich übrigens von Schurke zu Superheld gewandelt. Aimee hat ihrer Mutter erzählt, uns wäre im Regen auf der Autobahn ein Reifen geplatzt, und während sie mir beim Wechseln geholfen hätte, wäre plötzlich ein anderer Wagen von der Fahrbahn abgekommen und hätte sie bestimmt getötet, wenn ich nicht mein Leben riskiert hätte, um sie zur Seite zu ziehen. So hätte sie bloß der Außenspiegel auf der Beifahrerseite erwischt, und sie wäre gar nicht auf die Idee gekommen, dass ihr Arm gebrochen sein könnte, bis sie am nächsten Morgen mit diesen starken Schmerzen aufgewacht wäre.

Ziemlich seltsam, wenn ich jetzt bei ihr klingele und jeder, sogar Randy das Walross, mich anstrahlt, als wäre ich James Bond persönlich. Manchmal fühle ich mich wirklich wie ein Doppelagent, der eine Organisation unter falschen Vorgaben unterwandert. Nicht bloß wegen der Superheldengeschichte, sondern auch wegen dem, was ich Aimee zu sagen habe.

Im Marvin's hat sich nichts verändert – das Licht ist immer noch schummrig, die Gästezahl spärlich und die Jukebox immer noch gut mit Dean Martin bestückt. Die einzige Neuheit ist, dass ich keinen Whisky in meinem 7UP habe. Ricky mag nicht viel Vertrauen in mich haben, aber ich habe seit dem Ausflug nach Fort Worth keinen Alkohol mehr angerührt, ganze fünf Tage lang.

Aimee scheint sich zu amüsieren, selbst mit diesem enormen Gips am Arm, bei dessen Anblick man sich fragt, wie sie es überhaupt schafft, sich ein Oberteil anzuziehen. Zum Glück ist sie Rechtshänderin, also hat sie mit der Gabel keine Probleme. Sie darf bloß nichts bestellen, wofür man ein Messer braucht.

Als ich den Gips gesehen habe, habe ich als Erstes meine Bedenken geäußert, ob sie so überhaupt nach St. Louis ziehen kann, aber sie hat entschlossen erklärt, sie wolle sich durch nichts aufhalten lassen. Ich habe gefragt, ob sie so denn in dem Buchladen anfangen kann, und sie meinte, natürlich könne sie das, sie müsse ja nur die Kasse bedienen und die Kunden beraten. »Wenn man mal darüber nachdenkt«, sagte sie, »ist es viel einfacher, als Zeitungen aufzurollen.«

»Da könntest du recht haben«, antwortete ich.

»Und ob ich das habe«, meinte sie grinsend. »Spektakulär recht.«

Na ja, für Aimee ist unser Besuch im Marvin's jedenfalls eine nette kleine Zeremonie, eine schöne Gelegenheit, uns von unserem Leben in Oklahoma zu verabschieden. Und eine Zeremonie ist es ja auch wirklich, allerdings für eine andere Art von Abschied.

Aber in so was stürzt man sich nicht einfach so rein. Man muss es langsam angehen, also beginne ich mit der Antwort auf die Frage, die Aimee aus Taktgefühl nie stellen würde – ob mein Vater schon angerufen und erklärt hat, was passiert ist.

»Soweit ich weiß, hat er nicht angerufen. Aber wenn er es getan hätte und meine Mom drangegangen wäre, hätte sie es mir sicher nicht erzählt.«

»Vielleicht schämt er sich oder hat ein schlechtes Gewissen oder so. Du solltest ihn anrufen.«

»Auf gar keinen Fall.«

»Hast du deiner Mom oder deiner Schwester eigentlich erzählt, dass du ihn besuchen warst?«

»Nein. Mom würde sich vor Schreck ins Kostümchen kacken, wenn sie rausfinden würde, dass ich bei ihm war. Holly hat angerufen und nachgefragt, aber der habe ich erzählt, ich hätte den Ausflug erst mal verschoben. Ich will einfach kein »Ich hab's dir ja gesagt« von ihnen hören. Schlimm genug, dass mein Alter so drauf war, da kann ich jetzt echt nicht noch so ein hämisches Gegrinse gebrauchen. Wetten, dass sie sowieso schon denken, ich hätte das Arschlochgen der Keely-Männer geerbt? Ich will einfach nicht, dass sie wissen, dass *ich* es auch weiß. Tja, egal, genug von meiner sogenannten Familie. Das deprimiert mich einfach alles zu sehr.«

»Macht doch nichts.« Sie legt ihre unverletzte Hand auf meine und drückt sie. »Ab jetzt bin ich deine Familie.«

64

Dass wir jetzt trocken sind, scheint Aimee kein bisschen zu stören. Tatsächlich wirkt sie sogar ein bisschen erleichtert. Aber es ist toll, sie so selbstbewusst zu erleben. Sie ergreift sogar die Initiative und erzählt mir ein paar Geschichten von sich. Sonst musste man ihr immer mindestens vier Drinks einflößen, bevor sie irgendwas Persönliches rausgelassen hat, aber mittlerweile fühlt sie sich komplett wohl dabei.

Heute Abend hat sie wieder eine Geschichte vom Zeitungsaustragen parat, eine richtig gute: ihre Begegnung mit den harten Mädels. Natürlich erkenne ich, was für eine Taktik dahintersteckt. Sie erzählt mir das nur, damit ich nicht mehr daran denken muss, dass ich keine richtige Familie habe.

Damals war sie vierzehn – zu der Zeit musste sie ihre Runde immer noch teilweise zu Fuß machen – und stand plötzlich zwei fünfzehnjährigen Mädels in komplett schwarzen Baggyhosen und weiten Shirts gegenüber, mit silbernen Ketten statt Gürteln. Mehr Wimperntusche als Cleopatra persönlich. Sie waren wohl die ganze Nacht unterwegs gewesen und offensichtlich high, wovon auch immer – Abflussreiniger oder sonst was.

Sie fingen an mit: »Guck an, das ist doch nicht etwa Rotkäppchen? Was hast'n du in deiner Tasche, ist das für deine Großmutter?«

Es sah nicht gerade rosig aus. Aimee stellte sich schon vor, wie die beiden ihr die Tasche von der Schulter rissen und die

Zeitungen in Fetzen auf der ganzen Straße verteilten, was vermutlich auch genau so passiert wäre, wenn ihr nicht ein Geistesblitz gekommen und die perfekte Gegenbemerkung eingefallen wäre.

»Habt ihr das Ufo gesehen, das vor einer Weile hier langgeflogen ist?«

Die Mädels meinten nur: »Ufo, was denn für 'n Ufo? Bist du dicht oder bloß durchgeknallt?«, aber Aimee beschrieb einfach ganz ruhig und detailliert, wie es angeblich ausgesehen hatte – violette Blinklichter, großer bananenförmiger Rumpf und begleitet von einem mysteriösen Geräusch, wie eine Spieldose mit einem Lied, das Menschen bis dato unbekannt war.

Und plötzlich waren die Mädchen wie verwandelt. Sie sahen hoch zum Himmel und ein staunender Ausdruck vertrieb die Härte aus ihren Gesichtern. Aimee erfand immer mehr dazu. Es wäre nicht das erste Mal, dass irgendwer dieses Ufo gesehen hätte, erzählte sie ihnen. Es wäre sogar schon in den Nachrichten gewesen. Die Menschen, die es miterlebt hätten, hätten von einer positiven Wirkung berichtet. »Das liegt an der Musik«, erklärte Aimee ihnen. »Die macht, dass die Menschen sich klug und glücklich und hübsch fühlen.«

Und mit einem Mal waren die beiden Mädchen ihre besten Freundinnen. Sie halfen ihr beim Zeitungsaustragen in der Hoffnung, das Ufo auch zu sehen, die Musik zu hören und sich in komplett neue, wunderschöne Wesen zu verwandeln.

»Das ist eine großartige Lüge«, lobe ich.

Sie lächelt bei der Erinnerung daran. »Damals kam es mir nicht mal vor wie eine Lüge. Eine Woche später habe ich die beiden in der Pizzeria wiedergesehen. Sie haben nicht ein Wort zu mir gesagt. Aber es war komisch – irgendwie wirkten sie gar nicht mehr hart. Eher ziemlich bemitleidenswert, ganz klein und verloren.«

»Schätze, sie brauchten einfach ein Ufo, an das sie glauben konnten.«

»Ja. *Mein* Ufo ist ja zum Glück wirklich gekommen.«

»Ja?«

»Natürlich. Du bist mein Ufo.«

»Wieso das?«

»Guck doch mal, wie sehr ich mich in den letzten Monaten verändert habe.«

»Ja, verändert hast du dich.« Ich kann einen flüchtigen Blick auf den Riesengips an ihrem Arm nicht unterdrücken. Das Ding ist so gigantisch, dass sie damit kaum durch die Tür passt.

»Und jetzt ziehen wir nach St. Louis. Wir tun es wirklich. Bevor ich dich kennengelernt habe, hätte ich mich nie getraut, meine Mom vor vollendete Tatsachen zu stellen.«

»Tja, ich hab so das Gefühl, dass St. Louis so was wie dein ganz persönlicher Heller Planet ist, verstehst du? Und du wirst Commander Amanda Gallico des Ganzen sein.«

»Aber du hast doch gesagt, es gäbe keine Hellen Planeten.«

»Ach, da war ich einfach nur schlecht drauf. Das ist längst vorbei.« Ich trinke einen Schluck von meinem 7UP. Schmeckt komisch, so ganz ohne Whisky. »Aber genau über diese St.-Louis-Angelegenheit wollte ich mit dir reden.«

»Ich weiß, dir gefällt es immer noch nicht, dass wir bei meiner Schwester in ihrer kleinen Wohnung leben sollen, aber es ist ja nur für die ersten paar Wochen. Mir hat sie schon einen Job besorgt, und ich bin mir sicher, dass du auch bald einen findest. Und dann suchen wir uns selber ein Apartment und kaufen uns Möbel auf Raten und so weiter. Aber sag meiner

Mom nichts davon. Sie weiß immer noch nicht, dass du auch mitgehst. Bislang denkt sie, du hilfst mir nur beim Umzug.«

»Nein, das meine ich nicht.« Meine Hand tastet nach dem 7UP-Glas, aber das ist rein instinktiv. Limonade bringt mich jetzt auch nicht weiter. »Hör mal, äh, da ist was, was ich dir noch nicht gesagt habe. Es ist mir ein bisschen peinlich.«

Sie hat immer noch dieses kleine Lächeln auf den Lippen, und mir wird klar, dass sie betrunken ist, nicht von irgendwelchem Alkohol, sondern von ihren Hoffnungen und Träumen von St. Louis. Und ich will sie auf keinen Fall ernüchtern, aber sie braucht mich nicht mehr. Sie kann ihre Träume jetzt selbst verwirklichen.

»Also, pass auf: Du weißt ja, dass ich in Algebra nicht unbedingt der Beste war, stimmt's? Und Mr Archloch hat einfach kein Auge zugedrückt. Ich hab ihm erklärt, dass ich auf dem College auf jeden Fall weiter Algebra belege, aber ich schätze mal, er wollte mir eine Lektion dafür erteilen, dass ich ihn so langweilig fand.«

Ihr Lächeln verschwindet. »Soll das heißen, du hast deinen Abschluss nicht geschafft?«

»Irgendwie nicht.« Ich trinke einen Schluck, aber natürlich hilft er nicht. »Sieht aus, als müsste ich in den Sommerkurs und dann in die Nachprüfung.«

»Sommerkurs«, wiederholt sie, und ihre blassblauen Augen füllen sich mit Enttäuschung.

»Ja, aber der geht erst in ein paar Wochen los.«

»Keine Sorge«, sagt sie und zwingt sich zur Fröhlichkeit. »Du kannst doch bestimmt auch in St. Louis Nachhilfe nehmen.«

»Nein, ich hab mich schon informiert. Ich muss das an der Schule machen, von der ich meinen Abschluss kriegen will.«

Okay, wirklich nachgeforscht habe ich natürlich nicht, aber klingt doch logisch.

Doch sie gibt nicht auf. »Na, dann bleibe ich eben mit dir hier und helfe dir. Und wenn der Sommer um ist, können wir immer noch nach St. Louis. So haben wir eben mehr Zeit zum Planen und Vorbereiten.«

»Nein, das bringt doch auch nichts. Deine Schwester kommt dieses Wochenende, um dir beim Umzug zu helfen, und sie hat dir doch auch schon den Job besorgt und alles. Das einzig Sinnvolle ist, dass du schon mal vorfährst und ich hierbleibe, den Sommerkurs mache und in Geechs Firma an der Laderampe arbeite, damit ein bisschen Geld reinkommt.«

Sie greift nach meiner Hand. »Ohne dich will ich aber nicht gehen. Da bin ich doch verloren.«

Ich blicke ihr in die Augen und schieße Selbstbewusstseinsblitze auf sie ab. »Quatsch, du bist nicht verloren. Das wird super. Du kannst endlich machen, was du schon immer wolltest.«

Natürlich denke ich auch, dass sie dort den perfekten Mann kennenlernen wird, ein Prachtexemplar eines reitenden Wissenschaftlers, der sie als fantastischen neuen Planeten voller Wunder sehen wird. Aber ich weiß, dass sie davon im Moment noch nichts hören will.

Sie sagt: »Ich will das alles mit dir erleben«, und ich sage: »Ich weiß, aber betrachte es doch mal so – bin ich besonders toll im Organisieren? Eher nicht, stimmt's? Wenn du zuerst hinfährst, kannst du schon mal alles vorbereiten. Wenn du das für mich machen würdest, wäre ich dir echt unendlich dankbar.«

Sobald sie sich etwas an die Vorstellung gewöhnt hat, ist ihre Begeisterung neu entfacht. Jetzt hat sie eine Mission, etwas, was sie für jemand anders tun kann. Und unter Ideenmangel leidet sie nun wirklich nicht. Sie will auskundschaften, wo was in St. Louis ist, wie man von A nach B kommt und welche Männerbekleidungsgeschäfte es gibt, sodass ich mich, wenn ich komme, gleich in einem davon bewerben kann. Und sie sagt: »Sobald ich ein bisschen Geld gespart habe, miete ich uns eine Wohnung und richte sie ein. Dann kann ich Bilder für die Wände zeichnen und so weiter.«

»Klingt alles super«, sage ich. »Aber vielleicht solltest du mit der Wohnung noch warten. Ich meine nur, natürlich kannst du schon mal anfangen zu planen, bloß irgendwas muss ich ja auch noch machen. Tu mir den Gefallen und warte, bis ich dir ein bisschen Geld geschickt habe, bevor du eine Wohnung und Sachen dafür besorgst. Du musst mir wenigstens das Gefühl geben, dass ich auch meinen Beitrag leiste, okay?«

Sie lächelt und drückt meine Hand. »Okay. Den Gefallen kann ich dir tun.«

Wenn ich ein Schwein bin, weil ich die Sache so angehe, na schön, dann bin ich eben ein Schwein. Nur manchmal muss man sich zwischen Ehrlichkeit und Freundlichkeit entscheiden und mir lag Letzteres einfach schon immer mehr. Außerdem glaube ich, sie muss erst mal raus aus der Stadt, bevor ich ihr die ganze Wahrheit erzählen kann, sonst geht sie nie. Ich werde warten, bis sie einen Monat in St. Louis ist und ihren Job und ihr neues Leben angefangen hat. Und dann schreibe ich ihr eine lange E-Mail. Was genau da drinstehen wird, weiß ich noch nicht, nur dass ich nicht komme.

Tja, wie man sieht, kann ich ihr sehr wohl eine Zukunft bieten. Bloß keine, in der ich vorkomme.

Als ich sie nach Hause bringe, fällt es mir schwer, sie gehen zu lassen. Klar ist es ein bisschen umständlich, sie zu umarmen, wenn ständig dieser Riesengips im Weg ist, aber ich kann gar nicht aufhören, sie zu küssen. Wir haben noch nie nüchtern Sex im Auto gehabt – und überhaupt nicht, seit sie den Gips hat –, doch jetzt bin ich dazu bereit, nicht bloß weil ich spitz bin, sondern weil ich ihr so nah sein will wie möglich, ein letztes Mal.

Aber sie hält mich zurück, gibt mir einen Kuss auf die Nase und dann auf die Stirn und verspricht mir, dass wir noch jede Menge Zeit haben werden, um miteinander zu schlafen. »Was ist, wenn meine Mom uns erwischt?«, wendet sie ein. »Warte nur ab, wenn wir in St. Louis sind, machen wir es in jedem Zimmer unserer neuen Wohnung.«

Ich gebe ihr noch einen langen Kuss. Und dann nehmen wir Abschied.

65

Was war das noch gleich, was Cassidy von mir verlangt hat? Dass ich ausnahmsweise mal nicht zuerst an mich denke? Ich frage mich, was sie wohl dazu sagen würde, wenn sie mich heute Abend mit Aimee erlebt hätte. Ich hatte immer den Verdacht, sie wäre der Meinung, ich wüsste nicht, wie man liebt. Tja, spätestens jetzt müsste sie wohl zugeben, dass ich es doch weiß.

Und dann war da noch was anderes, was sie gesagt hat: Ich würde nie glauben wollen, dass irgendwer mich tatsächlich liebt, dass *sie* mich geliebt hätte. Das wurmt mich immer noch. Natürlich würde ich glauben, dass jemand mich liebt – wenn es denn so wäre. Nur dass man das eben unmöglich mit Sicherheit wissen kann.

Noch während ich die Twelfth runterfahre, beschließe ich, sie mit meinem brandneuen, sicher bald wieder verschollenen Handy anzurufen und genau nachzufragen, was sie gemeint hat. Vermutlich wird sie auch interessieren, was mit Aimee gewesen ist, ganz zu schweigen von meiner neuen Alkohol-nur-am-Wochenende-Politik.

Es dauert ein Weilchen, bis sie ans Telefon geht. Anscheinend ist sie mit Marcus gerade auf der Autobahn. Sie sind in New Mexico, unterwegs nach Albuquerque, wo Marcus Basketball spielen und Verwaltungswissenschaft oder irgend so was Furztrockenes studieren wird.

»Ach, Sutter«, schwärmt sie. »Es ist so wunderschön hier.

Die Sonne geht gerade unter, und überall sind diese weiten Ebenen und Farben, die ich noch nie gesehen habe. Sofort, als wir in New Mexico waren, habe ich gesagt: ›Wow, ich kann verstehen, warum sie das hier das Land der Verzauberung nennen.‹ Die Landschaft ist so, ich weiß auch nicht, spirituell.«

»Na, dann ist es doch schön, dass du da jetzt öfter zu Besuch bist.«

Sie sagt: »Es wird mehr als das. Ich habe es mir überlegt. Ich ziehe auch her und gehe hier auf die Uni. Marcus hat sich das ja von Anfang an gewünscht, aber bis jetzt war ich mir nicht sicher, ob ich es auch will. Wir gehen uns morgen den Campus anschauen, aber ich habe schon Fotos gesehen und, na ja, ich habe mich irgendwie jetzt schon verliebt.«

»Aber du hast doch schon vor Monaten beschlossen, dass du auf die Oklahoma University willst.«

»Stimmt, aber ich darf es mir ja wohl anders überlegen.« Sie klingt ein bisschen trotzig.

»Ist es ist denn nicht schon viel zu spät, um sich woanders anzumelden?«

»Nein, ist es nicht. Anmeldeschluss ist erst am fünfzehnten Juni. Ich hab mich schon informiert.«

»Und was sagen deine Eltern dazu?«

»Die haben mich sogar überredet, mit hier runterzufahren und es mir anzusehen. Du weißt ja, sie wollten eigentlich immer, dass ich weiter weg studiere, um was von der Welt zu sehen und so. Außerdem finden sie Marcus total super.«

Na, was für eine Überraschung. Wetten, dass ihre Eltern der Meinung sind, Marcus ist eine Riesenverbesserung im Gegensatz zu mir? Das erwähne ich allerdings nicht.

»Und was ist mit den Kosten?«, frage ich. »Wird das nicht viel teurer mit den außerstaatlichen Studiengebühren und so?«

»Dann suche ich mir eben einen Job. Wenn man etwas unbedingt will, lohnt es sich auch, dafür zu arbeiten.«

»Davon hab ich auch schon mal gehört, ja.«

»Es ist, als würde eine total neue Ära meines Lebens vor mir liegen, Sutter.«

»Das ist toll«, sage ich. »Echt cool.«

Wozu soll ich mich mit ihr streiten? Ich sollte mich für sie freuen. Schließlich sind wir bloß Freunde.

»Weswegen rufst du eigentlich an?«

Für eine Sekunde kann ich mich überhaupt nicht erinnern, was ich von ihr wollte. »Ach, nur so«, sage ich dann. »Wir haben uns schon so lange nicht mehr gesprochen.«

Danach gibt es nicht mehr viel zu sagen. Sie verspricht, mir Fotos und was nicht sonst noch alles von der Uni zu schicken und mir von ihrem Ausflug zu berichten, wenn sie wieder da ist.

Ich sage: »Ja, toll. Toll.« Es ist, als wäre mein komplettes Vokabular eingefroren, mit Ausnahme des Wörtchens *toll.*

Eine Sekunde später ist sie nicht mehr da, verschwunden in den verzauberten Abend in New Mexico. Sie ist nicht mehr da und Aimee bald auch nicht mehr und plötzlich ergreift mich ein schrecklicher Durst.

66

Jaja, ich hatte eigentlich geschworen, nur noch am Wochenende zu trinken, aber es ist schließlich Sommer. Wo liegt der Unterschied zwischen Wochentag und Wochenende, wenn eh keine Schule ist? Solange ich mich mit dem Alkohol auf ein, zwei Mal die Woche beschränke, ist doch alles super. Leider habe ich in einem nicht ganz so rationalen Moment meinen treuen Flachmann in die Gosse entleert, aber das ist kein Problem. Mein Lieblingsschnapsladen ist nur ein paar Minuten von hier entfernt und dann muss ich bloß noch um die Ecke und mir ein 7UP dazuholen und diesmal nehme ich gleich einen Jumbobecher.

Ja, da sehen die heimischen Straßen doch gleich freundlicher aus. Von links und rechts werde ich angehupt. Es ist ein warmer Abend, Mädchen brausen mit runtergefahrenen Fenstern vorbei und ihr schönes Haar flattert im Wind. Wäre es nicht wunderbar, wenn mir eine von ihnen ihre Titten zeigen würde? Diesmal würde ich ihr vielleicht sogar hinterherfahren. »Dieser Sommer gehört Sutterman«, würde ich ihr erklären. »Bist du dabei?«

Das nenne ich mal Verzauberung. Wieso soll man für irgendwas arbeiten, nur damit es schließlich doch vor einem zusammenbricht? Lasst die Magie einfach zu euch kommen, das ist mein Rat. Lasst die Magie kommen und jeden Millimeter des schwarzen Risses hinter eurem Brustbein erfüllen. Commander Amanda Gallico hat ihr Raumschiff und ich habe meine Flasche Whisky. Wir sind beide auf dem Weg zu demselben Planeten.

Keine Ahnung, wie lange ich schon gefahren bin, als ich plötzlich an dieser Bar namens Hawaiian Breeze vorbeikomme, einem kleinen himmelblauen Würfel aus abgeplatzten Betonziegeln mit aufgemalten Palmen. Davor ein Kiesparkplatz mit vier Autos. Dort wollte ich schon immer mal reingehen, nur um zu sehen, wie es so ist. Viel schlimmer als Larry's Bar unten in Fort Worth kann es ja kaum sein. Abgesehen davon, dass ich keine Pistole und kein Springmesser habe, füge ich mich bestimmt super ein.

Natürlich bin ich nicht alt genug, um was zu trinken zu kriegen, aber was hab ich schon zu verlieren? Drinnen sitzt ein zerrupfter Säufer an der Bar und zwei gigantische entflohene Sträflinge spielen Billard. Der Barkeeper sieht aus wie eine Junkieversion von Buffalo Bill im Hawaiihemd.

Der zerrupfte Säufer tut nichts, als weiter auf die Theke zu starren, aber alle anderen glotzen mich an, als dächten sie: Wer ist denn die Knalltüte da und was will sie hier in unserem Allerheiligsten? Junkie-Bill will mir gerade nahelegen, mich zu verpissen, aber ich komme ihm zuvor: »Werter Sir«, sage ich und zeige ihm mein berüchtigtes Zahnlückenlächeln. »Ich heiße Sutter Keely, bin achtzehn Jahre alt und voller Gram, denn mein Liebesleben ist ab heute Vergangenheit. Ein Whisky-7UP wäre jetzt genau das, was ich brauche.«

Und zack, verwandelt sich Junkie-Bills Stirnrunzeln in ein breites, zähnefletschendes gelbes Grinsen. »Ha! Den hab ich auch noch nicht gehört.« Er wirft einen Blick rüber zu den entflohenen Sträflingen. »Was meint ihr, Jungs? Der Junge ist voller Gram. Soll ich ihm einen Drink machen?«

Der etwas gigantischere der beiden antwortet: »Klar, Mann.

Gib dem alten Sutter was zu trinken. Ich war auch schon mal voller Gram, ich weiß, wie das ist.«

Der zerrupfte Säufer sagt nichts, hebt nur sein teigig weißes Gesicht und jault: »Wuuu-huuu!«

»Ein Whisky-7UP, kommt sofort«, sagt Junkie-Bill.

Und im nächsten Moment gebe ich den Jungs auch schon eine Runde Whisky aus. Um die muffige Atmosphäre etwas aufzulockern, programmiere ich jeden Jimmy-Buffett-Song in der Jukebox ein, den ich finden kann, und lege mit der Geschichte von Cassidy und Aimee und meinem verschollenen Dad los. Alles lauscht gebannt. Sie wissen wirklich, wie so was ist, auch wenn's lange her ist.

»Hab ich einen Fehler gemacht, Aimee so einfach gehen zu lassen?«, frage ich, und der nicht ganz so gigantische entflohene Sträfling, der mit dem Bandana um den Kopf, sagt: »Nein, das hast du richtig gemacht, Sutter. Du bist ein Held.«

»Genau«, sagt Junkie-Bill, und der zerrupfte Säufer stimmt zu: »Wuuu-huuu!«

Die Jungs aus dem Hawaiian Breeze lieben mich. Ich bin ihr neues Maskottchen. Ihr müsstet mal sehen, wie ihre Augen leuchten, als ich die Geschichte von dem Dinnerpartyfiasko erzähle und wie ich den Tausenddollaranzug von Kevin-ausgesprochen-Kievin in Brand gesetzt habe.

»Verdammt«, sagt der gigantischere entflohene Sträfling. »Dieser Kevin ist ja echt das Letzte.«

»Suther«, sabbert der zerrupfte Säufer, sein erster Versuch, richtige Worte über die Lippen zu bringen. »Du bist der Größte. Ganz im Ernst. Bist du religiös? Du siehst so religiös aus.«

Komische Frage unter diesen Umständen, aber ich steige darauf ein. »Klar bin ich religiös. Ich bin Gottes persönlicher Betrunkener.«

Er legt den Kopf in den Nacken: »Wuuu-huuu!« Und in der nächsten Sekunde klammert er sich an meinen Arm und blickt mich ganz trübäugig und trübselig an. »Du hast noch dein ganzes Leben vor dir«, sagt er.

»Du doch auch«, antworte ich und halte den Arm ruhig in seinem Griff. Er ist das Einzige, was ihn davor bewahrt, zu Boden zu krachen.

»Nein«, erwidert er. »Meine Freunde sind alle tot und mein Leben ist vorbei.«

»Deine Freunde sind doch nicht tot«, sage ich. »Wir sind deine Freunde.«

»Wuuu-huuu!«

Als der letzte Jimmy-Buffett-Song läuft, amüsieren sich alle tierisch. Die düstere Stimmung im Hawaiian Breeze ist verpufft. Als ich verkünde, es sei Zeit zu gehen, wollen sie mich nicht weglassen.

»Sorry, Jungs«, sage ich. »Die Nacht wartet auf mich. Es stehen noch viele Abenteuer an.«

Draußen beleuchtet eine Straßenlaterne den Parkplatz. Ich komme mir vor wie auf dem Mond. Mit aufgemalten Palmen im Hintergrund. Es ist eine herrliche Nacht. Ich fließe schier über vor Begeisterung, die Seelen der Jungs im Hawaiian Breeze gerettet zu haben. Vielleicht hat Marcus falschgelegen. Vielleicht kann ein Einzelner ja doch die Welt retten. Ich wette, ich könnte das. Ich könnte die ganze Welt retten – für eine Nacht.

Und was weiß Cassidy schon über meine Gefühle? Natürlich kann ich glauben, dass ich geliebt werde. Ich breite die Arme aus und lasse den Wind über mich hinwegströmen. Ich liebe das Universum und das Universum liebt mich. Das ist die perfekte Rechts-Links-Kombination, lieben wollen und geliebt werden wollen. Alles andere ist pure Idiotie – schicke Outfits, geechgrüne Cadillacs, Sechzigdollarhaarschnitte, Schrottmusik im Radio, dämliche Popsternchen auf Drogenentzug und vor allem die Atomvampire mit ihren Entseelinatoren und flaggenverzierten Särgen.

Zu alldem sage ich auf Nimmerwiedersehen. Ich sage es zu Mr Archloch und seiner Algebra-Pest, zu Geech und Kiiiiiievin und Konsorten. Zu Moms Mietbräune und Hollys Kreditkartenbrüsten. Auf Nimmerwiedersehen, Dad, zum zweiten und letzten Mal. Auf Nimmerwiedersehen, düstere Tage, üble Kater, Scheidungen und Fort-Worth-Albträume. Auf Nimmerwiedersehen, Highschool, Bob Lewis und Es-war-einmal-Ricky. Auf Nimmerwiedersehen, Zukunft und Vergangenheit und vor allem Aimee und Cassidy und all ihr anderen Mädchen, die ihr kamt und gingt und kamt und gingt.

Auf Nimmerwiedersehen. Auf Nimmerwiedersehen. Ich kann euch alle nicht mehr spüren. Die Nacht ist so wunderbar rein, dass meine Seele sie beinahe nicht fassen kann. Ich gehe, die Arme ausgebreitet, im Schein des dicken, fetten Mondes. Tapfere Unkräuter lugen aus den Ritzen im Gehweg und die bunten Lichter des Hawaiian Breeze bringen die Scherben im Rinnstein zum Glühen. Auf Nimmerwiedersehen, sage ich, auf Nimmerwiedersehen, während ich Stück für Stück in die Mitte der Mitte meines eigenen spektakulären Augenblicks entschwinde. Das perfekte Jetzt.

DANKSAGUNG

Ich danke
Lilli Bassett, Shari Spain, Emily, Michele,
Katie, Clint und Paden.

Außerdem ganz besonderen Dank
meinen Rechercheassistenten und Beratern
Rob, Dave, Brandon, Greg, Mark, Bill, Ricky, John,

Perry, Jon, Danny, Don, Billy, Robert B.,
Goober und Kal-Kak.